SCIENCE-FICTION

Collection dirigée par Jacques Goimard

MERCEDES LACKEY

LES HÉRAUTS DE VALDEMAR

L'ARRIVÉE DES TEMPÊTES

Traduit de l'américain par
Anne-Virginie Tarall

POCKET

Titre original :
STORM RISING

Ouvrage publié sous la codirection de
Marc Duveau

ISBN 2-266-08872-6

MERCEDES LACKEY

Mercedes Lackey est née le 24 juin 1950 à Chicago. Sa première nouvelle, *A Different Kind of Courage*, fut publiée en 1985 dans l'anthologie de Marion Zimmer Bradley *Free Amazons of Darkover*, et son auteur s'est révélé ensuite très prolifique puisque, depuis 1987, elle a signé plus de soixante volumes, de la Fantasy au polar fantastique, de l'humour à l'horreur, de la science-fiction aux mythes de la terre américaine, seule ou en tant que coauteur, avec Anne McCaffrey, Piers Anthony, C.J. Cherryh et bien d'autres.

Dans le domaine du fantastique elle s'est illustrée avec les aventures de Diana Tregarde, sorcière et détective spécialisée dans les enquêtes occultes. Dans celui de l'humour et de la fantaisie légère, sa série la plus célèbre est celle du *Bedlam's Bard* commencée en 1990 avec Ellen Guon et poursuivie avec Rosemary Edghill. On y découvre un Los Angeles perméable à la magie et envahi par des Elfes malfaisants.

Le cycle des *Hérauts de Valdemar* (plus de vingt-cinq volumes parus depuis 1987) eut un succès immédiat et la rendit célèbre du jour au lendemain. Les aventures qui y sont décrites recouvrent près de deux mille cinq cents ans et sont réparties en romans isolés, recueils et trilogies, dont l'une, la Guerre des Mages, signée avec son mari Larry Dixon, qui se contente plus souvent officiellement d'illustrer l'intérieur de chaque livre.

La trilogie des Tempêtes qui débute avec *L'Annonce des Tempêtes*, fait suite à celle des *Vents*. On y retrouve les mêmes personnages et on y apprend beaucoup sur les Compagnons, ces chevaux blancs magiques qui servent de montures aux Hérauts.

DU MÊME AUTEUR
CHEZ POCKET

Les Hérauts de Valdemar

1. Sœurs de sang
2. Les parjures
3. Les flèches de la reine
4. Le vol de la flèche
5. La chute de la flèche
6. La proie de la magie
7. Les promesses de la magie
8. Le prix de la magie
9. Par le fer
10. Les vents du destin
11. Les vents du changement
12. Les vents furieux
13. Le griffon noir
14. Le griffon blanc
15. Le griffon d'argent
16. L'annonce des tempêtes
17. L'arrivée des tempêtes

À paraître

18. Au cœur des tempêtes (2004)

Dédié à Theresa et à Dejah

CHRONOLOGIE OFFICIELLE DE L

Par Mercedes Lackey

1000 AF — **0** — **750 PF** — **798 PF**

0

Fondation de Valdemar

1000 AF

Préhistoire
Les Guerres Magiques
Ère du Griffon Noir

LA GUERRE DES MAGES
Le griffon noir
Le griffon blanc
Le griffon d'argent

750 PF

Règne d'Elspeth la Pacifique

LA TRILOGIE DU DERNIER HÉRAUT-MAGE
La Proie de la Magie

798 PF

Règne de Randale

LA TRILOGIE DU DERNIER HÉRAUT-MAGE
Les Promesses de la Magie
Le Prix de la Magie

AF : Antérieur à la Fondation
PF : Postérieur à la Fondation

ÉRIE DES HÉRAUTS DE VALDEMAR

Le déroulement des événements selon la chronologie de Valdemar

1270 PF — *Règne des co-consorts Arden et Leesa*

DUOLOGIE
DES SERMENTS
ET DE L'HONNEUR
Sœurs de Sang
Les Parjures

1315 PF — *Règne de Roald*

1355 PF — *Règne de Sendar*

1376 PF — *Règne de Selenay*

LA TRILOGIE
DES HÉRAUTS DE VALDEMAR
Les Flèches de la Reine
L'Envol de la Flèche
La Chute de la Flèche

Par le Fer

LA TRILOGIE DES VENTS
Les vents du destin
Les vents du changement
Les vents furieux

LA TRILOGIE DES TEMPÊTES
L'Annonce des Tempêtes
L'Arrivée des Tempêtes
Au cœur des Tempêtes

CHAPITRE PREMIER

Un courant d'air s'infiltra entre les volets et caressa la nuque du grand-duc Tremane, qui frissonna. Comme le Château A-Pic était loin ! Malgré son apparente austérité, il était pourvu de tout le confort souhaitable. Même son manoir ducal, insignifiant comparé à la demeure de l'empereur Charliss, était parfaitement isolé.

Tremane ferma les yeux un instant, pensant à sa maison, tandis qu'un autre souffle d'air froid se glissait dans son col. Plutôt qu'une goutte d'eau glacée, on eût dit une pointe de dague qui descendait le long de sa colonne vertébrale.

Cette lame, je l'ai sous la gorge.

Ce courant d'air annonçait le pire qui restait à venir. Voilà pourquoi il avait réuni ses officiers, ses mages et ses lettrés dans la plus grande pièce de ses quartiers réquisitionnés.

Qui a fait bâtir cet endroit ? Ah, oui, un grand-duc hardornien, si ma mémoire est bonne.

Son manoir avait de nombreuses pièces beaucoup plus grandes que celle-là, et bien mieux adaptées aux réunions de ce genre. Bien que vitrées, les hautes fenêtres laissaient entrer les intempéries comme des passoires. Ayant dû faire fermer les volets, il devait se passer du peu de lumière grise dispensée par le ciel d'automne. Des feux brûlaient dans les grandes cheminées, mais la chaleur montait directement au niveau des poutres, loin au-dessus des têtes, et ne faisait de bien à personne.

A une époque plus heureuse, ce hall aux murs lambrissés et au sol de pierre avait sans doute servi à donner des bals.

Le reste du temps, il devait être fermé, car il se révélait aussi venteux et impossible à garder à une température constante qu'une vieille grange. Tremane leva les yeux vers les poutres perdues dans l'obscurité malgré le nombre de bougies et de lampes disposées sur les tables. L'air semblait trembloter au-dessus de chaque flamme.

Ensemble, elles devaient produire autant de chaleur que les feux. Dommage qu'il ne puisse pas en profiter.

Des dizaines de visages anxieux le regardaient. Tremane était installé sur l'estrade où avaient dû jadis jouer les musiciens, assis sur un fauteuil imposant, derrière un bureau ridiculement petit. Cela ressemblait malencontreusement à un trône, ce qui n'échapperait sûrement pas aux espions impériaux présents parmi ses gens. Mais pour l'heure, c'était le cadet de ses soucis. Car il avait rassemblé ses hommes pour leur parler de leur survie.

Il se leva. Les murmures cessèrent sans qu'il ait eu besoin de s'éclaircir la gorge.

— Pardonnez-moi, messires, si entendre énoncer l'évidence vous ennuie..., commença-t-il, dissimulant son malaise à l'idée de s'adresser à autant de personnes à la fois.

Pour un commandant, c'était handicapant. Avant la bataille, il ne fallait pas attendre de lui de discours vibrant... Il était plutôt du genre à s'éclaircir la gorge, puis à brailler quelque chose au sujet de l'honneur et de la loyauté avant de se retirer, confus et désorienté.

— A ma requête, beaucoup d'entre vous sont impliqués dans différents projets. Je vous ai donc réunis pour vous exposer notre situation actuelle, afin que tout soit bien clair.

Il tressaillit intérieurement devant sa propre maladresse. Pourtant, il vit plusieurs hommes hocher la tête. Comme personne ne semblait près à périr d'ennui, il continua. La majeure partie de son auditoire était composée d'officiers assis aux trois tables disposées devant lui. Leurs uniformes brun rouge – la couleur du sang séché – ajoutaient à leur air sinistre. Un plaisantin affirmait que l'Empire avait choisi ce ton particulier afin de n'avoir pas à dépenser de l'argent pour enlever les taches de sang après une bataille. La blague avait fait long feu – c'était bien trop près de la vérité.

Tremane commença par s'adresser à ses lettrés et aux

mages impériaux, assis respectivement à sa droite et à sa gauche. Les mages portaient une variante de l'uniforme des soldats, plus large et plus confortable pour leurs corps vieillissants. Etant des civils, les lettrés se vêtaient comme bon leur semblait et apportaient donc les seules touches de couleurs dans la pièce.

— Bien que nos forces n'aient rencontré aucune opposition depuis que nous sommes retranchés ici, nous restons en territoire ennemi. Tout ce qui se trouvait à l'ouest de nos lignes était encore hostile, et je ne jurerais de rien concernant les terres au nord et au sud de notre « coin ».

« Les hostilités pourraient reprendre à n'importe quel moment. Nous devons faire nos prévisions en conséquence.

Les lettrés et les mages grimacèrent, et les officiers hochèrent gravement la tête. Le « coin impérial » consistait à s'enfoncer dans un pays pour le couper en deux, puis à subdiviser les parties, et ainsi de suite, jusqu'à l'avoir totalement conquis. Aujourd'hui, malheureusement la pointe de la flèche était détachée de la hampe et isolée au milieu d'Hardorn. Tremane espérait qu'elle n'était pas assez « douloureuse » pour attirer trop l'attention.

— Nous sommes coupés de l'Empire depuis que la puissance des tempêtes magiques a augmenté, continua-t-il, préférant commencer par la pire nouvelle. Nous n'avons pas réussi à rétablir le contact. J'en conclus, à contrecœur, que nous sommes livrés à nous-mêmes.

Peu de ses hommes savaient cela. Ils écarquillèrent les yeux ou échangèrent des regards alarmés. Mais en règle générale, ils encaissèrent plutôt bien le choc. C'était de bons soldats – oui, même les espions impériaux !

L'un d'entre eux est-il toujours en contact avec son correspondant dans l'Empire ? Je donnerais cher pour connaître la réponse à cette question.

Mais il n'avait aucun moyen de l'obtenir puisque tout espion à la solde de Charliss, au sein de son armée, devait être un mage plus puissant que lui. L'empereur était un vieux loup beaucoup trop malin pour n'avoir pas pensé à cela.

Un autre courant d'air lui effleura la nuque. Tremane releva le col de son manteau de laine avec l'espoir futile de se protéger. Le vêtement était du rouge brunâtre de la tenue de ses hommes. Détestant se distinguer, il portait le même uniforme qu'eux.

Et un homme couvert de décorations ne faisait-il pas toujours une bonne cible ?

— Le corps des mages… (il inclina la tête à leur attention)… me dit que la puissance des tempêtes magiques continue de grandir. Comme vous l'avez sans doute constaté, elles affectent le climat. Autrement dit, il y aura des tempêtes physiques, et pire encore…

Tremane se tourna vers le porte-parole des mages.

L'homme se leva. Il ne s'agissait pas de leur chef, Gordun, qui resta assis, les mains croisées devant lui, sur la table. C'était Sejanes, son ancien mentor. La « promotion » du vieux mage – sans doute le plus âgé des hommes présents – ne dupa personne. Ses pairs pensaient que Tremane ne défoulerait pas sa colère sur le maître qui lui avait tout enseigné. En réalité, il n'accablait jamais une personne qui lui exposait la vérité, aussi terrible soit-elle. Ce qu'il ne pouvait pas souffrir, c'étaient les menteurs.

Sejanes le savait et croisa sereinement le regard de son ancien élève.

— Pour nous, le froid qui règne ici est inhabituel, et beaucoup d'entre nous se demandent si cette température est normale, sous ce climat. Eh bien, je vous assure qu'il n'en est rien. J'ai parlé avec les fermiers et étudié les registres, et il s'agit sans doute du pire automne qu'ait connu cette région. Il a commencé très tôt, et les tempêtes qui l'accompagnent sont anormalement fréquentes, tout comme les gelées.

« Nous avons fait des relevés, et voilà ce qu'ils disent : la situation va encore empirer. Car il s'agit des effets secondaires des tempêtes magiques sur une zone déjà instable à cause des déprédations de ce fou d'Ancar. Les tempêtes magiques elles-mêmes deviennent de plus en plus fortes. Additionnez ces deux facteurs… et comme moi, j'en suis sûr, vous préférerez ne pas imaginer à quoi ressemblera l'hiver qui approche.

Sejanes se rassit et Gordun se leva. Sur beaucoup de visages, le trouble avait cédé la place à d'autres émotions.

Mais si la panique ne se répandait pas, il n'y avait pas non plus de trace d'optimisme. De l'avis de Tremane, c'était tout aussi bien. Plus ses hommes penseraient que la situation était désespérée, meilleurs seraient leurs plans.

— Nous avons abandonné tout espoir de rétablir les communications magiques avec l'Empire, annonça brutalement Gordun. Il n'y a pas la moindre chance que nous réussissions, car nos efforts et ceux de nos collègues ne se rejoignent pas. Cela équivaut à essayer de réunir deux rubans par leur extrémité pendant un coup de vent, sans pouvoir faire de nœud. Messires, pour être honnêtes, les mages sont pour le moment les éléments les plus inutiles de cette armée. Rien de ce que nous pouvons faire ne survivra à ces tempêtes.

— Et ça veut dire quoi, exactement ? demanda une voix au fond de la salle.

— A partir de maintenant, répondit Sejanes, faites comme si nous n'existions pas. Vous n'aurez plus de feu et de lampe magiques. Nous ne pouvons pas ouvrir un Portail capable de résister à une tempête. Bref, ne comptez plus sur tout ce qui est magique, et sachez que nous sommes dans l'incapacité de vous dire quand ce sera de nouveau possible.

Il se rassit.

Tremane reprit le contrôle de la situation avant que les questions ne fusent.

— La dernière tempête magique nous a frappés il y a trois jours. Depuis, j'ai reçu des rapports…

Il parcourut du regard les feuilles qu'il avait lues tant de fois que les mots en dansaient devant ses yeux.

Donne-leur une bonne nouvelle.

— Nos hommes postés près de Spangera nous ont rejoints juste avant la tempête. C'étaient les derniers retardataires. Désormais, nous sommes tous à l'intérieur du périmètre protégé, puisque la construction des palissades externes est achevée.

Il laissa ses auditeurs assimiler cette information rassurante. Derrière lui les volets gémirent, secoués par une bourrasque. Le courant d'air fit trembloter les flammes des chandelles. Cette fois, Tremane fut enveloppé par un souffle d'air chaud à l'odeur de cire et d'huile de lampe.

Le Manoir de Shonar. Tel était le nom que les autochtones donnaient à la résidence qu'il avait choisie comme quartier général. Personne n'avait réclamé le manoir fortifié – et nul ne le ferait, car Ancar y avait veillé. Peut-être avait-il fait éliminer la famille, ou envoyé tous ses membres en première ligne pendant sa guerre contre Valdemar. Tremane l'ignorait. Et il s'en fichait ! Le principal, c'était que pas âme qui vive ne pouvait prétendre à cette propriété et débouler là avec une armée.

La cité fortifiée de Shonar n'aurait pu abriter qu'une petite partie de ses hommes – même s'il en avait déporté tous les habitants. Mais ils seraient bien plus utiles où ils étaient, otages garants de la bonne conduite de leurs compatriotes. Et ses hommes pouvaient ainsi profiter de toutes les commodités d'une ville de taille respectable. D'ailleurs, les autochtones étaient traités comme des citoyens de l'Empire, tant qu'ils ne faisaient pas de vague. Le premier choc passé, les habitants de Shonar ne semblaient pas se plaindre de leur sort. L'argent et le cuivre impériaux valaient bien ceux d'Hardorn.

D'après les rapports que Tremane avait reçus après la dernière tempête magique, avoir rassemblé ses hommes était une bonne chose.

— Nos éclaireurs rapportent de nombreux dégâts dans la campagne, annonça-t-il en tournant les pages sans vraiment les lire. Il ne s'agit plus seulement de cercles importés ici et là – même s'il y en a. Non, cette fois, la tempête nous a laissés avec autre chose sur les bras.

Très grave, il regarda ses hommes. Ils attendaient qu'il continue.

— Je suis certain que chacun d'entre vous a déjà vu une créature générée par la magie, par exemple celles qui résultent d'une tentative pour ressusciter les makaars ou les griffons.

« Eh bien, il semblerait que les tempêtes magiques puissent transformer les plantes et les animaux. Mais puisqu'il n'y a aucune forme de pensée intelligente derrière les changements qu'elles provoquent...

— *Des monstres*, souffla quelqu'un.

— Oui, des monstres, acquiesça Tremane. Certains sont horribles à voir. Jusqu'ici, aucun n'a représenté une menace telle qu'un groupe d'hommes armés n'ait pas pu en venir à bout. Mais n'oubliez pas que la dernière tempête nous a frappés pendant la journée. La nuit, ces créatures auraient pu poser des problèmes bien plus sérieux.

Que se serait-il passé si l'animal surpris à l'intérieur d'un cercle avait été plus gros qu'un taureau, ou plus intelligent qu'un mouton ? Ou s'il s'était agi de tout un troupeau ?

Le duc soupira et se passa la main dans les cheveux.

— Cette nouvelle ne remontera pas le moral de nos troupes qui, je le sais, est au plus bas. D'après vos rapports... (il se tourna vers les officiers)... c'est un effet des tempêtes magiques. On m'a dit que des hommes étaient traités pour des attaques de panique les laissant incapables de parler ou de faire un geste – et tous ne sont pas de jeunes recrues.

Voyant que certains officiers voulaient parler, sans doute pour protester ou se défendre, il posa sur eux un regard où, l'espérait-il, se mêleraient la sincérité et la solidarité.

— Je ne vous blâme pas ! Vos hommes sont entraînés à affronter la magie de combat, mais pas une force qui frappe au hasard et aveuglément. Car ces tempêtes n'ont rien de prévisible. Nous ignorons même quand elles auront lieu. C'est suffisant pour ébranler les nerfs du plus aguerri des vétérans.

Et il y a la question que nous éludons tous : si les tempêtes magiques pouvaient transformer non seulement les bêtes, mais aussi les hommes ?

Il sourit, et ses officiers se détendirent.

— Cela dit, les événements jouent en notre faveur. Mes espions en territoires non sécurisés me rapportent que les Hardorniens sont aussi démoralisés que nos hommes. Voire plus, car n'étant pas habitués aux effets de la magie, ils sont désarmés devant ces monstres qui surgissent de nulle part. Donc, dans l'ensemble, ils ont plus de soucis que nous...

En fait, toute résistance active avait cessé bien avant que la dernière tempête magique ne frappe. Il regarda ses officiers qui calculaient tous depuis combien de jours ils n'avaient pas subi d'attaque des « combattants de la liberté » hardorniens. Quand il les vit se détendre encore plus, il se permit de les imiter.

— Voilà la situation actuelle, conclut-il, soulagé d'en avoir terminé. L'un de vous a-t-il quelque chose à ajouter ?

Gordun se leva.

— Suivant vos ordres, votre grâce, nous nous efforçons d'ouvrir un Portail. Bien sûr, il ne résistera pas à la prochaine tempête, mais je pense qu'il sera prêt dans quelques jours.

Que les Cent Petits Dieux nous viennent en aide ! Avant ces maudites tempêtes, Gordun pouvait ouvrir et maintenir un Portail à lui seul. Quelle est l'étape suivante ? Des vêtements en peaux de bêtes et des flèches en silex ?

Tremane hocha la tête, notant les regards surpris qu'échangèrent ses officiers. L'un d'eux avait-il la moindre idée de ses intentions ?

Probablement pas. Et c'est certainement préférable.

Enfin, ce fut au tour des lettrés de prendre la parole. Il ne reconnut pas l'homme timide qui se leva, poussé par ses collègues. Sa réticence n'augurait rien de bon…

— Nou-nous regrettons beau-beaucoup, votre grâce, bégaya nerveusement le lettré. Les archives ne fournissent aucune solution aux tempêtes magiques. Nous avons cherché à partir d'autres mots clés, comme vous nous l'aviez conseillé, mais sans résultat.

Sur cette déclaration, il ne se rassit pas, mais s'effondra – littéralement – sur son siège. Tremane soupira et ne réprimanda pas le pauvre bougre. Bien sûr, il était tenté de le faire… mais s'il n'y avait pas de solution à leur problème dans les archives, personne ne pouvait en inventer. Et si le grand-duc Tremane le regardait de travers, l'homme risquait de s'évanouir.

Ces lettrés ne sont vraiment pas robustes. Ce ne sont ni des mages, ni des soldats, si bien qu'ils ne sont protégés par rien.

Bizarre. Avant, il n'aurait jamais pensé à ces détails. Maintenant qu'ils étaient seuls, il ne pouvait pas se permettre de se tromper sur le compte d'un individu – même s'il s'agissait d'un érudit aux yeux fatigués et aux muscles mous.

— Messires, dit-il alors que ces pensées lui traversaient la tête, vous savez tout… L'hiver approche bien plus vite que prévu !

Comme pour souligner ses paroles, un coup de vent malmena les volets, faisant autant de bruit que s'ils avaient été percutés par un boulet de catapulte.

— Il me faut votre aide pour préparer notre avenir. Nous avons besoin d'abris pour nos hommes, de murs pour nous protéger, pas seulement des Hardorniens, mais de ce qu'amèneront les tempêtes magiques. Nous ne pouvons plus compter sur la magie – il nous reste nos ressources, nos talents et nos forces.

Il balaya l'assemblée du regard, cherchant sur les visages une expression sceptique. Mais il ne trouva rien de ce genre.

— Voilà vos ordres. Le corps des ingénieurs élaborera un mur défensif qui pourra être construit très vite par de la main-d'œuvre militaire et locale. Les officiers feront l'inventaire des artisans disponibles dans leurs rangs, et ils rassembleront les hommes capables de fournir des abris à leurs camarades.

« N'oublions pas de prévoir des sanitaires. Nous avons besoin d'installations *permanentes*, pas de simples latrines de campagnes. Il nous faut des abris, mais aussi un moyen de les chauffer, et de faire la cuisine – si nous commençons à couper des arbres pour cela, il n'en restera plus un seul avant la moitié de l'hiver.

Leur avait-il donné assez de choses à faire ? Sans doute – pour le moment.

— Les érudits chercheront les plans de constructions existantes qui sont faciles à chauffer et tiennent bien la chaleur. Et il nous faudra du combustible en dehors du bois. Si vous trouvez quelque chose, n'hésitez pas à m'en faire part. Les mages savent déjà ce qu'ils ont à faire.

« Alors, messires… rompez !

Les hommes se levèrent et firent la queue pour sortir du grand hall. Soudain, un des volets s'ouvrit et claqua contre le mur. Le grand-duc n'eut pas à attendre longtemps que la salle se vide. Heureux de pouvoir enfin échapper aux courants d'air glacés, il se retira par une petite porte, derrière laquelle l'attendaient ses gardes du corps. Son manteau ne servait décidément à rien. Il avait besoin d'un bon feu et d'un verre – dans cet ordre.

Les gardes lui emboîtèrent le pas en silence. Tremane prit la direction de ses quartiers, préoccupé par toutes les informations qu'il n'avait pas – encore – révélées à ses hommes.

Les mages devaient se douter de la vérité. Ils n'étaient pas seulement coupés de l'Empire, ils avaient été *abandonnés*, livrés à eux-mêmes, comme des chiens galeux.

L'empereur, qui avait à sa disposition le pouvoir des mages les plus puissants du monde, aurait pu – s'il l'avait voulu – leur faire parvenir un message. Tremane n'avait encore jamais entendu parler d'un commandant laissé ainsi dans le noir. C'était la première fois de sa vie qu'il n'avait pas la moindre idée de ce que Charliss attendait de lui.

Et ce silence pouvait avoir plusieurs causes.

La plus innocente était, en même temps, la plus terrible. Il se pouvait que les tempêtes magiques aient eu des effets infiniment plus dévastateurs dans l'Empire, littéralement fondé sur la magie. Tout dépendait de son bon fonctionnement : la distribution de la nourriture, les communications et des centaines d'autres choses indispensables.

Alors, si c'était le cas…

Les Impériaux doivent être encore plus paniqués que nous. Les civils n'ont pas la moindre discipline. Dès que quelque chose va mal, ils craquent.

Il connaissait assez bien l'histoire pour savoir de quoi étaient capables des civils paniqués.

Emeutes, combats, hystérie… dans une cité aussi peuplée que la capitale, la seule solution, ce serait de déclarer la loi martiale. Mais cela ne suffirait pas à calmer la peur. Non, ça équivaudrait à mettre un bouchon à une bouteille de vin en fermentation – tôt ou tard, elle explose.

Tremane gagna la solitude et la chaleur de sa suite personnelle, et fit signe à ses gardes du corps de rester dehors. Ce n'était pas une punition : les couloirs étaient mieux protégés des courants d'air que la plupart des pièces du manoir. Heureusement, sa suite était bien isolée et plutôt douillette. Il ferma la porte avec un soupir ravi, retira son manteau et alla se réchauffer les mains et les pieds devant le feu.

La deuxième explication qui lui venait à l'esprit était une variante des ordres qu'il venait de donner lui-même. L'empereur *avait pu* décider que le plus important était de trouver un moyen de défendre l'Empire contre les tempêtes magiques. Donc, il n'y avait aucun mage de disponible pour rouvrir les voix de communication avec ce segment de l'armée. L'Empire lui-même était peut-être protégé, une tâche qui requérait le temps et l'énergie de tous ses mages.

Bien sûr, dans ce cas, l'Empire se résumait aux régions sises depuis si longtemps à l'intérieur de ses frontières que plus personne ne se souvenait de leur nom d'origine. Car il n'épuiserait pas des ressources aussi précieuses pour la sécurité de ses Etats vassaux.

Ce qui signifie, pensa Tremane, étrangement détaché, *que les habitants de ces Etats s'armeront et se révolteront contre Charliss. Si la loi martiale a été décrétée dans l'Empire, toutes les unités disponibles de l'armée ont dû être rappelées pour la faire respecter. Inutile de dire qu'on ne perdra pas de temps à s'inquiéter pour nous.*

Dans de telles conditions, personne ne se souviendrait d'une partie de l'armée postée bien au-delà de la frontière du plus lointain duché.

Mais aucune personne née et élevée à la cour ne s'arrêtait jamais à l'explication la plus simple et innocente. Pas quand la paranoïa était une garantie de survie, l'innocence conduisant au désastre.

Considérons donc le scénario le plus paranoïaque. Celui où l'ennemi n'est autre que notre bienfaiteur. Charliss savait peut-être depuis longtemps que les tempêtes magiques frapperaient – ainsi qu'*où* et *quand*.

Il était même possible que ces tempêtes soient une arme que l'empereur testait *sur eux*.

A cette pensée, Tremane eut un frisson qu'aucun feu n'aurait pu apaiser.

Ce pourrait être une nouvelle arme de terreur, pensa-t-il, suivant l'idée jusqu'à sa conclusion logique. *Une arme qui empêcherait un ennemi d'utiliser sa magie ! Ça laisserait les hommes démoralisés et la terre fatiguée, mais relativement intacte…*

Cette notion avait un côté « positif » : cette arme était peut-être destinée à les aider à remporter leurs batailles, mais elle avait eu un champ d'action beaucoup plus vaste que prévu…

Non. Il était beaucoup plus probable, personne ne connaissant ses effets, que cette arme soit testée ici, sur des terres encore non-pacifiées, afin que les Etats de l'Empire n'aient pas à en souffrir. Tremane et ses hommes étaient un moyen de juger de l'efficacité de cette nouvelle invention.

Dans ce cas, ils nous observent pour connaître nos réactions et savoir si les autochtones auront l'intelligence de coopérer.

Donc, la rupture des communications était un acte délibéré, pour voir ce qu'ils feraient quand ils seraient isolés.

Si c'était le cas, ça allait contre toutes les lois et les coutumes qui assuraient la fidélité de l'armée. Une violation de tout ce que les soldats étaient en droit d'attendre de leur empereur !

Dans un cas comme dans l'autre, ce ne serait pas une tactique si extraordinaire que ça pour tester un candidat au Trône de Fer. D'autres héritiers présomptifs avaient subit des épreuves similaires.

Mais leurs hommes n'ont jamais dû en souffrir, lui murmura sa conscience.

C'était ça qui l'enrageait. Peu importait ce que Charliss avait décidé de lui faire endurer – il s'attendait à être poussé jusqu'à ses limites. Mais que l'empereur ait inclus ses hommes dans ses plans diaboliques…

Il était impossible de nier que Charliss les avait abandonnés. Il aurait eu amplement le temps de leur envoyer leurs ordres par le biais d'un messager humain. Ce silence indiquait qu'il se passait des choses encore pires que Tremane le craignait. L'empereur devait veiller sur le bien-être de ses soldats en temps de crise, leur mission étant de le protéger de ses ennemis.

Ils avaient rempli leur part du contrat, mais Charliss avait tourné le dos à la sienne.

Bientôt, l'armée entière serait au courant, car les hommes savaient qu'ils auraient dû être rappelés depuis longtemps. Puisqu'il était clair qu'aucun Portail n'aurait pu leur permettre de rentrer, Charliss aurait dû leur envoyer des troupes, pour ouvrir un couloir de retraite sécurisé. Il aurait même dû le faire à l'instant où les tempêtes magiques avaient commencé, quand il était devenu évident que chacune était plus puissante que la précédente. Alors, ils auraient dû être de retour chez eux et faire leur devoir au sein de l'Empire. En d'autres termes, c'était une double trahison. Quelqu'un, quelque part, manquait d'hommes pour maintenir l'ordre parce que l'empereur avait décidé de les abandonner où ils étaient.

Ou plutôt, il avait décidé d'abandonner *Tremane*, et, incidemment, ses hommes avec. L'empereur avait saisi le premier prétexte pour se débarrasser de lui, parce qu'il n'avait pas réussi à obtenir une victoire écrasante en Hardorn.

Il faut que je trouve un moyen de faire passer l'hiver à mes hommes, ou ils périront avec moi.

Voilà pourquoi il était furieux. Il avait été éduqué et entraîné pour être un officier impérial bien avant de recevoir le titre de grand-duc. Cet abandon allait contre l'esprit et la lettre de la loi, et lui faisait bouillir le sang. Il représentait une trahison si fondamentale, et si unique dans les annales de l'Empire, qu'il doutait qu'un non-impérial puisse comprendre sa colère.

En revanche, ses hommes comprendraient dès qu'ils auraient deviné la vérité – et réussi à croire qu'une chose aussi méprisable pouvait être vraie. Et alors…

Alors, ils cesseront d'être des soldats de l'Empire. Non… Ils seront toujours des soldats de l'Empire, mais ils ne serviront plus Charliss.

Tremane se laissa tomber dans le fauteuil le plus proche, frappé par l'énormité de cette idée. Une révolte… Il y en avait eu si peu, au cours de l'histoire de l'Empire, qu'elles se comptaient sur les doigts d'une main. Et aucune n'avait jamais été dirigée contre l'empereur.

Etait-il prêt à affronter une révolte ? A moins qu'il ne fasse une chose impardonnable, ce serait vers lui que se tourneraient ses hommes. Etait-il prêt à prendre leur tête en cas de subversion ?

Pas encore. Pas… encore.

Bientôt, sans doute, mais pour le moment, il n'était pas encore prêt.

Il secoua la tête, pour remettre de l'ordre dans ses idées.

Je dois garder à l'esprit mes objectifs initiaux. Pas question de me laisser distraire aussi longtemps que mes hommes ne seront pas à l'abri de l'hiver qui approche. C'est mon *devoir, et ce que l'empereur à fait ou pas n'y change rien.* (Il leva le menton.) *Et si quelqu'un essaie de m'en empêcher, qu'il aille au diable !*

Tremane se leva et gagna son bureau. Le meilleur moyen pour s'assurer de l'entière coopération de ses hommes était de faire comme si tout était normal. Donc, afin de les empêcher de trop penser au silence de l'Empire, il devait conserver la discipline militaire et insister sur les changements qu'il prévoyait d'apporter dans son armée.

Il écrivit ses ordres pour les officiers rapidement, mais lisiblement. Depuis qu'il était impossible de faire des copies magiques, il avait embauché des scribes, et ils devaient pouvoir le lire.

Il était reconnaissant des aménagements « primitifs » de ce manoir. Aucun n'avait souffert des effets des tempêtes magiques. Ses lampes et ses feux brûlaient, et ses repas arrivaient des cuisines à heures régulières. Les toilettes fonctionnaient, la plomberie emportant les déjections sans qu'elles empuantissent la maison. Il allait devoir trouver des hommes capables de maîtriser ces techniques et de les mettre à la disposition de l'armée.

Nous avons besoin d'artisans capables de travailler sans recourir à la magie. Des forgerons, des tanneurs... même des fermiers... Il faudra recenser les talents de chacun. Il y a sûrement des gens, dans cette armée, qui connaissent des techniques de remplacement.

Il devrait faire en sorte que ces hommes reçoivent la reconnaissance qui leur était due, sinon ils ne se feraient pas connaître... Eh bien, au moins, c'était un problème facile à régler.

Je vais les promouvoir au rang de « spécialiste », et leur accorder une augmentation de solde.

Le plus sûr moyen de garantir leur coopération enthousiaste.

Il porta le bout de sa plume en verre à ses lèvres et les sentit dessiner un sourire ironique.

L'argent. Il n'y en a plus beaucoup dans les coffres pour le moment... Ce qui rend mon plan d'autant plus important.

L'argent était une constante dans l'armée impériale depuis des temps immémoriaux.

Pas étonnant, puisque notre histoire dit que l'Empire fut fondé par une bande de mercenaires.

Une paye régulière, telle était la base de la loyauté. Des commandants avaient été assassinés par leurs hommes pour avoir osé retenir une partie de leur solde. Un empereur avait été détrôné parce qu'il n'avait pas payé l'armée à temps, un autre étant mis à sa place parce qu'il avait réglé ses hommes, et leur avait offert un bonus – de sa poche.

Mais il n'y avait jamais eu de situation telle que celle-ci. Des soldats n'avaient jamais été abandonnés loin de chez eux, ni laissés sans ravitaillement. Dans de telles circonstances, ses hommes pouvaient se montrer compréhensifs... ou pas. Mieux valait s'assurer d'eux dès maintenant.

Il saupoudra de sable la feuille qu'il avait noircie, puis se leva et ouvrit la porte de ses quartiers. Un de ses gardes du corps emporta aussitôt ses ordres aux copistes.

— Je ne veux être dérangé sous aucun prétexte, dit Tremane au deuxième garde.

L'homme hocha la tête et salua. Le grand-duc ferma la porte à clé derrière lui. Le garde ne verrait rien d'inhabituel dans ce geste, car il s'enfermait souvent pour réfléchir. Après tout, il n'y avait personne de rang supérieur, ici, pour lui reprocher ce « désir » d'intimité.

Sauf que cette fois, il en avait besoin pour agir, et non pour penser. Alors, il était tout aussi bien qu'il ait pris l'habitude de s'isoler. Personne ne saurait ce qu'il allait faire ce soir.

Grâce au Petit Dieu de la Luxure, dont ma tante était une adepte.

Si sa tante n'avait pas eu un tel besoin d'intimité... Il s'assit à son bureau et tendit le bras dessous, se penchant un peu pour atteindre un bouton, derrière le tiroir où il rangeait les plumes, les encriers et le sable. C'était juste avant le coin droit...

Il sentit le minuscule cube de bois s'enfoncer sous son doigt et retira rapidement le tiroir, qu'il posa sur le bureau. Sa tante avait toujours protégé ses secrets – une tendance qui la poussait à des mesures radicales. S'il avait commencé par retirer le tiroir, avant d'appuyer sur le bouton, dès qu'il l'aurait touché, une aiguille empoisonnée lui aurait piqué le doigt. Et il serait mort dans l'heure. Le poison gardait ses propriétés pendant deux siècles. Quant au mécanisme, il lui survivrait certainement.

Tendant le bras dans la cavité libérée par le tiroir, Tremane chercha un bouton similaire, toujours sur sa droite. Il appuya dessus et retira aussitôt sa main. S'il avait continué d'appuyer, cela aurait actionné un deuxième mécanisme de sécurité, scellant le tiroir secret. Alors, à moins de savoir comment le débloquer, il ne restait plus qu'une solution pour récupérer son contenu : tailler le meuble en pièces.

Le tiroir secret, deux fois moins haut que l'autre, s'était entrouvert. Il le tira, veillant à ne toucher que le haut, et le sortit à la lueur des chandelles. Lui aussi était piégé, cette fois avec un poison lent agissant par simple contact. Une substance contenue dans le bois dont était fait le fond. Tremane prenait donc soin de toucher uniquement les côtés. A l'intérieur, une couche d'ardoise protégeait les objets du bois empoisonné.

Toutes ces précautions étaient nécessaires, car il gardait là un objet qui lui aurait valu une mise à mort sans procès s'il était trouvé en sa possession. Enfin, c'était ce qu'il aurait risqué à une époque. Désormais... A moins qu'il n'y ait dans son armée un espion impérial ayant l'autorité d'appliquer ce genre de sentence, il était tranquille...

C'est peu probable. Mais je ne dirais jamais « improbable » en parlant du pouvoir de l'empereur.

Il souleva l'objet de son lit de soie d'une main remarquablement sûre, sachant le danger mortel qu'il représentait.

Plus précieux que de l'or, plus magique que des joyaux et plus fort qu'une drogue... Essence pure et cristallisée du pouvoir, il s'agissait d'une copie du Sceau Impérial identique en tout point, magique et physique, à l'original. Il l'avait obtenu au péril de sa vie – bien que le coût ait été minime, car il l'avait fabriqué lui-même. Il n'y avait pas assez d'argent au monde pour convaincre un mage de forger un faux, ni pour soudoyer un secrétaire impérial susceptible de fournir le modèle...

Tremane posa le sceau sur son bureau. Aussitôt, le souvenir de la première fois qu'il l'avait utilisé se superposa au présent.

A ce jour, il n'avait jamais rien fait de plus audacieux.

D'ailleurs, il n'était toujours pas très sûr de ce qui l'avait poussé à commettre cette folie. Il l'ignorait, à l'époque, mais Charliss avait pour habitude d'affecter ses héritiers présomptifs au Secrétariat Impérial, afin qu'ils en connaissent les ficelles – et repèrent les employés qui pouvaient être des espions ou se laisser acheter.

Son service avait coïncidé avec un Voyage Royal au cœur de territoires nouvellement annexés. A cette occasion, il s'était retrouvé en possession du Sceau Impérial pendant deux jours. Charliss était alors préoccupé par les machinations d'un satrape local et il s'était consacré à déjouer ses plans visant à déposséder l'empereur et l'Empire de leur dû. Craignant une tromperie, il avait confié le Sceau à Tremane pendant qu'il s'occupait – personnellement et magiquement – du « problème ». Peut-être avait-il oublié, alors, que le grand-duc était un mage.

Si les pouvoirs de Tremane n'égalaient pas ceux de l'empereur, ils étaient suffisants pour lui permettre de copier le Sceau. Et par un hasard étrange, il avait eu les moyens de le faire. La tentation étant trop forte, il y avait cédé, et dupliqué le Sceau au cours d'une longue nuit enfiévrée.

Après, il avait failli le détruire dans un moment de panique. Mais l'existence de ce bureau l'avait convaincu de n'en rien faire.

Il l'avait hérité d'une tante fameuse pour ses nombreux amants – mariés, en majorité. Elle avait fait construire le tiroir secret pour y ranger des missives trop précieuses – parce qu'elle comptait s'en servir pour les faire chanter – pour être brûlées.

Le seul endroit sûr où il pouvait garder un objet aussi dangereux que sa copie du Sceau Impérial.

Depuis ce jour, le bureau et son terrible secret le suivaient partout. Il s'était servi du Sceau une seule fois, pour s'assurer qu'il était identique à l'original, sur un papier officiel que l'empereur avait déjà signé, au milieu d'une pile en partance.

Aujourd'hui, Tremane s'apprêtait à fabriquer un document que l'empereur n'aurait jamais approuvé.

Mais pour le punir de son audace, il faudrait d'abord que l'empereur vienne le chercher. Ou plutôt, qu'il lui envoie ses hommes de main. Et leur tâche ne serait pas aisée. Car entre la frontière de l'Empire et lui s'étendaient des lieues et des lieues de terres sauvages et hostiles. Et d'ici que la supercherie ait été découverte, les choses se seraient sans doute encore détériorées. Pour le moment, il était donc à l'abri de la colère impériale.

Il était « peu probable » que Charliss réussisse à le retrouver, mais encore plus douteux qu'il ouvre un Portail pour venir le chercher – ou qu'il envoie des troupes sur un territoire instable.

Dans un cas comme dans l'autre, Charliss prouverait qu'il pouvait les atteindre... Il devrait alors répondre à une question embarrassante : pourquoi n'avait-il pas fait évacuer ses troupes, s'il était en mesure de traquer l'homme placé à leur tête ? En ramenant le grand-duc rebelle, Charliss n'aurait plus aucun prétexte pour abandonner son armée.

S'il doit se lancer à ma poursuite, je préfère l'hypothèse d'une troupe envoyée en Hardorn, pensa-t-il. *Je pourrais toujours lui échapper pendant une tempête magique.*

Tremane secoua la tête. Il se laissait distraire par des spéculations, alors qu'il devait se concentrer sur ses objectifs immédiats.

Et pour que sa main ne tremble pas.

Il noua un foulard autour de son front, histoire que la transpiration ne lui coule pas dans les yeux. Non qu'il fît trop chaud, mais l'expérience lui avait appris que la nervosité le mettait en nage. Or, il devait voir clairement, et il ne voulait pas qu'une goutte de sueur tombe sur le papier – les scribes impériaux *ne suaient pas* sur leur travail.

Posant le tiroir secret sur le bureau, il prit une plume neuve et une bouteille d'encre spéciale. Ce matériel ne lui aurait pas attiré de gros ennuis, mais si on avait su que le grand-duc Tremane possédait un flacon de l'encre spéciale utilisée pour les documents officiels, cela aurait sans doute provoqué quelques haussements de sourcils. Les particules d'or et d'argent qu'elle contenait attesteraient que la lettre avait été écrite par un scribe impérial.

Prenant une feuille de papier, Tremane s'arma d'un crayon à pointe d'argent et fit un brouillon.

Le résultat ne lui parut pas très sophistiqué... Mais il n'était pas fréquent qu'un officier vienne dans un dépôt impérial avec l'autorisation écrite de le vider de fond en comble. Il devait tourner ses phrases afin que le document ne soulève aucune question pendant que ses hommes et lui seraient sur place.

Tel était son plan. Il avait une chance d'assurer la survie de *tous* ses hommes pendant l'hiver. Si les entrepôts militaires étaient ravitaillés, comme il s'y attendait, ils auraient de quoi voir venir jusqu'à l'été. Et si les coffres étaient pleins, il serait en mesure de payer ses hommes jusqu'au jour où il aurait réussi à gagner leur loyauté. Même si les soldats n'avaient nulle part où dépenser leur argent, leur moral remonterait à la seule idée de pouvoir se défouler plus tard.

C'était pour ça qu'il avait ordonné l'ouverture d'un Portail – celui qui donnait sur le dépôt militaire le plus proche. Il était situé sur son duché et il avait dû lutter contre la tentation de l'utiliser pour fuir, laissant ses hommes mettre à sac les réserves puis se débrouiller seuls. Mais son devoir avait prévalu. Ses terres étaient entre de bonnes mains, et il n'y avait personne là-bas à qui il tienne particulièrement. Et franchement, après son raid, il serait plus en sécurité ici que chez lui, où il savait à quoi s'attendre. Alors qu'il ignorait si son duché n'était pas plongé dans le chaos. De plus, qui savait combien de temps le Portail pourrait rester ouvert ?

Ce petit Portail permettrait seulement le passage de quelques hommes à la fois. Et les mages doutaient de pouvoir le garder ouvert plus de quelques heures. Autrement dit, impossible de l'utiliser pour ramener tous ses soldats en territoire impérial… Mais il pourrait s'en servir pour *rapporter* ce qu'il leur fallait.

Tremane avait composé un groupe d'hommes loyaux, choisis parmi sa garde personnelle. Ils étaient prêts à passer à l'action à tout instant. Des géants – ils le dépassaient tous d'une tête – et très forts. Avant de s'engager, ils avaient été dockers ou employés à des travaux similaires. Le Portail était juste assez large pour laisser passer un âne. En conséquence, en plus de ces bêtes de somme, ils devraient se servir de leurs muscles pour tout transporter.

Dès que le grand-duc fut satisfait de son brouillon, il

trempa sa plume dans l'encre spéciale et commença à tracer les lettres scintillantes sur le vélin d'un blanc très pur.

Ecrire avec cette encre sur un tel support lui rappela beaucoup de souvenirs. Sur les scribes impériaux, bien évidemment... Mais il se revit aussi arrivant à la cour avec son père, à l'âge de seize ans, pour en devenir un.

Toute la discipline acquise en ce temps-là lui revint, raffermissant sa main et lui faisant adopter la lente respiration qui plongeait les scribes dans une concentration méditative. Ainsi, ils pouvaient travailler pendant des heures, penchés sur leurs bureaux.

Mais cela ne l'empêcha pas de commettre des erreurs.

Un document impérial était toujours impeccable. Il ne comportait ni faute d'orthographe, ni rature, ni tache. Par conséquent, il ne pouvait rien se permettre qui distingue ce document de ceux qui avaient été présentés aux responsables du dépôt depuis sa création.

Tremane dut recommencer une demi-douzaine de fois avant de se déclarer satisfait. Il attendit que l'encre ait séché, puis jeta le brouillon et les copies ratées dans le feu. Quand il fut certain que tout était réduit en cendres, il se consacra à la phase la plus délicate de sa contrefaçon.

Quand il en aurait fini avec elle, la cire ordinaire ne le serait plus du tout.

Il chauffa le bâtonnet de cire rouge pailletée d'or à la flamme de la chandelle posée près de lui et en fit tomber quelques gouttes en bas du document. Pendant qu'elle était encore chaude et liquide, il y appliqua le Sceau, faisant pression sur les énergies qui entouraient l'objet et la cire pour activer la magie. Le métal de l'anneau devint tiède, et la cire brilla, d'abord blanche, puis jaune, et enfin rouge comme une barre de fer mise au feu.

Doucement, il retira le Sceau du vélin, et la lueur disparut peu à peu.

Dans la cire, un sortilège trompait l'œil, mais pas le toucher. Ses doigts lui disaient qu'un bas-relief était imprimé dans la cire, mais ses yeux lui racontaient une tout autre histoire.

Il voyait la Couronne du Loup flotter au-dessus de la cire, scintillante d'or et irisée des couleurs de l'arc-en-ciel. Etait-ce une illusion ? Pas exactement. Pas plus qu'une réalité. Quelque chose entre les deux…

Tremane rangea le Sceau dans le tiroir secret et dut s'agripper des deux mains à son bureau, momentanément pris de vertiges. Il ne s'était pas attendu à cette réaction. Un effet indésirable des tempêtes magiques, ou était-ce parce qu'il était plus vieux – et plus stressé – que la première fois qu'il avait utilisé le Sceau ? Il n'avait aucun moyen de le savoir.

Et cela n'avait pas d'importance. S'il avait de la chance, il n'aurait plus jamais à s'en servir.

Si je suis sage, je ne l'utiliserai plus jamais !

Hélas, la chance et la sagesse n'avaient rien à voir avec les pièges que le destin lui tendait. Il remit le tiroir secret à sa place, puis rangea le faux au milieu des documents que l'empereur lui avait donnés avant son départ. Personne ne connaissait leur teneur ou leur nombre. Quand il sortirait le sien de la pile, nul ne pourrait contester son authenticité.

Bien. Mieux valait qu'il n'ouvre pas la porte pour le moment. Quelqu'un pouvant sentir qu'il avait fait de la magie, il valait mieux attendre que les énergies se soient dissipées. Et ça lui donnait une excuse pour se reposer un moment.

Quand il fut certain qu'il ne restait plus trace de ce qu'il avait fait, il se leva, déverrouilla la porte et demanda à ses gardes du corps d'appeler son escorte. Il faisait encore jour, et il lui restait le temps de faire le tour de son minuscule royaume…

Tremane ne sortait jamais sans être accompagné d'une demi-douzaine d'hommes forts et superbement entraînés. L'un d'entre eux au moins était à la solde de l'empereur, mais il refusait de se laisser abattre par ce genre de détail. Il espérait gagner suffisamment leur loyauté pour qu'ils aient, si on en arrivait là, une seconde d'hésitation avant de l'assassiner. C'était sa meilleure défense contre les agents impériaux cachés parmi ses hommes de confiance.

Comme il l'avait annoncé, la construction du premier mur défensif, une palissade en bois, s'était achevée quelques jours plus tôt. Elle entourait le camp impérial et la ville. Si ça n'était pas le cas au début, les autochtones étaient désormais contents de leur présence. Il avait suffi de quelques incursions de créatures étranges.

La palissade avait été facile à ériger, car les arbres morts ne manquaient pas. Les soldats l'avaient renforcée avec de la paille et une boue noire qui devenait comme de l'ardoise en séchant. Le mur faisait une main de profondeur. Mais s'il était suffisant pour empêcher des bêtes « stupides » d'entrer, Tremane ne voulait pas prendre de risque. Si les conditions climatiques s'aggravaient, ils pouvaient être attaqués par des meutes de pillards à la recherche de nourriture et d'un abri. Pas question de mettre la vie de ses hommes en danger alors qu'un mur pouvait les repousser !

De plus, penser uniquement à des assaillants humains aurait été une erreur. Les monstres des anciennes légendes pouvaient faire tomber les palissades – ou passer par-dessus –, et ils étaient nés de la magie. Les choses étant ce qu'elles étaient, il restait possible qu'un hasard malheureux mette au monde une créature analogue. Puisqu'ils en avaient encore le temps, avant l'hiver, ses soldats construisaient un *vrai* mur, dans un matériau plus solide et moins inflammable.

Normalement, ils auraient érigé une seconde palissade en bois derrière la première, mais la taille du camp et de la ville l'interdisait. Il ne voulait pas faire couper tous les arbres des alentours.

Comme il y avait du calcaire en abondance, ils pouvaient faire du ciment. Ses hommes fabriquaient des briques qui servaient à la construction de deux murs parallèles, derrière la palissade. Ils y travaillaient en équipe. Quand les deux murs atteindraient huit pieds de haut, l'espace qui les séparait serait comblé avec de la terre et des gravats, puis fermé par un toit de briques.

Seule une force organisée pourrait le franchir. Pourtant, Tremane n'avait pas l'intention de s'arrêter là. Il prévoyait de faire bâtir un chemin de garde au-dessus, afin que ses soldats puissent patrouiller dans le périmètre en toute sécurité. Ça ne les mettrait pas à l'abri de véritables engins de siège, mais serait déjà ça. Tremane aurait préféré que le mur soit plus haut. D'un point de vue pratique, il savait que ça n'était pas une nécessité. Aucune bête, même métamorphosée par la magie, ne pouvait franchir une fortification de dix pieds. Et s'ils étaient attaqués par des hommes, ce serait ses soldats qui les repousseraient, pas un mur.

Néanmoins, il trouvait réconfortante l'enceinte de trente pieds qui entourait son manoir, et il aurait aimé que ses hommes bénéficient de la même protection.

Quatre sur cinq travaillaient à l'édification du mur. Malgré le temps pourri, il s'élevait vite. Tremane n'était pas à court de main-d'œuvre. Comme il avait divisé le mur en centaines de segments, les hommes pouvaient constater leurs progrès. Cela leur donnait du cœur à l'ouvrage, et un objectif raisonnable à atteindre.

Le grand-duc fit le tour de la briqueterie, puis visita le chantier. Les hommes qui avaient une formation de maçon supervisaient les parties les plus délicates. Les autres posaient les briques et étalaient le mortier. Tous semblaient comprendre, comme leur chef, qu'ils pourraient très bientôt avoir besoin d'une telle protection.

Même si Tremane n'avait pas jugé utile de faire construire ce mur, il aurait trouvé une activité à ses soldats. Le meilleur moyen de les empêcher de s'attirer des ennuis était de les garder trop occupés pour penser à autre chose qu'au repas chaud et au lit qui les attendaient en fin de journée.

A moins d'être spécialisés, les hommes changeaient régulièrement d'occupation, selon une rotation préétablie. Pendant que certains posaient les briques, d'autres cassaient la pierre, pilaient le calcaire ou mélangeaient le ciment...

Quand le mur serait terminé – ça arriverait plus tôt que Tremane ne l'avait prévu, car ses hommes travaillaient avec une détermination inattendue –, il leur ferait construire leurs quartiers d'hiver. Il espérait que les érudits trouveraient très vite des plans adaptés dans un des livres qu'il avait apportés. Il leur fallait un type de construction qui concentre et garde la chaleur, rendant supportable un hiver cent fois plus rigoureux que ceux qu'il avait connus. Il devait imaginer le pire, puis penser que son imagination n'était pas à la hauteur et prévoir encore pire.

On devrait faire construire les cuisines dans les baraquements, afin que les hommes soient chauffés par la chaleur des fourneaux.

Tout était décoloré sous la lumière grisâtre qui filtrait entre les nuages. Il n'y avait pas de vent, mais avec l'air humide et froid, il était content d'avoir son manteau.

Il s'avisa de la nervosité de ses soldats. Une nervosité qui n'était pas due à son inspection. Sans doute étaient-ils au courant de l'apparition de nouveaux monstres. Dans ce cas, ils devaient avoir plus hâte que lui de voir le mur terminé !

Je serais heureux qu'ils développent d'eux-mêmes le sens de l'urgence. La peur est un moteur puissant. Plus ils seront motivés, plus vite ils auront terminé ce mur.

Il s'arrêta devant chaque section pour complimenter le chef d'équipe sur l'avancement des travaux. Au moins, les rebelles hardorniens n'étaient plus dans le jeu. Tremane ignorait ce qu'ils étaient devenus – il avait une petite idée, mais aucune confirmation.

Pour la plupart, les rebelles étaient des fermiers. Le reste ? Des jeunes têtes brûlées qui jouaient aux héros vertueux. Les fermiers occupés par la moisson, les aspirants héros n'étaient plus assez nombreux pour attaquer un camp fortifié.

Sa supposition la plus optimiste… La plus pessimiste était bien différente, et il n'osait imaginer qu'elle puisse être vraie.

Peut-être une créature, dehors, avait-elle réussi à échapper à ses patrouilles. Un monstre qui se concentrait sur les Hardorniens, moins bien armés et entraînés que ses soldats. Les Impériaux étaient retranchés derrière des fortifications, mais les groupes de rebelles rôdaient dans la nature. Il était donc beaucoup plus facile, pour une créature intelligente, de les attaquer que d'aller chercher les militaires derrière leurs murs.

On pouvait voir un bon côté à l'affaire. Pendant que des créatures transformées par magie s'attaquaient aux Hardorniens, personne ne s'en prenait à *ses* hommes. Mais tôt ou tard, les Impériaux devraient affronter le même ennemi que les autochtones. C'était inéluctable.

Du coup, Tremane souhaitait de tout son cœur que la « paix » soit due à la moisson et à la venue de l'hiver.

Les érudits avaient trouvé des textes parlant d'anciennes Guerres Magiques. Et il ne voulait pas devoir combattre des créatures semblables à celles qu'on décrivait dans ces pages jaunies. Même leurs noms sonnaient comme des malédictions – makaars, dragons des neiges, basilics…

Certaines de ces histoires – qui avaient fortement ébranlé les lettrés – étaient-elles venues aux oreilles de ses hommes ? Cela expliquerait leur nervosité et leur hâte…

Essaie de ne pas penser à ça pour le moment. Attends d'avoir une chance d'en parler avec les érudits. Peut-être existe-t-il des défenses physiques contre ces créatures...

Il espérait seulement que ces défenses n'étaient pas des chimères. Car si elles dépendaient de la magie, elles leur seraient inutiles.

Il termina son inspection et se dirigea vers les patrouilles qui entraient et sortaient sans cesse par la nouvelle porte est. Bien que le mur ne soit pas encore terminé, il voulait que ses hommes prennent l'habitude de passer par là.

Il arriva juste à temps pour voir une de ses craintes se réaliser.

Des voix excitées retentirent. Des hommes commencèrent à courir vers les portes – une des rares parties du mur qui soit terminée –, où les cris prenaient un ton alarmé. Davantage de sentinelles abandonnèrent leur poste.

Tremane n'accéléra pas le pas. Les trompettes n'avaient pas sonné l'alerte, donc ils n'étaient pas attaqués. Par conséquent, quel que soit le problème, il pouvait attendre quelques minutes de plus. Peu importait ce qu'il ressentait, il devait rester digne, comme il seyait à son rang, et montrer, par son calme, qu'il contrôlait la situation. La panique était un mal contagieux.

Les alentours des portes – ouvertes – grouillaient de monde, soldats et civils confondus. Au début, il crut qu'une patrouille avait rencontré une bande de fermiers hostiles. Puis il vit des brancardiers emmener deux hommes grièvement blessés et trois autres couverts de la tête aux pieds. Des morts.

Les civils n'étaient pas des prisonniers. Donc, l'ennemi qui avait blessé ou tué ces hommes n'avait fait aucune distinction entre les conquérants et les autochtones.

Le pire était-il arrivé ?

Tremane chercha des yeux le chef de la patrouille, qui le trouva le premier.

— Commandant ! dit l'homme en apparaissant sous son nez. Je viens vous rapporter une rencontre !

Tremane lui rendit son salut.

— Je vous écoute, éclaireur.

Au même moment, une charrette bâchée tirée par deux chevaux nerveux passa la porte autour de laquelle était toujours massée la foule de curieux. On détacha les pauvres bêtes avant qu'elles ne s'emballent. Ce qu'elles traînaient les paniquait.

— Nous étions en patrouille de l'autre côté du gué de Holka quand nous avons entendu des cris, dit le chef des éclaireurs.

Tremane connaissait cet homme. Il était fait sur le moule des soldats impériaux, sans rien qui le distingue de ses camarades. Tous auraient pu être frères. Chez eux, tout était moyen : la taille, le poids, l'apparence. Sauf l'intelligence, bien supérieure à la norme, et la faculté d'utiliser ce qu'ils avaient appris.

Le jeune officier continua son rapport.

— Nous sommes allés sur place, et nous avons vu six autochtones se battre contre *ça*.

Tremane découvrit de quoi parlait l'éclaireur quand plusieurs hommes retirèrent la bâche. La créature était si étrange qu'il n'aurait pas cru sa description s'il ne l'avait pas eue sous les yeux. En gros, on eût dit une araignée. Son thorax était rond, brun rouille et poilu, et ses pattes, beaucoup trop nombreuses, portaient des griffes affûtées. Elle n'avait pas à proprement parler de tête, et son corps massif était hérissé de flèches.

— Elle avait déjà tué deux chevaux et trois hommes. Deux de mes soldats ont chargé avant que je n'aie pu les en empêcher et ils ont été blessés. J'ai ordonné un repli. Après, nous lui avons tiré dessus jusqu'à ce qu'elle crève.

— Bon travail, approuva Tremane, incapable de détourner les yeux de la monstruosité allongée dans la charrette.

Cette « bête » avait-elle été une banale araignée ? Mais comment avait-elle pu devenir aussi grosse ? Et s'il s'agissait, à l'origine, d'une autre créature, comment avait-elle pu être transformée ainsi ?

— Les autochtones ont-ils déjà vu une horreur comme celle-là ? demanda-t-il en examinant le cadavre de plus près.

Il s'en dégageait une odeur de musc et de sueur rance très désagréable. Pas étonnant que les chevaux aient été à moitié fous de terreur.

L'éclaireur secoua la tête.

— Non, commandant, c'était la première fois. D'ailleurs, ils nous sont très reconnaissants.

Et voilà. Les tempêtes magiques ont invoqué une créature tueuse. Exactement ce que je craignais. Y en a-t-il d'autres ? J'espère que non !

— Montrez-la aux érudits. Peut-être en tireront-ils quelque chose. Et prévenez la ville. Un prêtre ou quelqu'un d'autre pourra éventuellement nous dire ce que c'était.

L'éclaireur salua, puis s'empressa d'aller exécuter les ordres. Tremane tourna le dos à la scène étrange et repartit.

Il avait une inspection à finir.

Entouré de sa garde, il circula entre les rangées de tentes. Les hommes se levaient sur son passage et le saluaient, abandonnant leur tâche. Les tentes étaient plus près les unes des autres que d'habitude dans un camp à ciel ouvert, mais le terrain, autour, avait été méticuleusement nettoyé. Il nota que certaines mesures rudimentaires avaient déjà été prises contre le froid. Ici, un soldat avait mis de la paille sous sa couche, là, un autre en avait fourré entre deux couvertures, qu'il avait cousues ensemble. Les toiles de tente protégeaient du vent, mais pas du froid. Plus un homme avait d'argent, plus il achetait de couvertures.

Mais ça n'était pas une solution.

Malgré leur équipement non-conforme, il ne trouva rien à redire à la tenue des tentes. Sur un signe de tête approbateur à l'officier responsable, il continua sa visite.

Il la termina par les latrines. Elles avaient été remplacées par un système efficace – et terriblement complexe – qui asséchait les déjections et les transformait en granules. Les fermiers du coin faisaient la queue pour se procurer cet engrais. Tremane ignorait comment cela fonctionnait, et il n'avait pas posé de question. Un système similaire était installé chez lui, et il n'avait jamais été intéressé par son fonctionnement.

Il y a des choses qu'un homme ne doit pas savoir.

Ainsi, ils n'avaient plus à craindre que leur réserve d'eau soit polluée. Il préférait ne pas penser aux dégâts que provoquerait une épidémie de dysenterie au beau milieu de l'hiver. Si la moitié de ses hommes survivaient à une catastrophe pareille, il devrait s'estimer chanceux.

Alors qu'il retournait vers ses quartiers, il se surprit à penser à son domaine. Comment ses gens s'en sortaient-ils ? Devaient-ils affronter des dangers aussi terribles qu'eux ?

Au moins, je n'ai pas à m'inquiéter pour une épouse. Pour une fois, être prudent m'a servi…

Etant devenu un des héritiers présomptifs de l'empereur, il avait préféré ne pas se marier. Son épouse aurait été une cible, un moyen de le manipuler – il n'aurait jamais eu le cœur d'infliger cela à la femme qu'il aimait. Et il n'avait pas non plus opté pour un mariage de convenance. Son épouse aurait pu être une espionne. Il s'en était tenu à des liaisons purement sexuelles, choisissant des femmes qu'il installait ensuite avec le mari de leur choix. Cela satisfaisait les besoins de son corps, sinon ceux de son cœur, et il avait toujours veillé à ce qu'aucun enfant ne naisse de ses unions éphémères.

Bien qu'il aimât ses terres et ses gens, personne là-bas n'avait ravi son cœur. Il éprouvait pour ces gens une grande affection, un peu comme celle d'un jeune homme pour un cheval ou un chien. Mais rien de plus passionné. Il avait toujours pensé que le véritable amour de son cœur existait, mais hors de sa portée. Stratégiquement, la passion n'était pas bonne pour un grand-duc, et encore moins pour un futur empereur. La prudence dictait de ne jamais présumer de ses capacités, si on voulait contrôler sa vie.

Il était heureux, considérant les effets des tempêtes magiques, que sa famille soit si conservatrice en ce qui concernait la gestion du domaine.

Les gens disaient que nous étions vieux jeu, et ils riaient même de nous. Mais nous n'avons jamais dépendu de la magie pour gouverner nos terres.

L'eau puisée à la main, le grain moulu par des moulins à vent, le transport assuré par des charrettes… De plus, les gens se déplaçaient à cheval. Dans les terres de l'Empire, le duché de Tremane comptait sans doute parmi les moins touchés par les événements.

Quant à Kedrick, il est jeune, mais intelligent, sinon, je ne lui aurais jamais laissé les rênes. Son héritier, un jeune cousin, en savait long sur la gestion du domaine. Désormais, il aurait d'excellentes raisons de bien faire son travail – s'il échouait, il mourrait de faim avec les autres.

J'ai fait tout ce que je pouvais pour eux. Il faudra bien que ça suffise. Je ne peux pas m'en occuper en ce moment.

S'il rentrait chez lui avec ses hommes, son duché pourrait

nourrir toutes les bouches supplémentaires. Et il serait impossible de l'atteindre au cœur de son petit royaume. Une possibilité à prendre en considération…

Si je me souviens bien, toutes les filles de ma famille ne sont pas mariées, faute de prétendants. Je pourrais donc lier plusieurs officiers à moi par le mariage…

Une fois de retour au manoir, il renvoya quatre gardes du corps et gagna ses quartiers, les deux derniers sur les talons. Il s'arrêta au bureau où le chef de ses assistants travaillait derrière des piles de papiers. Young Cherin aurait pu être le frère aîné de l'éclaireur : yeux et cheveux bruns, peau tannée par le soleil et visage carré sans rien de remarquable. Il n'était ni beau ni laid, mais Tremane se rappelait au moins son nom – ce qui n'était pas le cas pour son prédécesseur. Le pauvre garçon était si effacé que Tremane oubliait sa présence. Un tel talent d'invisibilité ne pouvant être gâché, il l'avait envoyé à son maître espion, pour un entraînement spécial.

— Avez-vous reçu des rapports ? demanda-t-il alors que le jeune homme bondissait sur ses pieds et saluait.

— Non, commandant.

Tremane soupira. Il avait espéré qu'un de ses hommes aurait une idée pour affronter l'hiver. Mais peut-être leur en demandait-il trop ?

— Bien. Continuez…

Son assistant salua de nouveau, puis se remit au travail. N'ayant rien de mieux à faire, Tremane gagna ses quartiers, s'assit à son bureau et passa en revue de vieux documents.

Un mot attira son attention : *Valdemar*. Le rapport disait seulement que les Valdemariens avaient travaillé frénétiquement pour bloquer les effets des tempêtes magiques.

A l'époque où il l'avait reçu, il n'en avait pas pensé grand-chose. Maintenant qu'il le relisait, il commençait à se poser des questions sur ses présomptions initiales.

J'aurais juré qu'ils étaient à l'origine des tempêtes…, pensa-t-il, le regard perdu dans les flammes du feu, écoutant d'une oreille distraite ses hommes s'entraîner dans la cour. Il trouvait ce son particulièrement réconfortant.

J'étais certain qu'il s'agissait d'une nouvelle arme que les Valdemariens utilisaient contre nous. Mais d'après ce rapport, ils souffrent tout autant des effets des tempêtes.

Leur reine n'a pas la réputation d'être sans pitié, contrairement à Charliss. Lâcherait-elle une telle horreur sur son peuple pour atteindre ses ennemis ?

C'était possible, bien sûr… Selenay n'avait pas la réputation d'être cruelle, mais peut-être était-elle une excellente comédienne ? A moins qu'elle ne soit folle – une affliction fréquente chez les monarques.

De plus, Valdemar ne dépendait pas de la magie. Ce royaume n'en avait pas, au sens où l'entendait Tremane. Alors, s'il souffrait, c'était *seulement* des interactions des tempêtes magiques avec le monde physique…

Non, son raisonnement ne tenait pas debout. Pas après avoir vu la créature ramenée par ses hommes.

« Seulement » ? Très mauvais choix de mot. Il n'y avait rien de « seulement » chez ce monstre.

Quant à ses autres arguments, ils s'écroulaient devant la nature aléatoire des tempêtes et de leurs effets. Pourquoi une personne saine d'esprit – et il n'avait aucune raison de penser que la reine Selenay ne l'était pas – utiliserait-elle une arme aux retombées si imprévisibles ?

Si on a une arme et qu'on sait ce qu'elle fait, on l'utilise. Mais si on ignore ses effets… il n'y a aucune raison logique de s'en servir…

Surtout si elle risque de vous faire autant de mal qu'à votre ennemi.

La tête douloureuse, Tremane se massa les tempes. Il n'avait pas aimé ordonner à un tueur de détruire l'alliance bâtie par Valdemar. A l'époque, quelque chose lui soufflait qu'il faisait une grave erreur, mais il avait tenu le cap, pour que les tempêtes magiques cessent.

Mais elles ont continué… Et les choses ont même empiré.

Etait-il possible qu'il se soit trompé ? L'Alliance ne s'était pas dissoute, mais un des ambassadeurs avait perdu la vie. Et puisque les tempêtes avaient commencé après l'arrivée du Karsite à la cour valdemarienne, il était logique de penser qu'il était à leur origine – *si* elles venaient de Valdemar. Mais dans ce cas, pourquoi avaient-elles continué, puisqu'il était mort ?

Se pouvait-il que Valdemar soit une victime ?

Ses maux de tête empirèrent. S'il avait eu de meilleurs

espions… Mais ça n'était pas le cas. Il avait fait de son mieux pour saboter l'alliance entre Valdemar et Karse, et il avait échoué. Il avait essayé de désorganiser ces gens, les éparpillant comme un rabatteur avec une couvée de cailles. Mais ils n'étaient *pas* désorganisés, et les agissements de son tueur n'avaient pas affecté leur efficacité. Et les tempêtes magiques étaient de plus en plus puissantes, et de plus en plus rapprochées.

Alors, si j'avais eu tort ?

Tremane réfléchit un moment, se sentant de plus en plus mal. En cas d'erreur de jugement, il avait ordonné l'assassinat de gens qui auraient pu être ses alliés contre les tempêtes magiques.

Avait-il brûlé ses ponts *avant* de les traverser ?

Je n'ai pas eu de nouvelle du tueur, et il m'aurait contacté s'il se croyait en danger.

Il changea de position, son dos commençant à le faire souffrir.

Cet imbécile a dû se faire prendre. Sans doute est-il déjà mort. Même les Valdemariens ne sont pas assez bêtes pour garder un assassin vivant. Ils cherchent sûrement le meilleur moyen de conserver sa tête, afin de l'expédier à Solaris.

Etant donné ce qui transpirait de Valdemar, il était probable que son tueur avait été découvert avant d'avoir rempli sa mission…

Il a bâclé ses assassinats, puis sa fuite. Voilà ce qu'on gagne à utiliser un agent mis en place par un autre.

Tremane secoua la tête, puis chercha un remède contre sa migraine. Comme les Hardorniens, il avait d'autres soucis que Valdemar. Pour le moment, il n'y avait rien que les Valdemariens puissent faire à ses hommes. Et l'inverse était vrai.

Il était plus important de régler le problème de la survie de ses troupes.

Il faut trouver des plans et bâtir des quartiers d'hiver adéquats. Dois-je augmenter le nombre de patrouilles ? Qu'allons-nous faire au sujet du ravitaillement, si mon plan ne peut pas être exécuté ?

Devait-il demander à ses hommes d'aider les fermiers à moissonner *efficacement* ? Il restait toujours du grain dans les champs, et s'il y envoyait ses soldats, ce serait toujours ça de pris…

Ils ne rapporteraient pas grand-chose, mais l'expérience lui avait appris que plusieurs petites récoltes faisaient souvent un total non négligeable. Si ce plan réussissait, peut-être pourrait-il vaincre ses véritables ennemis. Pas les Valdemariens, mais les tempêtes magiques et tout ce qu'elles impliquaient.

Je dois me concentrer sur un adversaire à la fois. Pas question de diviser mon attention ou mes ressources…

Des coups frénétiques frappés à sa porte le firent sursauter. Il avait pris l'habitude de toujours laisser une lampe allumée. Pas parce qu'il n'aimait pas l'obscurité, mais parce qu'il pouvait être appelé à n'importe quelle heure de la nuit. Il se leva sur un coude, aussitôt alerte.

— Entrez !

Keital, l'apprenti de Sejanes, apparut aussitôt, suivi par ses assistants, qui apportaient ses vêtements et des lampes.

— Le Portail ? demanda Tremane en enfilant ses hauts-de-chausses.

— Il est ouvert, commandant, répondit le jeune homme mince aux cheveux hérissés. Sejanes a fait venir les hommes… Il m'a dit de vous prévenir que le Portail est instable. Il ignore combien de temps il pourra le garder ouvert, mais vous aurez le temps de faire ce qu'il faut…

— Retournez auprès de lui. Il aura besoin de toute l'aide disponible.

L'excitation avait instantanément éclairci les idées du duc. Le jeune homme hocha la tête, hésita une seconde, puis sortit. Tremane finit de s'habiller, ses assistants lui tendant ses vêtements l'un après l'autre. Il prit les documents posés sur sa table de nuit et les fourra dans sa tunique, puis il se leva pour enfiler ses bottes. Enfin, il bondit vers la porte et sortit au pas de course. Ses assistants et ses gardes lui emboîtèrent le pas, et il s'amusa de les entendre haleter. Alors, comme ça, ils n'arrivaient pas à suivre le « vieil homme » ?

Parce qu'ils n'ont pas prêté assez d'attention au nombre d'heures que je passe avec mon maître d'armes, épée au poing.

Les quelques gardes qu'il croisa le regardèrent avec des yeux ronds. Le commandant ne courait jamais...

Sauf quand le temps presse.

Si Sejanes disait que le Portail était instable, il n'exagérait pas pour se donner de l'importance. Glissant sur le sol de pierre, Tremane jura. Ça n'était pas le moment de se casser une jambe !

Le manoir était construit autour d'une cour centrale. C'était là que les mages avaient travaillé. Cette nuit, elle était éclairée par des dizaines de torches... et le Portail brillait au centre.

Les yeux expérimentés de Tremane virent aussitôt quels étaient les problèmes. Au lieu de former une courbe nette, le contour du Portail tremblotait et ondulait. Et il n'aurait pas dû émettre autant de lumière – le signe d'une déperdition d'énergie.

Les mages entouraient le Portail, chacun ajoutant ses efforts à ceux de ses collègues. Pour un œil non-entraîné, le passage lui-même, un trou noir zébré d'éclairs et entouré par du feu blanc, aurait pu paraître vivant – dans ce cas précis, vivant, mais sinistre, il fallait bien l'avouer. Pour un œil entraîné, il ressemblait au genre de structure qu'obtenait une équipe de novices lors de sa première tentative.

Tandis que Tremane et son escorte approchaient, les mages se concentrèrent et réussirent à contrôler un peu mieux leur création. L'arche devint plus nette, et le fond noir fut remplacé par une plate-forme de chargement et le mur d'un entrepôt.

Les hommes choisis pour l'expédition arrivèrent et formèrent les rangs. Tremane tira sur sa tunique et prit place à leur tête. Ses gardes du corps reculèrent – sauf deux. Tout se passait comme pendant les répétitions, sans mouvements inutiles.

Tremane gagna le Portail, suivi par ses hommes.

Il s'attendait à se sentir désorienté, mais ce fut pire que ce qu'il avait imaginé. Quand ses pieds touchèrent le sol de l'entrepôt, il chancela et tomba sur un genou. Ses hommes ne firent pas mieux. Ils s'écartèrent en titubant, comme s'ils allaient s'évanouir ou s'ils avaient trop bu. Un ou deux portèrent la main à leur estomac, le teint verdâtre.

Luttant contre la nausée, Tremane se redressa, dos droit et jambes tendues, et ferma les yeux. Puis il attendit que ça passe. Quand il eut recouvré son contrôle, il rouvrit aussitôt les yeux. Ses hommes et lui étaient à l'endroit souhaité : la plate-forme de chargement d'un entrepôt, sous le ciel étoilé.

Deux marches donnaient accès à l'entrée. De là, il suffisait de prendre la rampe pour gagner les grandes portes en bois du dépôt, juste en face d'eux.

Il entra dans le petit bureau, où, comme il s'y attendait, il y avait de la lumière. Dans un dépôt impérial, quelle que soit l'heure, on laissait toujours un homme de garde.

Tremane tira les documents – authentiques et contrefaits – de sa tunique.

— Restez ici jusqu'à ce que les portes s'ouvrent, dit-il.

Puis il fit signe à ses gardes de le suivre.

S'il pensait qu'il s'apprêtait à jouer les escrocs, il risquait de se trahir… Il avança et ne broncha pas face à la surprise de l'employé.

Il posa les documents devant l'homme d'âge moyen, recula et croisa les bras. La pièce avait l'aspect de n'importe quel bureau impérial – tout y était placé avec minutie, et il y régnait une odeur de papier, d'encre, de poussière et de cire à cacheter.

L'employé prit le premier document et le lut. Il examina le sceau, les yeux écarquillés de surprise. Puis il prit le deuxième et ainsi de suite. Quand il eut tout lu, il blêmit.

— Messi-messire, bégaya-t-il. Il-il y-y a sû-sûrment une e-erreur…

— J'ai mes ordres, répondit Tremane. Vous avez les vôtres.

— Mai-mais ces-ces ordres disent que vou-vous avez le droit de vider l'entrepôt…

— Mon ami, tous les Portails sont morts, alors il nous sera impossible de nous approvisionner régulièrement. Nous avons dû faire un effort extraordinaire pour en ouvrir un, et il ne survivra pas à la prochaine tempête, s'il dure jusque-là. Ne vaut-il pas mieux que le contenu de ce dépôt serve à des hommes plutôt qu'à nourrir la vermine ?

En faisant appel au bon sens de l'homme, Tremane

espérait le faire fléchir. L'employé regarda encore les documents, puis son visiteur.

— Mais, si l'entrepôt est vide, alors nous…

— Ce dernier papier vous autorise à partir, dit Tremane. Il se passe d'étranges choses, et vous êtes postés à la frontière, seuls et sans protection. Il n'y a pas de raison de rester isolés ici alors que vous pourriez rentrer chez vous. Si le magasin est vide, il n'a nul besoin d'être gardé.

« L'empereur sait que vous êtes inquiets pour vos familles. Sans Portail, il vous faudra du temps pour les retrouver. Voilà pourquoi il vous donne un congé illimité.

L'employé relut le document et son visage s'éclaira. Après tout, il autorisait Tremane à leur payer un an de salaire, à lui et à ses collègues.

— Nous sommes quatre, commandant. C'est un dépôt standard… Et nous sommes tous des civils, alors…

— Aucune inquiétude. J'ai amené mes hommes. Ouvreznous les portes, pour que nous puissions prendre ce qu'il nous faut avant qu'il ne soit trop tard.

— Bien, messire !

L'employé bondit de son tabouret et s'empressa de déverrouiller le treuil. Grâce à cet habile système, ce petit homme ratatiné était capable d'ouvrir des portes que le plus fort de ses gardes aurait eu du mal à manœuvrer.

Dès que les portes commencèrent à s'ouvrir, les soldats envahirent le magasin. Cela aussi, ils l'avaient répété, tout entrepôt impérial étant construit selon les mêmes plans. Ils commencèrent par s'emparer des caisses de nourriture et de fournitures utiles en hiver. Dès que celles-ci seraient de l'autre côté, ils passeraient à des choses un peu moins importantes : uniformes, paillasses, couvertures. Et ainsi de suite. Ils comptaient emporter tout ce qu'ils pouvaient, tant que le Portail tiendrait.

Les dépôts impériaux étaient connus pour contenir des équipements si anciens que les historiens eux-mêmes n'en connaissaient pas toujours l'usage. Mais dans ce bazar, certaines choses pourraient peut-être leur servir. Des objets qui n'avaient plus de raison d'être depuis que la magie avait pris le relais auraient droit à une seconde chance. Sinon, ils trouveraient une utilité aux pièces détachées.

Pendant ce temps, Tremane demanda à l'employé de lui ouvrir la salle des archives, où était le coffre plein d'or impérial servant à payer les fournisseurs civils et les troupes. Il compta un an de salaire pour chaque employé et mit l'argent dans des sacs de paye. Enfin, il y écrivit un nom et y appliqua son sceau.

— A compter de maintenant, vous êtes libre, dit Tremane en tendant un sac à l'employé. S'il y a une écurie, prenez une monture et un animal de bas.

— Merci, commandant, répondit l'homme. (En reculant vers la porte, il ajouta :) J'ai une longue route à faire. Peut-être devrais-je partir aussi vite que possible…

Il avait hâte de s'en aller et Tremane savait pourquoi. Tous les employés impériaux se servaient dans la caisse et mettaient la main sur ce qui leur faisait envie. Il suffisait d'inscrire dans les registres qu'ils avaient versé une certaine somme à un fournisseur, alors qu'ils lui avaient donné moins pour empocher la différence. Par conséquent, il préférait être loin quand Tremane comparaient ce qui *aurait dû être là* avec ce qui y *était*.

Comment aurait-il pu savoir que Tremane s'en fichait ? Même si la souris avait grignoté la croûte, le plus gros de la miche de pain était encore là.

Le duc avait ses raisons de vouloir se débarrasser des employés. Quand – ou si – les autorités venaient, elles ne trouveraient personne, ce qui rendrait la situation encore plus confuse. Il leur faudrait découvrir où étaient passés les employés avant de découvrir quel sceau avait été utilisé sur les sacs de paye – à condition qu'ils les aient gardés. Tremane avait l'intention de reprendre tous les documents qu'il avait apportés. Donc, les autorités auraient un magasin vide, et pas un seul responsable. A moins qu'un ou plusieurs agents ne parviennent à être « abandonnés » ici…

Même si ça devait arriver, il faudrait du temps à ces espions pour atteindre la capitale. S'ils y parvenaient jamais…

Tous les maîtres-espions s'appuyaient sur les Portails et les messages magiques pour communiquer avec leurs hommes. Sans magie, un agent pouvait même ne pas savoir qui était son contact !

Pendant que le duc réfléchissait, ses gardes avaient commencé à transférer l'argent de l'autre côté, dans les mains de ses autres gardes, qui avaient l'ordre de le placer dans la chambre forte. L'or étant lourd, ils ne pouvaient pas en transporter beaucoup à la fois. Mais comme Tremane l'espérait, il y en avait assez pour payer ses hommes pendant un an. Voilà qui lui laissait le temps de gagner leur loyauté.

Quand tout l'or fut de l'autre côté, il ordonna à ses deux gardes d'aider les autres à vider le dépôt, qui contenait même un stock de bois de charpente. S'ils en avaient le temps, Tremane entendait l'emporter.

Ils avaient mis la main sur tout ce qui était vital. Maintenant, ils faisaient la chaîne, passant des caisses, des ballots et des sacs de l'autre côté, sans se soucier de leur contenu. Aucune importance. Les responsables de *ses* réserves feraient l'inventaire de leurs nouvelles richesses.

Pendant que ses hommes travaillaient, Tremane consulta les archives. Comme il s'y attendait, les employés du dépôt étaient livrés à eux-mêmes depuis des semaines, sans ordres, ni un signe que l'Empire existait toujours. Ils n'avaient pas la moindre idée de ce qui se passait. Tout ce qu'ils savaient, c'était que les Portails étaient morts, et que d'étranges créatures rodaient à l'extérieur de leurs fortifications. Ce qu'il trouva indiquait qu'ils étaient paniqués. Il ne les en blâma pas : à leur place, il aurait craqué aussi.

L'immense magasin renvoyait les échos à l'infini et les torches que ses hommes avaient allumées jetaient d'étranges ombres entre les étagères. Tremane aurait aimé qu'ils aient le temps de visiter l'écurie… Mais les employés auraient sûrement besoin de toutes les bêtes disponibles pour emporter leurs biens.

Mieux vaut ne pas être trop gourmands, gloussa-t-il intérieurement.

Le Portail ne montrait aucun signe de détérioration, et l'entrepôt était à moitié vide. Alors qu'il vérifiait les progrès de ses hommes, il vit une autre porte… qui n'aurait pas dû être là. Il la regarda.

Une autre porte ? Etait-il possible que ce magasin soit un *complexe* d'entrepôts ?

Il courut sur le sol poussiéreux et ouvrit la porte. Les

torches donnaient assez de lumière pour lui révéler un spectacle qui lui réjouit le cœur.

Du grain. Barrique après barrique ! Destiné aux chevaux de la cavalerie, mais parfaitement mangeable.

La réponse à ses prières ! Avec ça, il pourrait subvenir aux besoins de ses hommes et de la ville. Et même gagner la loyauté des habitants, si l'hiver était long et rude et s'ils venaient à manquer de nourriture. Les fermiers s'étaient plaints du mauvais temps, qui avait saccagé les récoltes. Tremane avait pensé que c'était pour l'apitoyer. Tout fermier qui se respectait ne se plaignait-il pas du temps et des mauvaises récoltes ? Il n'en avait jamais entendu un se féliciter d'en avoir fait une bonne.

Mais si cette fois c'était vrai ? Il avait subi les intempéries et vu de ses yeux l'état des champs. Comment avait-il pu penser que la récolte serait *normale ?*

Parce que je n'ai pas osé imaginer le contraire, sinon j'aurais baissé les bras et tout abandonné.

Il s'empressa d'appeler la moitié de ses hommes. Ils devraient prendre tout le grain. Le foin aussi, mais seulement s'ils en avaient le temps. Ça n'était pas une priorité.

J'ai besoin de davantage de bras.

Il prenait un risque en faisant venir des hommes dont il n'était pas sûr de la loyauté – par un Portail instable, en plus – mais il n'avait pas le choix. Il y *aurait* des agents parmi eux. Tant pis !

Il gagna le Portail en courant et envoya un messager. Sejanes n'était pas fou. Il saurait combien il pouvait lui envoyer de renforts.

Tremane retourna près de ses hommes pour devenir un maillon de la chaîne. Il travailla entre un de ses gardes du corps et un soldat dont il ne connaissait pas le nom. Quand ce dernier le maudit pour sa maladresse – il avait fait tomber une boîte – puis pour sa lenteur, il ne dit rien. L'important était de tout faire passer de l'autre côté, pas de maintenir la distinction entre commandant et subordonnés. Il vit à peine d'autres hommes former une deuxième chaîne – il avait les mains pleines, et la sueur lui coulait dans les yeux.

Il n'avait jamais fait un travail si dur. Ses muscles et ses articulations commencèrent à protester, puis à le supplier d'arrêter. Ses poumons le brûlaient et sa bouche était aussi sèche que s'il traversait un désert. Mais il n'avait pas le temps de se reposer. Sa chaîne se chargeait du bois de charpente et l'autre continuait de charrier du grain.

Soudain, il s'avisa qu'il ne travaillait plus dans le noir. L'aube était venue et il ne s'en était pas aperçu. Comment Sejanes avait-il réussi à tenir le Portail ouvert si longtemps ? Les pauvres mages allaient être épuisés pendant une semaine, après ça !

Sa chaîne se rompit. Il ne restait plus rien dans le premier entrepôt. La moitié des hommes s'empressèrent de démanteler les engins de sièges, pendant que les autres se joignaient à la seconde chaîne… qui se passait des ballots de foin !

Mais un coup de sifflet retentit. C'était le signal : les mages avaient tenu aussi longtemps qu'ils l'avaient pu. Ses hommes lâchèrent tout pour regagner le Portail, comme ils y avaient été entraînés. Voyants cela, les renforts les imitèrent. Tremane se joignit à eux. Sans cesser de courir, les soldats formèrent les rangs – ils pouvaient seulement passer à quatre de front.

Tremane savait qu'en appelant des renforts, il avait permis à plus d'un agent – à la solde de l'empereur ou de ses ennemis – de rejoindre l'Empire. Ils feraient exprès de traîner les pieds, pour être « oubliés ». Tant pis ! Après tout, à part lui, personne ne savait qu'il avait contrefait des documents pour vider ce dépôt.

En un sens, il ne souhaitait aucun mal à ces hommes. Si cet entrepôt était isolé depuis des semaines, cela ne présageait rien de bon sur les conditions de vie dans l'Empire. Les « déserteurs » devraient trouver un moyen de transport, traverser plusieurs Etats-clients avant de gagner le territoire impérial proprement dit. A leur place, il se choisirait un endroit confortable où attendre que tout redevienne normal. Et ils pouvaient bien décider de le faire…

Quant aux hommes qui, sans être des espions, feraient en sorte de rester, il ne pouvait pas leur en vouloir. L'Empire aurait sans doute plus besoin d'eux que lui.

Tout soldat qui choisira de rester ici sera une bouche de moins à nourrir. Et un agent de moins qui, privé d'ordres, pourrait avoir recours au sabotage…

Tremane fut un des derniers à franchir le Portail. L'effet qu'il eut sur lui fut une bonne indication de son instabilité. Il arriva de l'autre côté en titubant et tomba, pris de haut-le-cœur. Incapable de se relever, il dut attendre qu'on le traîne sur le côté.

Il ouvrit les yeux et le regretta immédiatement. La cour tanguait et le soleil lui blessa les rétines. Il referma les yeux et se contenta de rester coucher où il était, en attendant que ça passe.

— Il s'effondre ! cria une voix que l'épuisement rendait rauque.

— Laissez faire... nous ne pouvons plus attendre ! (C'était Sejanes. Le vieil homme avait dû compter les têtes et arriver à un chiffre inférieur à celui du départ.) Les absents seront très bien de l'autre côté... Fermons-le avant de nous griller tous !

Tremane rouvrit les yeux. Il vit le Portail se ratatiner jusqu'à ce qu'il ne reste plus qu'un point lumineux, qui disparut à son tour.

Sa nausée s'étant un peu calmée, il se redressa sur les coudes. On l'avait tiré dans un coin, où il ne gênerait personne. S'appuyant contre le mur, il se releva, et attendit un instant d'avoir recouvré son équilibre.

Enfin, quand il pensa être de nouveau présentable, il traversa la cour pleine de soldats et de mages allongés sur le sol – certains là où ils étaient tombés. Les gardes du corps qu'il avait laissés en partant étaient toujours là.

— Faites venir des brancardiers, ordonna-t-il à l'un d'eux. Qu'ils ramènent tous les hommes dans leurs quartiers. Tout soldat qui a participé à cette opération aura au moins un jour de congé pour se remettre. Que les guérisseurs les voient tous.

Il balaya la cour du regard, et fronça les sourcils. Ils avaient vidé deux entrepôts... pourquoi y avait-il si peu de choses ?

Interprétant correctement son expression, le garde s'empressa de le rassurer.

— Dès que les premières caisses sont arrivées, Sejanes a fait venir des hommes pour les charger sur des charrettes et les emporter dans nos réserves, commandant. Ils seront bientôt de retour.

— Bien. Et les responsables font déjà l'inventaire ?

— Oui, messire. Tout se passe selon vos ordres, sauf… (Le garde ne put réprimer plus longtemps son sourire.) … sauf que Sejanes a gardé le Portail ouvert plus longtemps qu'il ne le croyait possible. Vous avez réussi, commandant !

Pour la première fois depuis des semaines, Tremane se détendit suffisamment pour répondre au sourire de son garde du corps.

— Ne tentons pas les Méchants Dieux avec notre orgueil. Nous ignorons combien de temps ont été stockés les vivres que nous avons rapportés. La moitié pourrait bien être inutilisable ou immangeable.

L'homme hocha sagement la tête.

— Vous avez raison, commandant. Dois-je faire également venir votre chaise à porteurs ?

Tremane fut sur le point de refuser – il avait rarement utilisé ce moyen de transport au cours de l'année écoulée. Mais ses vertiges lui firent reconsidérer la question.

— Oui. Vous me trouverez près de Sejanes.

Il réussit à rejoindre son vieux mentor *avant* d'être obligé de s'asseoir sur une caisse sans donner l'impression de s'effondrer. Le mage était dans le même état que Tremane. Allongé sur les pavés, il leva à peine la main pour accueillir son ancien élève.

— Eh bien, vieil homme, dit Tremane, nous y sommes arrivés.

Il fut récompensé par un faible sourire… et par un éclat familier, dans les yeux de Sejanes.

— Oui. Nous avons gagné le temps qu'il vous fallait, mon garçon. Et j'espère que vous êtes prêt à récompenser vos mages…

— Je vais vous reloger dans les meilleurs quartiers du manoir. Il n'y a plus de raison que vous bivouaquiez avec les hommes, étant donné les circonstances. Et pour étouffer toute rumeur de favoritisme, je ferai savoir que votre sacrifice de cette nuit vous a rendus invalides, ou presque. Par conséquent, vous méritez un traitement spécial.

— Vous n'êtes pas loin de la vérité, mon garçon. Les jours à venir, nous resterons sans doute alités.

— Alors, vous aurez des lits confortables.

Au bout de quelques minutes, les hommes chargés du transport des marchandises revinrent en compagnie de ses assistants. Le duc appela leur chef, Cherin, et lui demanda de s'occuper des mages.

— Pour l'instant, portez-les à l'infirmerie. Ensuite, trouvez un moyen de reloger les résidents du manoir, histoire qu'il y ait des chambres pour les mages ayant travaillé sur ce Portail. Les jours qui viennent ne vont pas être faciles pour eux.

Un seul regard suffit à convaincre Cherin.

— Certaines réserves peuvent être converties en baraquements, commandant. Nous pourrions y transférer les gardes du corps, loger les pages et les messagers à leur place, et placer les assistants dans les chambres libérées par les pages. Ainsi, les mages pourraient s'installer dans leurs quartiers.

— Parfait. D'autant plus que les pages et les messagers seront dans un dortoir, ce qui facilitera la tâche à leurs superviseurs. Ces chenapans se sont montrés anormalement sages, ces derniers temps, mais je crains que ça ne dure pas.

« Faites ce que vous avez dit.

— Bien commandant !

— Vous êtes un bon garçon, Tremane, dit Sejanes après le départ de Cherin.

Puis le vieux mage ferma les yeux.

La chaise à porteurs arriva peu après. Bien, il était grand temps de laisser les assistants faire leur travail. Le duc leur donna des directives et leur demanda de laisser leurs rapports sur son bureau. Enfin, il monta sur sa chaise. Les quatre porteurs le soulevèrent et l'emportèrent.

J'aimerais pouvoir dormir une semaine entière, pensa-t-il en fermant les yeux. Ce n'était pas possible. Il se réveillerait dès que son corps aurait suffisamment récupéré pour fonctionner. Alors, il aurait une idée approximative de ce qu'il avait pris dans le dépôt.

Mais il était déjà sûr d'une chose : même si la moitié seulement de ce qu'ils avaient rapporté était utilisable, il aurait de quoi nourrir ses hommes pendant un hiver digne du pire cauchemar d'un Nordique. Ses hommes, et peut-être la ville.

L'avenir s'annonçait beaucoup plus brillant que la veille. Aussi sombre que soit la situation, c'était déjà ça.

CHAPITRE II

Une écurie n'était pas le meilleur endroit pour des leçons de protocole, mais Karal de Karse et son répétiteur ne correspondaient pas à l'idée qu'on se fait d'un ambassadeur et d'un professeur.

Des nuages bas obscurcissaient le ciel. Dans l'ensemble, être ici par une journée si maussade était plutôt agréable pour un jeune homme qui avait été garçon d'écurie dans son enfance. De plus, ce n'était pas une écurie ordinaire, mais l'abri réservé aux Compagnons de passage à Haven. La plupart des stalles étaient vides. Les autres restaient silencieuses, car les Compagnons ne se conduisaient pas comme de vrais chevaux.

Le seul endroit, dans ce pays étranger, où Karal se sentait chez lui… La chaude odeur du foin, l'arôme du grain, la riche senteur du cuir – presque autant un goût qu'une odeur… Tout cela l'aidait à se détendre. Il faisait froid dehors, mais Karal était aussi confortablement installé près du grand poêle brun qu'il aurait pu l'être dans sa chambre.

— Très bien, dit-il, frottant ses yeux fatigués. Explique-moi une fois de plus comment les fidèles de toutes ces religions font pour ne pas s'entre-tuer à cause de leurs différences.

Le feu, derrière la porte du poêle, crépitait gaiement, et la pénombre qui régnait dans l'écurie reposait ses yeux douloureux. Il était bien dommage que Florian ne puisse pas venir dans sa suite, au Palais. Une tasse de thé lui aurait fait le plus grand bien.

Mais ça l'aurait probablement endormi, et ce n'était pas le moment.

Son professeur secoua la tête, ce qui fit danser sa crinière blanche.

C'est très simple, Karal. Chacun doit obéir à une règle, une seule, s'il veut pouvoir continuer à pratiquer sa religion à Valdemar : « Vivre et laisser vivre ». Convertir est permis, à condition de ne pas harceler, persécuter ou intimider autrui. Les lois séculières de Valdemar ont la préséance sur les préceptes religieux. Peu importe si les croyances de ton voisin te choquent, tu n'as pas le droit de le forcer à vivre selon tes convictions. Si tu n'es pas capable de suivre cette règle, on te raccompagne à la frontière.

Karal essaya d'imaginer ce genre de situation à Karse. En vain. Ses compatriotes ignoreraient la loi et continueraient de jouir de leur droit sacré de harceler, persécuter, intimider, voire assassiner, quiconque n'était pas d'accord avec eux. Si *leur* Dieu, selon leur interprétation étroite de ses Ecrits et de sa Loi, disait qu'une chose était mal, elle l'était pour *tous*, et personne ne pouvait avoir une autre opinion. Les Karsites s'étaient entre-tués à ce sujet au moins autant qu'ils avaient fait la guerre à leurs voisins. A une époque, les choses avaient été différentes, comme il l'avait appris au cours de ses lectures. Mais la situation présente existait depuis des générations. Depuis l'époque de Vanyel, en fait. Ou plutôt, comme l'aurait souligné Ulrich, depuis que le Fils du Soleil était élu par les prêtres plutôt que par Vkandis en personne.

— C'est si simple que je me demande comment ça peut fonctionner.

Florian gratta le sol d'un sabot, l'équivalent, Karal l'avait appris, d'un haussement d'épaules.

Je suppose que ça fonctionne parce que cette loi a été promulguée à une époque où Valdemar était peu peuplé, et où ses habitants pratiquaient tous la même religion. Alors, personne ne voyait pourquoi une loi pareille ne pourrait pas fonctionner.

Quand on plante un arbre si tôt, il a le temps de pousser, et très vite, ses racines sont si profondément enfoncées dans la terre qu'aucun orage ne peut l'arracher.

Un chat passa près d'eux – un matou tout ce qu'il y avait

de plus ordinaire, sans les marques inimitables d'un Chat de Feu. Karal lui tendit la main, mais « sa majesté » avait d'autres projets.

— On dirait un proverbe shin'a'in, fit-il remarquer, se tournant un peu sur son siège pour chauffer son côté droit. (Etait-ce son imagination, où était-il encore tôt pour qu'il fasse si froid ?) Tu passes trop de temps en compagnie d'An'desha.

Florian « gloussa ». Voir Karal parler à un cheval blanc aux yeux bleus aurait semblé étrange à l'extérieur des frontières de Valdemar. S'entretenir avec un Compagnon – ou, comme il l'aurait dit, un an plus tôt, avec un « Cheval des Enfers » – aurait été considéré comme un blasphème par la plupart de ses compatriotes. Mais au cours de l'année écoulée, Karal en avait plus appris sur les Hérauts et les Compagnons qu'il ne l'aurait cru possible. Et il faisait confiance aux conseils de Florian, au sujet des us et coutumes de Valdemar, comme il se fiait à ceux d'An'desha sur la magie. Ces deux sujets étaient obscurs pour lui. Il était habitué aux effets de la magie, mais pas à sa pratique. Quant aux us et coutumes de Valdemar... Ils lui semblaient aussi étranges que cette bonne entente apparente entre les religions !

— Donc, chaque fois que j'aurai affaire à un prêtre valdemarien, il tolérera ma présence, même s'il ne m'aime pas. (Quand Florian acquiesça, Karal haussa les épaules.) C'est mieux que de redouter de me faire assassiner par un fanatique religieux au détour d'un couloir.

Si des assassins fanatiques arrivent jusqu'ici, il ne pourra pas s'agir de Valdemariens. A ce sujet, Kero a donné des consignes à ses hommes.

« Kero » était le Héraut Kerowyn, le seul de l'histoire de Valdemar qui fût aussi capitaine d'une compagnie de mercenaires. Elle était chargée des défenses moins conventionnelles du royaume – celles dont le seigneur marshal ne voulait officiellement rien savoir. Elle était aussi un des – anciens – Plus Grands Ennemis de Karse, la rumeur prétendant qu'elle mangeait des bébés karsites sur des toasts au petit déjeuner.

Karal l'avait effectivement vu manger des toasts au petit déjeuner. Kero jurait qu'elle ne touchait pas aux bébés, karsites ou autres, au moins jusqu'au déjeuner.

En réalité, Florian ne lui « parlait » pas vraiment. La voix du Compagnon résonnait dans la tête de Karal. Ici, on appelait ça « parler par l'esprit ». Pour les Valdemariens, il était normal qu'un Héraut communique avec son compagnon, comme si tous les deux avaient été humains. Il suffisait qu'un Héraut mentionne un rendez-vous pour que son Compagnon déboule pour l'y conduire.

Néanmoins, il était toujours un peu bizarre de les voir marcher côte à côte, puis d'entendre l'un éclater de rire et l'autre hennir. Ils se parlaient d'esprit à esprit, et personne ne trouvait cela inhabituel.

Une magie dont Karal ignorait l'existence avant d'arriver ici – sans doute parce que, chez lui, les Prêtres du Soleil faisaient de leur mieux pour éliminer les enfants « affligés » d'un tel don. Ils appelaient ça de la « sorcellerie », et avaient pourchassé des malheureux jusqu'à ce que Solaris prenne le pouvoir.

Certains Hérauts avaient la faculté de communiquer par l'esprit avec d'autres humains. Certains déplaçaient des objets sans les toucher, ou voyaient des choses à distance. D'autres pouvaient observer l'avenir ou le passé... ou possédaient des dons encore plus étranges.

Tout cela pouvait être accompli avec la magie telle que Karal la connaissait, mais ça n'était pas celle qui lui était familière. Les Prêtres du Soleil avaient souvent la faculté de pratiquer la « vraie » magie. Certains – les mauvais – utilisaient ce don pour abuser les crédules et les faire croire à de prétendus « miracles ». Ce genre de pouvoir devant être contrôlé, les Prêtres du Soleil enrôlaient de force leurs détenteurs.

Les Valdemariens possédaient les « pouvoirs de la sorcellerie », qu'ils appelaient « magie de l'esprit », ou encore « dons ». Ils naissaient avec, puis les affinaient grâce à un entraînement spécial.

Karal s'y était habitué jusqu'à un certain point. Mais il s'étonnait de la désinvolture avec laquelle les Hérauts acceptaient ces pouvoirs. Comme il aurait été facile d'en abuser, ainsi que beaucoup de Karsites l'avaient fait avec la magie. Mais ici, il y avait les Compagnons.

Le seul endroit où on pouvait affiner son don de l'esprit,

c'était au Collegium. Et pour y entrer, il fallait être Elu par un Compagnon. Ensuite, celui-ci faisait office de meilleur ami, de mentor, de conscience, et même parfois de maître terriblement exigeant. Que les Compagnons ressemblent à des chevaux – toujours blancs aux yeux bleus – était un détail accessoire. Florian lui avait dit que s'ils avaient pris cette forme – plutôt que celle d'un chien ou d'un chat – c'était parce qu'un cheval savait se rendre invisible, et parce qu'il était à la fois une arme, un partenaire de combat et une monture. Dans la mythologie karsite, les Hérauts dans leur uniforme blanc étaient les « Démons Blancs » et les Compagnons « les Chevaux des Enfers ».

Florian avait été « affecté » à Karal par les autres Compagnons quand le jeune homme était arrivé à Haven. Il était alors le secrétaire de l'ambassadeur de Karse, maître Ulrich. Florian lui avait assuré bien des fois qu'il n'avait pas été Elu, ce qui arrivait d'ordinaire quand un Compagnon venait voir un humain et lui parlait par l'esprit. Dans son cas, Florian, à la manière altruiste de son espèce, était un conseiller chargé de l'aider à retrouver son chemin dans la façon de vivre des Valdemariens. Karal n'avait aucune raison de se méfier du Compagnon. Après tout, il savait de source sûre que ceux-ci étaient la même chose que les Chats de Feu – des sages ayant décidé de renaître sous une forme différente pour conseiller et guider ceux qui avaient un grand pouvoir. Ne pas être humains, donc être libre de tout souci trivial, leur permettait d'avoir un point de vue impartial. En théorie du moins. Comme Florian l'avait admis, être coincé dans un corps matériel avait parfois tendance à déformer les choses.

Et, avait-il ajouté, *ça dépend aussi de combien de fois on est revenu.*

Quoique cela puisse vouloir dire…

Karal était également honoré par – à moins que ce ne soit « accablé » – la présence d'un Chat de Feu, même s'il ne savait pas très bien pourquoi. Cependant, aussi sage que fût Altra, il n'en savait pas plus que lui sur les Valdemariens et leur royaume. Tous deux étaient handicapés quand ils devaient essayer de comprendre ceux qui avaient été leurs ennemis pendant des générations.

Karal baissa la tête un instant, pressant le bout de ses doigts froids contre ses tempes douloureuses. Cela lui fit du bien.

Tu es fatigué, dit Florian, d'une voix inquiète. *Je ne suis pas sûr de devoir continuer la leçon.*

— J'aimerais prendre un peu de repos, mais je dois rencontrer le Synode, ou l'Assemblée, ou quel que soit le nom qu'on lui donne, demain après-midi. Et si je ne connais par les usages, je risque d'offenser quelqu'un. (Il soupira et se massa la nuque.) Je n'ai jamais voulu être l'ambassadeur de Karse... J'avais déjà bien assez à faire comme simple secrétaire.

Florian ne répondit pas tout de suite. Il détourna la tête, comme s'il réfléchissait. Karal entendit des souris courir dans le foin. Sans doute était-ce pour ça que le matou était trop pressé pour accepter ses caresses.

J'hésite à te faire cette suggestion – cela demanderait que tu m'accordes une confiance encore plus grande que maintenant – mais il y a un moyen de contourner ce problème.

— Lequel ? demanda Karal.

Il était prêt à accepter n'importe quelle solution à son problème. Pour le moment, son esprit enfiévré mélangeait les « radiances », les « excellences » et les « saintetés » sans parvenir à les rattacher à une « robe ». Il ignorait comment il pourrait apprendre à les reconnaître avant le lendemain. Mais comme beaucoup d'autres, ce rendez-vous lui était tombé dessus sans prévenir.

Si tu me laissais avoir accès à ton esprit, en abaissant tes barrières, je pourrais voir par tes yeux et te souffler les réponses, répondit Florian. *Je peux te montrer comment abaisser tes barrières.*

Le problème, c'est que tu me donneras accès à tout. Je saurai ce que tu penses. Tu pourrais ne pas vouloir... hum... avoir un tel niveau d'intimité avec moi.

Ça, c'était un dilemme ! Voulait-il que Florian sache tout ce qu'il pensait ? Le Compagnon aurait sans doute accès à des choses pas très flatteuses. Karal avait déjà rencontré certains chefs religieux d'autres sectes établies ici. Ils lui avaient fait comprendre qu'ils ne pouvaient pas souffrir les représentants du Dieu du Soleil – *tout particulièrement s'il* s'agissait d'un vulgaire secrétaire sorti du rang.

Il était vrai que les fidèles de Vkandis avaient fait des choses terribles contre ceux des autres religions. Mais cela appartenait au passé, à l'époque où les Fils du Soleil étaient – pour parler franchement – des outils corrompus et ambitieux servant des intérêts qui n'étaient pas ceux de leur Dieu. Solaris avait mis un terme à ces agissements, à la guerre contre Valdemar, et à l'étroitesse d'esprit de son Ordre. Aujourd'hui, les choses étaient différentes, et les Prêtres du Soleil qui avaient versé leur sang pour Valdemar en étaient la preuve. De plus, Karal était trop jeune pour avoir agi au nom des anciennes règles. Mais cela n'empêchait pas certains vieux boucs de le tenir personnellement responsable de tout ce que leurs Ordres avaient subi depuis le temps de Vanyel.

Par conséquent, il risquait de penser à leur sujet certaines choses peu charitables.

Mais s'il ne pouvait pas faire confiance à Florian à ce sujet, à qui d'autre se fierait-il ?

— J'accepte, dit-il. Mais je dois te prévenir : tu vas probablement partager aussi mon mal de tête.

Ce n'est pas grave, répondit Florian. *Voilà comment nous allons procéder. Tu vas voir, c'est très simple. Tu sais ce que ça fait quand je te parle ?*

Karal hocha la tête.

Penses-y, puis imagine que tu me tends la main. Quand tu sentiras la mienne la prendre, tes barrières seront tombées.

Oui, il pouvait imaginer ça sans problème, car il ne considérait pas Florian comme un cheval. Il ferma les yeux et tendit une « main » imaginaire à son ami. Presque aussitôt, il eut l'impression étrange qu'une autre « main » la serrait. Karal ouvrit les yeux, et fit l'expérience d'une superposition d'images – celle du « Florian » qu'il connaissait, et celle d'un jeune homme mince, le visage honnête, les cheveux et les yeux foncés, vêtu de l'uniforme blanc des Hérauts.

La seconde image disparut presque aussitôt. Etait-ce à cela qu'avait ressemblé Florian ?

Excellent ! applaudit le Compagnon. *Sens-tu la différence ?*

— Oui, répondit Karal. On dirait que tu te tiens derrière moi et que tu chuchotes à mon oreille.

Désormais, je vois les choses à travers tes yeux. Remarque, je ne conseillerais pas ça à quelqu'un d'inexpérimenté. C'est assez désorientant.

Tu travailles si dur, continua tristement le Compagnon. *Si seulement je pouvais t'aider un peu.*

— Oh, mais tu m'aides, répondit le jeune homme. Savoir que j'ai un véritable ami me réconforte beaucoup plus que je ne pourrais le dire.

Des pas légers, du côté de la porte, alertèrent Karal. Florian et lui avaient de la compagnie.

— Un seul ? demanda An'desha en entrant dans l'écurie. Si je croyais que tu as dit ça *littéralement*, je serais profondément blessé.

Son ton taquin apprit à Karal qu'il n'était pas sérieux.

Alors que l'Adepte shin'a'in approchait, Karal nota aussitôt qu'il allait mieux. Ils avaient participé à une cérémonie magique, à la frontière entre Valdemar et Iftel, et elle avait été bien plus traumatisante qu'ils ne l'auraient cru. Le résultat ? Un brise-lames allant du nord d'Iftel au sud de Karse. Il était destiné à contrer les tempêtes magiques et à dissiper leur énergie. Bien sûr, cette protection ne durerait pas éternellement. Les tempêtes étaient de plus en plus puissantes et malmenaient le brise-lames. Néanmoins, cela leur avait fait gagner du temps pour trouver une solution.

Des deux, c'était An'desha qui avait le plus souffert, car il avait fait presque tout le travail. Karal n'était pas un mage. Son mentor, Ulrich, lui avait confié un jour qu'il « avait le potentiel pour devenir un canal ». Personne n'avait vraiment compris ce qu'il voulait dire, avant qu'on ait besoin de lui à la frontière d'Iftel.

« Canaliser doit être instinctif ».

Voilà ce qu'avaient dit les mages qu'il avait consultés. Grâce aux soins des guérisseurs, il s'était très vite remis, à leur retour dans la capitale. La convalescence d'An'desha, en revanche, avait été beaucoup plus lente.

Aujourd'hui, le teint du jeune mage était plus proche du doré de ses ancêtres shin'a'in que du jaune. Il y avait davantage de blanc à la racine de ses cheveux, mais cela n'avait rien de surprenant, étant donné les énergies qu'il avait manipulées. On avait dit à Karal que l'utilisation de la magie entraînait le blanchiment des cheveux et la décoloration des iris, qui devenaient argentés. C'était pour ça que l'amant d'An'desha, l'Adepte tayledras Flammechant, avait les cheveux blancs depuis l'adolescence.

On avait raconté à Karal qu'An'desha était jadis ce qu'on appelait un « Modifié », une créature au corps mi-humain mi-animal. Il avait été transformé par l'esprit d'un Adepte Noir qui avait pris possession de son corps et lui avait donné la forme qu'il voulait – celle d'un homme-chat. Finalement, Mornelithe Fléaufaucon avait été détruit et – un vrai miracle d'après ceux qui avaient été témoins de la scène – le corps d'An'desha avait recouvré son apparence d'origine. A une exception.

Les yeux d'An'desha étaient ceux d'un chat : jaune vert, avec des pupilles comme deux fentes verticales. Bien sûr, ils se décoloraient de plus en plus. Aujourd'hui, ils étaient davantage bleu argenté. Et c'était dû à la puissance des énergies qu'An'desha avait manipulées pour construire le brise-lames.

Ces changements étaient extérieurs. Mais il y avait d'autres signes : une aura de calme que le jeune Adepte ne possédait pas auparavant. Et de la confiance en soi. An'desha savait ce qu'il était, et il s'acceptait.

Il savait également ce qu'il n'était pas.

Il n'avait rien à voir avec Fléaufaucon, même s'il conservait les souvenirs de l'Adepte Noir.

— Ravi que tu aies compris que je ne voulais pas t'exclure, fit Karal avec un sourire de bienvenue.

— Parce que je sais ce que tu voulais dire : tu es content d'avoir un ami *valdemarien*. Ici, je suis un étranger, tout comme toi.

An'desha fit un clin d'œil à Florian et tira un banc près du poêle. Ses vêtements trahissaient autant ses origines étrangères que les robes noires de Karal. Un compromis entre les costumes tayledras et ceux que portaient les Shin'a'in en hiver…

— Flammechant se plaint du froid. Il jure qu'il va finir par mourir gelé avant la première neige. Ventnoir lui a rappelé que sa Vallée natale subissait des hivers pires que Valdemar. Evidemment, Flammechant a répondu qu'il n'avait jamais eu à sortir sous ce type de température barbare. Elspeth a voulu mettre un point final à la dispute en disant qu'il était arrivé dans la Vallée de Ventnoir *pendant* une tempête de neige. Flammechant a prétendu qu'il avait dû faire une entrée dramatique puisqu'il était le représentant de sa Vallée. Ventnoir lui a répondu qu'il n'était qu'un frimeur !

« La conversation s'étant transformée en concours d'exagération, personne ne m'a vu sortir.

An'desha riait, donc la « dispute » ne devait pas être sérieuse.

— Flammechant veut se faire plaindre, mais il n'y arrivera jamais avec un Héraut et un éclaireur tayledras.

— Ni avec toi ? le taquina Karal.

— Ni avec moi, répondit An'desha, étirant ses jambes pour présenter ses pieds bottés à la chaleur du poêle. Si c'est ce qu'il veut, je lui rappellerai ce qu'il n'a cessé de me répéter : trop de sympathie pousse l'individu à se trouver des excuses, et pas des réponses. S'il n'apprécie pas le temps, il devrait songer à abriter Haven derrière un Voile, comme une Vallée tayledras.

— Ça, c'est un coup bas ! lança Karal. (Florian eut un hennissement amusé.) Pauvre Flammechant, tout le monde est contre lui, aujourd'hui.

— Le temps le rend irritable, c'est tout. Au fond, je ne l'en blâme pas. Il fait gris et froid, de quoi vous donner le cafard. J'espère que les fermiers ont pu rentrer leurs récoltes. Sinon, au printemps, nous porterons nos ceintures plus serrées.

— Je n'ai pas l'impression que les conditions étaient pires que les années précédentes… Mais aucun fermier n'admettra avoir fait une bonne récolte. J'ai entendu dire que les choses s'étaient arrangées, depuis que le brise-lames est en place. (Cela lui fournit l'ouverture dont il avait besoin.) An'desha… tu étais à l'extérieur de la frontière d'Iftel. As-tu vu quelque chose, quand je l'ai franchie ?

— Qu'est-ce que tu veux dire ? J'ai vu beaucoup de choses, avec ma vision magique et mes yeux de chat.

An'desha croisa les jambes avec grâce et se pencha un peu en avant. Le banc en bois craqua quand il bougea.

Karal réfléchit, histoire de formuler sa question.

— T'a-t-il semblé que la barrière magique… me reconnaissait, d'une certaine manière ?

— Oh, aucun doute là-dessus ! répondit l'Adepte. Elle t'a touché et testé avant de te laisser passer. Je l'ai « vu ». Des filaments d'énergie, courts, puis plus longs. (Il fronça les sourcils tandis qu'il se concentrait.) La zone où tu étais s'est éclairée et j'ai « vu » des choses difficiles à décrire. J'ai vu l'énergie te toucher et j'ai su grâce aux… aux souvenirs de Fléaufaucon, qu'on appelle ça des « sondes ». Mais j'ignore ce qu'elles cherchaient en toi.

— Mais pourquoi m'a-t-elle reconnu ? Altra semblait sûr de ça, rappelle-toi. Il disait que la frontière me reconnaîtrait, *moi*, et personne d'autre. Pourquoi moi ?

— En réalité, tu n'es pas le seul qu'elle aurait reconnu. Altra a dit qu'il fallait que ce soit un Prêtre du Soleil d'un genre particulier. Ulrich aurait été l'idéal. Et apparemment, Solaris aurait pu faire l'affaire aussi.

— Mais quel lien y a-t-il entre les Prêtres du Soleil de Karse et la magie de la frontière d'Iftel ? demanda Karal. Et qu'*en est-il d'*Iftel, d'ailleurs ? Personne ne peut y entrer ou en sortir, excepté quelques marchands et guérisseurs, et même s'ils étaient soumis à la torture, ils ne parleraient pas. J'ai posé la question à Altra – il se fait rare depuis notre retour – et il s'est contenté de remuer la queue et de répondre que je le saurais en temps voulu !

Je ne peux pas t'aider. Je n'en sais pas plus que toi, admit Florian. *Désolé. Ni Altra, ni Vkandis ne se sont confiés à un Compagnon insignifiant.*

— Je suppose que tu vas devoir être patient. J'ai bien peur que ton Vkandis ne soit comme la Déesse. Il doit vouloir que tu trouves la réponse tout seul. (An'desha haussa les épaules.) Les dieux sont comme ça. Si j'étais l'un d'eux, j'aurais pitié de mes pauvres fidèles à la compréhension si lente…

Karal ne put s'empêcher de rire, puis de reconnaître que lui-même avait beaucoup changé. Un an plus tôt, une plaisanterie pareille l'aurait indigné.

L'Adepte sourit.

— Bien. J'ai enfin réussi à te faire rire. Tu devrais faire ça plus souvent – tu as l'air de n'avoir pas ri depuis des jours. Et quand es-tu allé à *La Rose des Vents* avec Natoli et les autres pour la dernière fois ? J'y suis passé hier soir. Tu leur manques.

— J'aimerais bien y aller, mais je n'ai pas le temps, répondit tristement Karal. En plus de mon travail, je dois faire celui d'Ulrich. Il faut que j'apprenne tout ce qu'il savait du protocole, et tout de suite. (Il secoua la tête ; Florian baissa les oreilles, compatissant.) Ça a commencé dès notre retour. Je ne peux pas me contenter d'être un remplaçant. Je dois être un authentique ambassadeur.

C'est vrai, approuva Florian.

Karal lui tapota distraitement les naseaux, et eut l'impression étrange qu'une main se posait sur son épaule, et qu'il mettait la sienne par-dessus.

— Prends aujourd'hui, par exemple, continua le jeune homme. Je n'avais pas fini mon petit déjeuner quand un page est arrivé avec un message urgent en provenance de la frontière. Le Héraut posté là-bas arbitrait une dispute entre des Holds et une bande de Karsites qui disaient être des « patrouilleurs ». Et puisqu'aucune des parties n'acceptait l'aide d'un Héraut, c'était à moi de régler ça.

— Tu l'as fait ? demanda An'desha, intéressé.

— Dans ce cas précis, j'ai pu régler l'affaire rapidement. (Karal fit une grimace amère.) J'en sais plus que je ne le voudrais au sujet de ces « patrouilleurs ». Ce sont des bandits. Avant, ils avaient deux costumes, l'un valdemarien, l'autre karsite, ce qui leur permettait de piller les fermes des deux côtés de la frontière. Aujourd'hui, ils sont revenus au vol de bétail, et ils vident les maisons pendant que les familles sont à la foire.

Il fronça les sourcils, puis eut un petit sourire.

— Ils essaient d'enlever des filles de Holds, mais le plus souvent, ils sont incapables de faire la différence entre elles et les garçons. Et dans tous les cas, ils finissent par se dire qu'ils préféreraient avoir mis les mains dans un nid de guêpes, plutôt que d'affronter une famille assoiffée de sang. Nos garde-frontière ne les protégeant pas, et leur victime hurlant à l'assassin, ils sont rarement victorieux…

— Sur quoi portait la dispute, cette fois ?

— Toujours le même refrain : du bétail, que les Holds prétendaient être à eux. J'ai dit au Héraut de regarder si la marque était fraîche. Les Holds ne marquent pas leur bétail, car ils le gardent en commun. Les Karsites le font, parce que le vol de troupeaux, j'en ai peur, coule dans notre sang. Donc, si les marques étaient récentes, il s'agissait de bétail volé.

Dis-lui comment tout ça s'est terminé, fit Florian. *C'est tellement drôle.*

— Le Héraut m'a répondu que la plupart des bêtes étaient fraîchement marquées, mais pas toutes. Il semble que les Holds aient voulu se venger des voleurs en réclamant l'intégralité du troupeau.

An'desha éclata de rire.

— Tu devrais raconter cette histoire à Talia. Je crois qu'elle l'amuserait beaucoup.

— Oh, j'en ai l'intention. Elle n'a pas une grande admiration pour les siens… (Il soupira.) J'aimerais que tous les problèmes qu'on me demande de régler soient aussi simples. Demain, je suis censé rencontrer les chefs de toutes les religions présentes à Valdemar. Et à cette occasion, je dois régler le différent entre la secte de Vkandis installée ici depuis l'époque de Vanyel et les Prêtres du Soleil arrivés pendant la guerre contre Hardorn. J'ai bien peur que ma décision ne plaise à personne.

— Je n'aimerais pas être à ta place… Je me souviens… (Il marqua une pause.) J'ai remarqué qu'en matière de religion, la logique, les faits et la raison comptent beaucoup moins que l'émotion. Peu importe ce qui *est*, quand des gens sont convaincus que l'opposé *devrait être*.

— Tu as raison, malheureusement… Je pourrais accumuler les faits en faveur d'un argument et les voir écartés par un simple « ce n'est pas ce que je crois ». Et j'ai bien peur que mon âge joue ma défaveur. (Il posa un regard envieux sur les cheveux blancs d'An'desha.) Peut-être devrais-je t'envoyer là-bas à ma place. Ou mieux encore, Ventnoir.

— Et pourquoi pas Flammechant, tant que tu y es ? J'imagine leurs têtes devant sa version des robes noires des prêtres karsites !

— Oh, seigneur ! (Karal se joignit à l'hilarité de son

ami : les costumes de Flammechant étaient toujours excentriques.) Et dès qu'il ouvrirait la bouche, il les perdrait si bien dans les méandres de la logique et de l'illogisme, qu'ils en oublieraient leur credo !

— Probablement. Dommage que tu ne puisses pas te faire représenter par lui. Il s'amuserait comme un petit fou !

— S'il existe un « Démon Blanc », c'est bien lui ! Il ne s'amuse jamais autant que lorsqu'il peut jouer avec les gens.

— Je n'irais pas jusque-là... Il n'est pas si manipulateur ! Même s'il aime bien titiller les autres, histoire de voir quelle réaction ils vont avoir.

— Il a un réel talent dramatique, qu'il soit ou non le personnage principal. Florian semble avoir trouvé la solution à mon problème, alors je vais peut-être pouvoir me reposer.

— Je suis venu avec l'espoir que tu m'accompagnerais à *La Rose des Vents*. La cour peut sûrement se passer de toi, ce soir. Le cuisinier de la *Rose* fait des pâtés à la viande, et on m'a dit que son nouveau fromage jaune est excellent.

— Démon ! Tu sais que je ferais n'importe quoi pour du bon fromage et des pâtés à la viande ! (C'était ce qui ressemblait le plus à ce qu'il mangeait chez lui, et l'Adepte le savait. Il adressa un regard implorant à Florian.) Tu crois que je peux m'absenter, juste cette fois ?

Florian n'était pas immunisé contre ce que les Compagnons appelaient « le regard de chien perdu de Karal ». Il céda.

Je vais arranger ça, promit-il, *même si je dois mentir et dire que tu es avec moi. Mais tu ferais bien de partir tout de suite, avant que quelque chose ne t'en empêche.*

La Rose des Vents était une taverne unique à Haven, et peut-être dans tout Valdemar. Pas tant à cause de la nourriture – plutôt bonne, mais pas digne du palais d'un gourmet – ou de la boisson, mais de la clientèle.

Les jardins du Palais abritaient trois Collegia – Hérauts, Guérisseurs et Bardes. Mais il en existait un quatrième, non-officiel. Si l'on regardait dans les classes, on voyait *quatre* couleurs d'uniforme. Le gris identifiait les apprentis Hérauts, le rouge brique les apprentis guérisseurs, le vert clair les apprentis bardes... et le bleu les élèves « non-affiliés ». La plupart du temps, il s'agissait des enfants de courtisans préférant avoir leur famille près d'eux plutôt que dans leur domaine. Les classes des trois Collegia leur étaient ouvertes, et on leur demandait de porter un uniforme bleu – ce qui n'avait pas toujours été le cas. Parmi les Bleus, on trouvait également des jeunes gens dont l'intelligence et le mérite leur avaient ouvert les portes d'une éducation supérieure. Chacun d'eux avait un sponsor, soit à la cour, soit dans un des Cercles – des Hérauts, des Bardes ou des Guérisseurs.

Ils étaient divisés en deux groupes : lettrés et « ingénieurs ».

Les ingénieurs partaient dans tout le royaume pour construire des ponts, des moulins, des routes ou des machines pour la navigation. La liste des possibilités était aussi illimitée que l'imagination des inventeurs.

La plupart de ces jeunes gens passaient leur temps libre à *La Rose des Vents*, en compagnie de leurs maîtres, des professeurs des trois Collegia et des ingénieurs établis à Haven. « Temps libre » était donc une expression mal choisie, car ils en profitaient pour réfléchir aux problèmes que leur posaient leurs projets.

Tel qu'un nouveau système d'irrigation… Ou l'intégration de la magie à la logique pour trouver un moyen de protéger Valdemar et ses alliés des tempêtes.

Les élèves et les professeurs de *La Rose des Vents* avaient autant participé à l'élaboration du brise-lames que les mages, dont le talent et le pouvoir avaient permis de le construire. En fait, s'ils n'avaient pas été là, il n'y aurait *jamais eu* de « brise-lames ». Le concept était nouveau, et les mages avaient tendance à toujours employer les mêmes méthodes.

Quand Karal était arrivé à Haven, il avait rencontré la fille du Héraut qui les avait escortés, son maître et lui, jusqu'à la capitale. Elle s'appelait Natoli et faisait partie des élèves ingénieurs. Elle l'avait emmené à *La Rose des Vents*. Parmi des gens épris de vérité et curieux de tout, un « maudit Karsite » serait innocent jusqu'à preuve du contraire. Ça avait été leur chance à tous. Quand les tempêtes magiques s'étaient déchaînées sur Valdemar, il était venu à l'esprit de Karal que les esprits analytiques de ses nouveaux amis et de leurs professeurs sauraient peut-être étudier le problème et lui trouver une solution.

Parfois, pour résoudre une énigme, il fallait inviter les gens à y réfléchir.

Pour la toute première fois, les mages et les ingénieurs s'étaient parlé, et il en avait résulté une « communion ». Hélas, Karal n'avait pas pu voir ce qui s'était passé ensuite, ses devoirs l'ayant tenu éloigné de *La Rose* et de Natoli. Aujourd'hui, il craignait que la jeune fille lui en veuille d'être resté absent si longtemps. Les choses, entre eux, s'étaient orientées vers « un peu plus » que de l'amitié, et peut-être pensait-elle qu'il n'était plus intéressé.

Une taverne bondée n'était sans doute pas le meilleur endroit pour s'expliquer devant une personne blessée et en colère... Mais c'était encore mieux que ne pas la voir du tout.

C'était ça, pas les pâtés et le fromage, qui l'avait convaincu de venir ce soir.

Il ignorait si An'desha le savait. Quand il le voulait, il pouvait garder ses pensées pour lui, et ses yeux de chat rendaient ses expressions plus difficiles à déchiffrer. Mais le Shin'a'in aussi était l'ami de Natoli, et elle avait pu se confier à lui.

Au moins, pensa Karal alors qu'ils marchaient dans les rues de Haven pour rallier la taverne, coincée entre un entrepôt et un horloger, *il sera agréable d'être moi-même une soirée, et pas Son Excellence, l'Ambassadeur de Karse.*

La nuit était tombée tôt, en partie à cause de la couverture nuageuse, et l'air froid et humide s'était considérablement rafraîchi. L'obscurité semblait épaisse, comme si elle absorbait la lumière. Karal bénissait deux choses : son lourd manteau et l'éclairage public.

Ils arrivèrent enfin dans le district marchand, reconnaissable à ses rues pavées. Comme toujours, ils entendirent *La Rose* avant d'y être, à cause du bourdonnement de conversations qui s'en échappait. Selon la rumeur, l'horloger qui vivait à côté était sourd. Karal en était venu à l'espérer pour le pauvre homme.

D'après le bruit, *La Rose* était pleine à craquer – comme toujours les soirs de pâtés. Une rose des vents avait été sculptée dans la porte en bois de la taverne, et une autre pendait au-dessus, en guise d'enseigne. Toutes les deux étaient éclairées par des torches. Karal ralentit le pas, comme s'il était pris d'une soudaine timidité. An'desha saisit la poignée en cuivre et ouvrit la porte.

La cacophonie qui les assaillit était inimaginable. Exactement comme la première fois que Natoli l'avait amené ici.

Tous les sièges étaient occupés par des élèves qui mangeaient et discutaient. Ils faisaient de grands gestes avec leur pâté et leur morceau de fromage, ou composaient des maquettes avec les gobelets et les assiettes, au grand mécontentement de ceux qui les utilisaient. Les tables étaient couvertes de papier brun, car ils avaient tendance à dessiner dessus pour illustrer leurs propos, que la surface soit faite ou non pour ça. Un ou deux maîtres étaient dans la salle, mêlés à leurs élèves. Les autres occupaient la salle du fond, qui leur était réservée. Un élève avait son « diplôme » quand il – ou elle – était invité à prendre son repas dans ce sanctuaire. Aucune autre cérémonie ne marquait la fin de l'apprentissage et le début de la vie active. Ici, il y avait des maîtres, mais pas d'apprenti ou de compagnon.

Le tumulte continua alors que la porte se refermait derrière eux avec un bruit sourd, et Karal laissa ses oreilles et ses yeux s'habituer au bruit et à la lumière. La Rose des Vents était une des tavernes les mieux éclairées, car cela comptait autant pour ses clients que la nourriture et la boisson. En comparaison, l'éclairage de la Salle du Trône était faible. Après avoir marché longtemps dans l'obscurité, il fallait un certain temps d'adaptation.

Mais alors que Karal cherchait Natoli des yeux, le bruit mourut peu à peu. Les Bleus s'étaient avisés de leur présence et se flanquaient des coups de coude.

Personne ne bougea. Puis une personne assise le dos à la porte se leva et se retourna. C'était Natoli. Un instant, Karal voulut ressortir en courant.

Elle est fâchée contre moi et tout le monde est au courant... Je l'ai blessée, et ils doivent me haïr. Oh, sainte gloire, que vais-je faire ?

— Karal ? dit son amie, son visage s'éclairant. (Natoli n'était pas à proprement parler « jolie », mais ses traits avaient tellement de caractère qu'on ne pouvait pas ne pas la remarquer.) Dieux, ils t'ont enfin laissé sortir ! Il était temps ! Viens ! Regardez, tout le monde, c'est Karal !

La salle résonna de cris de bienvenus. Alors qu'An'desha et Karal se frayaient un chemin vers la jeune fille, le Karsite chancela sous les bourrades amicales qu'il reçut au passage. Il lui vint à l'esprit qu'il pouvait être aussi dangereux d'être l'ami de Natoli que son ennemi.

Il ne réussit pas à traverser la salle sans qu'on lui donne une assiette – qui se remplit toute seule – et une chope pleine qui se renversa au hasard des démonstrations d'amitié dont il faisait l'objet. Karal s'excusa un nombre incalculable de fois, mais personne ne sembla prêter attention à sa « maladresse ». A moins que ces gens ne soient habitués à retrouver des taches de bière partout.

Comme toujours, la table de Natoli était très fréquentée, mais il y avait toujours de la place pour une ou deux personnes de plus. Les jeunes gens se serrèrent pour que Karal et An'desha puissent prendre place autour de leur amie. Alors que Karal s'asseyait, Natoli lui subtilisa un de ses pâtés à la viande et lui offrit du fromage en échange.

Karal partagea sa nourriture avec ceux qui n'avaient rien devant eux. Finalement, quand tout le monde fut assis, il s'avisa qu'il avait oublié son appréhension.

— Quand tu es entré, tu avais l'air d'un élève barde devant un auditoire hostile, fit remarquer Natoli. Il y a un problème ?

— Je crois que j'avais peur que vous soyez fâchés contre moi, parce que je n'étais pas venu depuis longtemps... Vous auriez pu penser que je me considérais trop bien pour vous, maintenant que je suis ambassadeur.

Natoli leva la main et feignit de lui flanquer une tape.

— Ne sois pas idiot. Père est un Héraut, tu sais. Ce n'est pas parce que je ne fourre pas mon nez dans les affaires de la cour que j'ignore ce qui s'y passe. Tu as plus de rendez-vous et de travail qu'il n'est sain pour un seul homme. Nous le savons tous. Je m'en suis assurée *personnellement*.

Il se détendit.

— Je ne voulais pas que vous croyiez que j'avais oublié qui sont mes amis.

— Pff ! (Natoli attaqua son repas en souriant.) Tu travaillais, et nous aussi. Même si tout le monde semble croire que la crise est passée, *nous* savons que nous avons seulement gagné un peu de temps. Il faut encore trouver *la* solution. Maître Levy pense qu'il n'y en a pas et que nous devrons nous rabattre sur une solution temporaire. Il craint que nous n'ayons pas assez de temps pour trouver la bonne.

— Les mages le savent ? demanda Karal, sentant un frisson glacé lui parcourir l'échine.

Encore une solution temporaire ? Nous pourrions faire des erreurs et devoir en affronter les conséquences.

— Oui, confirma An'desha. Pour le moment, ils essaient de suivre les courants d'énergie magique, pour que maître Levy et son équipe puissent les analyser. Mais la plupart pensent qu'une solution se présentera d'elle-même.

Natoli ricana, mais ne fit pas d'autre commentaire.

— Ce n'est si idiot, fit un étudiant. Parfois, quand on essaie trop longtemps de mettre toutes les pièces d'un puzzle en place, ça devient impossible. Allez, Natoli, ça nous arrive aussi.

— Ouais, je suppose... Il y a eu Clétius et la baignoire... Mais ces mages sont tellement persuadés de pouvoir trouver sans effort un chemin jusqu'à la solution que ça me donne envie de les noyer tous.

— Parlons d'autre chose, proposa Karal. De n'importe quoi pourvu que ça ne soit ni des mages, ni des tempêtes ni de l'Empire. Que se passe-t-il d'intéressant, en ce moment ?

Une tête rousse se redressa, au bout de la table.

— La vapeur ! *Ça*, c'est intéressant ! On peut absolument tout faire avec ! Qui a besoin de la magie ? La vapeur sauvera le monde !

— Ne va pas trop vite, dit Natoli. Nous avons encore beaucoup de problèmes à résoudre avant que tout un chacun puisse se promener en carriole à vapeur. Pour chauffer l'eau, il faut brûler un combustible, ce qui produit de la fumée, et qu'arrive-t-il, alors ? Haven a déjà un problème de pollution à la suie, avec tous les feux de chauffages et ceux des cuisines.

— Grâce à la vapeur, plus besoin de feux ! On pourra chauffer les maisons avec l'eau des moulins et des manufactures à vapeur. Ça devrait réduire l'émission de suie.

— Pas si tu remplaces les feux de cheminée par ceux des chariots à vapeur, intervint un autre étudiant. Natoli a raison. Nous devons réfléchir avant de nous lancer dans une chose que nous ne pourrons plus arrêter.

— Attendez une seconde, coupa Karal. Des chariots à vapeur ?

— Un maître a inventé une pompe à vapeur pour aspirer l'eau dans les mines. Quelqu'un a compris alors que le principe pouvait être utilisé différemment. Mets-le sur des roues, et tu obtiens un moyen de transport ! (Natoli arracha un morceau de charbon de la main de son voisin et commença à dessiner.) Tu vois... Là, tu as le chauffe-eau, devant la chaudière... la pression monte, le trop-plein part dans ces cylindres... ce qui actionne les pistons... qui font tourner une roue...

Karal commença à comprendre de quoi elle parlait.

— Mais pourquoi des chariots à vapeur ? demanda-t-il. Les chevaux ne sont pas assez bons ?

Les yeux de la jeune fille brillèrent, et il sut qu'il venait de découvrir sa passion secrète.

— Parce qu'ils iraient beaucoup *plus vite* que des attelages, Karal ! Ils ne se fatigueraient jamais, et pourraient transporter bien plus de choses que les chevaux. Et ils s'arrêteraient seulement au moment où ils manqueraient de carburant.

— Oh.

Il connaissait des endroits où ces engins seraient utiles. Dans les montagnes, où les routes étaient cruelles pour les chevaux. Et chaque fois qu'on aurait besoin d'envoyer quelque chose rapidement quelque part. Des vivres, peut-être, ou des soldats. Mais ces machines seraient limitées aux routes larges, ce qui constituait un obstacle de taille, il fallait bien l'admettre. Pour les utiliser régulièrement, il faudrait améliorer la voirie et la garder en bon état, ce qui coûterait excessivement cher...

— Nous songeons à les mettre sur des rails, continua Natoli. Comme les wagons de charbon dans les fonderies. Le seul problème, c'est que ça demanderait une grande quantité de métal, et où en trouver autant ? Quant à utiliser de la pierre taillée, elle s'userait beaucoup trop vite. Chaque fois qu'on résout un problème, il s'en présente vingt autres...

Ce qui ne semblait pas vraiment la décourager.

— Nous savons que ces machines seraient utiles dans les

endroits où il n'y a pas de moulins à vent ni de rivière pour construire des moulins à eau. Et l'eau pourrait servir pour chauffer les habitations, ou même le Palais. Ce ne serait pas génial ?

— Oh, sûrement… J'imagine la tête des courtisans si vous traîniez constamment dans leurs jambes, et si vous creusiez partout pour poser vos tuyaux, répondit An'desha, sardonique. (Il repoussa une longue mèche de cheveux qui lui tombait devant le visage, révélant ses yeux rieurs.) Quant à la reine, je ne crois pas qu'elle serait d'accord ! Du moins pas dans un futur immédiat.

— Je ne parlais pas de faire ça maintenant, dit Natoli en agitant les mains, mais *éventuellement*. Après tout, ça n'est pas nouveau. Songe à tous les désagréments que l'installation des salles de bains et des toilettes a dû causer. C'était au début du règne de Selenay, et plus personne ne s'en plaint !

— Tu marques un point, concéda l'Adepte. Mais j'aimerais que vous trouviez une autre source de chaleur que le bois. Ce n'est pas très propre.

— Une source magique, peut-être, avança Karal sans réfléchir. (Il rougit quand touts les yeux se tournèrent vers lui.) Je ne sais pas vraiment de quoi je parle. Ce n'était qu'une hypothèse… Ne faites pas attention à moi, je parle pour ne rien dire…

— Mais ce que tu dis ne manque pas de logique ! lança Natoli, les yeux brillant d'enthousiasme. Une application pratique de la magie ! C'est peut-être la réponse à ma principale objection.

La conversation dériva sur les sources magiques de chaleur. An'desha tint le devant de la scène, spéculant sur les moyens d'arriver à en créer une qui n'exige pas la présence d'un mage pour fonctionner. Il fut question d'apprivoiser des créatures magiques se nourrissant d'un combustible quelconque. Karal dut reconnaître qu'An'desha était dans son élément. Ce n'était pas son cas, mais rester en retrait lui laissait tout loisir d'observer Natoli, dont le visage rayonnait d'impatience et d'excitation…

— Alors, demanda An'desha quand la porte de *La Rose des Vents* se fut refermée sur eux, les isolant de la cacophonie qui régnait toujours à l'intérieur. Tu te sens plus détendu ?

Karal s'arrêta, réfléchit à la question, et cligna des yeux, surpris.

— Eh bien… oui !

L'Adepte éclata de rire.

— J'espérais qu'il en serait ainsi ! Maintenant, tu te demandes peut-être pourquoi j'ai insisté pour que nous filions après le départ de Natoli ?

Il marchait à grandes enjambées, et Karal s'empressa de le suivre.

— Oui, même si je dois admettre que je t'en suis reconnaissant. Ces conversations sur les mathématiques commençaient à m'assommer.

— Parce que nous allons à l'*ekele*. Flammechant est plongé dans des discussions concernant les Tayledras, les Shin'a'in et les k'Leshya qui résident à Haven, alors il ne sera pas là. Moi, je n'y participe pas, parce que je n'ai pas assez de sang shin'a'in pour satisfaire leur ambassadeur. Il n'aime pas les métis.

— Ça ne me surprend pas. Il n'aime personne. Je ne l'aime pas non plus, ce qui nous met à égalité.

Il continua à marcher un moment en silence, perdu dans ses pensées, puis il se tourna vers l'Adepte.

— Tu as des projets, quand nous arriverons là-bas ?

— Tu vas tremper un long moment dans le bassin d'eau chaude, en buvant une bonne tasse de thé shin'a'in. Ensuite, tu rentreras te coucher. (Il faisait trop sombre pour qu'il voie l'expression de son ami, mais le ton d'An'desha était ferme et résolu.) Si je me souviens bien, tu m'as prescrit le même traitement, une fois ou deux, alors je te rends la pareille.

— C'est pour ça que tu te prends pour mon conseiller ? demanda le Karsite sur un ton qui n'était pas entièrement celui de la plaisanterie.

Les événements de cet après-midi et de ce soir lui avaient ouvert les yeux. An'desha semblait avoir acquis une paix intérieure qu'il lui enviait.

Si seulement je pouvais être de nouveau aussi sûr de tout !

— Il y a de ça, reconnut l'Adepte. Tu as fait de bonnes

choses pour moi, souvent sans raison. Tu as été gentil alors que tu aurais pu rester neutre. Dans les Plaines, nous avons un proverbe : *Tout cadeau porte l'espoir d'un échange*.

Karal aurait voulu méditer là-dessus, mais son émerveillement, devant le calme d'An'desha, éclipsa tout le reste. Cela faisait partie de son problème. Il n'était pas seulement un ambassadeur, mais aussi un prêtre – et un religieux devait être sûr de lui et de ses croyances. En fait, prêtre ou ambassadeur, il devait se montrer maître de lui et parfaitement serein.

Mais on lui demandait de déterminer ce qui était une hérésie pour les gens de sa confession qui vivaient à Valdemar. Aussitôt, ses croyances s'écroulaient autour de lui. Comment pouvait-il porter un jugement quand il avait eu la preuve que ce qu'il croyait être la vérité n'était qu'une vérité très relative ?

Il suffisait de prendre l'exemple de la Déesse d'An'desha. Pour un Prêtre du Soleil, il n'y avait qu'un seul dieu, Vkandis... Pourtant il avait la preuve que la Déesse existait et régnait sur son peuple, tout comme Vkandis.

Penser cela était une hérésie, d'après tout ce qu'on lui avait enseigné. Mais on lui avait appris les *anciens* préceptes, et les choses avaient terriblement changé depuis.

Il avait déjà différé sa décision une fois, braquant les deux parties contre lui. C'était sans doute pour ça qu'il devait affronter tous les chefs des religions présentes dans le royaume. Ils n'accepteraient pas qu'il se dérobe encore.

Grâce à sa nouvelle sérénité, An'desha pouvait peut-être le conseiller, comme Karal avait fait quand les rôles étaient inversés.

— J'ai un problème... Puis-je te l'exposer, pour avoir ton avis ?

— Je t'ai raconté les miens si souvent... Alors je peux bien écouter les tiens. Mais je ne te promets pas d'avoir la solution.

Karal lui expliqua la situation. Il lui parla de sa répugnance à l'idée de taxer telle ou telle chose d'« hérésie ».

— J'ignore désormais ce qui est bien et ce qui est mal. Je suis celui vers qui on se tourne et qui doit savoir ! Mais tout me semble si relatif, maintenant...

— Si je te poignardais et que je retournais la lame dans la plaie, ce ne serait pas « relativement » bien ou mal, non ?

— Non, en effet…

— Pars de là ! conseilla l'Adepte. Tu as lu tous les vieux livres que maître Ulrich a apportés. Ceux qui ont été écrits avant que ton Ordre ne tourne mal. Tu sais ce qui était considéré comme une hérésie à l'époque, non ? Qui plus est, puisque tu as ces livres, et que Solaris approuve leur contenu, tu peux citer tes sources et prouver la validité de ta position.

Du brouillard montait des pavés, mais celui qui embrumait l'esprit du Karsite se levait peu à peu.

— Oui, il y a des versets et des chapitres très adaptés… Le problème, c'est que je sais ce que j'aurais voulu dire, mais sans parvenir à produire un discours cohérent.

— Peut-être n'y arriveras-tu jamais, l'avertit An'desha. Les gens à qui tu as affaire sont comme le nouvel ambassadeur shin'a'in : bornés et sûrs d'avoir raison.

— C'est vrai, et s'ils n'apprécient pas ma décision, je leur conseillerai de s'adresser à Solaris. Aussi longtemps que je suivrai la voie ouverte pour moi par maître Ulrich, je sais qu'elle me soutiendra. (Il commençait à se sentir plus léger.) Tant pis s'ils ne m'aiment pas, après ça. Il y a tellement de gens, à Valdemar, qui me détestent, que quelques-uns de plus ne feront pas de différence.

— Bien dit ! applaudit l'Adepte. Alors, prêt à faire le grand plongeon ?

— Je nage déjà dans les problèmes… Alors, pourquoi pas y ajouter de l'eau ?

— Attention à ce que tu dis, fit An'desha. Il pourrait recommencer à pleuvoir.

Karal réussissait à garder l'air intéressé, mais il bâillait intérieurement.

Nous bavassons ! pensa-t-il, balayant discrètement du regard la table de Grand Conseil et ne trouvant que des visages importants. *Nous nous contentons de parler, sans jamais* agir.

Le « Grand Conseil » valdemarien était une institution nouvelle, créée pour que la reine puisse résoudre les problèmes de son royaume sans que les ambassadeurs étrangers, les représentants des guildes et des ingénieurs, plus tous leurs secrétaires, ne viennent y mettre leur grain de sel. Le Conseil était donc redevenu l'organe dirigeant du royaume... et le Grand Conseil se réunissait dans une salle d'audience secondaire, l'une des plus grandes pièces du Palais.

Tous les participants ayant une opinion différente sur le protocole, la reine et ses conseillers avaient dû faire des prouesses pour satisfaire tout le monde. Finalement, une table avait été créée spécialement pour l'occasion, rectangulaire et ouverte d'un côté. Autour, il y avait assez de siège pour que tous ceux qui se sentaient concernés par l'Empire ou les tempêtes magiques, voire les deux, puissent prendre place. Une carte représentant Valdemar, Rethwellan, Hardorn, Karse, les terres des Tayledras et les Plaines de Dhorisha trônait au-dessus de l'estrade. Quand les griffons assistaient aux réunions, ils prenaient place à l'intérieur du fer à cheval. Les autres s'asseyaient autour. Et parce qu'il n'y avait pas de « tête » de table, tous pouvaient se sentir égaux ou supérieurs selon leur humeur.

La salle était bien éclairée grâce aux lampes accrochées aux murs et au lustre qui pendait du plafond, mais elle restait glaciale. Deux poêles en céramique essayaient tant bien que mal de la chauffer. Le sol de marbre, les murs et le plafond blancs accentuaient le sentiment de froid. Karal se vêtait toujours chaudement pour ces réunions et il faisait souvent remplir sa tasse de thé brûlant, s'en servant surtout pour se réchauffer les mains. Il n'était pas le seul à employer des trucs. Flammechant apportait un protège-mains et une brique chaude, qu'il plaçait dans un repose-pieds spécial. Quand il remuait ses orteils pour les empêcher de geler, Karal se surprenait souvent à lui envier ce système.

Le prince Daren représentait la reine au Grand Conseil, laissant Selenay libre de régner sur son royaume sans avoir à passer d'une réunion à l'autre. Des réunions au cours desquelles, selon Karal, ils n'accomplissaient rien.

Je suis injuste. Aucun de nous n'a encore jamais fait ça. Nous commençons à nous connaître, ce qui prend du temps. Il faut apprendre à travailler ensemble avant de pouvoir agir.

Le sénéchal, le seigneur marshal, les chefs des trois Cercles et la plupart des conseillers assistaient au Grand

Conseil. Ainsi que tous les fonctionnaires valdemariens qui voulaient avoir l'air important – ou pensaient sincèrement qu'on avait besoin d'eux. Le résultat ? Des réunions à n'en plus finir où chacun soulignait les effets des tempêtes magiques sur *ses* intérêts. Typiquement, ceux qui avaient quelque chose à dire restaient le plus souvent silencieux.

Il doit y avoir un moyen de faire cesser ces bêtises. Peut-être un temps de parole maximum, appliqué à coups de gourdin ?

Karal aurait préféré faire quelque chose de constructif, même si ça se réduisait à recopier des cartes pour les ingénieurs et les mages. C'était toujours mieux que rester assis et lutter pour garder les yeux ouverts, un exploit de plus en plus difficile à mesure que le temps passait.

Huit personnes avaient pris la parole, toutes pour donner leur version personnelle de « pour autant que je puisse dire, le brise-lames fonctionne et tout est revenu à la normale ». En neuvième position, venait le représentant des éleveurs de vaches laitières – ils avaient déjà entendu les rapports des céréaliers, des bergers, des maraîchers, des chasseurs, des pêcheurs du lac Evendim et des volaillers. Chacun s'était étendu sur les dommages subits par sa profession – Karal ignorait ce que c'était censé apporter.

Pourquoi les fermiers ne peuvent-ils pas choisir un représentant unique ? Et pourquoi personne ne peut-il nous donner des informations au lieu de geindre ?

Il serra plus fort sa tasse de thé et décida de découvrir où Flammechant avait trouvé son repose-pieds.

Après être passés ici, ils peuvent dire aux personnes qu'ils représentent que leurs problèmes sont enregistrés... Et penser que quelqu'un sait *que les temps sont durs pour eux les rassure...*

Ç'aurait été plus constructif si ces gens avaient comparé les dommages qu'ils avaient subis à ceux d'autres mauvaises années – par exemple, à l'époque où Ancar pratiquait une magie débridée en Hardorn. Alors, les ambassadeurs sauraient ce qu'auraient dû être les choses, et ils pourraient mesurer la gravité de la situation.

Les plans échafaudés par les étudiants de maître Levy et les mages alliés étaient basés sur des informations récoltées à Valdemar. Ils présumaient que ce qui se passait dans ce royaume arrivait également à l'extérieur. Et s'ils se trompaient ?

Karal avait suggéré de rassembler ces informations, mais on lui avait répondu que cela prendrait trop de temps – et pourquoi voulait-il faire une chose pareille ? Il avait tenté de démontrer l'utilité de cette entreprise, mais personne n'avait trouvé ses arguments convaincants.

Enfin, l'homme se tut. Il fallut quelques instants à Karal et aux autres pour comprendre qu'il avait fini de parler, qu'il ne reprenait pas son souffle.

Le prince Daren se retint noblement de soupirer de soulagement en consultant son agenda. Bien qu'il soit toujours aussi beau que la statue d'un héros, il avait désormais autant de cheveux gris que de blonds.

Les monarques de Valdemar subissaient une grande pression depuis des années, et cela se trahissait par des rides de fatigue au coin de leurs yeux. Comme la reine, car il était également un Héraut, le prince portait une variante de leur uniforme.

— Capitaine Kerowyn, je crois que c'est à vous de prendre la parole, dit-il.

Les participants du Grand Conseil étaient trop bien éduqués pour laisser paraître leur soulagement, mais ils se redressèrent sur leurs sièges. Au moins, Kerowyn ne leur ferait pas perdre leur temps. Ses rapports étaient toujours courts, concis et édifiants.

De la même génération que Daren, Kero semblait sans âge. Ses cheveux, qu'elle portait nattés dans son dos, étaient d'un blond si clair que le gris, s'il y en avait, ne se voyait pas. Et son visage tanné et bronzé trahissait moins le stress. Car elle n'était pas du genre à rester derrière un bureau. Ayant commencé sa carrière comme éclaireur, elle était chez elle sur un champ de bataille. Son corps dur et souple n'avait pas une once de graisse en trop, et les aspirants Hérauts comprenaient très vite qu'elle était plus forte qu'eux. Quand elle n'entraînait pas ses troupes, elle enseignait le maniement des armes aux aspirants, et gare à celui qui pensait qu'elle était un adversaire facile. Elle avait initié Karal au combat à mains nues, et il savait à quel point elle était solide.

Kerowyn se leva dans un silence respectueux.

Une main sur la hanche, l'autre tenant une feuille de papier, elle s'éclaircit la gorge et commença :

— Bien, je ne vais pas énoncer ce qui paraît évident. Le brise-lames, comme nous l'appelons, semble fonctionner. Les mages m'ont dit qu'au lieu de réfléchir les ondes magiques, il les brise et les absorbe. C'est une excellente nouvelle, mais Hardorn subit toujours la pleine puissance des tempêtes.

Des sourires saluèrent cette remarque.

— A vrai dire, je ne crois pas que ce soit bon pour nous. Là-bas, la situation était terrible et elle est encore pire maintenant. Les forces impériales basées en Hardorn pourraient sombrer dans le désespoir, et les désespérés ont tendance à commettre des actes désespérés. Dois-je vous rappeler qu'ils pourraient *nous* rendre responsables de ce qui leur arrive ? Ils ont déjà tenté une fois de briser l'Alliance. Ils pourraient décider de prendre d'autres mesures.

Les sourires disparurent. Même handicapée, l'armée impériale était beaucoup plus puissante que celle de l'Alliance. Tous avaient combattu le roi Ancar d'Hardorn – séparément, puis ensemble – pendant des années avant que l'Empire Oriental n'entre en scène. Et ils avaient subi de lourdes pertes. Ancar avait été jusqu'à envoyer de jeunes garçons en premières lignes. Il voulait prendre Valdemar et Karse, même s'il devait passer sur une colline artificielle composée des cadavres de ses sujets. Le roi renégat était mort, mais...

— Un moyen sûr de garantir qu'ils ne s'en prendront pas à nous est de frapper les premiers, continua Kerowyn. Vous savez ce qu'on dit : la meilleure défense, c'est l'attaque. Selon mes informateurs, les Impériaux se sont retranchés dans une petite ville appelée Shonar. On dirait qu'ils ont l'intention d'y rester. Ça fait d'eux une cible parfaite. Leur moral est au plus bas, et il semble qu'ils soient coupés de leurs lignes de ravitaillement et de communication. Ils dépendent de la magie – et en ce moment, ils en sont privés. A mon avis, ils font ce qu'ils peuvent pour avoir une chance de survivre à l'hiver.

« Je suis venue vous poser la question suivante : croyez-vous que nous devrions profiter de leur vulnérabilité, et êtes-vous prêts à le faire, sachant qu'il nous faudra envoyer toutes nos troupes en Hardorn ?

La moitié des personnes présentes parlèrent en même temps. Les autres restèrent assises pour réfléchir à ce qu'avait dit Kerowyn. Comme toujours, les premiers à se faire entendre étaient ceux qui connaissaient le moins la situation – les représentants des éleveurs de vaches laitières, des bergers, les prêtres, les fonctionnaires des Guildes… Les autres – les ambassadeurs, le seigneur marshal, le sénéchal – se taisaient.

Tout comme Karal.

Mais il réfléchissait à toute vitesse.

Pourquoi pas ? Pourquoi ne frapperions-nous pas les Impériaux pendant qu'ils sont impuissants ?

L'ambassadeur shin'a'in, Jarim shena Pretara-sedrin, prit la parole :

— C'est notre chance, saisissons-la ! dit-il. Laissons-les subir les premiers assauts de l'hiver, puis attaquons quand ils seront en train de geler et de mourir de faim ! Eliminons-les de la surface du globe ! Si nous détruisons cette armée, l'Empire n'osera plus jamais envoyer ses troupes contre nous. Vengeons-nous, avec éclat !

Pour une fois, Karal était d'accord avec lui.

Ils ont assassiné Ulrich, fulmina-t-il. *Et la pauvre Querna. Puis ils ont blessé Ventnoir et Treyvan. Et ils ne sont pas venus comme d'honnêtes ennemis. Ils ont envoyé un tueur avec des armes magiques, sans avertissement ni provocation ! Ne méritent-ils pas d'être écrasés ? D'être traités comme ils nous ont traités. Comme si nous étions trop insignifiants pour être dignes d'un combat loyal ? Le sang d'Ulrich ne crie-t-il pas vengeance ?*

Cette pensée l'arrêta. Etre vengé était sans doute la dernière chose qu'aurait voulue Ulrich. Car cette vengeance ne viserait pas les auteurs des crimes, mais des gens qui n'y avaient pas participé.

Ulrich avait invoqué des démons et renoncé avec joie à ce pouvoir quand Solaris l'avait proscrit…

Les démons n'avaient pas de conscience. Bien trop souvent, telle une volée de flèches décochée à l'aveuglette, ils tuaient des innocents en plus des coupables.

Ces soldats perdus loin de chez eux et désespérés n'étaient pas leur ennemi. Leur adversaire, c'était l'homme qui avait mis en place les armes magiques et envoyé l'assassin. Ils avaient démasqué le tueur, alors que faire de plus ? A moins d'envoyer un tueur éliminer le commandant de l'armée impériale en Hardorn, en supposant qu'il était à l'origine de l'action menée contre l'Alliance.

D'autres se joignirent à Jarim pour le soutenir ou s'opposer à lui, arguant qu'il valait mieux laisser passer l'hiver avant de songer à une intervention armée. Karal garda le silence. Croisant ses doigts glacés, il se demanda ce qui lui était arrivé. Pourquoi ne pouvait-il plus distinguer sans coup férir entre le bien et le mal ?

Il savait quand cela avait commencé. Quelque chose avait changé en lui lorsqu'il s'était enfoncé dans la barrière d'Iftel, et cela avait continué de l'affecter pendant sa convalescence. Il avait le sentiment d'avoir été accueilli par une entité extraordinaire. Karal vivait une époque pleine de merveilles et d'étrangetés, et il savait ne pas être un simple spectateur. Non, il prenait part à tout cela. Il était une des pièces de l'échiquier, et cette responsabilité l'écrasait.

Quelle que soit la situation, je considère désormais ses deux faces. Je peux essayer d'étouffer cette tendance, mais pas la supprimer. Une fois qu'on a la connaissance, il est impossible de redevenir ignorant. Alors je pense à ce que ressentent les autres. Je ne peux pas m'en empêcher, et je ne crois pas que Vkandis, Solaris ou Altra le voudraient. Ni Ulrich, qui est dans les bras du Dieu du Soleil.

Quelle ironie ! C'était Ulrich qui avait planté la graine du changement, quand ils avaient franchi la frontière de Valdemar. Il avait posé une série de questions à Karal, afin que ses réponses l'amènent à voir ses anciens ennemis comme des gens, et non plus comme une meute sans visage. Grâce aux efforts patients de son maître, il savait désormais que l'« armée de démons » de l'autre côté de la frontière, n'existait pas.

C'était des Hérauts et des Compagnons, des fermiers, des

villageois, des soldats… Des citoyens ordinaires, comme ceux de son pays natal. Ni pires, ni meilleurs.

Désormais, pour lui, les « ils » sans conscience étaient des individus. Alors, tandis que les autres parlaient de massacrer l'armée impériale, il voyait des soldats ordinaires, qui souffraient du froid en se demandant s'ils rentreraient jamais chez eux. Il imaginait leurs visages de guerriers qui finissaient tous par se ressembler : fatigués, mal rasés, la peur creusant des rides autour de leurs yeux et de leurs bouches.

« Ils » ne faisaient que leur travail et ignoraient tout de Valdemar. Les conditions en Hardorn étaient si terribles qu'ils avaient été accueillis en libérateurs. Ancar avait tant saigné son peuple qu'il voulait bien être envahi, si ça signifiait que l'usurpateur serait détrôné. Aujourd'hui, les Impériaux devaient se demander pourquoi tout avait si mal tourné. La magie ne fonctionnait plus et tout le monde savait qu'ils étaient coupés de l'Empire. Des créatures étranges les avaient attaqués et ils avaient vu les effets dévastateurs d'une « arme » que nul ne comprenait.

Si quelques hommes se doutaient que leurs supérieurs avaient des tueurs à Valdemar, ils pourraient bien en être horrifiés. Les soldats méprisaient les espions. Mais il était peu probable qu'aucun d'eux sache ce qui s'était passé à la Cour de Valdemar.

Alors, pourquoi des soldats « innocents » paieraient-ils pour les crimes d'un seul homme ?

Ils subissaient déjà assez de privations.

Ils sont loin de chez eux et des choses qu'ils connaissent, ignorant s'ils rentreront un jour. Peut-être ne pourront-ils pas battre en retraite par des moyens conventionnels. Ils doivent avoir peur – comment en serait-il autrement ? Et l'hiver approche, sans parler des tempêtes magiques, qui ont créé des créatures terrifiantes ici avant que nous n'élevions le brise-lames. Que déchaînent-elles sur Hardorn ?

Parce qu'il était lui-même seul et loin de chez lui, il ne pouvait s'empêcher d'éprouver de la sympathie pour les Impériaux.

De plus, les Alliés présumaient que l'assassin avait été envoyé par un des chefs présents en Hardorn. Mais ils pouvaient se tromper.

Après tout, l'ancienne Némésis de Talia et de Selenay, Hulda, recevait ses ordres directement d'un des maîtres-espions de l'empereur Charliss. Et celui-ci avait l'habitude d'utiliser des tueurs. Alors, n'était-il pas possible qu'il ait également envoyé celui qui avait sévi à la cour de Valdemar ?

L'armée impériale n'avait rien tenté contre Valdemar. Elle s'était contentée de prendre un royaume désorganisé après que son monarque eut été tué…

… par des Valdemariens. Des *assassins* valdemariens, pour être exact.

N'avons-nous pas assez de problèmes sans nous en attirer d'autres en attaquant l'armée impériale ? Nous devrions nous concentrer sur la prochaine étape, pas songer à envoyer notre armée au cœur d'Hardorn pour attaquer quelqu'un qui n'est peut-être pas notre ennemi !

Le calme était presque revenu dans la salle. Karal y vit une ouverture. Les mains tremblantes – une réaction qu'il dissimula en serrant le bord de la table – il se lança :

— Je ne suis pas sûr qu'attaquer les Impériaux soit une bonne idée. Nous devrions concentrer nos efforts sur ce qui se produira après la disparition du brise-lames – nous savons qu'il ne durera pas éternellement. Et si le rythme des tempêtes changeait, il tomberait aussitôt. Nous n'avons aucune preuve que les Impériaux nous ont frappés, et les tempêtes magiques les puniront s'ils sont coupables. Pourquoi ne pas les laisser tranquilles, au moins pour l'instant, et voir ce qui va se passer ?

Un silence stupéfait accueillit ses paroles. Il en profita pour continuer.

— Nos ressources sont limitées, et la situation peut encore s'aggraver. Qui sait ? Ils ont beaucoup de mages et ils connaissent des choses que nous ignorons… peut-être pourraient-ils devenir nos alliés ?

— Quoi ?

Jarim bondit sur ses pieds, rouge de colère. Karal sentit son cœur s'arrêter, puis repartir.

— Vous êtes *fou* ? Ou trop lâche pour regarder en face ce que ces chacals d'Impériaux vous ont fait ? Ils ont assassiné *votre* mentor, *votre* ambassadeur ! Seriez-vous un idiot, mon garçon ? Ou… seulement un traître ?

Jarim porta la main à sa dague et la tira.

— Bizarrement, les lames de l'assassin vous ont épargné. Sale petit *sketi*… Est-il possible que vous ayez toujours été le traître présent parmi nous ? Par la Déesse, je jure que je vais…

Sa volonté et l'assurance que Daren et les autres ne laisseraient pas le Shin'a'in mettre sa menace à exécution empêchèrent Karal de reculer. Ventnoir se leva, prit le poignet de Jarim, le serrant comme dans un étau, et cria pour couvrir ses vociférations :

— Arrêtez ça, imbécile ! Avez-vous perdu la raison ? Tirer le fer dans la salle du Grand Conseil et menacer l'ambassadeur de Karse ! Voulez-vous briser l'Alliance ?

Il secoua l'homme si brutalement que ses dents claquèrent. Karal était impressionné. Ventnoir ne semblait pas plus fort qu'un homme normal. Apparemment, le Frère du Faucon était plus dangereux qu'il ne le laissait paraître.

Le Shin'a'in fut si surpris qu'il lâcha son couteau. Flammechant le récupéra avant qu'il n'ait pu le reprendre.

— Karal propose des alternatives – comme il est bon de le faire. C'est un prêtre, il est censé voir par-delà l'évidence et suggérer des solutions pacifiques plutôt que la guerre !

Ventnoir balaya le Grand Conseil d'un regard sombre. Certains représentants des autres dieux eurent le bon goût de prendre l'air contrit. Ils avaient prêché la guerre avec autant d'enthousiasme que Jarim.

— Karal a raison. Nous avons des soupçons, mais pas de preuve. Pour autant que nous sachions, notre véritable ennemi pourrait être ailleurs. Quelqu'un qui voudrait que nous croyions l'Empire coupable !

— C'est peu probable, dit le seigneur marshal. Qui pourrait être cet ennemi nébuleux ? Un chamane diabolique des tribus du Nord ?

— C'est « peu probable », mais pas impossible… Et nous n'avons jamais considéré cette possibilité. Je vous rappelle, avant que vous n'accusiez les membres de ce Conseil de duplicité, que les influences extérieures sont les premières à envisager. Le meilleur moyen de briser une Alliance, comme l'histoire l'a souvent démontré, c'est de semer la zizanie entre ses membres *de l'extérieur* !

Ventnoir croisa le regard du seigneur marshal, qui finit par baisser les yeux.

— De plus, je suis d'accord avec le raisonnement de Karal. Vous avez tous pris le brise-lames pour la *solution* aux tempêtes magiques, mais il n'a toujours été qu'une mesure destinée à gagner du temps.

— C'est malheureusement vrai, dit Flammechant. Pardonnez-moi, capitaine, mais le brise-lames est ainsi : plus les tempêtes le malmèneront, plus vite il s'érodera. Il tient davantage d'une digue de sable que de pierre.

« Je sais que le moment semble idéal pour anéantir une menace *présumée*, mais vous pouvez me croire : les Impériaux seront débordés par le chaos dû aux tempêtes magiques. S'ils ont beaucoup de chance, les monstres qu'elles invoqueront seront arrêtés par des murailles. Sinon… (Il haussa les épaules.) Eh bien, laissez-moi vous rappeler que le brise-lames nous protège des tempêtes magiques, mais pas des créatures affamées capables de massacrer une armée. Les monstres qui extermineront les Impériaux pourraient bien vouloir nous faire subir le même sort.

« Les mages et les ingénieurs… (ironique, il inclina la tête à l'adresse de maître Levy)… doivent trouver la protection ultime contre les tempêtes magiques. Les chefs militaires, eux, devront chercher des moyens de nous protéger de ce qui pourrait échapper au contrôle de l'armée impériale. Si vous ne le faites pas, il y a des risques que *notre* Alliance soit écrasée.

Il tendit la dague au Shin'a'in, manche en avant. Ventnoir lui lâcha le poignet. Jarim remit son arme au fourreau et se rassit, mais il avait toujours l'air furieux.

Karal soupira de soulagement. Au moins, la crise était passée – pour le moment. Kerowyn était restée debout, parfaitement impassible.

— Je suis d'accord, dit-elle enfin. Il faut consacrer notre énergie à trouver la solution aux tempêtes magiques. C'est la priorité. Je devais vous signaler que l'armée impériale était *peut-être* vulnérable en ce moment, mais je n'en suis *pas sûre*. Après tout, comme Karal l'a fait remarquer, rien n'est certain tant que nous n'avons pas pu le vérifier. Il marque également un point en attirant notre attention sur un détail important : beaucoup de choses que nous croyons savoir sont des spéculations. Une probabilité n'est pas un fait. De plus, je préfère ne pas envoyer de troupes et laisser le royaume sans défense.

Elle se rassit et le prince Daren s'éclaircit la gorge.

— Dans ce cas, dit-il avec un aplomb remarquable, sachant qu'un de ses alliés était prêt à en provoquer un autre en duel, je cède la parole à Ventnoir k'Sheyna.

Ventnoir saisit la « balle » verbale au bond. Le Frère du Faucon n'avait pas son oiseau avec lui, mais il se tenait comme s'il s'attendait à ce qu'il se pose sur son épaule à tout moment. Il avait les cheveux blancs des Adeptes – il était le professeur d'Elspeth avant de devenir son partenaire – et un physique typiquement tayledras. Autrement dit, ses traits étaient beaux et puissants, plutôt que finement sculptés comme ceux de Flammechant. Il s'habillait plus sombrement que son compatriote, mais quand il parlait, il se dégageait de lui une telle autorité naturelle que tout le monde l'écoutait.

Karal resta assis pendant l'exposé du Frère du Faucon. Ventnoir réussit à rappeler que le brise-lames était une solution *temporaire*, mais pas à faire comprendre aux conseillers l'urgence de la situation. Le jeune Karsite ne put cependant ignorer les regards courroucés que lui jetait Jarim, ni ceux, dédaigneux, des autres ambassadeurs. Son âge jouait une fois de plus en sa défaveur. Les gens pensaient qu'il était inexpérimenté. Et selon Jarim, puisqu'il n'était pas prêt à étriper tout Impérial qu'il croiserait, il devenait au minimum un lâche.

Mais Ventnoir et Flammechant m'ont pris au sérieux. Peut-être devrais-je, à l'avenir, travailler à travers eux plutôt que d'exposer mes suggestions moi-même ?

Mais s'il faisait cela, il aurait l'air inefficace. Quel bien cela ferait-il à Karse ?

Quand le Grand Conseil se sépara, aucune décision définitive n'avait été prise.

Comme d'habitude.

Lorsque Karal regagna sa suite, les épaules voûtées sous ses robes noires, un rayon de soleil qui tombait sur le parquet se leva pour l'accueillir.

Tu as l'air d'avoir besoin d'un ami, dit Altra, la lumière dorée se transformant en un chat géant, de couleur crème, au masque et au bout des pattes et de la queue rouges – et aux yeux bleus. *Comment s'est passée la réunion ?*

Karal se laissa tomber dans un fauteuil, l'ombre d'un sourire sur les lèvres. Altra vint s'asseoir à ses pieds. Au moins, il faisait chaud ici, grâce au soleil qui entrait à flots par les fenêtres et au feu dans la cheminée. Les Valdemariens prenaient soin de leurs invités, et il lui semblait parfois qu'ils appréciaient la chaleur par-dessus tout.

Sa suite était composée de trois pièces, et il avait sa salle de bains privée. Ce n'était pas celle qu'il avait partagée avec Ulrich – il lui aurait été trop pénible d'y retourner. Bizarrement, celle-ci avait échu à Jarim.

— Elle ne s'est pas trop mal *terminée*... mais tu dois savoir que l'ambassadeur shin'a'in était à un cheveu de lancer une vendetta contre moi.

Le Chat de Feu cligna des yeux.

J'ai écouté une partie des débats, et je dois dire que tu as du talent. Aucun Shin'a'in n'a jamais lancé de vendetta contre un Prêtre du Soleil.

Karal soupira devant cet exemple de l'humour sardonique d'Altra.

— Ce n'est pas drôle... Je crois que ça prouve que je ne suis pas à ma place ici, et que je ferais aussi bien de l'admettre. Solaris m'a confirmé dans le rôle d'ambassadeur de Karse. Mais comment forcer les gens à m'accepter ?

Incapable de rester tranquille plus longtemps, malgré sa lassitude, il bondit sur ses pieds et fit les cent pas.

— Je suis trop jeune et trop inexpérimenté, ce qui n'aurait pas d'importance si je représentais le vrai ambassadeur. Mais je dois prendre des décisions et défendre les intérêts de Karse. Comment suis-je censé faire ça, alors que je suis assez jeune pour être le *fils* de la plupart des émissaires dans la salle, et que je pourrais être le *petit-fils* des autres ?

Il était tellement frustré, et si fatigué ! Ses émotions longtemps réprimées jaillirent soudain. Au moins, Altra l'écoutait, sans l'interrompre sans cesse.

— Le pire, c'est que je sais que je suis trop jeune, et *ça se voit*, tu peux me croire ! Altra, ces responsabilités me rendent fou ! Je ne voudrais pas avoir l'air de me plaindre, mais je ne suis pas fait pour ce travail. Je croyais que ce serait pour quelques semaines, puis que Solaris enverrait, pour remplacer Ulrich, une personne que les autres écouteraient.

« Quand nous essayions d'attraper l'assassin, il était logique de me faire passer pour le nouvel ambassadeur. Ça l'était aussi quand je devais avoir affaire aux conseillers de Selenay – Ventnoir, Elspeth et un ou deux autres savent que je suis capable d'avoir une bonne idée de temps en temps. Mais maintenant, je suis censé tenir ma place parmi les Alliés, et ils me regardent tous comme si j'étais un… enfant !

Il se tourna vers le Chat de Feu, levant les mains pour l'implorer de le comprendre.

— Altra, je ne peux pas remplir la mission qui m'a été confiée, et rien ne pourra changer ça, sauf si je vieillis de vingt ans en une nuit. Je fais de mon mieux, mais c'est comme si on demandait à un aveugle de trier des perles de couleurs. Essayer de tenir le coup finira par me rendre fou et ça n'aidera pas Karse !

Altra était resté silencieux pendant son éclat. Quand il se tut, il s'attendit à ce que le Chat de Feu lui fasse un sermon et lui conseille de se reprendre. Après tout, n'était-ce pas sa spécialité ?

Mais Altra se contenta de réfléchir. Son regard se fit si lointain qu'on l'eût dit tourné vers un lieu que personne d'autre que lui ne pouvait voir. Son introspection était si profonde que Karal se demanda s'il n'était pas en communion avec quelque chose – ou quelqu'Un.

Après avoir attendu un moment, le jeune homme se rassit. Altra ne broncha pas.

Eh bien, il n'avait encore jamais agi comme ça…

Soudain, sans avertissement, le Chat de Feu sauta en l'air… et disparut dans le rai de soleil.

— Ça, c'est une réponse ! grogna Karal, dégoûté. Merci beaucoup !

Natoli et ses condisciples établissaient les cartes de flux d'énergie qu'An'desha les aidait à analyser. Maître Levy et les mathématiciens échafaudaient des théories. Karal soupçonnait que l'avertissement de Flammechant sur les créatures qui pouvaient arriver d'Hardorn avait été entendu. Les Eclairs de Kerowyn imaginaient des monstres et mettaient au point différentes manières de les tuer. Au Palais, certaines personnes travaillaient vraiment. A Haven et dans la campagne alentour, les ingénieurs essayaient de trouver un moyen de déplacer des populations rapidement – peut-être en employant les machines à vapeur chères à Natoli.

Et je suis assis ici en attendant que commence une autre réunion du Grand Conseil... Karal soupira, puis se redressa, s'avisant que l'ambassadeur shin'a'in venait d'entrer et se dirigeait vers lui.

Oh, gloire céleste ! Et maintenant ? Il veut peut-être me défier en duel ?

Il se força à sourire, et se leva courtoisement.

— Bonjour, dit-il. (*Et après ? « J'espère que vous savez que nous sommes dans le même camp ? » ou... « Voulez-vous toujours examiner mon foie de plus près ? Je crains de ne pouvoir vous laisser faire... »*. Il se contenta d'une question à la fois polie et neutre :) Que puis-je pour vous ?

— Acceptez mes excuses, ambassadeur, dit Jarim, visiblement à contrecœur. (Mais au moins il les lui avait présentées, ce qui était déjà ça.) J'ai dépassé les bornes, hier. Mon peuple protège farouchement les siens.

Et le mien s'en fiche, c'est ça ?

— Je comprends... *Vous* devez comprendre que j'essaie de penser à la meilleure utilisation de ressources limitées. Je suggère ce qui me semble le mieux pour l'Alliance. Votre peuple n'a pas combattu les armées d'Ancar d'Hardorn. Mon pays et Valdemar manquent de soldats et des moyens de les entretenir. Votre peuple compte de grands guerriers, mais vous n'êtes jamais sortis des Plaines, et ça serait à votre désavantage. Les Tayledras ne sont pas une force militaire, et le Rethwellan a déjà envoyé autant d'hommes qu'il lui était possible. Je préfère donc laisser les Impériaux aux bons soins des monstres. Avant toute autre considération, nous devons nous débarrasser des tempêtes magiques...

— Je comprends votre point de vue, coupa Jarim. Mais tout le monde devrait voir qu'il faut anéantir ces intrus, puisque nous en avons l'occasion. Ce sont des conquérants, et aucune frontière ne les a jamais arrêtés. Seule une attaque alliée pourrait les mater et leur faire comprendre qu'ils ont trouvé leurs maîtres ! Mais pour ça, il faut que nous frappions maintenant, aussi fort que possible, pour les éliminer d'Hardorn. Alors, l'Empire sera forcé de nous respecter et il nous fichera la paix !

Voilà, il s'emportait de nouveau, sourd à tout ce qu'avait pu raconter Karal. Il disait « nous », mais il était évident qu'il voulait se venger des Impériaux qui avaient osé assassiner une Shin'a'in vouée à sa Déesse.

Tout le monde était là. Le grand Conseil assistait, tout ouïe, à ce dialogue, attendant de connaître la réponse du jeune Karsite.

Si Karal ne donnait pas à Jarim la réponse qu'il attendait, ce serait le prétexte d'une nouvelle dispute. Donc, au lieu de répondre directement au Shin'a'in, il se tourna vers Elspeth, qui était près de lui et demanda :

— Combien de temps le brise-lames tiendra-t-il ? Les mages le savent-ils ?

Personne n'avait posé cette question, mais la réponse était importante : elle pouvait démontrer qu'ils n'avaient pas de temps pour une vengeance personnelle – ou une vengeance tout court.

— Bonne question, répondit Elspeth en se tournant vers Ventnoir et Flammechant. (Les Frères du Faucon approchèrent.) L'un de vous a-t-il une réponse… ou une idée ?

— Je préfère pécher par excès de prudence, répondit Flammechant – honnêtement et sans une trace de sa désinvolture habituelle. Je ne lui donne pas plus quatre mois, tout au plus. L'hiver… peut-être.

— Peut-être tiendra-t-il six mois, mais pas plus, renchérit Ventnoir. Autrement dit, étant donné que combattre en hiver est au mieux difficile, et au pire suicidaire, ça signifie que nous perdrons le brise-lames avant d'avoir une occasion d'attaquer les Impériaux.

Karal s'avisa que Daren lui adressait un regard approbateur.

Apparemment, il avait réussi à impressionner le prince consort. Jarim avait l'air hébété.

— Je croyais qu'il tiendrait beaucoup plus longtemps, objecta-t-il. Vous venez de l'ériger !

Flammechant haussa les épaules.

— Chaque tempête l'érode un peu plus, et leur fréquence augmente sans cesse. Il s'agit d'une progression mathématique. Mais nous vous avons déjà dit ça. Et nous avons été très clair avant de mettre en place le brise-lames : ce n'est qu'un moyen de gagner du temps.

Flammechant peut se permettre de dire ça, avec insolence s'il le veut. Jarim le respecte – je crois qu'il a un peu peur de lui, aussi.

Aujourd'hui, l'Adepte avait revêtu un costume noir sans ornementation. Cette couleur mettait en valeur sa peau dorée et ses yeux bleu argenté – rappelant au Shin'a'in que les Tayledras et son peuple étaient apparentés –, et sa longue chevelure blanche, un signe de son pouvoir. Flammechant était doué pour choisir la tenue qui convenait à l'occasion. Visiblement, il était d'humeur à intimider.

Karal aurait bien aimé avoir son talent.

Le prince Daren prit la parole.

— Mes dames et messires, si vous voulez bien prendre place ? Flammechant, pouvez-vous répéter devant tout le monde ce que vous venez de dire ? C'est très important et je veux m'assurer qu'il ne subsiste aucun malentendu.

Daren s'assit.

Les autres gagnèrent leurs sièges habituels. Flammechant choisit de se tenir debout au milieu du fer à cheval, une main sur l'épaule de Treyvan.

— Certains d'entre vous faisaient déjà partie du Conseil quand nous avons appris que nous pouvions protéger, *temporairement* les pays de l'Alliance des effets des tempêtes magiques. C'est ce que nous avons, fait, avec le succès que vous pouvez constater. Mais ça reste une solution provisoire. Tel un vrai brise-lames, cette protection absorbe la force des vagues des tempêtes magiques, mais pas sans en payer le prix. Elle s'érode à chaque nouvel assaut. Bref, elle finira par tomber.

« Et ce n'est parce que les effets sont invisibles qu'il n'y a plus de tempêtes magiques. Peut-être ne sentirez-vous jamais un assaut direct contre votre corps, mais quelqu'un, quelque part, n'a pas cette chance. Elles sèment la douleur, la misère et la destruction. Elles nous harcèlent, toujours plus rapprochées et plus puissantes.

« Nous pouvons mesurer leur puissance, et c'est ce que nous faisons. J'estime que le brise-lames tombera dans quatre mois. Ventnoir lui en donne six au plus. Donc je le répète, tout ce que nous avons fait, c'est gagner du temps pour l'Alliance, afin de trouver une solution qui peut être magique, puisque notre pouvoir n'est plus affecté par les tempêtes.

Sans doute le plus long discours qu'ait fait Flammechant… Et il était d'autant plus marquant que le griffon avait souligné d'un hochement de tête chaque point important.

— J'ai vu ces effets du ciel, mes amis, ajouta Treyvan. A certains endroits, la terre est craquelée. Nous devons nous concentrer sur les tempêtes magiques. Et sur ce que nous pourrons faire si nous ne trouvons pas de parade. Car si vous pensiez que les choses étaient terribles avant…

Il laissa sa phrase en suspens, comme la menace qu'elle contenait.

Karal se souvenait que tout cela avait été expliqué avant leur départ de Haven pour ériger le brise-lames. Pourtant, cela semblait être une surprise totale pour la plupart des participants.

— Pourquoi ne mettez-vous pas en place une protection permanente ? demanda le représentant des éleveurs de vaches laitières.

Flammechant lui jeta un regard qui aurait pu faire fondre un glacier.

— Oh, et vous vouliez que nous attendions d'en *trouver* une ? demanda-t-il. Ce phénomène était aussi nouveau pour nous que pour vous. En fait, il est sans précédent, et nous ne le comprenons pas encore entièrement.

« Si je me souviens bien, les tempêtes magiques ont créé quelques vaches tueuses avant l'érection du brise-lames. Nous avons fait de notre mieux pour vous mettre tous à l'abri en attendant de trouver une véritable solution. Auriez-vous préféré que nous laissions les tempêtes faire rage et créer d'autres monstres à partir de vos troupeaux ?

L'homme avait peut-être vu l'une de ces « vaches tueuses », car il pâlit et eut l'air honteux.

— Eh bien… non… mais…

Une autre voix porta une nouvelle accusation à laquelle Flammechant répondit avec le même brio dévastateur. Cela dura un bon moment, jusqu'à ce que les têtes les plus dures assises autour de la table veuillent bien admettre que les mages et les ingénieurs ne les avaient pas « dupés »... Ils avaient fait de leur mieux.

— Une sorte de barricade de sac de sable pour contenir une crue, dit Elspeth, trouvant une analogie.

Le tumulte se calma, cédant peu à peu la place au silence. Jarim fut assez audacieux pour le rompre.

— Bien, si cette solution est temporaire, qu'allons-nous faire ? demanda-t-il d'un ton irrité. Avez-vous enregistré le moindre progrès ?

Que veut-il que nous répondions à ça ? N'avons-nous pas déjà dit tout ce que nous savons ?

Ventnoir soupira et Elspeth lui tapota l'épaule.

— Honnêtement, nous n'avons pas beaucoup progressé, répondit-il. Il n'y a pas encore assez d'informations...

— Pourquoi ? coupa le Shin'a'in. Pourquoi n'avez-vous pas avancé ?

— Nous avons fait de *nombreux* progrès ! Mais nous sommes de simples mages, alors que vous espérez un miracle ! Pourquoi ne vous adressez-vous pas directement à un dieu, ou à une déesse.

Un coup bas, puisque Jarim, contrairement à Querna, n'avait pas voué sa vie à la Déesse. Par conséquent, il n'avait pas la possibilité de communiquer *directement* avec Elle.

Karal ferma les yeux. Ventnoir et Elspeth s'appliquèrent à exprimer en termes non-magiques ce qu'ils savaient, Flammechant se chargeant des répliques acides chaque fois que quelqu'un remettait en cause leur travail. Karal n'étant pas un mage, il ne comprit pas grand-chose. Il pourrait demander à An'desha de lui expliquer tout ça plus tard, quand il devrait faire un rapport à Solaris.

Solaris. Que faisait-elle ? Continuait-elle de tenir le pouvoir d'une main aussi ferme ?

Vkandis protégera certainement Karse, quoiqu'il arrive, se dit-il.

Il se sentit aussitôt coupable d'avoir eu une telle pensée.

Car il était censé voir au-delà de Karse. Le bien de l'Alliance était tout aussi important que celui de son pays natal.

Mais ses intérêts se trouvaient sur son sol natal, et il représentait Karse. Alors, était-il si terrible qu'il éprouve du réconfort en songeant que son dieu protégerait sa terre d'élection ?

Etant un prêtre, c'était ce qu'il devait croire. Douter, revenait à mettre en question la parole et les promesses de Vkandis…

Sauf qu'Il a dit dans ses Ecrits que nous devons nous servir de l'intelligence qu'Il nous a donnée, et qu'Il nous protégera. Et s'il existe une solution que nous ne trouvons pas parce que nous n'aurons pas essayé assez fort ? Nous protégera-t-il quand même ?

Il se sentit pâlir.

L'incertitude était terrifiante.

Oh, gloire céleste… que lui arrivait-il ? Commençait-il à douter de son dieu ?

Que pouvait-*il* faire, de toute manière ?

Karal n'entendait rien à la magie ni aux mathématiques. Il devait placer sa confiance en ceux qui les pratiquaient. Elspeth, Ventnoir, An'desha, Flammechant, les griffons, les mages rethwellans recrutés par Kerowyn, les aspirants Hérauts et les Prêtres de Karse… c'étaient eux qui avaient besoin d'être guidés par Vkandis – par Lui et toute autre divinité que leur sort intéressait. Peut-être que prier était la meilleure chose qu'il pouvait faire.

Au moins, c'était dans ses cordes.

Pour le moment, il se sentait très fatigué… et il avait le mal du pays.

Je préférerais être le secrétaire de n'importe quel ambassadeur, même un de ces vieux croûtons de prêtres qui méprisent Ulrich et Solaris. Non que je refuse les responsabilités… Mais je n'ai pas l'autorité nécessaire pour les assumer.

Il se contenta donc de prendre des notes chaque fois qu'il comprenait de quoi il était question.

Si je veux dire quelque chose, je l'écrirai et je demanderai à Elspeth ou à Ventnoir de le faire pour moi. Ainsi, j'accomplirai mon devoir envers l'Alliance…, sinon envers Karse.

Pour le moment, c'était la seule solution qu'il avait trouvée.

CHAPITRE III

An'desha laissa tomber un autre caillou dans le bassin qui contenait la maquette, et observa le résultat. Les cercles concentriques se brisèrent contre les barrières et devinrent un chaos de vaguelettes et de contre-vaguelettes. L'Adepte secoua la tête, désespéré. Il n'avait pas voulu y croire avant de l'avoir vu de ses propres yeux.

— C'est déjà trop compliqué à observer, alors à analyser ! Et ce n'est qu'une *maquette*. La réalité est cent fois pire !

Maître Levy lui jeta un regard sardonique, mais approbateur.

— Pour un barbare illettré qui croit aux malédictions et aux sorts, vous avez un don étonnant pour la logique, dit-il, pince-sans-rire. Et une compréhension remarquable des difficultés que représentent les mesures et les analyses d'un système en mouvement.

An'desha refusa de mordre à l'hameçon.

— Pour un type qui croit uniquement ce qu'il peut voir, peser et mesurer, vous faites preuve d'une surprenante souplesse d'esprit. Mais vous savez très bien que je parle, lis et écris plus de langues que vous. Alors je suis peut-être un barbare, mais pas un illettré. Pourrions-nous nous dispenser des menus propos insultants et travailler ?

Maître Levy répondit par un soupir frustré.

— Hélas, je n'ai que des « menus propos » à vous offrir, admit-il. Je me libère de ma frustration par le sarcasme. Vous avez raison, la réalité est trop complexe pour être calculée. Je n'ai pas réussi à en tirer une formule, et si j'ai échoué, personne n'y arrivera.

Que cette arrogance soit consciente ou non, ça n'en était pas moins vrai.

— Il doit y avoir une progression mathématique prévisible, murmura An'desha, étudiant les dernières rides à la surface de l'eau. Le résultat est géométrique, donc il doit exister un moyen d'établir une formule.

— Je croyais que les mages pensaient que la magie est entièrement intuitive, dit maître Levy, amusé. En vous faisant cette démonstration, j'espérais que vous auriez l'intuition d'une formule. Comme un de nos élèves l'a fait remarquer, l'intuition est un outil utile, car cela revient à ressembler des faits si rapidement que le passage des prémices à la conclusion n'apparaît plus évident.

— Flammechant est le seul d'entre nous qui possède ce don, répondit l'Adepte. Les autres sont davantage portés sur la logique. Mais il semble que son raisonnement puisse nous guider vers la réponse que nous cherchons.

En vérité, s'il se trouvait là plutôt qu'à l'*ekele*, c'était parce que Flammechant n'avait pas découvert intuitivement une solution, un échec qui l'avait mis de très mauvaise humeur. An'desha lui avait laissé tout l'espace nécessaire pour tempêter à loisir, avec les plantes pour seul témoin.

Sa relation avec le Tayledras était tendue depuis que Karal et lui étaient rentrés de la frontière entre Iftel et Valdemar. Contrairement à ce qu'il avait craint, Flammechant n'était pas jaloux de Karal – du moins, il ne le considérait pas comme un rival potentiel. Un grand soulagement ! Il était assez difficile de prouver une affirmation aussi nébuleuse que « Karal est mon meilleur ami, mais je ne suis pas du tout attiré par lui ». Si Flammechant n'était pas capable de voir ça, il était moins observateur et moins intelligent qu'An'desha ne l'avait cru.

Il avait fallu du temps au jeune mage pour découvrir quel était le *vrai* problème entre son amant et lui. Peut-être parce que c'était si déconcertant… Et parce qu'il ne pourrait rien faire pour y remédier.

Flammechant ne semblait pas savoir comment se comporter avec le « nouvel » An'desha, de plus en plus indépendant.

Le jeune homme baissa les yeux sur la maquette comme s'il pouvait y trouver la réponse à ses problèmes de couple.

Il ne semble pas comprendre un point essentiel : qu'il m'ait sauvé la vie et aidé quand j'étais désorienté et incapable d'affronter l'existence ne fait pas automatiquement de nous un couple uni pour la vie. Je l'aime et je lui dois beaucoup – mais pas une dévotion totale jusqu'à mon dernier soupir. Personne ne « doit » ça à quelqu'un.

Ils étaient devenus amants par attirance mutuelle, et parce que An'desha avait désespérément besoin de s'accrocher à un être qui lui offre la sécurité qui lui manquait. Cela dit, Flammechant avait toujours su que cette dépendance était malsaine et infantile. Il avait fait de son mieux pour « sevrer » An'desha et l'armer pour affronter la vie.

Parce qu'il voulait que je devienne indépendant ou parce que je l'étouffais ? Bonne question ! Se sentir étouffé ne doit pas être amusant, mais il m'a fait lâcher prise avec beaucoup de douceur. Etait-ce parce qu'il aimait que je dépende de lui, sans que je dépende trop *de lui ? Encore une bonne question.*

Maintenant... Eh bien, un vieux proverbe disait : « Prends garde à ce que tu demandes, tu pourrais l'obtenir. » Flammechant avait obtenu un An'desha qui savait qui il était et ce qu'il voulait faire de sa vie... Et c'était au tour du Tayledras d'être malheureux.

Il ne lui cherchait pas sans cesse querelle. Mais chaque fois qu'An'desha disait ou faisait une chose étonnante, il paraissait vraiment pris de court. Stupéfait, presque choqué, comme s'il ne le reconnaissait plus. Et quand An'desha ne partageait pas ses opinions, il entrait dans une rage froide.

Cela ne durait jamais longtemps, et Flammechant ne tentait rien, à part essayer de le faire changer d'avis... Mais le jeune homme était conscient de cette rage aussitôt réprimée. Il la voyait dans ses yeux, dans sa manière de rougir, puis de pâlir, et enfin de serrer les mâchoires et de refuser d'ouvrir les lèvres avant que ça ne soit passé.

La solution de Flammechant, qu'An'desha avait adoptée, était d'éviter les rencontres, excepté pour les repas et la nuit.

Au lit, ils étaient toujours compatibles, ce qui leur permettait de soulager la tension. Mais combien de temps cela durerait-il ?

An'desha se secoua. Maître Levy le regardait avec curiosité, comme s'il se demandait ce qu'il voyait dans la maquette.

— Je n'arrive à rien, alors je vais prendre un peu l'air. Peut-être aurai-je une intuition ?

— Je retourne à mes calculs, pour voir si je peux tirer quelque chose de tout ça, dit le professeur, découragé. Un de nos problèmes, c'est que les vagues vont de l'extérieur vers le centre, alors que celles de la maquette sont générées du centre vers l'extérieur. Nous pouvons extrapoler le résultat grâce à des formules, mais notre représentation manque d'exactitude.

An'desha ne pouvait lui en vouloir d'être découragé. Ils avaient besoin d'aborder le problème sous un angle nouveau. C'était ainsi qu'ils avaient mis au point le brise-lames – une analyse mathématique dérivée des énergies magiques.

— Pourquoi ne pas utiliser un anneau? proposa An'desha. En le jetant dans l'eau, il devrait créer des cercles de l'extérieur vers le centre, non ?

Maître Levy examina ses mains et se cura les ongles pour la vingtième fois depuis le début de la conversation.

— Peut-être... Je vais mettre les élèves ingénieurs sur le coup. Avec un anneau assez large...

Maître Levy continua dans la même veine un moment. Ils trouvaient des idées, qui s'ajoutaient les unes aux autres, mais aucune qui ressemble à une vraie solution. Il leur fallait une source d'inspiration, mais ils étaient à court de références.

Nous avons besoin d'un dieu, cette fois. Hélas, comme il est peu probable que nous soyons tous anéantis quand le brise-lames tombera, je doute que la Déesse consente à nous aider.

An'desha haussa les épaules, prit son manteau shin'a'in, l'enfila et le boutonna jusque sous le menton. Il quitta la salle d'étude du Palais, absorbé par son introspection. Mais ça n'était pas aux tempêtes magiques qu'il pensait en traversant les jardins déserts.

Bizarre... Il n'y a pas si longtemps, j'aurais été malade

d'inquiétude si Flammechant avait commencé à m'éviter. J'aurais cru qu'il en avait assez de moi et qu'il me cherchait un remplaçant, paniqué à la pensée de rester seul. Alors que maintenant…

Maintenant, ça ne l'ennuyait pas. En s'évitant, ils esquivaient aussi les confrontations.

Et pour être honnête, s'il trouvait un nouvel amant ça me serait égal.

Cette idée surprenante le pétrifia. Il se la répéta, et elle lui sembla logique – et juste.

Si Flammechant trouvait un nouvel amant, ça me serait égal. En réalité, ce serait même un soulagement. Je n'aurais plus besoin de me sentir obligé de lui faire plaisir, de peur de m'attirer ses foudres. Ce genre de sentiment n'a pas sa place dans une histoire d'amour.

Pourtant, *il* n'était attiré par personne d'autre ! Alors, pourquoi avait-il ce sentiment ?

Parce que je désire être... seul ?

Ça aussi, c'était logique. Oh, il ne voulait pas être seul pour toujours…

Il eut une troisième révélation !

Je commence à découvrir des choses sur mon compte – pas dans les souvenirs de Fléaufaucon, mais dans les miens. *J'ai besoin de temps pour y réfléchir. Et pour ça, je dois être seul.*

Pauvre Flammechant.

Il sent mon besoin de solitude, et il pense sans doute que je ne veux plus de lui.

An'desha secoua la tête et repartit, les mains dans les poches. Si Flammechant trouvait quelqu'un d'autre, ça leur faciliterait les choses à tous deux.

Mais les chances que ça arrive sont plutôt minces. Il n'y a pas beaucoup de she-chorne, *et la plupart dont déjà avec quelqu'un. Quant aux autres…* (Il grimaça.) *Dire qu'ils ont été irrémédiablement marqués par des expériences antérieures, c'est rester au-dessous de la vérité. Voilà qui ne fait pas d'eux des compagnons plaisants ou sains à fréquenter.*

She'chorne. Quand avait-il entendu, ou *pensé*, ce terme pour la dernière fois ? *Quand je vivais encore dans le clan, avant Fléaufaucon... Je n'avais jamais essayé de courtiser une fille, alors grand-mère m'a demandé si je voulais me mettre en ménage avec un* she'chorne.

Une telle alliance était honorable, même si elle ne produisait pas de descendance. Cependant les couples de *she'chorne* pouvaient adopter les orphelins. En fait, de nombreux clans shin'a'in encourageaient leur formation dans ce but. Selon les critères shin'a'in, un couple *she'chorne* qui avait les ressources nécessaires pour élever au moins un enfant retirait ce fardeau à ceux qui avaient leurs propres rejetons à nourrir.

Mais ça n'était pas non plus ce que je voulais. Alors elle m'a accusé d'être aussi remuant et insatisfait que mon père...

Sa « vraie » vie avait été relativement courte, mais il avait passé en revue ses souvenirs, afin d'essayer de déterminer ce qu'il avait été. Et il avait également fouillé dans ceux de Fléaufaucon et des autres incarnations de Ma'ar, pour y trouver un dénominateur commun.

Il doit y avoir plusieurs raisons pour que Fléaufaucon ait décidé de s'« installer » en moi. *Ma'ar a sans doute des milliers de descendants, dont la plupart sont des mages. Sans compter que Fléaufaucon et ses prédécesseurs aimaient piller et violer. Par conséquent, les candidats ne manquaient pas. J'ai le sentiment que ma vie a des fils communs avec les siennes... mais sans parvenir à les démêler du reste.*

Il en avait déjà découvert un. Chaque vie volée par Ma'ar appartenait à un garçon méprisé, et parfois même maltraité, par les siens. La plupart s'étaient enfuis avec l'espoir de devenir des mages et de pouvoir retourner chez eux et se venger. Voilà pourquoi, se retrouvant seuls, ils avaient lancé un sort pour faire du feu. La plupart n'avaient pas encore trouvé de professeur, mais ils sentaient la puissance qu'ils contrôlaient, et avaient voulu en faire l'expérience, « juste une fois ».

Je me demande si la présence d'un professeur aurait empêché Fléaufaucon de m'attaquer ? Cela l'aurait-il découragé d'essayer ?

Possible. Ma'ar, l'original de ces incarnations, était sans doute un des mages les plus doués de tous les temps. Il devait exiger des foules de conditions pour qu'un corps soit digne d'être possédé.

Qu'en était-il du dénominateur commun de maltraitance et de négligence ? Etait-ce une de ces conditions ?

Quand j'ai fui mon clan, je ne savais pas ce que je cherchais... sinon un endroit où j'aie ma place, et ou je ne sois pas forcé de devenir un chamane. Mais il me semble me rappeler que la plupart des victimes de Ma'ar étaient en quête de pouvoir. Certaines voulaient se venger, d'autres seulement « leur montrer à tous » – c'est-à-dire faire rendre gorge aux gens qui s'étaient moqués d'eux ou les avaient maltraités.

Enfin une piste intéressante ! Dans leur état d'esprit, avaient-ils accueilli Fléaufaucon, même inconsciemment ?

Se laisser posséder, abandonner ses responsabilités dans le but de se venger... Ça commence à avoir trop de sens.

Il s'arrêta un instant et sonda plus profondément les souvenirs des plus anciennes victimes.

Oh... voilà qui est intéressant. La première fois, Ma'ar n'a pas fondu sur sa proie pour lui prendre son corps, mais il l'a séduite *! Il lui a offert la possibilité de devenir un Adepte en un clin d'œil, sans avoir à passer par un apprentissage. Eh bien, eh bien... Il est devenu brutal et impatient plus tard...*

Il avait seulement besoin de cet accueil initial pour s'installer. Quand les victimes découvraient enfin qui elles avaient accepté d'« héberger », il était trop tard. Fléaufaucon ne pouvait tolérer une seconde âme dans son « nouveau » corps. Il l'éradiquait donc pour régner en maître absolu.

Mais moi, je ne voulais pas de lui, ni avoir du pouvoir. Tout ce que je désirais, c'était... de la compagnie. Une personne qui ne m'aurait pas méprisé et donné une chance de faire mes preuves. C'est cette différence qui m'a permis de survivre ?

C'était possible.

Bien sûr, il avait survécu pour d'autres raisons. Il avait « fui », se cachant en lui-même pendant que Fléaufaucon l'envahissait, au lieu d'essayer de lui résister. Et ensuite, il n'avait pas tenté de déloger l'Adepte Noir.

Un vent glacial lui ébouriffa les cheveux.

An'desha enfonça plus profondément les mains dans ses poches. En hiver, les jardins du Palais étaient un excellent refuge pour ceux qui aspiraient à la solitude…

C'est bizarre, mais presque tout ce qu'ont fait Fléaufaucon et ses autres incarnations étaient les versions maléfiques de choses qui auraient pu être merveilleuses. Mais on dirait qu'ils étaient incapables de créer. Ils savaient seulement corrompre, détruire et mutiler.

C'était surtout vrai dans la manière dont Fléaufaucon manipulait le cœur et l'esprit d'autrui, à commencer par ceux de sa fille, Nyara. L'Adepte Noir était capable d'inspirer une vraie dévotion à ses serviteurs, pas seulement une soumission inspirée par la peur. En fait, si An'desha remontait à la source – l'Adepte appelé Ma'ar – il découvrait qu'il n'avait quasiment jamais eu besoin d'inspirer la crainte pour régner. Il parvenait à faire croire à ses fidèles qu'il désirait leur bien. S'il fallait croire les souvenirs de Ma'ar, certains de ses hommes étaient capables de se jeter sur l'épée d'un assassin pour lui prouver leur amour.

Comparée à cela, la relation malsaine que Fléaufaucon avait entretenue avec Nyara n'avait aucune « sophistication ».

Je suis content que Nyara et Skif aient été envoyés comme ambassadeurs chez les k'Leshya. Skif rêvait d'apporter sa contribution, et Nyara n'a jamais été à l'aise ici. Ni Besoin. Je crois que l'épée avait peur que Kerowyn finisse par mettre sa menace à exécution… et la jette au fond du puits.

An'desha sourit. Il ne pouvait pas exister deux femmes aussi pleines d'assurance – pour ne pas dire d'arrogance – que Kerowyn et l'épée qui se faisait appeler Besoin. Inévitablement, quand elles étaient obligées de cohabiter, cela créait des frictions. Oui, il était aussi bien que Skif, Nyara et Besoin soient partis. Les k'Leshya profiteraient des connaissances de Skif, et l'épée maîtrisait une magie plus ancienne encore que la leur. Nyara se sentirait mieux dans un endroit où elle ne serait pas la créature la plus étrange.

Ce que Fléaufaucon lui avait fait subir n'était « normal » selon aucun standard. Mais si une connaissance intime du corps pouvait permettre de guérir, aussi bien que de tuer et de torturer, le pouvoir de manipuler l'esprit et les émotions ne pouvait-il pas servir à quelque chose de bien ?

N'était-ce pas, au fond, ce qu'Ulrich et Karal avaient fait pour l'aider ?

An'desha se mordilla la lèvre inférieure. Cela faisait-il de Fléaufaucon quelque chose comme... un prêtre démoniaque ?

Sans doute. Un bon prêtre est censé conseiller et guider ses fidèles pour qu'ils s'améliorent, et Fléaufaucon utilisait les mêmes outils de persuasion.

Les cloches du Collegium sonnèrent, signalant le dîner. Cela signifiait que les bibliothèques du Collegium et du Palais seraient désertes... Dans chacune, il y avait des fauteuils confortables et de bons feux de cheminée. Oui, il serait sans doute mieux là-bas pour continuer son introspection. La nuit allait tomber. La lumière grise se colorait déjà d'indigo, annonçant le crépuscule. Et le vent devenait de plus en plus froid. Ses oreilles et son nez étaient engourdis, et l'air glacial profitait de chaque ouverture pour se glisser à l'intérieur de son manteau.

An'desha se dirigea vers le Palais. Il salua d'un signe de la tête les gardes postés à la porte des jardins. Un des avantages de sa situation, c'était que tout le monde le reconnaissait au premier coup d'œil. Comme les Tayledras et les griffons, il n'avait pas besoin de décliner son identité.

La bibliothèque du Palais lui semblait un choix tout désigné. Les tables étaient plus petites, et les lecteurs qui l'utilisaient étaient principalement des fonctionnaires de la cour. Inutile d'y chercher des recueils de poésies, des livres d'histoires ou des romans. Les étagères étaient couvertes de chroniques, de manuels de langues, de livres de lois.

Bourrés d'informations, mais aussi durs à digérer qu'une pierre, et à peu près aussi amusants.

La bibliothèque du Palais était coincée entre la salle du Conseil et le bureau du sénéchal, avec lequel elle partageait un conduit de cheminée.

Une seule des deux lampes avait été allumée, mais une bonne flambée brûlait dans l'âtre... Et comme An'desha l'avait espéré, les lieux étaient déserts. Il choisit un fauteuil, près du feu, défit son manteau, le posa sur le dossier et s'assit, une jambe passée par-dessus un accoudoir.

Si Ma'ar et ses autres « moi » étaient capables de contrôler et de persuader les gens... serait-il mal d'utiliser ce pouvoir pour les aider ? Pour les convaincre de faire des compromis, par exemple ? Ah, si je pouvais demander de l'aide afin de répondre à ces questions... Elles me dépassent, je le sens bien.

Le problème pour lui était d'être trop proche de ces souvenirs. Il était tentant d'utiliser ces pouvoirs, après les avoir vus en action, en présumant qu'ils pouvaient servir à faire le bien.

On m'a dit un jour qu'un poison mortel peut être utilisé pour guérir... A condition de savoir s'en servir, et à une dose infime.

Mais jusqu'à quel niveau la persuasion était-elle morale ? Il ignorait où se situait la ligne de séparation entre « essayer d'aider les gens » et « les manipuler ».

Flammechant ne pouvait pas lui être utile, même s'il était un Adepte Guérisseur. Ses pouvoirs s'appliquaient au monde matériel, pas à celui du cœur, de l'esprit et de l'âme. Il avait tendance à se montrer impatient quand An'desha s'engageait dans ces domaines « mystiques ». Même s'il insistait sur la nature intuitive de la magie, il était attaché au monde pratique et n'avait rien à faire du mysticisme.

J'aimerais demander à Karal, mais son fardeau est si lourd que je ne veux pas y ajouter. Ça pourrait le faire craquer – physiquement, ou mentalement.

Pauvre Karal ! Il portait trop de responsabilités sur ses frêles épaules.

Peut-être devrais-je me tourner vers cette gentille dame – Talia ? Non... il n'avait pas besoin de réconfort, mais de fondations solides pour déterminer des solutions éthiques.

C'était le domaine de sa vieille Némésis, le chamane de son clan.

Le vieil homme était aussi rigide qu'une peau séchée sans être tannée, mais il était assez « en phase » avec la Déesse pour ne jamais donner de mauvais conseils spirituels. Et il avait une éthique...

Le nouvel ambassadeur shin'a'in n'était pas un chamane.

Il remplaçait simplement son frère, le chef de son clan, et An'desha ne l'aimait pas plus que Karal. Ah, si Querna avait toujours été en vie ! Il n'aurait pas hésité à lui demander son aide.

Si j'avais quelqu'un – n'importe qui – à qui parler ! Non, pas « n'importe qui »... Un chamane, un prêtre. Mais je ne sais pas à quel religieux je peux faire confiance, à part Karal. Et j'aimerais me confier à quelqu'un qui partage mes origines. Quelle ironie ! Je me suis mis dans un beau pétrin en fuyant un chamane, et aujourd'hui je donnerais n'importe quoi pour pouvoir parler à l'un d'eux.

Soudain, le feu devint plus lumineux. An'desha sursauta quand un gloussement mental lui réchauffa l'esprit.

Il suffisait de demander, petit frère, dit une voix qu'il avait cru ne jamais plus entendre, alors que l'Avatar – de son vivant, il s'appelait Tre'valen – apparaissait dans les flammes.

La dernière fois qu'il l'avait vu, il était en Hardorn, et Fléaufaucon contrôlait son corps. On lui avait dit que deux Avatars étaient apparus à Valdemar pour leur redonner, à Nyara et à lui, une apparence humaine, mais il ne s'en souvenait pas. Et sans doute était-ce mieux ainsi. La transformation d'homme-félin en humain avait dû être douloureuse. La chair avait été arrachée de son corps sculpté par la magie d'un Adepte et remodelée. Même ses poils avaient été altérés par un raz de marée de magie d'une puissance inouïe. C'était le cadeau de la déesse pour sa bravoure, mais aucun changement ne se produisait sans douleur.

Comme Tre'valen l'avait fait souvent – bien que jamais à Valdemar – l'Avatar prit la forme d'un faucon vorcel, qui agitait ses ailes de feu au milieu des flammes.

Je suis heureux que tu sois allé si loin, même si ton pauvre cœur ne t'apporte pas la paix pour le moment. Parler avec toi nous a manqué. Je crois, petit frère, que nous pouvons t'aider.

D'humeur maussade, Flammechant faisait les cent pas dans le salon de l'*ekele*, regardant de temps en temps les branches nues de l'arbre malmenées par le vent. An'desha était parti… une fois de plus. Désormais, le jeune Shin'a'in passait de moins en moins de temps dans l'*ekele*, alors que quelques mois plus tôt, on avait du mal à le faire sortir dans le jardin.

Il a changé. Il change continuellement.

Ces pensées ne lui plaisaient pas. Il n'aimait pas la nature de ces changements, et il ne savait pas du tout comment s'y faire.

Tout était si plaisant quand An'desha se tournait vers lui pour avoir des réponses et être rassuré sur ce monde étrange et effrayant. Flammechant éprouvait alors un délicieux sentiment… Nul n'avait jamais eu besoin de lui à ce point, même s'il ne comptait plus les personnes qui l'avaient désiré. Cette dépendance l'avait attiré.

Mais il devait aussi admettre que cette relation l'avait parfois étouffé. Il ne pouvait même plus plaisanter et flirter avec Ventnoir sans mettre An'desha dans tous ses états !

Cela dit, la majorité du temps, elle avait été agréable…

Sa conscience lui souffla qu'elle avait été bien plus qu'« agréable ». *Admets-le. Tu aimais avoir ce genre de pouvoir sur quelqu'un. An'desha serait volontiers devenu ton esclave, si tu l'y avais encouragé.* Il tressaillit ; sa conscience avait mis dans le mille !

A cette époque, il semblait qu'An'desha, ne sachant pas nager, se maintenait difficilement à flot après un naufrage. Il dépendait entièrement de Flammechant pour le ramener vers le rivage.

Tout en marchant nerveusement, il nota distraitement que la pièce faisait exactement douze pas de large – dix, pour éviter de rentrer dans les murs.

Ça me convenait. An'desha était passif et comptait sur moi pour prendre toutes les décisions pour lui.

Enfin, non, pas *toutes* les décisions. Il lui arrivait de se montrer entêté, même si ces crises étaient généralement improductives. La mémoire et la conscience de Flammechant lui rappelèrent aussi cela.

Cesse de t'agiter !

Flammechant se jeta sur un canapé, une jambe pendant d'un côté, les yeux rivés au plafond. La nuit tombait, mais il ne se donna pas la peine d'allumer une lampe, même s'il aurait pu le faire d'une pensée. Son oiseau de feu le regarda avec curiosité. Comme l'Adepte ne montrait aucune disposition à le caresser, il bâilla et s'appliqua à se lisser les plumes. De fausses étincelles crépitaient autour d'Aya chaque fois qu'il ébouriffait son plumage et se secouait. Dans la lumière crépusculaire, il semblait que ses pennes luisaient faiblement. L'oiseau lige semblait suspendu dans les airs – l'absence de lumière rendait son perchoir invisible –, tel un fantôme luminescent.

Flammechant avait souvent perdu patience avec An'desha quand il refusait de se plonger dans les souvenirs des existences passées de Mornelithe Fléaufaucon. Même s'il était évident que sa mémoire contenait des informations vitales, il s'était entêté, craignant de faire revenir l'Adepte Noir. Dans ce domaine, Flammechant n'avait pas pu aider le Shin'a'in. Maître Ulrich et Karal avaient finalement réussi à le convaincre qu'il ne risquait pas de devenir un autre Fléaufaucon – ce qui avait secrètement irrité Flammechant.

N'étant pas un prêtre, je n'ai pas d'expérience personnelle de la possession, alors je n'avais aucun moyen de le convaincre que je savais de quoi je parlais. C'était sans doute à cette période que la séparation avait commencé. Encore une victoire pour Karal !

Certaines personnes croient qu'en entretenant la mémoire de quelqu'un, elles le gardent en vie. An'desha était-il persuadé, s'il parlait de Fléaufaucon, de conserver vivante son âme noire ? Même si je lui avais assuré l'avoir taillée en pièces avec les serres de mon esprit ? Encore un échec…

Et ça n'a pas été le seul.

Il n'avait pas non plus réussi à persuader An'desha d'utiliser ses pouvoirs, ni le savoir que lui avait fourni Fléaufaucon. Ça ne l'avait pas seulement irrité, mais terrifié. Aussi longtemps qu'An'desha refusait de contrôler ses pouvoirs, ils étaient dangereux – parce que là où la volonté échouait, l'instinct pouvait prendre le dessus.

Je n'ai pas pu *le convaincre qu'ignorer ses pouvoirs était plus dangereux qu'apprendre à les maîtriser. D'une certaine manière, Fléaufaucon n'avait aucun contrôle. Il agissait en fonction de ses pulsions, sans rien planifier. J'ai essayé de lui montrer qu'agir impulsivement était une seconde nature chez lui. Et qu'à moins d'accepter d'apprendre à apprivoiser ses pouvoirs, ce seraient* eux *qui le contrôleraient.*

Karal avait imaginé un plan afin de prouver à An'desha qu'il avait la maîtrise nécessaire pour utiliser sa magie sans en abuser. Il l'avait provoqué à un tel point qu'An'desha, s'il n'avait pas eu cette maîtrise, l'aurait probablement tué.

Je dois lui laisser ça. C'était très courageux. Je ne suis pas sûr que j'aurais fait confiance à An'desha et je vis avec lui. Du moins, il en était ainsi à l'époque.

Non que Flammechant n'ait pas tout essayé pour persuader An'desha, mais le jeune mage avait refusé de l'écouter. Puis il s'était laissé convaincre par Karal.

Maudit soit-il !

Maintenant, encouragé par son succès, et par Karal-maudit-soit-il, An'desha cherchait des réponses auprès de quelqu'un d'autre. Soudain, il ne se satisfaisait plus des conseils de son amant. Il prenait des directions – souvent mystiques – que l'Adepte Guérisseur n'approuvait pas, et vers lesquelles il refusait de se laisser entraîner.

C'est bien ma chance qu'il se soit trouvé un prêtre comme meilleur ami. Les prêtres rendent les gens si... profonds.

Karal n'était pas l'amant d'An'desha. *Primo*, il n'était pas le genre du Shin'a'in. *Secundo*, pour autant que Flammechant puisse le dire – et ses instincts ne le trompaient jamais en matière de préférences sexuelles – Karal était tout le contraire d'un *shay'a'chern*. Peut-être était-ce ça qui lui donnait un avantage sur Flammechant : An'desha savait que ses conseils n'étaient pas influencés par le désir.

Une fois de plus, sa conscience intervint, lui rappelant que ses propres conseils avaient toujours caché quelque chose. Bien sûr, il avait toujours eu à cœur les intérêts d'An'desha. N'était-il pas merveilleux qu'ils aient toujours coïncidé avec les siens ?

Je peux réussir à m'en persuader, mais je doute de pouvoir convaincre qui que ce soit d'autre...

Il grinça des dents, frustré, et regarda la lampe qui pendait au-dessus de lui, se détachant telle une ombre contre le plafond plus clair. Il allait falloir qu'il allume, s'il ne voulait pas devoir tâtonner dans le noir.

Que faire, maintenant ? Suis-je condamné à le perdre ? Ne sait-il pas ce que je ressens pour lui ? Ne l'ai-je pas ouvertement courtisé !

Une position d'autant plus frustrante qu'il n'avait jamais eu à courtiser personne. D'habitude, c'étaient les autres qui recherchaient sa compagnie et ses faveurs.

Et voilà qu'il se retrouvait dans la situation inverse. Il se mettait dans tous ses états pour attirer et retenir l'attention d'An'desha... et il échouait lamentablement.

Maintenant, je sais ce qu'a ressenti Oiseaupluie quand j'ai feint d'ignorer ses avances. Le problème, c'est que je ne sais pas quoi faire. Comment le récupérer ?

Il savait qu'il possédait un talent rare – en dehors de la magie.

Je pourrais lancer une opération de séduction si massive qu'il serait submergé. L'envelopper de sensualité jusqu'à ce qu'il n'ait plus assez d'énergie pour penser *à autre chose.*

Il réussirait sans doute – un moment.

Malheureusement, je sais par expérience combien de temps fonctionne ce genre de tactique, pensa-t-il sombrement. *Le « sort » de séduction dure aussi longtemps que le séducteur a l'énergie de l'alimenter. Et il a toutes les chances d'être à court avant l'objet de ses désirs...*

Mais An'desha n'était pas stupide et sa vie ne tournait pas autour du sexe. Le problème, pour Flammechant, était que l'esprit de son amant, enfin réveillé, n'allait pas se rendormir. Il lui faudrait donc bien plus qu'une offensive érotique pour l'occuper très longtemps.

Ce qui conduisait à une autre tentation. Flammechant n'était pas vraiment un Guérisseur de l'Esprit, mais l'empathie comptait parmi ses dons mineurs. S'il le voulait, il pourrait forcer le cerveau trop éveillé d'An'desha à se rendormir.

Il serait si facile d'utiliser ce que je sais pour le manipuler. Je connais toutes ses peurs, toutes ses faiblesses.

Oui, il serait dérisoirement facile de jouer avec l'esprit d'An'desha.

C'était tentant... mais...

Ça n'est pas non plus la réponse ! Ce serait mal, et je le sais. Père en aurait une attaque et mère... Je devine ce qu'elle dirait si elle savait que j'ai seulement pensé à faire ça.

Il avait affronté des monstres, les tempêtes magiques et Mornelithe Fléaufaucon. Pourtant, rien ne le terrifiait davantage que de faire face à sa mère avec une conscience coupable.

Je me fiche de ce qu'on pense de moi, mais que les dieux me viennent en aide si mère découvre ça.

Et il n'y avait pas que sa mère...

Et si mon cher ancêtre Vanyel avait vent de mes pensées ? Oh, non, pas ça !

Mais s'il devait choisir, il préférait encore affronter le courroux d'un fantôme que la fureur de sa mère.

Flammechant soupira. Peut-être valait-il mieux être un Fléaufaucon, et ne pas avoir à se soucier de la colère d'une mère ou d'une conscience coupable.

C'est sans doute pour ça que la voie choisie par les mages noirs est plus facile. Mais j'ai une conscience, donc je suis coincé.

Il ne pouvait pas utiliser ses dons de l'esprit ou sa magie pour rendre An'desha de nouveau malléable. En plus d'être mal, ce serait stupide. Car à la fin, il n'aurait plus vraiment « An'desha » à ses côtés. Alors à quoi bon se donner tant de peine ? S'il voulait un homme-objet, il n'avait que l'embarras du choix – un page, un garçon d'écurie... Mais ça ne serait pas bien non plus. Et ça ne serait pas An'desha.

Il déglutit avec difficulté.

An'desha passe de plus en plus de temps à l'extérieur. Et moi, je dois continuer à sourire et à prétendre que tout va bien...

Si c'était difficile maintenant, ça le serait de plus en plus, An'desha lui échappant davantage chaque jour. Mais que pouvait-il faire ? Le plus simple restait une confrontation directe, mais cela éloignerait son amant encore plus vite.

Flammechant n'était pas du genre à déprimer. Pourtant, il avait un mal fou à avaler la boule de désespoir qui s'était logée dans sa gorge.

J'avais cru avoir trouvé quelqu'un avec qui passer ma vie, et une fois de plus, ça n'a rien donné.

La mélancolie l'avait si bien terrassé qu'il ne pourrait peut-être plus se relever. Personne ne comprenait. Les gens le regardaient et voyaient à quel point il était beau, intelligent et doué, et ils pensaient qu'il avait tout. Ils ne pouvaient pas savoir, ni deviner, combien il lui était difficile de se faire des amis et de les garder. Alors des amants… Comment auraient-ils pu s'imaginer à quel point il se sentait seul ? Oh, il lui était facile de trouver quelqu'un à mettre dans son lit. Dans son cœur, c'était une autre histoire. Il avait des amours de passage, mais personne qui lui fût fidèle.

Je suppose que le mieux est de travailler, pensa-t-il. *Quand j'ai l'esprit occupé, mon cœur me fiche la paix.*

Ce truc avait toujours fonctionné, et les dieux savaient qu'ils avaient du pain sur la planche !

Je devrais aller proposer mes services à Ventnoir, à Elspeth et aux ingénieurs.

Oui, voilà ce qu'il aurait dû faire ! Mais An'desha était avec eux, et il serait forcé de travailler à ses côtés. Si le Shin'a'in appréciait les ingénieurs, Flammechant les comparait à des abeilles ou à des fourmis. Ils étaient logiques, méticuleux et sans âme… Leur « magie » à base de boulons et de roues était banale et artificielle.

D'ailleurs, cette nouvelle approche de la magie convient mieux à Ventnoir et à Elspeth qu'à moi. Apparemment, elle ne leur paraît pas « artificielle ».

Non, je ne peux pas apprendre à aimer ces ingénieurs. Pas question de penser comme eux, ni d'admirer leur tournure d'esprit.

Leur étrange approche mécanique de la magie lui ôtait toute sa beauté. Et sans cela, où était l'intérêt ?

Ils ont pris la poésie et l'ont réduite à une formule mathématique. Voilà ce qu'ils ont fait ! Mais connaître la formule ne veut pas dire qu'on soit un poète. Seulement qu'on peut produire des vers de mirliton bien tournés.

Plus il y pensait, plus il se rebellait. Il avait *essayé* de travailler avec eux, mais personne n'avait été à l'aise.

Ils essaient de tout classifier. Mais on ne mesure pas l'amour avec une règle et on ne pèse pas la tristesse avec une balance... Alors, pourquoi essayer d'analyser la magie ?

Si la mélancolie l'avait terrassé, la colère le fit bondir sur ses pieds. Il se leva en marmonnant un juron et alluma toutes les lampes. Surpris, Aya sursauta, lâchant un couac qui n'avait rien de mélodieux, et se réinstalla sur son perchoir avec un regard noir à son maître.

Flammechant l'ignora, bien qu'il sentît l'irritation d'Aya par le biais de leur lien mental. La créature lui renvoyait son état d'esprit instable. Généralement, quand le maître avait des pensées négatives, l'oiseau lige aussi.

Peut-être ferait-il bien de rester éloigné d'Aya un moment, avant que leur mauvaise humeur n'échappe à leur contrôle.

Un bain chaud, peut-être.

A défaut d'autre chose, cela le libérerait de la tension et lui dénouerait les muscles. Car s'il ne se détendait pas, il se réveillerait avec une migraine.

Il pivota et descendit l'escalier en colimaçon. Des lampes éclairaient les merveilles de sa Vallée tayledras miniature. Des plantes luxuriantes poussaient dans tous les coins de la salle munie d'immenses baies vitrées allant du sol au plafond. Flammechant avait créé cet environnement minéral et végétal de telle manière qu'il soit impossible d'imaginer, surtout la nuit, qu'on était dans le Champ des Compagnons à Valdemar, pas dans une vraie Vallée. Des plantes grimpantes encadraient les ouvertures et dissimulaient le plafond. A ses moments de loisir, il y avait ajouté de minuscules lampions qui captaient la lumière le jour et la restituaient la nuit, imitant les étoiles.

La pièce maîtresse, le bassin, était alimenté par une source chaude – en partie naturelle, et en partie magique – aussi bien protégée que la Pierre-Cœur du Palais. Avec tous les effets étranges que produisaient les tempêtes, Flammechant ne voulait pas retrouver son bassin en train de bouillir – ou complètement gelé !

Il se déshabilla en marchant et se laissa glisser dans le bassin. Dommage qu'il n'y ait pas d'hertasis à Valdemar. Il serait obligé de ramasser lui-même ses vêtements. Mais pour l'instant, il préférait ne pas y penser.

Selon la légende, c'était Urtho, le Mage du Silence, qui avait découvert comment créer ces bassins.

Urtho aurait également inventé la roue, dompté le premier cheval et été le premier à faire cuire sa viande...

Flammechant s'enfonça dans l'eau jusqu'au menton, pensant aux légendes qui entouraient le dernier des Grands Mages. Certaines prétendaient qu'il avait acquis sa puissance en inventant des moyens de mesurer la magie et de l'utiliser efficacement !

Comme si Urtho était une sorte de mage de l'artifice ! Non, je ne crois pas... Il est devenu ce que tout un chacun souhaite qu'il soit lorsqu'il en parle.

C'était l'argument que les griffons lui avaient sorti lors de leur dernière discussion. Si Urtho avait mesuré la magie, pourquoi pas lui ?

Les griffons et les Kaled'a'in savaient de quoi ils parlaient. Ils étaient les seuls à avoir gardé des traces des Guerres Magiques et de ce qui avait précédé le Grand Cataclysme. Les peuples devenus les Shin'a'in et les Tayledras avaient échappé à la mort sans conserver de telles informations. Le clan k'Leshya, celui qui avait accueilli des étrangers et pris soin des griffons – et à qui appartenait le chef des mages d'Urtho et son *kestra'chern* – s'était vu confier les archives du Mage du Silence.

Bon, même s'il était un Adepte Ingénieur, et après ? Pourquoi devrais-je changer ma façon de travailler – alors qu'elle m'a très bien réussi jusqu'à présent ? Pour imiter un homme mort depuis plus de deux mille ans ? Ma façon de faire ne m'a-t-elle pas permis de vaincre son ancien *ennemi, alors que lui-même avait échoué* ? (Il sourit, retrouvant pour la première fois de la journée son arrogance et sa supériorité.) *C'est tout à l'honneur de l'intuition et de la créativité ! Et je parie qu'aucun de ces ingénieurs n'aurait pu réussir à contenir la Pierre-Cœur des k'Sheyna, tant elle était devenue instable !*

Que Ventnoir et Elspeth cavalent derrière leur « nouvelle pensée » ! Qu'An'desha l'absorbe à une vitesse qui laissait Flammechant bouche bée ! Le temps leur montrerait que ce n'étaient pas les bonnes méthodes.

Les théories héritées d'un prétendu « âge d'or » ne sont

pas forcément meilleures que celles que nous avons développées depuis. Les « âges d'or » ne sont souvent rien de plus qu'une couche de dorure passée sur des réalités peu reluisantes.

Il ferma les yeux. Les muscles de ses épaules et de son cou commençaient à se dénouer grâce à la chaleur. Une pensée lui traversa l'esprit : An'desha admirait l'habileté et la compétence. Voilà pourquoi il tenait en si haute estime les maîtres ingénieurs et Karal. Le Karsite avait prouvé son courage à la frontière d'Iftel, et les ingénieurs l'avaient convaincu qu'il y avait une froide beauté – et sans doute de la logique – dans leurs formules et leurs chiffres.

Mais si Flammechant pouvait trouver une solution qui jetterait le brise-lames dans l'ombre, n'aurait-il pas de nouveau toute l'attention d'An'desha ?

C'est évident ! Il connaît les méthodes de Fléaufaucon et des autres, mais il n'a jamais eu une véritable formation tayledras, à part le peu que j'ai pu lui apprendre. Donc, si je lui prouve que ma façon de faire est la meilleure, il me suivra comme un toutou pour que je la lui enseigne ! Alors, j'aurai toute son attention, et son admiration en prime !

Il tenait enfin une réponse !

Flammechant avait vu leur maquette. Il semblait évident que les effets observés seraient trop compliqués à analyser. Les ingénieurs couraient à l'échec.

Peut-être ne devrais-je pas me pencher là-dessus. Moi aussi, je risque d'échouer devant une chose si compliquée. Peut-être devrais-je laisser le brise-lames tomber, puis installer ma solution entre deux tempêtes.

Le problème original était beaucoup plus simple, et après tout, les différences n'étaient qu'une question de nuances.

Des tempêtes plus fréquentes et plus puissantes, c'est tout. An'desha a-t-il dit quelque chose au sujet de Flaufaucon-Ma'ar, qui aurait anticipé les tempêtes originales et imaginé un moyen de les contenir ?

Quand An'desha rentrerait, peut-être réussirait-il à le pousser à lui en parler ?

D'accord, comme confidence sur l'oreiller, on peut trouver mieux. Je sais ce qu'il ressent au sujet de Fléaufaucon…

D'une étrange manière, Flammechant admirait Fléaufaucon – ou plutôt, le niveau de créativité qu'il atteignait au cours de ses rares moments de lucidité.

En réalité, Flammechant admirait ces facultés chez Ma'ar, chez qui elles avaient été les plus pures et les plus proches de la normalité. Il avait donné la vie à ses propres créatures de combat, même s'il avait sacrifié l'élégance à la rapidité et la grâce à la force brute. Mais les makaars n'étaient pas dénués d'une certaine intelligence – stupides, ils n'auraient pas pu tenir contre les griffons.

Quant au secret d'immortalité de Ma'ar... à sa manière, c'était le plus élégant de tous. Même si An'desha ne serait jamais d'accord avec lui à ce sujet.

Il a le droit d'avoir son opinion sur la question, pensa Flammechant, sardonique. *Mais comment pourrait-elle être objective ?*

Deux personnes seulement savaient comment Ma'ar avait échappé à sa propre mort – et comment ses « incarnations » avaient réussi à vivre plus longtemps qu'il n'était naturel sans « mourir » et « renaître ».

Ce système avait d'ailleurs des inconvénients...

Tout d'abord, il met l'âme dans les mains des Puissances Supérieures, et si on a été maléfique, ce n'est pas agréable du tout. Et peu de gens qui subissent ce processus réussissent à se souvenir de leurs vies antérieures. Enfin, pour autant que je sache, on n'a pas voix au chapitre au sujet de la nouvelle forme qu'on aura.

Evidemment, une personne bonne et vertueuse n'avait pas de souci à se faire.

Mais Ma'ar n'était pas un ange, et il est devenu pire à chacune de ses incarnations. Il fallait qu'il se souvienne de ce qu'il était pour ne pas avoir à réapprendre la magie. Il devait pouvoir choisir son nouveau corps et il ne voulait pas que les Puissances Supérieures s'en mêlent.

C'était ainsi que Flammechant voyait les choses. An'desha connaissait sans doute les motivations profondes de Ma'ar, mais il refusait de les partager avec lui.

Seuls An'desha et lui savaient comment Ma'ar s'y était pris. An'desha parce qu'il l'avait vu de l'intérieur. Flammechant parce qu'il avait vaincu le sorcier.

Ma'ar avait évité la main du destin en créant une forteresse pour son esprit à l'intérieur du Vide, un lieu entre les Portails où il était impossible de distinguer l'esprit de la chair. Il avait évité la mort *véritable* en se servant de l'énergie libérée par la destruction de ses corps d'emprunt pour se propulser dans sa place forte et s'y enfermer jusqu'à ce qu'un de ses descendants directs naisse avec toutes les caractéristiques requises. Alors, il suffisait que le jeune homme veuille allumer un feu grâce à la magie et le tour était joué ! C'était ça qui libérait l'esprit de sa cachette et le propulsait dans le corps-hôte.

An'desha n'a pas trouvé une incarnation qui ne se soit pas suicidée ou qui n'ait pas été assassinée. Cet homme n'était pas seulement sadique, mais masochiste.

Ces façons de mourir libéraient une quantité phénoménale d'énergie largement suffisante pour accomplir ses desseins.

Flammechant connaissait le procédé aussi intimement qu'An'desha, car il avait traqué l'esprit de Fléaufaucon jusque dans sa forteresse, qu'il avait ravagée pour l'atteindre. Puis il avait littéralement atomisé l'Adepte Noir et éparpillé ses restes dans le Vide. Les Puissances Supérieures avaient les moyens de le rassembler – mais si elles le faisaient, ce serait pour accomplir *leur* objectif… et Fléaufaucon ne serait pas ravi du tout de revenir au monde.

Dans la peau d'un infirme pauvre et impuissant, par exemple, incapable de se déplacer sans aide, aveugle sourd et sans une once de magie. Ou en limace, en cafard, ou encore en moucheron.

Ça n'était pas du ressort de Flammechant. Ce qui arrivait ou non à Fléaufaucon ne l'intéressait pas, tant qu'il ne refaisait pas le coup qui lui avait permis de sévir pendant des siècles.

Mais sa manière de procéder restait extrêmement brillante.

En un sens, sans Fléaufaucon, Flammechant n'aurait jamais rencontré An'desha.

Un instant, il s'autorisa à arpenter les routes de ce qui aurait pu être, essayant d'imaginer ce qu'An'desha et lui auraient fait…

Eh bien, je l'aurais peut-être rencontré, mais il aurait eu l'âge de mes parents, et je n'ai jamais été attiré par les hommes mûrs. J'oublie sans cesse que son âge apparent et son âge réel sont deux choses très différentes.

La Déesse des Shin'a'in et des Tayledras, par l'intermédiaire de ses Avatars, avait littéralement rendu à An'desha la chair que Fléaufaucon lui avait volée. Ils lui avaient redonné un corps humain, de dix-sept ou dix-huit ans, peut-être même un peu plus jeune – mais certainement pas plus vieux.

An'desha avait passé la majeure partie de ces années de possession dans les limbes de son propre esprit. Il n'avait donc aucune idée du temps qui s'était écoulé. Emotionnellement, il était aussi jeune qu'il semblait l'être.

Ou il l'était…

Je crois que je ne vais pas sortir tout de suite. Plus je passe de temps dans l'eau chaude, plus mes muscles sont détendus… et ont une chance de le rester.

S'il tenait vraiment à penser à Fléaufaucon, il ferait mieux de réfléchir aux souvenirs fugitifs de Ma'ar, et à la solution que l'Adepte Noir avait trouvée pour protéger ses terres des tempêtes magiques, à la mort d'Urtho. C'était là, s'il en existait une, que se trouvait la réponse à leur problème.

Mais ses pensées revenaient sans cesse à la séquence imaginée par Ma'ar : forteresse dans le Vide, possession, forteresse, nouvelle possession… Vraiment très brillant ! Et personne ne se serait jamais douté de rien si An'desha n'avait pas trouvé un moyen de survivre à l'invasion de son corps.

Je me demande quels étaient les autres critères requis pour les différents corps, à part le potentiel de devenir un Adepte ? La solitude, sans doute, sinon la « nouvelle » personnalité aurait intrigué l'entourage.

Cela dit, si on pouvait revenir au monde d'une manière éthique, cela n'aurait rien de condamnable.

Certes, mais comment déplace-t-on un esprit de manière éthique ?

Flammechant ne put pas chasser cette idée de son esprit alors qu'il remontait dans l'*ekele*.

Il croyait savoir qu'un fœtus n'avait pas d'âme et l'acquérait quand il prenait sa première inspiration. Alors, si on pouvait se glisser dans son corps à cet instant critique…

Il faudrait subir indéfiniment un assommant processus de maturation. Il serait possible d'y couper, ou de le raccourcir, mais cela ne manquerait pas d'étonner les parents. Je peux accélérer la croissance des plantes. Pourquoi ne pourrais-je pas appliquer ça à mon corps ? Une application nouvelle de la manière dont Fléaufaucon modifiait le sien…

Il peigna ses cheveux mouillés avec ses doigts. Depuis qu'il connaissait l'histoire de son ancêtre Vanyel, et de l'amour qui le liait à travers les âges à son cher Tylendel-Stefen, Flammechant avait un désir secret. Aussi bêtement romantique que cela puisse paraître, il désirait trouver quelqu'un à qui il serait uni pour la vie, une âme sœur. Il avait réellement cru que c'était An'desha.

Hélas, An'desha ne semblait pas partager cette conviction. Et deux personnes unies pour la vie étaient conscientes de ce lien, au point que toute séparation devenait douloureuse ! Non, ils ne pouvaient pas être unis pour la vie et rencontrer le genre de problèmes qu'ils traversaient.

Flammechant fouilla dans sa garde robe pour trouver quelque chose qui convienne à son humeur – noire – et tressaillit quand ses doigts effleurèrent une des tuniques shin'a'in d'An'desha.

Il redevient de plus en plus un Shin'a'in.

Cela aurait dû lui faire comprendre qu'ils n'étaient pas unis pour la vie. Ces couples-là avaient tendance à se vêtir de manière semblable sans y penser. Les Hérauts Talia et Dirk portaient toujours la même couleur, quand ils n'étaient pas de service. Sherill et Keren s'habillaient comme des jumelles, même si la première aimait les lignes élégantes et la seconde les tenues de cheval en cuir.

An'desha choisissait ses vêtements dans un style aussi éloigné que possible de celui de Flammechant. Il affectionnait les vestes brodées, les pantalons et les tuniques aux couleurs vives – pour ne pas dire voyantes et mal assorties – des Shin'a'in.

Flammechant soupira en enfilant une robe en soie noire. Non, il devait l'admettre. Ce n'était pas une union pour la vie. Quant au lien qui les unissait, eh bien, il s'étiolait.

Les unions pour la vie étaient rares. Les chances de trouver l'amour restaient infimes, même en cherchant bien.

Flammechant s'apprêtait à refermer sa penderie quand l'idée à laquelle il ne semblait pas pouvoir échapper lui traversa l'esprit.

Les chances de trouver le bon partenaire étaient infimes, *si* on avait une seule vie.

Mais si on a un moyen de revenir en demeurant soi-même ?

Si on pouvait trouver un moyen *éthique* de revenir, à l'inverse de Fléaufaucon ? Alors, il deviendrait possible de chercher son âme sœur. Et ensuite ?

Ensuite… Il suffisait de trouver le moyen de rester ensemble, comme Vanyel et Stefen.

N'était-ce pas une perspective fascinante ?

CHAPITRE IV

Le grand-duc Tremane regarda par la fenêtre de son bureau et, malgré la mauvaise qualité du verre, vit les rangées de tentes érigées dans la cour de son manoir fortifié. Elles protégeaient les vivres et le matériel.

La sécurité. Voilà ce qu'il y a là, une sécurité visible et tangible !

Les tentes venaient du magasin impérial qu'il avait fait piller. Dès que ses scribes les avaient découvertes dans les registres, et que ses sergents-intendants avaient pu mettre la main dessus, il les avait fait monter pour y stocker tout ce qui pouvait résister au froid.

La cour était remplie de tentes, avec à peine assez de place entre elles pour passer. Et il y en avait d'autres, alignées entre le manoir et le camp. Une partie du matériel avait déjà été distribuée. Chacun de ses hommes disposait désormais de trois couvertures, de trois uniformes et de deux tenues pour les températures extrêmes. Maintenant, s'il le fallait, ils pourraient affronter le rude hiver sans baraquements – même si cela impliquait des maladies, des engelures et d'autres problèmes liés au froid. Avant, si les pires prévisions étaient justes, beaucoup d'entre eux n'auraient pas eu l'ombre d'une chance de survivre à la neige et au gel.

Maintenant, ils en avaient une !

Il n'arrivait toujours pas à croire qu'il avait réussi à vider un magasin militaire ! Tous les hommes avaient été payés – il leur avait même versé les bonus promis pour les missions dangereuses –, ce qui leur avait remonté le moral. Les extras qu'il leur avait fait distribuer y étaient également pour quelque chose. Lors d'une inspection nocturne, après l'extinction des feux, il avait pu constater que ses soldats faisaient bon usage de ses largesses. Chaque tente contenait un cocon de couvertures qui laissait seulement visible le nez de son occupant. Et les ronflements qui montaient des habitations de toile lui avaient paru de bon augure.

L'or et l'argent injectés dans l'économie locale n'avaient pas fait de mal au moral des Hardorniens, et il s'était félicité d'avoir promulgué une loi sur la pratique du double prix. Si un marchand était pris à faire un prix à un de ses concitoyens, et un autre à un soldat – à condition qu'il ne soit pas nul en marchandage – il était condamné à verser quatre fois la différence. La moitié allait à la Guilde des Marchands, un quart aux coffres impériaux et le quart restant à l'offensé. Si Tremane ne s'était pas montré si prévoyant, avec tout l'argent qui circulait, ses hommes se seraient fait plumer.

Maintenant, sa priorité était de construire des entrepôts avec le bois qu'il avait rapporté. Pour les vivres… Le reste pouvait demeurer sous des tentes, mais la nourriture devait être mieux protégée. Cette tâche occuperait les hommes qui n'étaient pas assez robustes pour travailler à l'édification des murs. Certains scribes donneraient même un coup de main. Libérés de la paperasse impériale, ils n'avaient plus grand-chose à faire.

Nous pouvons enfin respirer. Une bonne partie de la tension s'est envolée.

Le sentiment de danger qui poussait les hommes à travailler aux murs d'arrache-pied était toujours là. Sans doute pensaient-ils aussi au mauvais temps et à la fine toile des tentes censée les protéger du blizzard. Mais personne ne regardait sa ration en se demandant quand la nourriture commencerait à manquer. Nul ne comptait les flèches, ni les bouteilles d'huile pour les lampes et les poêles. Ils bénéficiaient d'un sursis, et ils le savaient.

Les mages aussi avaient recouvré le moral et travaillaient avec un bel optimisme. Ensemble, ils essayaient d'ériger une protection contre les tempêtes magiques.

Quelques-uns étaient chargés d'une mission particulière : découvrir l'origine des tempêtes.

Tremane tourna le dos à la fenêtre. Mais au lieu de retourner à son bureau, il s'assit devant la cheminée.

Je n'avais encore jamais senti à ce point le froid et l'humidité, pensa-t-il en remuant ses doigts gourds. *Est-ce dû à l'âge, ou au temps ?*

Le regard perdu au milieu des flammes, il pensa au rapport de la petite équipe de mages, qui confirmait ses hypothèses. Ils doutaient que Valdemar soit à l'origine des tempêtes magiques, et les preuves qu'ils avançaient étaient incontestables.

Les mages valdemariens commencent à peine à travailler de concert et ne sont pas assez coordonnés pour avoir développé ou produit les tempêtes magiques.

Si quelqu'un s'y connaissait en magie « de groupe », c'était Sejanes. Le vieil homme avait augmenté ses pouvoirs personnels en s'entourant de mages moins doués que lui. Il travaillait avec eux, veillant à ce qu'ils ne se sentent jamais exploités. Si Sejanes pensait que la magie collective était un concept trop nouveau pour les Valdemariens, Tremane acceptait cette estimation.

Valdemar a subi les mêmes effets que nous, et il serait suicidaire et stupide d'utiliser une arme qui fait autant de dégâts à son camp qu'à l'ennemi.

Ayant deviné cela tout seul, le duc n'avait pas été surpris.

Valdemar n'a jamais fait usage de magie dévastatrice sur le terrain, et d'ailleurs sa politique exclut ce genre de tactique.

Tremane ne pouvait pas contredire ce point-là non plus. Il avait étudié les stratégies valdemariennes, sans rien trouver qui ressemble à ça. Jusqu'à la guerre contre Ancar, les Valdemariens s'étaient toujours contentés de tactiques défensives.

C'était difficile à croire, mais ils étaient exactement ce qu'ils semblaient être : incapables de tromperie et utilisant peu de subterfuges.

Donc, je les ai mal jugés, et je leur ai envoyé un assassin sans raison.

Le duc n'allait pas se flageller pour cela. Il avait fait ce qu'il croyait nécessaire.

L'opportunisme. Voilà ce qui nous régit…

Le bien-être de ses hommes lui causait déjà assez de

soucis. Alors, si quelques Valdemariens et quelques-uns de leurs alliés s'étaient trouvés sur la trajectoire des armes de son assassin, eh bien, c'étaient les risques de la guerre.

Voilà en tout cas ce qu'on lui avait appris.

Peu importe ! Je vais ordonner aux mages de laisser filer ce lièvre et de s'atteler à des tâches plus productives. Si ça n'est pas de Valdemar, d'où viennent ces attaques ? Et pourquoi maintenant ?

Le feu craqua et siffla à cause d'un nœud dans le bois.

Du bois. Mes érudits ont découvert des plans qui n'en demandent pas en grande quantité.

Les nouvelles casernes auraient quatre murs montés avec les mêmes briques que celles des remparts. Ensuite, de la terre serait amenée et tassée contre, jusqu'au toit. Il n'y aurait pas de fenêtre, et seulement une porte à chaque extrémité. La charpente du toit serait en bois, mais couverte de chaume. Chaque bâtiment aurait l'air d'une meule de foin trônant au sommet d'un monticule. Si la neige s'accumulait sur le toit au point qu'il risque de s'écrouler, les hommes pourraient la déblayer. Mais une couche de neige raisonnable ferait un excellent isolant. Ses officiers d'intendance approuvaient les plans, car une cheminée pour chaque mur maître suffirait à chauffer l'édifice.

Nous pourrons commencer à construire les casernes dès que les murailles seront terminées. Du chaume... C'est de la paille, et ça n'est pas ce qui manque dans le coin. Je pourrai sans doute engager des couvreurs en ville. Si nous en avons le temps, avant que la neige commence à tomber, je ferai construire quelques bâtiments de plus, sans cheminée, pour stocker les vivres. Ainsi, nous pourrons disposer du bois des entrepôts que nous utilisons actuellement.

Ces mêmes constructions pourraient-elles servir pour loger les cuisines de l'armée ? Il faudrait qu'il pose la question. Ou mieux encore, serait-il possible de prévoir une cuisine dans chaque baraquement, pour le chauffer ?

Et qu'allons-nous faire au sujet des bains ? Ses hommes étaient habitués à la propreté. Peut-être pourrait-il faire construire des bains traditionnels, avec des saunas, où chacun irait selon un agenda préétabli. *Mais comment chauffer l'eau ?*

Et les latrines ? Les spécialistes lui avaient assuré qu'ils auraient mis en place avant les premières gelées un système qui n'empoisonnerait pas les réserves d'eau. Avait-il reçu leur rapport ? Il ne s'en souvenait pas.

Il faillit se lever pour vérifier, mais la chaleur du feu le retint. S'il y avait un rapport sur son bureau, il y serait toujours un peu plus tard. Et s'il n'y en avait pas, il ne se matérialiserait pas par enchantement.

Au bon vieux temps, ç'aurait été possible, mais plus maintenant.

Le « bon vieux temps »... Le bon vieux temps ne date que de six lunes.

Il semblait pourtant appartenir à un passé très lointain, où il était un homme très différent. Depuis, il avait fait des choses auxquelles le grand-duc Tremane n'aurait jamais pensé.

J'ai coupé tous les ponts...

Les murs seraient terminés dans quelques jours. Alors, ils commenceraient la construction des casernes. Tremane aurait voulu tout faire à la fois, mais malgré le nombre d'hommes à sa disposition, il ne semblait pas avoir assez de main-d'œuvre...

Mais nous avons de l'or ! Rien ne m'empêche d'engager des Hardorniens. J'ai vu des gamins chercher du travail. Peut-être ne reste-t-il qu'eux, les vieillards et les femmes, mais tous les travaux ne demandent pas une grande force...

Nous avons de l'or, mais je dois le garder dans les coffres, pour payer mes hommes. Et comment engager des Hardorniens ? Il n'y a pas si longtemps, nous étions l'ennemi. Alors, comment faire collaborer mes hommes et les autochtones ? Comment ?

Voilà qu'il faisait des plans pour l'avenir ! Les nouvelles casernes ne seraient pas conçues pour durer une saison ou un an... mais des années. Idem pour les sanitaires.

Et alors ? *Si mes hommes m'ont soumis ces plans, c'est parce que l'hiver menace d'être très rude. Donc, nos tentes ou des structures moins durables ne conviendraient pas. Il est plus sage d'en faire trop que pas assez. Probablement. Peut-être...*

Il valait mieux se concentrer sur la manière d'engager de

la main-d'œuvre locale, et d'empêcher les conflits avec ses hommes. S'il trouvait un moyen de faire travailler tous ces gens ensemble… L'Empire s'était créé ainsi. Des jeunes gens de toutes les provinces étaient appelés à servir dans l'armée, où ils se côtoyaient et apprenaient à se connaître. A la fin de leur service, ils rentraient chez eux, désormais incapables de penser que les hommes qu'ils ne connaissaient pas étaient des barbares.

Dommage que je ne puisse pas enrôler les Hardorniens. Primo, *ils se révolteraient*. Secundo, *il n'y en a pas un seul de l'âge requis. Ancar a raflé tous les hommes pour son armée.*

— Seigneur ! (C'était la voix d'un de ses assistants. Du seuil, il ne pouvait pas voir Tremane, dissimulé par le haut dossier du fauteuil et par la pénombre.) Etes-vous là, commandant ?

— Oui, répondit Tremane en se levant.

Il se tourna vers la porte, et vit le soulagement du jeune homme.

— Seigneur, une délégation est arrivée de la ville. Ces gens insistent pour vous voir. Ils refusent de laisser un message ou de parler à quelqu'un d'autre…

Evidemment. Ils ne l'ont jamais fait…

Les autochtones ne semblaient pas comprendre le concept de délégation de l'autorité. S'ils ne s'adressaient pas directement à Tremane, ils pensaient que leur message ne lui parviendrait jamais.

— Faites-les entrer immédiatement.

Il retourna à son bureau et s'assit. Peu importait ce que les Hardorniens voulaient, ou même si c'était important, il leur accorderait le temps nécessaire. Il devait rester en bons termes avec eux, mais également leur faire comprendre – avec subtilité – qu'*il* était le maître ici. Celui qui leur laissait leur autonomie ! Peut-être était-ce pour cela qu'ils voulaient lui parler directement. Avait-il trop bien fait son boulot ?

Ou après des années de terreur sous le règne d'Ancar, ne croyaient-ils plus en rien qu'ils ne voyaient pas de leurs propres yeux.

Venaient-ils encore se plaindre ? La dernière fois, les gens qui vivaient près des nouveaux murs ne supportaient plus le bruit et la poussière. Il leur avait fait clairement comprendre que leur inconfort ne durerait pas, et qu'il n'avait pas l'intention de ralentir les travaux en supprimant les postes de nuit. Mais depuis la créature araignée, plus personne ne s'était plaint du bruit…

La délégation était composée des trois mêmes personnages : le maire de la cité et deux de ses principaux conseillers, représentants des Guildes et des fermiers. Le maire, Sandar Giles, un homme relativement jeune pour une telle position, était affligé d'un pied bot. Pourtant, il lui suffisait d'ouvrir la bouche pour montrer sa vive intelligence. Mince et très brun, il avait l'air d'un gamin, mais Tremane savait qu'il approchait de la trentaine. Ses yeux larges et expressifs le trahissaient souvent en montrant des émotions qu'il aurait sans doute préféré garder pour lui.

Les représentants des Guildes et des fermiers auraient tous les deux pu être ses grands-pères. La seule différence, entre eux ? Le second avait la peau tannée et ridée comme une vieille pomme par les années passées dans les champs, alors que le premier était moins marqué. Ils avaient les cheveux gris, le dos voûté et les articulations enflées – et probablement douloureuses. Tous les deux avaient une mâchoire carrée sous leur barbe courte et un regard soupçonneux qui ne trahissait rien.

Les trois hommes s'assirent, les deux conseillers s'assurant que Sandar était confortablement installé avant de prendre place eux-mêmes. Tremane avait toujours préféré recevoir les civils dans son bureau plutôt que dans une salle du trône. Cela conférait un caractère très sérieux à la conversation. Du coup, ils étaient plus enclins à coopérer.

Ils échangèrent les politesses d'usage. Tremane demanda qu'on apporte des boissons chaudes, sachant que Sandar était sensible au froid. Dès que l'assistant eut quitté la pièce, il se pencha en avant et demanda :

— Pourquoi était-il si urgent que vous me voyiez ? (Il préférait en venir au fait tout de suite – un comportement proscrit dans l'Empire et qui aurait choqué ses visiteurs.) J'espère que vous n'êtes pas venus déposer une nouvelle plainte. Je ne peux rien faire contre les nuisances sonores des travaux, et je refuse de les faire cesser. Nous essayons de prendre l'hiver de vitesse, et vous devez savoir à quel point nous avons *tous* besoin de ses murs.

— Non, non, aucune plainte, enfin, pas contre vous ou vos hommes, répondit Sandar, qui se réchauffait les mains avec sa tasse de *kala*, encore trop chaud pour être bu. Si je me plains d'une chose, c'est du temps.

— J'espère que vous n'attendez pas que je remédie à ça, fit Tremane, amusé. J'aimerais le pouvoir – par le passé, nous en étions capables – mais…

— Je sais, ces maudites tempêtes magiques ! gronda le représentant des fermiers, Devid Stoen. Bon sang, nous avions trois sorciers spécialistes du climat capables de faire des prévisions sur plusieurs jours. Mais c'était avant que ce chien fou d'Ancar usurpe le trône et les enrôle ! Au fait, deux sont revenus depuis que vous vous êtes installés et que vous avez commencé à bâtir ces murs… mais ils ne peuvent plus lire le temps. Par la faute des tempêtes magiques, ils ne sont plus bons à rien !

La première fois que Tremane entendait dire qu'il y avait des mages hardorniens en ville… Ou plutôt, la première fois que les rumeurs rapportées par ses espions étaient confirmées. Ses visiteurs admettaient-ils cela parce que leurs mages étaient impuissants ? Avaient-ils présumé qu'il était déjà au courant ? Ou Stoen avait-il parlé sans réfléchir ?

— Si vous ne pouvez rien faire, et si vous savez qu'il en est de même pour mes mages, pourquoi êtes-vous venus me parler du temps ? demanda le duc, choisissant soigneusement ses mots.

Inutile de mentionner de nouveau les mages. Si Stoen avait gaffé, il ne voulait pas leur faire remarquer qu'il s'en était aperçu.

— Eh bien, répondit Sandar, vous avez dû remarquer que nous manquons cruellement de jeunes hommes forts et sains dans les environs.

Ses yeux étaient pleins d'ironie quand il les baissa sur son corps frêle.

— Il aurait été difficile de ne pas le remarquer. Je présume qu'Ancar les a tous enrôlés et… (Il hésita, ne sachant pas comment le formuler.) … utilisés comme leurres.

— C'est vrai, admit Sandar. Quelques-uns sont revenus

en même temps que les mages, mais la plupart ont été massacrés dans sa guerre insensée contre Valdemar et Karse. C'est comme ça que je suis devenu maire. Mon père avait l'âge maximum pour être enrôlé. Ayant été son secrétaire, je savais tout ce qu'il fallait savoir, alors j'ai été nommé par défaut.

Tremane ne fut pas certain de ce qui lui fit le plus pitié : le chagrin de Sandar quand il parlait de la perte de son père, ou sa résignation.

Ne t'implique pas trop auprès de ces gens, Tremane. Ils ne sont pas tes vassaux. Tu n'as aucune responsabilité envers eux, à part celles qui bénéficient à tes troupes.

— Tous les hommes entre quinze et quarante ans ont été enrôlés, continua Sandar. Et pas seulement dans les villes. Ancar a envoyé plusieurs fois ses bouchers dans toutes les fermes. Il était possible de sauver un fils une fois, deux, peut-être trois, mais tôt ou tard, les esclavagistes d'Ancar le trouvaient et l'emmenaient. Ils nous ont laissé les vieillards, les femmes et les enfants. Dans les villes, cette situation n'est pas si terrible. La plupart des tâches requièrent surtout de l'adresse et un certain savoir-faire. Et pour celles qui demandent de la force, des esprits ingénieux ont mis au point des moyens de s'en acquitter avec un minimum de sueur. Mais dans les campagnes…

Il haussa les épaules.

Stoen prit le relais.

— Les fermes ont besoin d'hommes forts et nous n'en avons pas. Les choses vont de mal en pis depuis qu'Ancar est monté sur le trône. Cette année, nous nous sommes débrouillés pour les semailles et le temps nous a été favorable. Nous avons pu entretenir nos cultures en dormant peu et en faisant travailler les enfants, même s'il en faut plusieurs pour remplacer un homme.

« Maintenant, c'est l'heure de la moisson, et le temps est mauvais. Alors, franchement, messire, un grave problème se pose. Nous n'avons aucune chance de réussir à rentrer la moitié de la récolte. Nous avons essayé, et demandé de l'aide en ville, mais… (Il écarta les mains en signe d'impuissance.) Nous n'avons pas les moyens de verser des salaires, et les gens ne sont pas assez intelligents pour comprendre qu'ils devront se serrer la ceinture s'ils ne nous aident pas.

— Je ne peux pas forcer mes concitoyens à travailler dans les champs, dit Sandar. Je leur explique les conséquences, mais s'ils refusent de donner un coup de main, impossible de les y obliger !

— Idem pour moi, renchérit Bran Kerst, le maître orfèvre. Particulièrement quand ils peuvent s'enrichir en commerçant avec vos hommes. Comment leur demander d'aller ramasser des racines dans des champs boueux pour rien quand ils se remplissent les poches en vendant de la bière.

Au lieu de poser la question évidente, Tremane attendit qu'ils en viennent au fait.

Stoen soupira.

— Tout ça pour dire, commandant, que nous avons besoin d'aide. Pendant un mois, tout au plus. Sinon, les récoltes pourriront sur pieds. Pourriez-vous nous prêter quelques-uns de vos hommes ?

Tremane fit mine de réfléchir.

— J'ai une question à vous poser : combien avez-vous de professionnels du bâtiment dans vos Guildes ? Car nous aussi, nous avons un problème. Il est impératif de construire de nouvelles casernes et de terminer le mur avant que le mauvais temps arrive. (Avant que Kerst ait pu dire un mot, il ajouta :) Ils seront payés, bien sûr. Et les travaux seront plus vite finis si ce sont des professionnels qui s'en chargent.

Kerst ouvrit puis ferma la bouche. Tremane attendit que Sandar ou l'orfèvre disent quelque chose. Mais puisqu'ils ne se décidaient pas…

— Je vais être franc avec vous. Ayant des vivres et du matériel pour passer l'hiver confortablement, je n'ai pas besoin d'acheter vos produits. Mais je ne suis pas idiot. Si vos gens commençaient à manquer de nourriture, j'aurais des problèmes. Mes soldats voleraient dans les entrepôts pour revendre leur larcin aux citadins, dont certains viendraient peut-être aussi visiter nos réserves. Alors, je serais obligé de prendre des mesures regrettables… pour tout le monde. Je préfère donc affronter la situation avant qu'elle ne devienne un problème.

— Comment ? demanda Stoen, se penchant en avant.

Tremane jeta un coup d'œil à ses livres de compte avant de répondre. Si le paiement n'avait pas besoin d'être versé en espèces sonnantes et trébuchantes…

— Mes coffres ne débordent pas, mais j'ai un certain nombre d'articles en stock dont mes hommes n'ont pas besoin pour le moment. Si je peux les échanger contre des services – ou les vendre aux Guildes – nous trouverons le meilleur moyen d'employer efficacement la main-d'œuvre impériale *et* hardornienne, afin de réaliser tous nos projets avant les premières neiges.

Il les regarda l'un après l'autre. Tous les trois hochèrent la tête.

— Certains de mes hommes, fermiers avant de revêtir l'uniforme, pourraient travailler aux champs. Mieux vaut un gaillard qui sait manier une faux que cinq qui n'en ont jamais tenu une de leur vie. Les citoyens de Shonar n'ayant pas de qualification particulière donneraient un coup de main dans les champs. Quant à vos artisans du bâtiment, ils pourraient aider à l'édification du mur et des casernes.

« Bien sûr, il faudrait, pour chaque soldat dans les champs, qu'un civil le remplace.

— Et tout le monde sera payé ? demanda Stoen.

— Je considère ça comme un investissement pour la paix, répondit le duc en remerciant mentalement les Cent Petits Dieux d'avoir répondu à ses prières.

Exactement ce qu'il lui fallait ! Un moyen d'unir ses hommes et les Hardorniens en faisant des travaux qui bénéficieraient aux deux camps. Il aurait payé le double pour obtenir ça.

— Je crois que ça pourrait marcher, dit Sandar. (Il eut un sourire inattendu). C'est plutôt ironique, quand on y pense. *Votre* or, dépensé dans les tavernes et autres établissements, servira à régler les fournitures que vous pourrez nous céder, et reviendra en ville sous forme de payes.

— Mais j'aurai mon mur et mes casernes, lui rappela Tremane. Et avec un peu de chance, par un échange astucieux de professionnels, je les obtiendrai plus vite. Encore une chose. Pour les menus travaux, je suis prêt à engager *deux* gamins – par là, j'entends des enfants de dix ans ou moins – et à leur verser le salaire d'*un* homme. Je crois qu'ils ne trouveront pas mieux ailleurs.

C'était la vérité. Normalement, dans l'Empire, les filles ne travaillaient pas. Elles allaient à l'école jusqu'à seize ans. Après, elles s'engageaient comme servantes ou se mariaient. Quelques-unes devenaient des mages, des lettrées, des saltimbanques ou des artisanes.

Les garçons qui travaillaient se contentaient d'une pièce par-ci par-là. Les apprentis recevaient le gîte et le couvert, ce dont ils se satisfaisaient si leur maître était généreux.

— D'accord, répondit Sandar. Envoyez à mon bureau une liste de ce dont vous n'avez pas besoin. Nous le troquerons contre les services de nos apprentis et de nos compagnons, ou nous paierons comptant… à condition que ce que vous nous proposerez nous soit utile.

— Oh, je vous l'assure, dit Tremane, qui dressait déjà mentalement sa liste.

Les barres de fer, de cuivre et d'étain, par exemple. Ils en avaient rapporté des caisses entières du magasin impérial, alors qu'il n'avait aucun forgeron sous la main. Mais la ville devait être à court de métaux – les guerres étaient mauvaises pour le commerce, après tout, et il n'avait vu aucune mine aux alentours. Ayant assez d'objets manufacturés en métal pour tenir plusieurs années, il n'avait pas besoin de matériau brut. Et il avait plus de harnais et de cuir qu'il n'en utiliserait jamais. En revanche, il avait vu des chevaux hardorniens aux harnais tenus par des bouts de ficelle. Nul doute que les Hardorniens seraient ravis d'avoir ces articles. Et c'était seulement les premiers surplus qui lui venaient à l'esprit.

— Dans ce cas, nous allons nous retirer, dit Sandar, qui avait un peu plus de couleur qu'à son arrivé. Nous enverrons des crieurs en ville pour rassembler des travailleurs non-qualifiés. Pour les autres, maître Kerst obtiendra la réponse de la Guilde des Maçons et de la Guilde des Charpentiers d'ici peu.

— Y a-t-il une Guilde des. Couvreurs ? demanda Tremane, au risque de passer pour un idiot.

— Non, mais, après la moisson, je vous trouverai autant de couvreurs que vous en voudrez ! La plupart des fermiers de la région savent faire les toits de chaume. Aurez-vous également besoin de matière première ?

Tremane acquiesça, soulagé d'avoir trouvé une solution à cet autre problème.

— Oui, et en quantité. Les casernes que je veux construire auront des toits de chaume.

— Laissez-moi arranger ça, dit Stoen. S'il y a une chose qui ne manque pas, c'est bien la paille ! (Il soupira.) D'autant plus que le nombre de toits à réparer s'est considérablement réduit.

Ils se serrèrent la main, puis la délégation partit. Tremane resta où il était, plongé dans les registres des biens qu'il avait « réquisitionnés ». Il y trouva un nombre extraordinaire de choses inutiles – pour ses hommes, bien sûr. Par tout ce qu'il y avait de sacré, que pourraient-ils faire d'une centaine de paires de bottines de femme ? Ou de trois caisses de bracelets en cuivre plaqué d'or ? Ou de tuniques et de pantalons de guérisseurs bien trop petits pour le soldat moyen ? Tout ça ferait le bonheur de Shonar. Car les guérisseurs portaient des tenues passe-partout, sans insignes, qui pouvaient être reteintes pour d'autres usages. Il y avait aussi une quantité phénoménale d'outils. Des pelles, par exemple – deux par soldat, et ils n'en useraient jamais autant – et des hachettes conçues pour enfoncer les piquets de tentes d'un côté et fendre le bois de chauffage de l'autre. D'ailleurs, avaient-ils besoin de toutes ces tentes ? Il n'aurait jamais l'utilité de *six* pavillons de parade !

Il y avait également des choses *inutiles* qu'il ne pouvait pas mettre entre les mains de ses anciens ennemis. Les pièces des engins de siège et les armes, par exemple. Mais pourquoi un magasin militaire avait-il en stock six coffres pleins de tenues de danseuses ? Et les costumes et accessoires pour monter sur scène *Le Roi de Neuf Jours* ? Ou de quoi entretenir trente rapaces ?

En revanche, je sais pourquoi on a trouvé une « tente spéciale et son nécessaire pour la récréation du commandant », comme disait l'étiquette. Le duc Clerance n'a jamais été fichu d'aller en campagne sans sa maîtresse, et elle ne se déplaçait jamais sans son petit confort.

Sans doute pourrait-il en tirer une somme rondelette… à

condition de ne pas mentionner que l'ensemble était destiné à une courtisane. Il laisserait les dames de Shonar qui avaient encore de l'argent se disputer tout cela.

Il y avait aussi des objets bizarres. Des moustiquaires pour les campagnes dans les marais. Des baumes et des manteaux pour les combats dans le désert... Quand Tremane eut dressé la liste, il la confia à un de ses secrétaires pour qu'il la traduise en hardorniens et l'envoie à Sandar. Puis il écrivit les ordres demandant des volontaires pour travailler dans les champs.

Il formula la chose avec soin.

Aucun homme qui reçoit un salaire spécial pour ses compétences ne pourra travailler dans les champs.

Comme il l'avait dit à Sandar, il n'avait pas l'intention de perdre un seul de ses spécialistes du bâtiment. Il ajouta qu'il ne tolérerait pas que ses hommes « harcèlent les femmes, mariées ou non, ni ne les molestent ». Les lois de l'armée impériale sur les civiles ennemies étaient toujours en vigueur, et il y aurait des officiers pour veiller à leur respect.

Tremane entendait ainsi signaler à ses hommes qu'ils travailleraient avec de jeunes fermières attirantes – ou au moins avenantes. Ainsi, ils sauraient qu'ils seraient sévèrement punis s'ils prenaient des libertés. Mais si un couple décidait de se retrouver quand le soldat n'était pas de service, et si le garçon respectait les désirs de la fille...

Les travaux des champs étaient souvent éreintants, mais moins que la construction d'un mur. Les soldats trouveraient peut-être cet interlude plaisant – d'autant plus si ça impliquait de travailler au côté de jeunes femmes célibataires.

Je vais peut-être avoir plus de volontaires qu'il ne m'en faut, alors autant prévoir tout de suite un système de rotation, afin que personne ne puisse parler de favoritisme.

Alors qu'il remettait ses ordres à ses secrétaires, une idée lui traversa l'esprit. Cette histoire verrait sans doute naître des relations sérieuses, qui se termineraient par des mariages.

Je ferais bien de trouver des prêtres. Et il faut que j'étudie les lois locales sur le mariage.

Je vais devoir informer mes hommes. Sans oublier que les coutumes hardorniennes ne sont peut-être pas comme les nôtres, quand il s'agit de faire sa cour... Pas question d'avoir des cas ou une des parties pensera qu'il s'agit d'un flirt et l'autre de fiançailles ! Dois-je faire construire des casernes avec des chambres séparées, pour les couples mariés... ou les laisser vivre en ville ? Mais alors, comment continuer à faire respecter la discipline ?

Il n'avait jamais pensé à ce genre de choses. Quand l'armée se déplaçait, les femmes et les fiancées restaient à la maison. Tant que ses hommes fréquentaient des filles de tavernes, il n'avait pas eu à s'inquiéter. Une femme de mœurs légères savait à quoi s'en tenir et son client aussi. Mais des filles bien élevées et vertueuses... C'était une autre histoire.

Tremane se pétrifia quand il comprit ce qu'il était en train de faire.

Ce n'est plus un camp, mais un poste permanent. Je planifie notre avenir, ici.

En dépit de ses efforts pour l'ignorer, voilà ce qui le travaillait. Il aurait pu choisir de faire construire des casernes moins solides. Mais instinctivement, il avait opté pour la structure la plus durable.

Ce n'était plus un cantonnement provisoire, mais un domaine fortifié. Il répartissait les hommes pour qu'ils servent à la fois l'armée et la ville. Il envisageait un futur avec des soldats mariés, des familles...

Les compétences requises pour diriger un camp lui servaient de moins en moins, alors qu'il appliquait quotidiennement celles qui lui avaient permis de faire tourner son domaine.

S'ils survivaient à l'hiver et aux tempêtes magiques...

Le duc revint au présent.

Une chose à la fois. D'abord, les murs, les casernes et la moisson. Ensuite, nous verrons...

Sandar fut enchanté par la liste. En fin d'après-midi, son messager revint avec les réponses du maire et du représentant des Guildes. Si la première le ravit, la deuxième le transporta. Maître Kerst avait trouvé deux tailleurs de pierre, quatre maçons et un maître bâtisseur, chacun avec ses compagnons et ses apprentis, et un groupement comprenant des plâtriers, des charpentiers plus un ou deux ébénistes... Bref, le vieil homme avait réuni toutes les professions qui pourraient lui être utiles.

Qui pourraient *m'être utiles* ? Tremane dut se retenir de danser la gigue autour de son bureau – ses assistants en auraient été scandalisés ou terrifiés, selon qu'ils l'eussent cru soûl ou devenu fou. Il s'était résigné à faire bâtir des casernes rudimentaires. Après tout, ses hommes avaient connu pire. Mais si des artisans étaient disponibles, ils auraient de vrais murs, un sol en dur et de bons lits. Et la réponse de Sandar signifiait qu'il obtiendrait tout ça sans toucher au contenu de ses coffres !

« Je me demande si vous avez pensé à des bains et à des latrines », disait également Kerst. *« Mes hommes auraient une ou deux suggestions à vous faire, si ça vous intéresse. »*

Des bains *et* des latrines ? Le duc répondit directement à Kerst dans un hardornien très approximatif.

Le soir venu, il ne dîna pas dans ses appartements, mais avec des hommes dont le sujet de conversation était d'ordinaire propre à couper l'appétit.

Puisque ses médecins et ses spécialistes du bâtiment avaient appris l'hardornien afin de pouvoir parler avec la population locale, les débats se tinrent dans cette langue. Une bénédiction ! Il était plus facile de manger en écoutant parler de latrines quand ça n'était pas dans sa langue maternelle.

— … mélangé à des cendres de bois et des feuilles hachées, on le met ensuite à sécher sur des râteliers, dit un des Hardorniens. Selon le temps, en un jour ou deux, on obtient un produit qu'on peut mettre en sac. C'est ce que nous vendons aux fermiers du coin, pour fertiliser leurs champs…

— Il vous faut des égouts et un site de traitement, pas de conteneurs, vous voyez ? ajouta son associé. Le sable et les gravillons purifient le liquide. On le laisse passer à travers les différentes couches, comme ça l'eau potable reste propre.

Les hommes de Tremane hochèrent la tête.

— Nous avons quelque chose de ce genre dans les cités et les grands domaines, avec l'aide de la magie, dit l'un d'eux. Mais certains petits domaines, qui n'ont pas de mage résidant, utilisent un système moins sophistiqué.

« Ce que vous proposez devrait faire l'affaire.

— Bien sûr, dit le premier Hardornien avec un sourire. Et vous savez quoi ? Si on utilise le même système sur les bouses de vache, en enlevant les cendres et en les remplaçant par des copeaux, ou de la tourbe, on peut brûler le résultat.

— Il faut le compresser pour en faire des briques, mais c'est un bon combustible, confirma le deuxième homme. Normalement, les fermiers du coin ramassent les bouses pour fumer leurs terres, mais je suis sûr qu'ils accepteront de les troquer, à poids égal, contre *votre* fertilisant séché. Ça ne sent pas mauvais, contrairement à un tas de fumier. Et vous aurez votre combustible.

Tremane s'intéressa soudain à la conversation.

— Pas pour des feux intérieurs, quand même…

Les deux experts hardorniens secouèrent la tête.

— Non, et pas non plus pour la cuisine, à moins d'apprécier ce *fumet* particulier.

— Mais nous n'avons pas besoin de cheminées ouvertes pour chauffer les casernes ! s'exclama un Impérial. Commandant, ce serait un véritable gâchis de combustible. Je viens de penser à un vieux système, courant dans le nord… regardez…

Tremane avait fait apporter des vieux parchemins et des crayons. L'Impérial commença à dessiner derrière un tableau de payes. Les autres se penchèrent pour mieux voir.

— Regardez, la… *chaudière* est ici, en sous-sol, alimentée de l'extérieur par une petite porte en fonte. Au-dessus, on pose une épaisse couverture en brique trouée d'une multitude de petites cheminées. Ça fonctionne comme un four : on chauffe les briques, qui chauffent la caserne.

Il suçota le crayon, puis ajouta :

— Mettez la porte *ici*, au bout du mur, et remplissez cet espace de briques, et le tour est joué. Deux côtés sont protégés par de la terre, les deux autres sont en briques chauffées. Un seul mur chauffé suffirait, si on prévoit une cuisine à l'autre bout.

Tremane étudia le croquis. Ça semblait faisable en plaçant les dortoirs près de la chaudière, la salle commune au milieu, et la cuisine au bout.

— Il faudra quand même un conduit, pour la fumée des lampes et des bougies…

— Oui, mais avec une chaudière extérieure, nous pourrons brûler des bouses séchées sans empuantir nos casernes.

— Je n'ai aucune objection, dit le chef des chirurgiens. Mais sans fenêtre, ces casernes seront plus sombres que le huitième enfer. Je crains que ça n'affecte la santé et le moral des hommes.

— Mieux vaut être dans le noir que geler, grommela un autre chirurgien, disant tout haut ce que pensait Tremane.

— Leur santé, vous en prendrez soin à travers leur régime… Les haricots et ces autres trucs dont les médecins raffolent. Quant au moral… Puisqu'ils seront occupés pendant la journée, ça ne devrait pas poser de problème… Mais attendez…

Le duc venait de penser à quelque chose. Les chirurgiens ne lui avaient adressé aucune plainte depuis leur installation.

— *Vous* ne semblez pas affectés par les tempêtes magiques. Je croyais pourtant que votre méthode d'imposition des mains était une forme de magie ?

Un des guérisseurs s'étouffa derrière ses mains. Son chef lui adressa un regard glacial.

— Bien que les ignorants pensent que guérir est une forme de magie, il n'en est rien. Du moins, pas une magie telle que vous l'entendez, répondit-il du ton supérieur qui faisait grincer des dents au grand-duc. Bien sûr, je suis d'abord un chirurgien. J'ouvre les chairs malades avec un scalpel, puis je recouds les plaies avec une aiguille et du fil. Mais j'ai été formé aux arts de la guérison.

Comme vous auriez dû l'être, impliquait son ton.

Tremane s'efforça d'afficher une expression vaguement intéressée. Il avait appris à garder son calme, quelles que soient les circonstances. Etrangler cet impudent ne servirait à rien.

Sauf à me rendre heureux…

— Alors, en quoi cette magie diffère-t-elle de celle que j'utilise ? demanda-t-il.

— Elle s'exerce exclusivement avec l'esprit, répondit pompeusement le chef chirurgien. La différence entre un guérisseur formé et un autodidacte, c'est un savoir qui permet de traiter autre chose que les fractures et les plaies. L'esprit du thérapeute persuade le corps du patient de revenir à l'état qui était le sien avant d'être blessé ou malade. Mais il ne peut pas corriger les difformités de naissance. (Il eut un sourire suffisant.) Moi, je le peux.

— Ça ne m'explique pas pourquoi vous ne souffrez d'aucune interférence, insista Tremane.

— Parce que les guérisseurs ne travaillent pas pendant les tempêtes. Or, seules les disruptions des flux d'énergie peuvent affecter leurs talents. La guérison accélérée s'effectue exclusivement au moment où le guérisseur y travaille. Le reste du temps, le patient prend le relais. Nos corps sont faits pour rejeter les maladies. Les guérisseurs leur rappellent simplement ce qu'il faut faire.

— Oh…

Si les guérisseurs n'étaient pas affectés, c'était parce qu'ils n'exerçaient une magie minuscule que sur une durée très courte… Mais Tremane doutait que le chef chirurgien en convienne.

Apparemment, l'homme n'avait pas terminé.

— Guérir n'est *pas* de la magie telle que vous l'entendez, insista-t-il. Il existe un terme ancien : magie de l'esprit. Plus personne de nos jours ne s'y intéresse, sauf quelques praticiens et certains religieux.

Magie de l'esprit ? Où ai-je déjà entendu cette expression ? Elle me semble familière…

— Et quels sont ces pouvoirs ? demanda le duc, ayant le sentiment que la réponse était vitale.

— Oh, fit le chef chirurgien, rien de très important. Des choses que les gens instruits considèrent à juste titre comme des balivernes. Parler d'esprit à esprit sans l'assistance d'un sort de téléson. Déplacer des objets par la seule force de l'esprit, sans avoir besoin d'un Portail. Communiquer avec les morts. Parler aux dieux. Voir l'avenir ou le passé sans avoir recours à un miroir ensorcelé. (Il haussa les épaules.) La plupart des Impériaux regardent ce genre de choses avec scepticisme. Il est très facile de prétendre avoir des pouvoirs de l'esprit.

Il avait parlé en hardornien, par politesse, ou parce qu'il avait tout simplement oublié de passer à l'impérial. Les autochtones éclatèrent de rire à cette dernière remarque. Le chef chirurgien leur jeta un regard noir.

— Je ne vois pas ce qu'il y a de si amusant, fit-il, acide. Peut-être serez-vous assez aimables pour m'éclairer ?

— Vous ne seriez pas si sceptiques si vous aviez rencontré un Héraut de Valdemar. Ils n'utilisent pas votre « vraie » magie. Ils font tout avec celle de l'esprit et pensent que la *vôtre* est du charlatanisme.

Vexé, le chirurgien se tourna vers ses subordonnés.

Les Impériaux et les Hardorniens se lancèrent dans un débat sur le meilleur emplacement des « chaudières ». Il semblait exister entre gens du même métier une fraternité qui transcendait les nationalités.

Cela laissait tout loisir à Tremane de réfléchir. Les Valdemariens faisaient tout avec la magie de l'esprit ? Ce devait donc être dans un rapport sur eux qu'il avait découvert ce terme.

Les Hérauts naissent sûrement avec ces facultés. Les Valdemariens doivent avoir un moyen de les tester. Et ils les rassemblent, comme les Karsites avec les enfants qui ont des pouvoirs magiques. Il est très intelligent de les mettre tous au service de la couronne ! L'Empire devrait faire la même chose avec les mages. Et les Valdemariens n'ont pas l'habitude d'utiliser la vraie magie, si bien qu'ils ne comptent pas entièrement dessus. Fascinant.

Pas étonnant qu'ils aient moins de problèmes que lui ! Ils ne détenaient aucun objet susceptible d'être rendu inutilisable par les tempêtes magiques !

Beaucoup d'Impériaux qualifieraient ce mode de vie de « barbare »... Mais les Valdemariens peuvent chauffer leurs maisons et transporter leurs marchandises, alors que nous sommes paralysés... Quel style de vie est supérieur à l'autre ?

Chauffer les maisons...

Il était bien beau de chauffer les casernes avec des bouses, mais qu'allaient-ils utiliser pour cuisiner ?

— Du bois, dit-il à voix haute. Nous avons un problème. Les arbres ne poussent pas aussi vite que les céréales, et je n'ai pas l'intention de déboiser toute la région pour que mes hommes mangent chaud. L'un de vous a une suggestion ?

Les Hardorniens se regardèrent. Puis, l'un d'eux prit la parole.

— Commandant Tremane, vous connaissez aussi bien que nous l'état dans lequel est ce pays. La moitié des Hardorniens sont morts ou ont fui. Des villages entiers ont été rasés parce qu'un lieutenant d'Ancar ou un autre s'est senti offensé. Des fermes ont été abandonnées parce que plus personne ne pouvait se charger des travaux.

« Nous allions vous faire une proposition... Quand les récoltes seront rentrées, nous monterons des expéditions pour récupérer tout ce qui est encore utilisable dans la région.

— Dois-je comprendre que les... forces loyales hardorniennes ne s'attaqueront pas à ces expéditions ?

— Les forces loyales hardorniennes ne sont pas des « forces » du tout ! La plupart des hommes seront trop occupés à rentrer leurs récoltes, s'ils le peuvent. Ils luttent contre le temps, comme nous, et ils n'auront pas la même main-d'œuvre.

Le grand-duc hocha la tête. Cela confirmait ces soupçons.

— Comment est la récolte ? demanda-t-il, jugeant que cet homme était peut-être assez honnête pour lui dire la vérité.

— C'est ce qui nous pousse à partir en expédition, répondit l'Hardornien. La récolte n'est pas mauvaise, mais certains d'entre nous pensent qu'elle ne nous permettra pas de tenir tout l'hiver. Sandar a prévu des expéditions vers des fermes abandonnées, histoire de voir s'il y a quelque chose à récupérer dans les champs, ou dans les granges et les silos. (Il sourit.) On devrait au moins trouver de la paille pour vos toits !

— Et si je comprends bien, vous voudriez que quelques-uns de mes soldats vous accompagnent.

Ce n'était pas une question. Une autre bête tueuse avait été prise au cours de la journée, après avoir attaqué des moissonneurs. Cette fois, il n'y avait pas eu de morts et seulement quelques blessés, mais personne n'oubliait que d'autres créatures semblables pouvaient rôder à l'extérieur des murs en cours de construction.

— Ce serait bien, oui, admit l'Hardornien.

— Et ils en retireront quoi ?

— Nous saurons qui est parti après Ancar, l'Empire et les tempêtes magiques. Bref, vous recenserez la population. Comme ça, vous saurez où sont les hommes et les garçons capables de vous mener la vie dure au nom d'Hardorn. Et certains de ces fermiers pourraient avoir des vivres à vendre. Nous découvrirons ce que les tempêtes ont infligé à la région. Si elles peuvent transformer des animaux, que font-elles d'autre ? Et quand nous trouverons des fermes ou des villages abandonnés, vos hommes pourront les démanteler. Au pire, vous aurez du combustible. Au mieux, du combustible et des matériaux de construction.

« Sandar en demande peut-être beaucoup, mais il pense, si nous trouvons des camps de « patriotes », pouvoir les convaincre que les Impériaux ne sont pas si mauvais. Peut-être pourra-t-on arriver à une trêve, sinon mieux…

— Je vais y réfléchir, dit le duc.

Puis il ramena la conversation sur les nouvelles casernes et les améliorations que suggéraient les autochtones.

Quand tout le monde fut parti, une fois retiré dans ses quartiers privés, devant un bon feu, il dut admettre que les propositions du Hardornien semblaient prometteuses. A condition que tout ça ne soit pas un piège… Mais il ne le pensait pas. L'idée de moissonner des champs abandonnés, de tuer des créatures horribles et de démolir des bâtiments déserts était bonne. Avec des autochtones pour les guider, ils ne risqueraient pas de s'attirer les foudres des fermiers s'ils pénétraient sur des terres encore occupées.

— Je n'aurais jamais cru me retrouver dans cette position, dit-il tout haut.

Sa mission était de pacifier Hardorn. Il n'aurait jamais pensé devenir l'équivalent d'un gouvernement local. Pourtant c'était en train d'arriver.

Il n'y aurait plus de bataille. Désormais, il n'avait plus à craindre que des escarmouches contre des hommes à court de vivre et de matériel. En d'autres circonstances, il aurait ri à l'idée de faire confiance aux habitants de Shonar pour organiser et maintenir une trêve. Et il n'aurait *jamais* cru la moitié des promesses qui lui avaient été faites.

Bien que rien n'eût été officiellement annoncé, il était clair que ces hommes ne les considéraient plus, ses soldats et lui, comme des ennemis. Pour eux, ils incarnaient l'unique source de sécurité et de stabilité dans un pays de plus en plus désorganisé.

Ils voyaient leurs compatriotes, ces troupes de « combattants de la liberté » mal entraînées et mal armées. Ils voyaient les monstres laissés dans le sillage des tempêtes magiques. Et ils se tournaient vers les troupes impériales. Inutile d'être un génie pour deviner entre quelles mains ils remettraient leur sécurité.

L'empereur ne recevrait plus de rapport. Mais ses agents toujours sur place ne mettraient pas longtemps à analyser la situation…

Non que les visées du duc sur le Trône de Fer soient toujours parmi ses priorités. Désormais, il n'était plus question de « pertes acceptables ». Car aucune ne l'était plus. Et si la mort frappait dans ses rangs, sa vengeance serait terrible.

Il était temps de se concentrer sur ce qui pouvait les sauver tous. Le héros de l'hiver ne serait pas le meilleur chef militaire, mais le meilleur gestionnaire.

Tremane avait harcelé ses secrétaires jusqu'à ce que son bureau soit plein de cartons de paperasse. Tout citoyen impérial figurait dans trois dossiers administratifs. Le premier faisait état de sa formation civile – d'où un classement par spécialités. Le deuxième comportait sa fiche militaire – classée dans l'ordre alphabétique, par compagnie. Et le troisième, sur la formation militaire – éclaireur, fantassin, cavalier… etc – était archivé en fonction de cela.

Chaque fois qu'il avait besoin d'un corps de métier, il pouvait trouver les hommes idoines. Il doutait qu'un seul commandant ait jamais pensé à rassembler toutes ces données sur ses hommes, alors que copier un dossier requérait un simple sort. Oui, étrange, sachant que l'Empire restait une bureaucratie. Mais c'était une innovation, et on ne les encourageait pas dans l'armée impériale.

Pour le meilleur ou pour le pire, Tremane avait désormais la charge de Shonar. La déférence de Sandar et l'attitude du Conseil en attestaient. C'était la position qu'il avait espéré obtenir. Qu'elle lui ait été accordée signifiait qu'il était désormais le seigneur de Shonar. Avec toutes les responsabilités que cela entraînait envers « ses » civils.

CHAPITRE V

Karal attendit que Jarim soit rassis, puis il se leva sur ses pieds glacés.

Pourquoi fais-je ça ? Personne ne me prêtera la moindre attention.

Son visage lui sembla engourdi de froid alors qu'il commençait à parler devant des gens qui ne l'écoutaient pas – excepté Flammechant, Ventnoir et les Hérauts.

Je fais ça parce que personne ne prendra garde au détail le plus significatif du rapport que nous a lu Kerowyn. Jarim l'a déjà enseveli sous la rhétorique !

— Capitaine Kerowyn, votre rapport semble dire que les troupes impériales coopèrent avec les civils de Shonar, et les protègent. Et que les civils hardornien coopèrent avec elles. Ai-je mal compris ?

— Oui, c'est bien ce que m'a rapporté un de mes agents. Mais il a obtenu ces informations de seconde main. Aucun de mes espions n'a pu pénétrer aussi loin en terre hardornienne.

— Néanmoins, il semble que les Impériaux aient pris la responsabilité des habitants de Shonar et de ses environs. Et qu'ils se conduisent d'une manière *protectrice*. (Karal déglutit – *Nous y voilà. Ils vont croire que j'ai perdu la raison...* – et énonça l'impensable.) Etant donné les terribles conditions de vie en Hardorn, les tempêtes magiques ajoutant le chaos à la désorganisation, je crois que nous devrions laisser les troupes impériales tranquilles. Les harceler en ce moment ne serait pas bon pour les Hardorniens.

Il avait déjà dit ça. Maintenant il allait se mettre vraiment en danger…

— Je recommande donc que nous envisagions d'ouvrir des négociations avec les Impériaux, afin de pouvoir apporter notre aide à Hardorn sans que nos mouvements ne soient considérés comme une attaque.

Comme prévu, Jarim explosa. Mais Talia l'interrompit avant qu'il n'ait pu prononcer un mot.

Elle se leva d'un bond.

— L'ambassadeur de Karse demande que nous envisagions la possibilité d'ouvrir des négociations avec les Impériaux. Ainsi, nous pourrions aider la population d'Hardorn, et sans doute placer des agents à Shonar. Pour des raisons purement humanitaires, je soutiens la proposition et conseille que nous en débattions.

Bien que personne, à l'exception de Talia et de Jarim, n'ait écouté Karal, quand le Héraut de la Reine répéta ses paroles, tout le monde lui prêta attention. Et un vrai débat s'ensuivit.

Jarim n'y prit pas part, mais il continua de river sur Karal un regard noir. Le jeune homme écouta les arguments et les contre-arguments.

J'ai fait ce que je devais faire. Maintenant, rien de ce que je pourrais dire ne comptera.

Malgré les excuses que lui avait faites l'ambassadeur shin'a'in, et son apparente tolérance, son hostilité envers Karal avait grandi et pris un tour plus personnel. Le jeune homme ignorait pourquoi. Quelqu'un avait-il convaincu le Shin'a'in que le Karsite et Querna ne s'étaient jamais entendus – alors que c'était le contraire. Il avait admiré la chamane. Et Ulrich la tenait pour une amie. Mais si Jarim le savait, il ne semblait pas le croire.

Peut-être souffre-t-il qu'An'desha, Ventnoir, Elspeth, Talia et les griffons m'aiment bien, alors qu'ils ne font aucun cas de lui. Ou n'est-il qu'un fanatique ?

Bien que Karal s'efforçât de prendre la parole devant le Grand Conseil uniquement en cas de nécessité, personne ne l'écoutait… sauf Jarim. Et s'il lui prêtait tant d'attention, c'était pour le contredire. Talia avait pris l'habitude de répéter tout ce qu'il disait, histoire que les autres enregistrent au moins sa maigre contribution aux débats.

Etait-ce uniquement à cause de sa jeunesse ? Il avait tout essayé, sauf l'utilisation de cosmétiques pour se teindre les cheveux en gris afin d'avoir l'air plus vieux. Il avait essayé d'adopter des manières dignes et une voix basse et résonnante. De porter des robes noires et austères dénuées de décoration. On lui avait suggéré de mettre un costume plus élaboré, mais il s'était trouvé si ridicule qu'il n'avait pas osé l'exhiber en public.

J'avais l'impression d'être une statue. Ou un acteur grimé pour une pièce.

Il était reconnaissant à Talia de son aide... Mais ça n'était pas une façon de tenir son rôle. Avant longtemps, ça n'affecterait plus seulement la manière dont les autres le traitaient pendant les réunions, mais tout leur comportement. Et le peu d'ascendant qu'il avait sur les siens, les Karsites de Valdemar, finirait par s'étioler.

Il ignorait comment améliorer la situation. Si un de ses ennemis avait voulu miner son autorité, il n'aurait pas pu trouver mieux que sa jeunesse et son inexpérience.

Jarim est-il derrière tout ça ? Je ne sais pas comment il fait... Si les autres l'écoutent, c'est uniquement parce qu'il crie plus fort que tout le monde.

Karal était angoissé et ça durait depuis des jours. Il se nourrissait exclusivement de pain et de tisane, car son estomac ne gardait plus rien d'autre.

Je boirais jusqu'à tomber ivre mort si je ne savais pas que l'alcool remonterait aussitôt après être descendu, pensa-t-il.

Il avait rapporté ses difficultés à Karse, et obtenu en réponse des messages bourrés de platitudes censées le rassurer. On eût dit que Solaris et ses conseillers ne lisaient pas ses lettres – ou pensaient avoir affaire à un garçon inexpérimenté souffrant du mal du pays.

J'ai le mal du pays, mais seulement parce que je n'arrive à rien de concret ici. Je serais heureux de redevenir un simple secrétaire, qui que soit mon maître.

S'il ne réussissait pas à se faire entendre de son peuple, comment pouvait-il espérer convaincre des étrangers ? Il avait besoin d'autorité, et ses compatriotes ne faisaient rien pour lui en conférer.

Je veux rentrer à la maison et me plonger dans des bouquins ! Je ne suis pas *important. N'importe qui ferait un meilleur ambassadeur de Karse que moi.*

Il ferma les yeux, et grimaça quand son estomac se contracta.

Karse se serait mieux portée si Altra avait sauvé Ulrich, pensa-t-il. *Avant longtemps, je ferai plus de mal que de bien à mon pays, car m'ignorer, c'est ignorer Karse.*

Il avait supplié qu'on lui envoie un remplaçant, mais personne ne l'avait écouté. Pourquoi ? Il n'en avait pas la moindre idée.

Sans Florian, An'desha et Natoli, il se serait jeté dans la rivière depuis longtemps. Tous les trois continuaient de l'encourager… Mais la seule créature qui aurait pu l'aider brillait par son absence. Altra ne s'était pas montré depuis des semaines, et Karal commençait à se demander s'il avait offensé le Chat de Feu. Ou pire, Vkandis en Personne.

Peut-être m'a-t-il laissé tomber. Et si je n'avais plus la faveur de Vkandis ? M'a-t-il abandonné parce que je ne vois aucune raison de perdre du temps, des ressources et des vies à persécuter les Impériaux. Les tempêtes magiques ne sont-elles pas une assez grande punition ? La vengeance doit-elle continuer éternellement ? Est-ce ce qu'Il pense ?

Cette idée le déprima encore plus. Son estomac et sa gorge se serrèrent davantage.

Pourquoi continuait-il cette farce ? S'il n'avait pas été si fatigué, il se serait levé et serait parti.

Demain, il se pourrait que je reste au lit. J'annulerai tous mes rendez-vous. Je dirai aux serviteurs que je suis trop malade pour me lever. Cela ne fera de différence pour personne…

Mais il savait qu'il ne le ferait pas. Ce n'était pas dans sa nature.

Si je me cassais une jambe ou un bras ! Alors, j'aurais une excuse. Ou si j'étais très malade – disons, une pneumonie –, on me donnerait des potions pour dormir, et je n'aurais plus à penser à tout ça.

Il était vraiment dans une très mauvaise passe. En arriver

à souhaiter se casser quelque chose ou tomber malade au lieu de faire son travail !

Il était censé rejoindre An'desha et Natoli pour aller à *La Rose des Vents* dès que la réunion serait terminée, mais il n'avait pas le cœur à ça.

Je ne serais pas de bonne compagnie. Je vais plutôt me traîner jusqu'à ma suite et essayer de rattraper ma correspondance en retard. Si j'envoyais une nouvelle lettre à Solaris...

Etait-ce sa punition pour n'avoir pas mieux pris soin d'Ulrich ? Solaris avait-elle décidé de le laisser souffrir parce qu'il n'avait pas tenu sa promesse ? Si c'était le cas, elle avait ce qu'elle voulait.

Quand les débats furent terminés, la majorité avait décidé que l'Alliance n'aurait rien à gagner à harceler les Impériaux. D'autant plus que les habitants de Shonar seraient pris entre le marteau et l'enclume. Le Grand Conseil était divisé sur l'ouverture de négociations. Karal, Talia et Ventnoir étaient pour, Elspeth, Kerowyn et Jarim, contre.

Quand tout le monde se leva et commença à sortir, Karal attendit qu'il ne reste plus que les secrétaires. Il n'avait envie de parler à personne. Lorsqu'il se leva, ses robes lui semblèrent peser une tonne. Il rassembla ses notes et les fourra dans la serviette en cuir qu'il utilisait déjà quand il était le secrétaire d'Ulrich. Les muscles de sa nuque étaient tétanisés et il avait l'impression qu'on lui enfonçait une dague entre les omoplates.

A cet instant, il aurait changé de place avec le plus vil serviteur du Temple de Vkandis, s'il l'avait pu. Comme il aurait préféré s'occuper des chevaux, ou nettoyer la porcherie, ou même laver le sol de la chambre du prêtre le plus méchant de Karse !

Mais il n'avait pas encore touché le fond, car Jarim l'attendait devant la salle du Grand Conseil, en compagnie d'autres délégués. Apparemment, il voulait une confrontation et les autres étaient là pour profiter du spectacle.

Le meilleur moyen d'éviter ça, c'est la fuite. Il faut être deux pour se battre, et je n'ai pas l'intention d'entrer dans son jeu.

Karal essaya d'ignorer Jarim en gardant les yeux baissés

alors qu'il passait à côté de lui. Mais le Shin'a'in le prit par le bras pour l'empêcher de continuer son chemin.

— Où crois-tu aller, traître ? demanda-t-il, alors que Karal essayait de se dégager en douceur. Tu es si impatient que ça de retourner dans ta niche, sale chien, pour pouvoir aboyer aux oreilles de ton maître impérial ? Il te tarde de lui apprendre la bonne nouvelle ? Quel os te jettera-t-il pour avoir assuré sa sécurité ? Des terres ? De l'or ? De la magie, peut-être ? Tu ne te satisfais plus de ce que ton dieu te donne ? Il a donc été si facile, pour toi, de trahir ton maître ? (Jarim lui cracha dessus – pas en pleine face, mais à ses pieds.) Ne l'as-tu servi que pour pouvoir le trahir ?

Même s'il s'y attendait, Karal n'avait pas prévu une attaque si venimeuse. Il se pétrifia, incapable de formuler quelque chose de cohérent. Il n'avait rien à répondre aux accusations de Jarim. Relevant vivement la tête, il croisa le regard courroucé du Shin'a'in.

Il était incapable de parler, ou même de penser clairement. Quel démon possédait cet homme pour qu'il soit si certain que Karal était un traître ? Pour qu'il le pense capable d'avoir trahi l'homme qui avait été pour lui comme un second père ?

Son silence arracha un grognement de colère à Jarim. Mais le Shin'a'in relâcha sa prise. Karal put enfin dégager son bras – si violemment qu'il recula en trébuchant.

Puis il resta debout sur place un instant, glacé jusqu'à la moelle, regardant Jarim et les membres du Conseil rassemblés derrière lui. Sa bouche s'ouvrit, mais aucun son n'en sortit. Pas même un murmure – ce qui était sans doute une chance, car il aurait bafouillé lamentablement.

Karal recula encore d'un pas, puis leur tourna le dos et s'enfuit en courant.

Il savait que son silence devant les accusations de Jarim confirmait sa culpabilité aux yeux des témoins de la scène. Avant la fin de la journée, des rumeurs circuleraient dans le Palais, faisant de lui le principal pion de l'Empire. Et il n'avait aucun moyen de se disculper.

Florian le trouva dans le jardin désert, après le coucher du soleil. Devant la porte de sa suite, Karal avait compris qu'elle n'était pas le refuge dont il avait désespérément besoin. Jarim savait où le trouver. Et s'il était aussi fanatique qu'il le semblait, il pouvait décider de s'occuper personnellement du « traître », à la manière des gens de son peuple – la lame d'un couteau de chasse. Tuer un ambassadeur pouvait lui attirer des ennuis... à moins qu'il ne réussisse à convaincre tout le monde qu'il avait des preuves de la culpabilité de Karal. Des preuves qu'il pourrait fabriquer, puisque le principal intéressé ne serait plus là pour se défendre.

Karal était entré dans sa chambre le temps de prendre son manteau le plus chaud, un chapeau, une écharpe et des mitaines. Puis il était allé dans les jardins, espérant que la fureur de Jarim finirait par se calmer – ou qu'il découvrirait un moyen de prouver son innocence.

Il trouva un banc à l'écart des sentiers battus et s'y laissa tomber. Tassé sur lui-même, le capuchon baissé sur les yeux, il était pratiquement certain de ne pas être dérangé.

La nuit était tombée depuis longtemps quand Florian apparut soudain, aussi silencieux qu'un fantôme. Karal le vit arriver du coin de l'œil, mais il ne bougea pas.

Karal ? dit le Compagnon d'un ton hésitant. *Karal tu as des ennuis.*

— Dis-moi quelque chose que je ne sais pas encore, répondit le jeune homme.

Non, je parle de vrais ennuis, répondit le Compagnon. *Jarim fait le tour de la cour, disant à tout le monde que...*

— Je suis un agent impérial. Je sais.

De la bile lui remonta dans la gorge, et il se demanda s'il n'allait pas vomir.

Le plus grave, c'est que des gens le croient. Beaucoup pensent qu'un peintre abruti ne pouvait pas être le véritable agent impérial à la cour. (Florian changea de point d'appui, et des gravillons roulèrent sous ses sabots.) *Le pire, c'est que des Hérauts se sont laissés convaincre. Et rien de ce que j'ai dit n'a pu les faire changer d'avis.*

Plus que tout le reste, cela laissa Karal sans voix.

— Mais... tu es un Compagnon !

Hélas, tu n'es pas mon Elu. C'est pour ça qu'ils refusent de me croire. Ils pensent que tu m'as trompé, comme tout le monde. (Florian semblait déprimé, ce qui ne fit rien pour remonter le moral du jeune Karsite.) *Je ne sais pas quoi faire, Karal.*

— Moi non plus, à part seller mon cheval et rentrer chez moi.

Ou me jeter dans la rivière… mais ça ferait sans doute le bonheur de Jarim ! Idem si je m'enfuyais. Oh, gloire céleste, je me suis mis dans de sales draps ! Je ne sais pas comment me sortir de là.

Florian n'avait pas fini, même si Karal aurait préféré rester seul.

J'ignore qui est de son côté, ou combien ils sont. Je n'ai pu compter que les Hérauts…

— Je devrais rentrer au Palais pour le découvrir par moi-même, répondit Karal. Peut-être seras-tu agréablement surpris.

Tu n'as pas l'air très optimiste.

— Toi non plus. Mais avant de seller mon cheval et de rentrer chez moi, autant évaluer la gravité de la situation. Solaris voudra un rapport très précis…

Il se leva, s'enveloppa dans son manteau et revint au Palais d'un pas lourd.

Comme il put le constater, la situation était grave.

Les conversations cessèrent dès qu'il entra dans le couloir. Alors qu'il traversait une salle, il lui sembla être entouré d'une bulle de silence. Les gens se tournaient vers lui, puis détournaient les yeux. Les chuchotements reprenaient sur son sillage, assez forts pour qu'il entende ce qui se disait.

— Il est déjà terrible d'être un traître, mais un lâche…

— Ce doit être une sorte de mage, capable de se déguiser. Personne ne peut être si diabolique et paraître si jeune…

— Je suis surpris que son dieu ne l'ait pas encore foudroyé.

Et ça, c'était les commentaires personnels. Il croyait connaître la teneur des autres… Tous les Valdemariens se demandaient à quel point ce qu'ils avaient toujours entendu dire sur les Karsites était vrai. Solaris *devait* savoir qu'il était un traître, et elle avait sacrifié le pauvre Ulrich pour détourner les soupçons de son pays.

Les serviteurs mettaient un point d'honneur à l'ignorer.

Quand il gagna sa suite, il la retrouva comme il l'avait laissée – personne n'y avait fait le ménage. Les domestiques « oublieraient » sciemment sa chambre, ou la garderaient pour la fin, et « tomberaient malades » en arrivant devant. S'il avait cru que les choses étaient terribles à son arrivée avec Ulrich... Eh bien, il faisait face à deux fois plus d'hostilité ! Tous les anciens préjugés envers les Karsites étaient revenus à la vie, avec d'autant plus de vigueur qu'ils avaient été réprimés pendant longtemps.

Karal resta sur le seuil un moment, essayant de décider ce qu'il allait faire. Devait-il plier ses bagages ? Il avait assez d'argent pour atteindre la frontière, s'il se contentait d'auberges modestes. Bien sûr, il faudrait faire attention quand il ouvrirait la bouche, mais son valdemarien s'était beaucoup amélioré. Il devrait pouvoir se faire passer pour un prêtre étranger – *mais pas karsite.*

Peut-être pourrais-je convaincre Florian de partir avec moi ? En empruntant un uniforme de Héraut, je passerai pour l'un d'eux jusqu'à la frontière – mieux encore, je parie qu'il serait plus facile d'en emprunter un gris. Pour une fois, ma jeunesse serait un atout.

Florian serait-il d'accord pour l'aider ?

Entendant des pas dans le couloir, Karal entra et ferma la porte. Même sans l'aide de Florian, la perspective d'emprunter un uniforme venait de lui donner une autre idée.

Je pourrais demander à Natoli de me prêter un uniforme de Bleu. Comme ça, si on me pose des questions, je prétendrai rentrer chez moi... ce qui ne serait pas un mensonge.

Il allait se diriger vers la chambre pour s'occuper de ses bagages quand on frappa à sa porte. Pétrifié, il se demanda qui cela pouvait être. Plusieurs possibilités lui vinrent à l'esprit, et fort peu lui donnèrent envie d'ouvrir.

— Karal ? appela une voix de femme. Je sais que tu es là. C'est le Héraut Talia. Ouvre, s'il te plaît.

Talia ? Une des rares personnes auxquelles il n'avait pas pensé... Il devait lui obéir. Dans la hiérarchie de son Ordre, elle était sa supérieure. Il pivota et ouvrit la porte. Talia cligna des yeux dans la pénombre – il n'avait pas eu le temps d'allumer une chandelle.

— Je constate que tu es déjà isolé, dit-elle en entrant pour qu'il puisse refermer derrière elle.

Karal acquiesça. Les Karsites et les Holds pratiquaient l'« isolement », un individu étant soudain sciemment ignoré par la communauté. Cela avait mené des Karsites sains d'esprit au suicide – et ça devait avoir le même effet sur les Holds.

— Je m'occupe des Hérauts, continua-t-elle en prenant la chandelle, près de la porte, pour allumer les autres. Tu me vois navrée que cet idiot de Jarim en soit arrivé là. Il me faudra du temps pour démêler la situation et réparer les dégâts créés par son fanatisme.

Complètement déprimé, Karal se laissa tomber dans un fauteuil.

— La situation ne sera jamais démêlée, dit-il. Et je ne suis pas sûr que ça vaut la peine d'essayer. Même si vous réussissez à convaincre les Hérauts, vous ne persuaderez jamais Jarim. Il serait mieux pour tout le monde que Solaris nomme un autre ambassadeur.

— Alors, Jarim aurait gagné, dit Talia. Pourquoi lui ferais-tu cette fleur ?

— Et pourquoi pas ? Je n'étais pas très efficace *avant* qu'il commence son travail de sape, vous le savez bien. Même si vous convainquez les émissaires que je suis la victime innocente des préjugés de Jarim, vous ne réussirez jamais à leur faire croire que jc vaux quelque chose. Je suis jeune – suffisamment pour être le fils de tous les membres du Grand Conseil. Personne ne me fait confiance. Je suis trop jeune pour remplir ma mission.

Talia ne répondit pas tout de suite, se contentant de continuer d'allumer les lampes et les bougies. Karal ferma les yeux.

— Héraut Talia – *Prêtresse du Soleil* – autant l'admettre : je ne rends service ni à Karse ni à l'Alliance. Mieux vaut que je laisse la place à une personne compétente et pleine d'expérience.

Talia se tourna lentement vers lui.

— As-tu été rappelé chez toi ? demanda-t-elle.

— Eh bien, non… mais…

— Crois-tu que Solaris est le porte-parole de Vkandis ?

— Eh bien, oui… mais…

— Si Vkandis jugeait ta présence préjudiciable à Karse, tu aurais été rappelé ! Après tout, Altra aurait pu transmettre ta révocation en un clin d'œil. Etant donné la situation, Solaris aurait toutes les raisons de te rappeler… Mais Vkandis et elle semblent en avoir décidé autrement.

Comme il ne répondit pas, elle insista.

— Alors ?

— Je suppose, mais…

— Pas de « mais », répondit Talia, plus autoritaire, avec son calme, qu'une centaine de généraux braillards. Etant une Prêtresse du Soleil, je peux me porter garante de toi. Vkandis a une raison de te vouloir à ce poste. Même si nous ignorons laquelle, elle existe.

Si seulement il pouvait me la donner…

— En théorie, c'est parfait, répondit Karal. Mais il semble que personne ne veuille que je reste à Haven. Comment être utile alors que la majorité du Grand Conseil pense que je travaille pour les Impériaux et qu'un ambassadeur veut m'assassiner ?

Talia fit une grimace dégoûtée et approcha de la porte pour remettre la chandelle à sa place.

— J'admets n'avoir aucune réponse à te donner… Mais je crois que tu devrais t'absenter du Palais quelques jours et éviter de participer aux réunions. Tu pourrais prétendre être malade… Ou je l'annoncerai à ta place. Je dirai à Selenay que tu as été abattu par les accusations de Jarim.

« Ce ne serait pas vraiment un mensonge… Un peu plus de stress et tu battras des records de précocité en matière d'ulcère de l'estomac. D'ailleurs, tu en prends le chemin. Tu ne manges pas beaucoup et tu ne dors pas bien, n'est-ce pas ?

— Non… Mais comment…

— J'ai le don d'empathie, lui rappela Talia. Et j'ai travaillé avec les guérisseurs presque toute ma vie. Tu devrais demander à An'desha et à Flammechant s'ils veulent de nouveau t'accueillir chez eux. J'irai voir les guérisseurs, pour qu'ils te donnent quelque chose. Mieux encore, je m'arrangerai pour que l'un d'eux t'examine.

Quand il fit la moue, elle éclata de rire.

— Inutile de me regarder comme ça ! Les infusions et les potions pour soigner le stress et un estomac rebelle sont probablement parmi les moins infâmes de leur pharmacopée. Sinon, les gens oublieraient de les prendre, et ils finiraient par dépérir à force de ne rien pouvoir avaler. Va faire tes bagages et prends assez de vêtements pour une semaine. Je vais essayer de trouver An'desha pour lui demander de t'héberger.

Elle se tournait vers la porte quand quelqu'un frappa.

— Karal ? C'est An'desha et Natoli. Nous sommes venus pour t'aider, si tu veux bien…

Talia ouvrit la porte, surprenant An'desha le poing levé, prêt à frapper de nouveau. Près du jeune mage, Natoli ne tenait visiblement pas en place.

— Entrez, ordonna Talia.

Ils lui obéirent instantanément. Le Héraut de la Reine referma derrière eux.

Avant que Karal ou Talia aient pu dire un mot, Natoli prit la parole.

— Tu n'es pas venu à *La Rose des Vents*, alors nous nous sommes inquiétés. Depuis quelque temps, tu n'as pas l'air bien du tout… Quand nous sommes entrés au Palais pour voir si tu n'étais pas malade… Sais-tu ce qu'on raconte sur toi ? Les gens disent que…

— … Je suis un espion impérial coupable de tous les drames qui se succèdent depuis mon arrivée. Oui, je sais ! Certaines personnes doivent avoir décidé que j'étais également responsable des tempêtes magiques. Et pourquoi pas de la naissance d'Ancar ?

— Tu n'es pas loin de la vérité. Quelques Hérauts racontent des idioties, et même père n'arrive pas à les leur enlever de la tête, fit Natoli, jetant un regard de défi à Talia, comme pour lui intimer de faire quelque chose.

Karal fut un peu sidéré par son audace… La jeune fille était une simple étudiante – et pas pour devenir un Héraut – et elle se permettait de défier le Héraut de la Reine.

— Je fais ce que je peux, mais ça risque de prendre du temps, répondit Talia. Je commence à comprendre par quoi est passée le Héraut Savil pour défendre Vanyel, quand il a été choisi. Comme Vanyel après la mort de Tylendel, Karal est accusé de tout, y compris de choses qui se sont passées avant sa naissance.

Natoli fit la moue et An'desha eut l'air perplexe.

— Pendant ce temps, continua Talia en se tournant vers le jeune mage, j'aimerais que Karal quitte le Palais, le temps que les esprits se calment. De plus, il faut vraiment qu'il se repose ! Flammechant et vous pouvez l'accueillir ?

— J'étais venu proposer à Karal de revenir habiter chez nous, répondit An'desha. Flammechant est occupé par un projet personnel, alors l'*ekele* est très calme. Allez-vous dire qu'il s'est effondré à cause des accusations portées contre lui ?

— C'est l'idée générale... Et si je peux faire confirmer ce diagnostique par les guérisseurs, ce sera encore mieux.

— Pourriez-vous cesser de parler de moi comme si je n'étais pas là ? gémit Karal.

An'desha tapota l'épaule du jeune ambassadeur. Mais le regard qu'il baissa sur lui était voilé, comme si plusieurs idées lui trottaient dans la tête et qu'il les soupesait pour déterminer laquelle était la meilleure.

— Désolé, mon ami, s'excusa-t-il. On dirait qu'on t'a fait traverser les Plaines en te traînant derrière un cheval. Héraut Talia, s'il vous plaît, demandez à un vrai guérisseur de venir l'examiner à l'*ekele*, voulez-vous ?

Karal regarda le jeune mage. Ça n'était plus le Shin'a'in timide qu'il connaissait, mais la requête d'un homme qui s'estimait l'égal du Héraut de la Reine.

Talia acquiesça, comme si elle acceptait son statut, en même temps que sa mission, et partit avant que Karal n'ait eu le temps d'émettre une objection.

— Reste ici avec Natoli. Je peux faire tes bagages tout seul. Si j'oublie quelque chose, tu me l'emprunteras. Mais si j'ai mon mot à dire, une chemise de nuit te suffira pendant les deux ou trois jours à venir.

Alors qu'An'desha disparaissait dans la chambre, Karal se tourna vers Natoli, espérant trouver en elle une alliée.

— N'ai-je pas le choix ? demanda-t-il.

— Non ! Tu as fait de ton mieux, et tu t'es fourré dans une sale histoire dont tu ne pourras pas te sortir tout seul. Tu es mort de fatigue, le stress t'a rendu malade, et ton jugement laisse à désirer. Nous prendrons les choses en mains pendant que tu te reposes. Alors détends-toi et profites-en.

Prends garde à ce que tu souhaites, se dit Karal, pensant à ce qu'il avait désiré, plus tôt dans la journée, *car tu pourrais bien l'obtenir*.

An'desha et Natoli firent traverser le Champ à Karal et à ses bagages, suivis par tous les Compagnons, Florian en tête. En d'autres circonstances, ç'aurait été hilarant. Les brins d'herbe rendus cassants par le givre crissaient sous leurs bottes – ou leurs sabots – et leurs souffles formaient des nuages glacés dans l'air. Une parade de « nuages » ! Les silhouettes blanches silencieuses ne les forçaient pas à avancer – An'desha aurait reconnu ce comportement. Non, les Compagnons étaient inquiets pour Karal. Bien qu'il ne fût pas un empathe, leur inquiétude lui semblait palpable.

Quand ils arrivèrent à l'*ekele*, une guérisseuse les attendait. Penchée sur une des fleurs nocturnes plantées par Flammechant, elle respirait son doux parfum, les yeux clos.

— Merci de m'avoir permis de venir ici. Je sais que c'est simplement une version sophistiquée d'une forcerie, dit-elle quand ils eurent passé la double porte conçue par l'Adepte Guérisseur pour éviter les courants d'air. Mais cet endroit m'a toujours semblé être la quintessence de la magie.

— Vous pourriez avoir un sanctuaire semblable grâce à une chaudière à vapeur et à un système de tuyauterie, dit Natoli, très terre à terre.

— Mais sans magie, vous ne pourriez pas avoir de plantes aussi grandes et saines, fit An'desha, défendant sa discipline. Voilà votre patient, dame guérisseuse…

Il poussa Karal devant lui, conscient que son ami s'efforçait de ne pas se faire remarquer.

La guérisseuse prit le poignet de Karal et lui leva le menton de sa main libre, pour le regarder dans les yeux. Elle fronça les sourcils.

— On pourrait vous croire beaucoup plus vieux qu'il n'y paraît – ou penser que vous êtes un Héraut – à voir la manière dont vous avez abusé de vos forces. Venez, mon enfant, continua-t-elle bien que Karal ne fût pas beaucoup plus jeune qu'elle. Vous devriez vous mettre au lit.

— Je suis content de vous entendre dire ça, fit An'desha, soulagé. Suivez-moi, je vous prie.

Karal se coucha et but les potions que la guérisseuse avait sorties de son sac. Il cligna des yeux pendant que la jeune femme donnait des instructions à An'desha et lui remettait diverses fioles. La guérisseuse – elle ne s'était pas présentée – laissa également au Shin'a'in une liste des aliments qu'il devait manger.

— Il ne pourra pas suivre ce traitement très longtemps, dit-elle. Au-delà d'une semaine, ces herbes peuvent être dangereuses. Néanmoins, je doute qu'il doive en prendre plus de trois ou quatre jours. Après, les autres potions et une nourriture adaptée feront le reste.

— A condition que nous puissions empêcher Jarim d'anéantir tous nos efforts, marmonna Natoli.

La guérisseuse lui jeta un regard perplexe.

— Elle réfléchissait à voix haute…, dit An'desha. Merci beaucoup de vous être déplacée. Nous vous sommes très reconnaissants.

— Je suis reconnaissante au Héraut Talia de nous avoir demandé de l'examiner avant que son estomac commence à saigner. Ce genre de maladie est dix fois plus pénible à guérir.

« Bonne nuit !

Quand la jeune femme eut disparu dans la nuit, Natoli se tourna vers An'desha, visiblement mécontente.

— Toute ma vie, j'ai entendu dire que les guérisseurs pouvaient soigner presque tout. On m'a rebattu les oreilles avec leur don de ressouder les fractures et de refermer les plaies !

— Et alors ? demanda An'desha en se dirigeant vers l'escalier.

— Alors, pourquoi n'a-t-elle rien fait ? demanda la jeune fille en lui emboîtant le pas. Elle s'est contentée de le regarder et de lui faire boire quelques horribles potions ! Voilà des jours qu'il a une tête de déterré, et il ne semble pas aller mieux depuis sa visite ! Pourquoi n'a-t-elle rien tenté pour le soulager, sans devoir lui imposer un traitement et tout ce repos ?

An'desha s'arrêta et se tourna vers elle, essayant de trouver une image qu'elle comprenne.

— Construirais-tu une machine à vapeur pour chauffer à longueur de journée les théières de la salle du Grand Conseil ?

— Non. C'est le boulot des pages ! Quel rapport avec la guérison ?

— Il est inutile de dépenser beaucoup d'énergie pour traiter une affection que quelques herbes et un peu de repos peuvent soigner. La vie de Karal n'est pas en danger, après tout… La guérisseuse a utilisé ses ressources logiquement. Tu ne lui dirais pas merci si *La Rose des Vents* brûlait cette nuit et qu'elle ne puisse pas soigner tes amis, parce qu'elle aurait dépensé inutilement son énergie. Elle a fait ce qu'elle avait à faire. Ça n'était pas une façon détournée de léser Karal…

« Tu sais bien que Talia n'aurait pas choisi une guérisseuse qui se serait laissée embobiner par Jarim.

— Je suppose que je suis trop méfiante… Et j'oublie sans cesse que les guérisseurs ne travaillent pas comme les mages.

— Et pourtant, si… Tu as l'habitude de voir des Adeptes et des Maîtres, coupa An'desha en commençant à monter les marches. Les apprentis et les Compagnons – et ce que nous appelons les « sorciers de la terre », par exemple – sont tributaircs de leur propre réserve d'énergie, sauf s'ils sont extrêmement sensibles aux flux qui les entourent. Même alors, ils ne peuvent pas utiliser les lignes de magie ou les nodes qui se forment à leur intersection. Seuls les Maîtres peuvent se servir des premières, et les Adeptes des deux. Mais de nombreux mages travaillent très bien avec leur seule énergie.

Natoli secoua la tête, frustrée. Le Shin'a'in se tourna de nouveau vers elle alors qu'ils arrivaient dans le salon de l'*ekele*.

— Tout ça est soumis à des règles. C'est parfaitement logique ! Ne sois pas comme Flammechant, qui refuse de croire que les énergies magiques obéissent à des lois. Une personne naît avec la capacité de devenir un Adepte. En quoi est-ce plus extraordinaire que de venir au monde avec des dons de sculpteur ou d'ingénieur.

— Ce n'est pas logique, grogna Natoli. Les gens devraient naître égaux.

— Maintenant, c'est *toi* qui es illogique ! Parce que le monde ne suit pas la formule que tu crois être exacte, tu penses qu'il doit être ignoré !

Natoli ne répondit pas, mais il l'entendit marmonner entre ses dents – et sans doute pas un compliment. Mais il s'en fichait. Il aimait taquiner la jeune fille, qu'il trouvait trop sérieuse pour son propre bien.

Un peu comme moi, d'une certaine façon…

Il ignora ses marmonnements et se dirigea vers la chambre qui avait déjà servi de refuge temporaire à Karal.

Le Karsite était toujours réveillé. Mais An'desha savait qu'il perdrait la bataille contre les potions de la guérisseuse.

— Tu devrais dormir, dit-il en s'asseyant près de son ami, sur la paillasse shin'a'in.

Natoli s'agenouilla à côté de lui.

— Je suppose, répondit Karal en bâillant à se décrocher la mâchoire. C'est drôle. Je *voulais* être malade, pour pouvoir… rester au lit… et…

— Eh bien, tu *es* malade, et tu *vas* rester au lit, fit Natoli. Inutile de lutter.

Karal sourit comme un enfant.

— Je n'en avais pas l'intention… Je voulais juste vous dire merci.

— Il n'y a pas de quoi, répondit An'desha, alors que Natoli se contentait de tapoter la main du Karsite. Et maintenant, dors.

Pour éviter toute objection, il éteignit la lampe d'une pensée. Puis il se leva, abandonnant Karal et Natoli en tête-à-tête sous la faible lumière venant du couloir.

An'desha redescendit dans le jardin, laissant la jeune fille retrouver seule la sortie. Karal et elle n'avaient pas eu beaucoup d'intimité, depuis quelques semaines. Il était temps qu'ils aient une petite conversation – avant que le prêtre ne cède aux potions.

Je leur donnerai une meilleure chance plus tard, se promit-il.

Quant à lui, il avait quelques idées et besoin de calme pour y réfléchir. La première, c'était d'essayer quelque chose qu'il n'avait pas tenté depuis que Fléaufaucon avait sauté hors de son corps mourant.

Il attendit, regardant la fontaine, jusqu'à ce que Natoli descende, enveloppée dans son manteau. Elle ne remarqua pas sa présence et il n'interrompit pas son introspection. Quand elle fut sortie, il laissa le bruit de l'eau le bercer jusqu'à ce qu'il parvienne à un état semi-conscient propice à la transe.

Puis il chercha les Sentiers de Lune.

Il n'était pas sûr qu'on lui permettrait de les trouver. Après tout, seuls les chamanes, les Promis à l'Epée et les Promis à la Déesse y avaient normalement accès. Les Avatars lui avaient appris à les atteindre, pour les rencontrer en toute sécurité pendant que Fléaufaucon dormait.

Il projeta son esprit *hors* de son corps, vers cette distorsion familière de la réalité…

Soudain, il fut debout sur un sentier de sable argenté, entouré par une brume grise qui luisait comme une perle.

J'y suis arrivé ! triompha An'desha.

Comme il n'était pas sûr que les Avatars se montreraient, il décida d'aller à leur rencontre. Leur relation avec lui avait changé depuis qu'il était à Valdemar. Ils répondaient de manière détournée à ses questions – quand ils le faisaient. Désormais, au lieu de le former ou de lui donner des réponses, ils lui accordaient des indices, afin qu'il les trouve lui-même.

Mais ses questions étant devenues plus difficiles, les réponses étaient souvent très subjectives. Car il essayait de savoir ce qu'il voulait faire de sa vie en fonction des choses qu'il découvrait.

J'apprends ce que je suis en déterminant ce qu'était Fléaufaucon, pourquoi il faisait ce qu'il faisait, pourquoi il pensait ce qu'il pensait, et en prenant délibérément la direction opposée.

Pour le moment, il avait besoin de réponses *simples*. Il espérait que les Avatars, et surtout Tre'valen, pourraient l'aider. Après tout, le problème, c'était Jarim, un Shin'a'in – et n'étaient-ils pas les Avatars de la déesse ? Si Jarim recevait la visite de Tre'valen, et qu'il lui dise qu'il se trompait au sujet de Karal, cela ne résoudrait-il pas le problème ?

Enfin, il espérait...

Il envoya ses pensées dans la brume, cherchant ses professeurs. Il était impossible d'évaluer le temps, mais la réponse ne se fit pas trop attendre.

Deux colonnes de lumière apparurent devant lui. Un frisson les parcourut, et elles se solidifièrent pour former deux silhouettes. Un mâle et une femelle. L'homme était un Shin'a'in, mais pas la femme. La cascade de cheveux argentés qui lui tombait dans le dos caractérisait une Tayledras – ou Tale'edras, en shin'a'in –, comme Flammechant et Ventnoir.

Les Avatars avaient une apparence humaine, mais des ailes de feu se devinaient dans leur dos. Une lumière divine émanait d'eux, et leurs yeux n'avaient ni blanc ni iris, comme des champs d'étoiles, profondeurs obscures où brillaient des étincelles...

Quand les Shin'a'in appelaient leur Déesse aux Quatre Aspects « La Dame Aux Yeux Etoilés », ils voulaient dire exactement cela. Ses Avatars et Elle avaient tous le même regard. Ainsi, ils étaient reconnaissables au premier coup d'œil – et on avait assuré à An'desha que c'était impossible à contrefaire.

— Eh bien, petit frère. (Tre'valen croisa les bras – un geste étrangement humain – et regarda son élève, l'air approbateur.) Tu n'as pas oublié tes leçons.

— Je n'aurais jamais osé venir ici, si ça n'avait pas été urgent, répondit An'desha. Je vous prie de...

— Oh, nous savons cela ! coupa Aubefeu en riant. Tu manques beaucoup trop d'assurance ! Allez, dis-nous pourquoi tu es venu.

— C'est au sujet de mon ami, Karal. L'ambassadeur shin'a'in qui remplace Querna lui fait des ennuis.

Très vite, car il avait répété son discours, il leur exposa la situation. Tre'valen et Aubefeu l'écoutèrent. Quand il eut fini, leur réponse fut une énorme déception.

— Je suis navré, petit frère, mais nous ne pouvons rien

faire pour t'aider, dit Tre'valen. Pour ton bien et pour celui de ton ami, j'aurais aimé qu'il en aille autrement… Toi et tous ceux qui sont impliqués dans cette triste histoire devrez vous en sortir seuls.

— Nous pouvons intervenir seulement si Elle sait que les conséquences seront catastrophiques, ajouta Aubefeu. Je suis désolée.

An'desha soupira, mais il ne prit pas la peine de les supplier.

J'ai été élevé dans la croyance que la déesse accorde son aide aux mortels au moment où il ne leur reste aucune autre solution. Tout ça ne devrait pas m'étonner…

Il arrivait à la Déesse d'accorder son aide *après* que le prix en vies eut été payé. Mais cela aussi, il l'avait toujours su.

Il n'aurait pas dû être si déçu. Mais il l'était, et ils le virent dans ses yeux. An'desha pensa au pauvre Karal, allongé sur sa paillasse, pâle et maigre à force d'essayer de faire son travail et d'échouer. Il pensa aussi à Jarim, qui le méprisait – un sang-mêlé, quelle horreur ! – et regardait le jeune Karsite avec une haine irraisonnée.

— Elle éprouve trop durement Karal, et son Dieu fait la même chose ! s'écria An'desha. Est-ce juste ?

Tre'valen se contenta de le regarder calmement.

— Juste ? répéta l'Avatar. Tu nous demandes si c'est juste ? Et… tu crois qu'Elle et Lui sont responsables de tout ça ?

An'desha ne répondit pas.

— Crois-tu qu'Elle dresse les hommes comme on dresse les chevaux, qu'Elle leur impose une épreuve après l'autre pour voir s'ils pourront tenir le coup, ou s'ils vont tomber ? demanda Tre'valen. Crois-tu que le Dieu du Soleil est un comptable, notant dans son registre ce qui est juste et ce qui ne l'est pas, portant d'un côté les débits, et de l'autre les crédits ?

— Il a été dit…, commença le jeune mage.

— Par des hommes, coupa sévèrement l'Avatar. Par des hommes, An'desha, qui ont un point de vue étroit sur le monde et pensent que les dieux sont comme eux. Des hommes qui mettent leurs propres paroles dans la bouche des dieux.

« Non. Ils sont contraints, par Leur volonté, à nous donner la liberté de faire nos propres choix, quoiqu'il en coûte. Nous sommes Leurs oisillons, mais quand l'heure est venue de quitter le nid, Ils ne peuvent pas voler avec nous. Ni pour nous. Le monde est tel que nous le faisons, car il nous a été donné… Comme ta tente est ce que tu en fais, car elle t'a été donnée. Tu peux la garder toujours nette et en état, ou laisser les piquets se fendre et les peaux pourrir. C'est la vérité. Une dure vérité, mais elle est souvent difficile à accepter.

An'desha rougit, se sentant obscurément honteux de son éclat.

— Quand nous avons laissé derrière nous les liens de ce monde, les dieux peuvent agir – ou quand les événements sont si terribles que rien de ce que l'homme tente n'aurait d'influence. Or, la situation qui t'amène n'en est pas encore à ce point-là.

Tre'valen fit un sourire chaleureux au jeune mage, qui rougit de nouveau avec l'impression d'avoir été gentiment réprimandé pour quelque chose qui aurait dû lui paraître évident.

— Plusieurs voies s'ouvrent devant toi, dit Aubefeu. Pense à tous les amis que vous avez, Karal et toi. Ceux qui ne se laisseront pas abuser par les discours d'un homme haineux.

« La guérisseuse raconte partout que Karal est un pauvre jeune homme poussé à la limite de son endurance, et son histoire trouve autant d'oreilles compatissantes que les autres. Songe à celles que tu pourrais toucher aussi…

Elle avait raison. Et pendant que Karal récupérait, Jarim ne pourrait pas le prendre pour cible.

Et si je devais devenir sa prochaine cible… Hum, il aurait affaire à moi, et à Flammechant, qui n'a pas son pareil pour démasquer les imbéciles.

Cette pensée le fit sourire.

Pourtant, il ne lui serait pas si facile de défendre l'honneur et l'honnêteté de Karal à la cour de Valdemar. Il ne s'y était jamais vraiment senti à sa place, sauf pendant les crises, et uniquement parce qu'il n'avait pas le temps de penser.

Mais je suis shin'a'in. Jarim ne peut nier mon héritage. Et plus que quiconque, je peux me porter garant pour Karal. Ne l'ai-je pas vu avec son maître ? Ne m'a-t-il pas fait traverser ma propre obscurité ? N'a-t-il pas mis sa vie en danger pour protéger son pays et tous ceux de l'Alliance ? Je peux parler de ces choses que tout le monde a si commodément oubliées.

— Tu as toutes les ressources nécessaires pour résoudre le problème sans notre intervention, petit frère, dit Aubefeu. Il te reste à découvrir où regarder et à qui tendre la main…

Tre'valen éclata de rire.

— Et à qui poser des questions… Puis à en prévoir les réponses, et à les affronter. Après tout ça, l'univers te paraîtra un endroit où il fait bon vivre !

An'desha se surprit à rire avec les Avatars, sa honte oubliée. Il comprit en cet instant qu'il se sentait plus à l'aise en leur présence qu'il n'aurait jamais osé en rêver.

— Nous sommes tes amis, An'desha, dit Aubefeu, comme si elle avait lu dans ses pensées.

Il hocha la tête, éprouvant la même chaleur que lorsqu'il était en compagnie de Karal. Ils *étaient* ses amis, au même titre que ses professeurs et ses guides… Le gouffre qui séparait l'élève de ses mentors se comblait-il un peu plus à chaque instant ?

— Bien assez tôt, dit énigmatiquement Tre'valen.

Oui, c'était possible…

Une certitude demeurait : la situation n'était pas désespérée, même si Karal avait atteint ses limites. La réticence et la détermination du jeune prêtre à ne jamais montrer ses difficultés avaient joué contre lui. La plupart de ses amis n'avaient sans doute pas eu conscience de l'enfer qu'il vivait. Mais maintenant, ils savaient, et il était temps de les organiser afin qu'ils puissent agir.

Les griffons ! Ils aiment beaucoup Karal… Et Jarim n'est pas assez brave pour risquer de se les mettre à dos ! Il faut que je leur parle. Ils ont le droit de savoir ce qui se passe…

— Tu commences à voir les options qui s'offrent à toi, l'encouragea Tre'valen. Retourne à l'endroit où tu pourras être utile.

— Mais reviens nous voir, petit frère, ajouta Aubefeu alors qu'An'desha se tournait pour partir. Les Sentiers de Lune te sont accessibles à tout instant.

An'desha se concentra pour retourner dans son corps.

Alors qu'il ouvrait les yeux, dans le jardin de l'*ekele*, il pensa à la signification de la dernière phrase de l'Avatar.

Les Sentiers de Lune te sont accessibles à tout instant. Les Sentiers de Lune... Tous les Shin'a'in pouvaient y marcher, mais seulement les nuits de pleine lune. Ainsi, les paroles d'Aubefeu signifiaient qu'il avait désormais un statut spécial, comme s'il était Promis à la Déesse, à l'Epée...

... Ou à devenir un chamane.

An'desha rendit visite à Karal le lendemain matin, dès que Flammechant fut parti. Le jeune Karsite, à peine réveillé, était incapable de penser clairement. Il parlait par monosyllabes, et bâillait entre chaque phrase. Cela le rendait docile – un grand bien, selon le Shin'a'in.

— Peux pas me lever, se plaignit Karal, avant de bâiller. Trop fatigué.

— Alors, reste au lit. Je vais t'apporter ton petit déjeuner.

An'desha sortit avant que son ami ait pu protester. Il s'assura que Karal mangeait, la nourriture facile à digérer recommandée par la guérisseuse, puis il lui fit prendre ses remèdes. Il l'abandonna avec un livre pour aller préparer son propre repas. Quand il revint, le prêtre dormait. An'desha sourit, et ressortit sur la pointe des pieds.

Bien. Il ne devrait pas se réveiller avant l'après-midi. Ça me laisse le temps d'aller écouter ce qui se raconte.

Au lieu de revêtir une tenue shin'a'in, il fouilla dans sa garde-robe et trouva une tunique brune et un pantalon noir qui devraient se fondre admirablement dans le décor. Il ne pouvait rien faire pour ses cheveux, mais s'il les attachait et rasait les murs, il serait beaucoup moins voyant.

Il prit part – ce qui ne lui arrivait jamais – à la Cour du Matin, veillant à rester au fond de la salle. Il s'était placé non loin des Maîtres des Guildes, et tendit l'oreille – sans la moindre honte – quand il entendit prononcer le nom de Karal.

— ... le Karsite n'est pas dans sa chambre, annonça le maître orfèvre. Les serviteurs disent qu'il n'y est pas rentré de la nuit. Je crains que ça ne confirme les accusations du Shin'a'in.

— Vos informations sont incomplètes, répondit une femme qui portait le tabard de la Guilde des Tisserands. Le Karsite n'est pas dans sa chambre parce qu'il s'est effondré, la nuit dernière. Les guérisseurs se sont occupés de lui. Ils disent que la douleur et le stress l'ont rendu malade.

A la façon dont elle regarda le maître orfèvre, il parut évident à An'desha qu'ils étaient des rivaux de longue date.

— En quoi cela infirme-t-il les accusations de Jarim ? répliqua l'homme avec un grand geste qui faillit faire tomber le chapeau d'un page. Si j'étais un espion impérial, je serais stressé, ça oui ! Quant à sa prétendue douleur, nous n'avons que la parole des guérisseurs.

— Vous mettriez en doute l'honneur du Héraut de la Reine, qui affirme la même chose ? lança la femme en croisant les bras. Parce qu'on pourrait se demander à qui va *votre* loyauté…

Le maître orfèvre lui sourit, l'air supérieur.

— Il est quand même étrange que le garçon ait survécu, et pas son maître, et qu'il soit devenu le nouvel ambassadeur. N'oubliez pas que les tempêtes magiques ont commencé peu de temps après son arrivée, et qu'il prêche la paix avec les monstres responsables de la mort de son maître.

Apparemment, le maître orfèvre n'était pas du tout dissuadé par la véhémence de la maîtresse tisserande. Il semblait bien que l'affaire Karal lui permettait de régler ses comptes.

Les deux maîtres étaient entourés par des courtisans et d'autres artisans de hauts rangs. An'desha étudia leurs visages, qui exprimaient tous la même sombre inquiétude.

Ils pensent que la maladie de Karal est une confirmation des accusations de Jarim.

An'desha savait que son visage aussi exprimait de l'inquiétude, mais pour une tout autre raison. Il espérait qu'assez de gens connaissaient suffisamment Karal pour ne pas croire aux inepties colportées sur son compte.

Les deux maîtres continuèrent leur joute verbale, mais en passant à un autre sujet. An'desha s'éloigna et circula parmi les courtisans, se demandant ce qu'il pouvait faire pour mettre un terme à cette situation. Karal avait des amis dans la foule, et ils se faisaient entendre. Même Treyvan fit une apparition, pour une brève déclaration de soutien au jeune Karsite.

Mais les partisans de Jarim parlaient plus haut et plus fort, et il était difficile de leur prouver qu'ils avaient tort. Les fidèles de Karal n'avaient que leurs sentiments pour le défendre, et bien peu de faits pour les étayer, alors que ceux de Jarim pouvaient oser les pires spéculations.

An'desha se demanda s'il n'allait pas assister au Grand Conseil, sachant que Jarim y ferait le procès de Karal. Il n'était pas juste que le Shin'a'in bénéficie d'une voie officielle !

Il y pensa pendant toute la Cour du Matin, et décida finalement de profiter de sa position pour parler au prince Daren.

Le jeune mage attendit que la cour se retire et se fraya un chemin dans la foule jusqu'aux portes des chambres de la reine. Là, il demanda une audience privée au prince consort.

Il attendit dans l'antichambre lambrissée, sous le regard de deux gardes qui ne l'avaient visiblement pas reconnu dans ces tristes vêtements. Il se demanda si le prince le recevrait, ou si quelque subordonné, ne le connaissant ni de nom ni de rang – et trompé par son allure – l'intercepterait au passage.

On me demandera probablement de repasser plus tard, ou d'attendre la réunion du Grand Conseil, se dit-il. *Si Flammechant était là à ma place…*

— Messire ? (Un page passa la tête dans la porte entrebâillée, les faisant sursauter, les gardes et lui.) Vous êtes prié d'entrer immédiatement, messire.

Alors que les gardes le regardaient avec étonnement, se demandant qui il pouvait être pour recevoir un pareil accueil, An'desha n'attendit pas une seconde invitation. Le page ouvrit la porte et il se glissa dans la salle de réception des quartiers de la reine.

Apparemment, il n'était pas le seul à ne pas perdre de temps. Au lieu de lui envoyer un serviteur, le prince Daren l'attendait en personne, la main tendue en signe de bienvenue.

— An'desha ! s'exclama-t-il en lui serrant chaleureusement la main. Talia nous a avertis de ce qui s'est passé la nuit dernière. Comment va Karal ? Elle n'a pas pu nous dire s'il allait se remettre vite.

Il indiqua un fauteuil placé près d'une petite table en marbre, invitant son visiteur à s'asseoir. Lui-même resta debout, visiblement incapable de rester en place.

— Il est malade, et pour l'instant il dort, Altesse, répondit An'desha. D'après les guérisseurs, son corps récupérera, mais c'est à nous de régler la situation. Si nous ne faisons rien, il s'effondrera de nouveau sous la pression.

Daren passa la main dans ses épais cheveux blonds et soupira.

— Je craignais qu'il soit plus mal qu'on nous l'avait annoncé, dit-il, soulagé. C'est un bon garçon, mais beaucoup trop enclin à dissimuler ses blessures. J'ai l'intention d'empêcher Jarim de porter des accusations contre lui pendant les réunions du Grand Conseil. S'il insiste, j'userai de ma position de représentant de la reine pour annuler les séances jusqu'à nouvel ordre.

Il eut un sourire amer.

— Nous pouvons nous passer de bavarder pendant une semaine ou deux. Kerowyn, les mages et les ingénieurs font tout. Franchement, si nous n'avions pas à tenir tout le monde au courant de nos progrès, et si nous n'espérions pas encore un miracle, le Grand Conseil ne se réunirait pas si souvent. Je ne serais pas mécontent d'avoir un prétexte pour annuler ces réunions. C'est une telle perte de temps…

Plus audacieux que jamais, An'desha osa une question qu'il savait n'avoir aucun droit de poser.

— Altesse, avez-vous des nouvelles de Solaris ? Je ne peux pas croire qu'elle ignore ce qui se passe ici. Elle nous a prouvé par le passé qu'elle avait des moyens d'information.

Daren le regarda bizarrement.

— Oui, répondit-il. Ce matin, j'ai trouvé sur mon bureau un message qui n'était pas là hier, et qu'aucun page ou messager n'a pu apporter. Vous devriez le répéter mot pour mot à Karal. (Il marqua une pause.) Il disait : « Karal reste. » Et il était signé de la main de Solaris. J'ignore ce que je dois en faire, mais sa signification est claire.

— Karal est toujours son représentant. Peut-être le maintient-elle en place le temps que la crise actuelle soit passée, pour éviter de donner raison à ses détracteurs.

— Je l'espère… (Daren était trop bien éduqué pour faire les cent pas, mais il dansait d'un pied sur l'autre.) Nous avons fait tout ce que nous pouvons pour qu'il ait l'autorité correspondant à sa position, mais il doit affronter des gens qui n'étaient pas là à son arrivée…

Le jeune mage grimaça et changea de sujet. Le prince et lui parlèrent de ce qu'ils pouvaient tenter pour redorer le blason de Karal. Mais l'un et l'autre durent admettre qu'ils étaient handicapés par les préjugés de Jarim.

— Je vais voir ce que je peux faire pour qu'il soit rappelé et remplacé par un chamane ou un Promis, conclut le prince. Mais cela prendra du temps, et il pourra encore distiller son poison.

— Nous devons trouver un antidote. (An'desha hésita, puis haussa les épaules.) Je ne vois rien d'autre à dire pour le moment.

— Moi non plus, admit Daren. Mais merci d'être venu me voir. Vous m'avez donné des raisons d'agir. Jarim n'est pas un mauvais homme, mais c'est un épouvantable ambassadeur. Je suppose que les Shin'a'in n'ont pas beaucoup d'expérience pour choisir leurs représentants.

An'desha se leva en riant.

— Je ferais un bien meilleur ambassadeur que lui, je le crains. (Devant le regard soudain intéressé de Daren, il s'empressa d'ajouter :) Les clans n'accepteraient jamais d'être représentés par un mage. Aucun Shin'a'in n'a le droit de pratiquer la magie, à part les chamanes.

— Pourtant, un mage ayant enduré mille fois plus de tourments que cent guerriers a toutes les qualités qui font défaut à Jarim…, répliqua Daren.

An'desha secoua la tête, remercia le prince de l'avoir reçu, puis prit congé. Il faisait confiance à Daren pour garder Jarim en laisse…

Il rentra à l'*ekele* et trouva Karal assis dans le jardin. Le soleil entrait à flot par les fenêtres, transformant un coin d'herbe en tapis vert doré. Le jeune Karsite y avait amené des coussins et sa couverture.

— Que fais-tu là ? demanda sévèrement An'desha, les poings sur les hanches. La guérisseuse a dit que tu devais rester coucher.

Karal eut l'air penaud, mais il ne détourna pas les yeux.

— Je n'arrivais plus à dormir. Je te promets de rester ici, mais je ne prendrai plus de potions, car je déteste avoir l'esprit embrumé à ce point-là. (Il supplia An'desha du regard.) Je ferai la sieste, si je peux, mais je refuse d'y être forcé. Les remèdes... (Il hésita.)... ils me font rêver de... de la frontière d'Iftel.

An'desha frissonna. Une expérience qu'il n'avait pas envie de se rappeler... Et il savait qu'elle avait été bien pire pour Karal.

— D'accord... J'admets que je n'étais pas rassuré à l'idée de te laisser seul ici, endormi et faible. Kerowyn t'a donné assez de cours d'autodéfense pour que tu puisses te débrouiller en cas de visite inattendue alors que tu es réveillé... A condition que quelqu'un puisse tromper la vigilance des Compagnons.

Il marqua une pause, puis continua :

— Le prince Daren m'a demandé de te dire qu'il a reçu un message de Solaris ce matin. Deux mots : « Karal reste ». Y a-t-il quelque chose à comprendre ?

Karal secoua la tête.

— J'ai un plan, continua An'desha, mais il faudra plusieurs jours avant de pouvoir le mettre à exécution. Pendant ton sommeil, tous tes amis se sont fait tes avocats. Tu n'es pas seul ! Si je leur disais que tu peux recevoir des visiteurs, ils se précipiteraient ici. (Voyant de l'espoir dans le regard de son ami, il ajouta :) Je crois savoir que Natoli aimerait beaucoup te tenir compagnie.

Karal rougit, confirmant les soupçons d'An'desha. Ainsi, il y avait bien *quelque chose* entre ces deux-là.

Bien. Très bien. Il était temps, pour l'un comme pour l'autre. Natoli s'est fondue dans la masse trop longtemps d'autant plus qu'elle n'est pas plus she'chorne *que Karal.*

— En attendant, je t'ai apporté des livres qui ne parlent pas de politique, de magie ou de guerre. (Il posa les trois volumes sur l'herbe, près de son ami.) Lis-les sans penser à rien. Moi, je vais sortir exercer ma ruse shin'a'in.

Karal ne put s'empêcher de rire, car les Shin'a'in avaient la réputation d'être le peuple le plus honnête de l'Alliance. « Aussi franc qu'un Shin'a'in », voilà le dicton qu'avait souvent entendu An'desha.

Les Alliés ignoraient que la franchise pouvait être aussi redoutable que la ruse, une demi-vérité étant aussi dangereuse qu'un mensonge.

Les trois jours suivants, An'desha laissa la protection de Karal à ses autres amis, et se concentra sur Jarim. Il croyait avoir trouvé un moyen d'atteindre cet homme. L'ambassadeur n'était pas très différent du chef guérisseur de son clan. Tor'getha n'était pas méchant, mais prompt à tirer des conclusions hâtives et à voir des ennemis partout. Pourtant, quand on lui donnait la preuve qu'il avait tort, il l'acceptait aisément.

Pour commencer, An'desha devait établir qu'il était ce qu'il prétendait être, pas un vagabond sans attache prétendant avoir du sang shin'a'in pour profiter des circonstances. Vêtu de manière conservatrice, mais dans un style indéniablement shin'a'in, il commença à tourner autour des groupes auxquels se mêlait Jarim, afin d'être presque toujours dans son champ de vision. L'endroit où logeait Karal n'était connu de personnes – à part ses plus proches amis. L'ambassadeur ne pouvait donc pas savoir qu'An'desha donnait l'hospitalité à son « traître ». Au bout de trois jours, Jarim cessa enfin de pincer les lèvres chaque fois qu'il voyait le jeune mage, et le regarda avec une expression perplexe, comme s'il se demandait ce qu'il voulait.

An'desha le laissa se poser des questions. Pour réussir, son plan exigeait que ce soit Jarim qui l'aborde. Le jeune homme se sentait comme les chasseurs de faucons qui s'enterraient dans le sable ou les feuilles, un pigeon vivant dans la main pour attirer leur proie. Quand le faucon descendait, le véritable combat s'engageait... Mais avec un peu de chance, *sa* proie lui donnerait moins de fil à retordre.

Enfin, sa patience fut récompensée. La proie vint inspecter le leurre de plus près. Jarim l'intercepta l'après-midi du troisième jour d'absence de Karal, alors qu'il quittait le Palais pour rentrer à l'*ekele*.

L'ambassadeur shin'a'in l'attendait près de la porte du jardin.

— An'desha, j'aimerais vous parler…

Jarim se tut, embarrassé, et chercha ses mots.

— Vous prétendez avoir du sang shin'a'in, pourtant vous n'avez pas l'air d'un Shin'a'in, même si vous imitez nos coutumes et notre façon de nous vêtir, et si vous parlez fort bien notre langue. Je… je suis le représentant des clans à Valdemar, et je ne tolérerai pas qu'un imposteur prétende y appartenir…

An'desha sourit. Exactement l'ouverture qu'il espérait !

— Mon père s'appelait Le'kala shena Jor'ethan, répondit-il calmement. Ma mère était une tisserande hors-clan qui vivait à Kata'shin'a'in. On m'a dit que mon père avait la bougeotte, ce qui l'amenait souvent au bord des Plaines, où il se mêlait aux étrangers. (Il s'humecta les lèvres.) Ma mère est morte en me mettant au monde, alors mon père m'a ramené dans son clan pour que je sois élevé comme un fils de l'Ours.

— Un sang-mêlé, donc…, commença Jarim, s'apprêtant à lui refuser le statut de membre du clan.

An'desha le coupa net.

— J'ai plus de sang shin'a'in que la plupart des Tale'sedrin, répondit-il. Vous ne pouvez pas le nier. Depuis quand la Déesse a-t-elle créé des hommes du clan aux cheveux roux ou blonds et aux yeux verts ? Ces caractéristiques sont l'héritage de Kethry shena Tale'sedrin. Et si vous niez que les Tale'sedrin sont du Sang, vous devrez en répondre devant Kal'enel, car c'est elle qui a décrété que Ketryveris avait prêté serment par le sang au clan.

Avale ça, vieil homme ! Pas un Shin'a'in n'oserait dire que les Tale'sedrin ne sont pas entièrement du Peuple. Et pourtant la graine du clan est venue d'une femme et d'un homme qui n'avaient jamais entendu parler des Shin'a'in avant d'atteindre l'âge adulte !

Ne trouvant rien à répondre à cela, Jarim fit la grimace.

— Depuis quand la Déesse a-t-elle décrété qu'un homme

du Peuple pouvait avoir des yeux de chat ? dit-il finalement. Ou des cheveux blanchis par la magie ?

An'desha se décida pour la tactique la plus audacieuse.

— Fermerez-vous votre esprit à cause de ce que vos yeux vous montrent, comme si vous étiez un hors-clan qui croit seulement ce qu'il voit ? Ou écouterez-vous mon histoire pour apprendre ce qui s'est passé loin de votre regard ?

Jarim se raidit. Personne ne l'avait défié ainsi depuis son arrivée à Valdemar, et An'desha le savait. Mais le jeune homme avait agi avec doigté, en appelant au sang et au clan – et à la tradition qui voulait qu'un Shin'a'in entende *toujours* l'histoire d'un de ses congénères avant de le juger.

— Venez dans mes appartements… J'écouterai votre histoire.

Jarim se dirigea vers un escalier et An'desha lui emboîta le pas.

La suite du Shin'a'in était exactement telle que se l'était imaginé An'desha. Nue, selon les critères valdemariens, elle était néanmoins luxueuse pour quelqu'un qui avait toujours vécu sous une tente. Sur un geste de Jarim, le jeune mage s'assit par terre sur un coussin, adoptant immédiatement la position rituelle. La bouche de l'ambassadeur frémit. Apparemment, il pensait qu'An'desha ne serait pas capable de s'asseoir sur le coussin, et encore moins d'une manière qui identifiait aussitôt un Shin'a'in.

Intéressant… J'en arriverais presque à croire que cet homme n'a rien appris sur les gens qu'il côtoie ici… Se pourrait-il qu'il ait été envoyé sans préparation ?

Etait-ce pour cela qu'il avait tiré des conclusions si hâtives sur Karal ? Si c'était le cas, sa tâche serait d'autant plus facile.

— Que savez-vous de moi ? demanda An'desha.

— Je sais que vous prétendez avoir du sang shin'a'in, que vous vivez avec un sorcier tale'edras beaucoup trop beau et que vous avez vous-même les cheveux blancs des sorciers. J'ai cru comprendre que vous aviez participé à l'érection du brise-lames qui nous protège des tempêtes magiques.

An'desha ferma les yeux un instant.

Il ne sait rien ! Nous avons présumé, parce que les

Shin'a'in l'ont envoyé, qu'il était bien informé. Mais depuis le début, il travaille dans la plus parfaite ignorance, utilisant les bribes de connaissance qu'il a réussi à glaner par-ci par-là au hasard des conversations et se forgeant une idée fausse de la situation.

Cela semblait impossible, voire aberrant : envoyer un ambassadeur sans le former.

Mais beaucoup d'hommes des clans voyaient d'un mauvais œil ceux qui quittaient les Plaines. Peut-être n'avait-il pas trouvé nécessaire de se renseigner sur les gens avec qui il allait devoir travailler. Son rôle étant de protéger les intérêts des siens, il n'avait rien besoin de savoir sur les autres…

Comment lui dire ce qu'il devait savoir de manière à ce qu'il le croie ?

Finalement, il n'est pas comme le guérisseur, mais comme ce vieil ours, Vor'kela, le chamane de mon clan.

Soudain, An'desha sut comment présenter son histoire – et celle de Karal – de façon à ce que cet homme à l'esprit fermé ne puisse pas l'ignorer.

Il changea légèrement de position, prenant celle d'un chamane sur le point de raconter une histoire. Jarim répondit automatiquement, adoptant celle, attentive et soumise, de l'auditoire.

Il l'avait fait sans s'en rendre compte ! La position de son corps influencerait son esprit, le rendant plus réceptif. An'desha venait d'établir qui était le « maître », et il n'avait pas encore dit un mot !

Il commença son histoire par les paroles traditionnelles. Jusqu'ici, ils s'étaient exprimés en valdemarien, mais il parlait maintenant dans le langage des Plaines de Dhorisha.

— Ecoutez cette histoire avec votre cœur, car elle est aussi vraie que la Geste de la Déesse.

Les yeux plissés, il vit Jarim sursauter. An'desha connaissait les mots, mais aussi la cadence sur laquelle ils devaient être prononcés !

— Avant la Séparation des clans, en un temps où ils servaient un sorcier appelé le Mage du Silence, avant que les Plaines n'existent, le grand ennemi des Kal'enedral avait pour nom Ma'ar, l'Adepte Noir.

Peu d'histoires traditionnelles commençaient par ces mots, et An'desha n'allait pas s'arrêter là en matière d'innovation.

— Quand le Mage du Silence mourut, on crut que Ma'ar avait péri avec lui dans le Grand Cataclysme qui forma les Plaines. Ce que tous ignoraient, avant cette génération, c'était que l'esprit de Ma'ar survécut à la destruction de son corps... Et qu'il ne s'envola pas pour être pesé et jugé. Sorcier puissant et malfaisant, Ma'ar avait découvert un moyen de tromper la mort.

« Il cacha son esprit et son essence dans une poche de *ce* monde, continua An'desha. Là, il attendit qu'un enfant mâle de sa lignée prouve qu'il possédait le don de la magie en jetant un sort pour appeler le feu. A cet instant, la porte de sa cachette s'ouvrit, libérant son esprit, qui prit possession du corps du malheureux, détruisant son âme. Il modela alors la jeune enveloppe pour la rendre plus mâture, et arpenta le monde en pleine possession de ses pouvoirs et de ses terribles connaissances.

Jarim l'interrompit, contrevenant ainsi à la tradition qui interdisait qu'on coupe la parole à un chamane.

— Mais il n'y a pas de pire pêché ! s'écria-t-il. Ni de mal plus grand !

— A chacune de ses incarnations, Ma'ar fit des choses terribles, continua An'desha. Et il prit soin d'engendrer autant d'enfants que possible, afin d'avoir toujours plus de corps potentiel à sa disposition. *Nous* l'avons souvent rencontré, car la haine qu'il vouait au Mage du Silence rejaillissait sur son ancien allié, le Peuple.

Il avait à l'esprit la pire exaction de toute : un mage qui avait frappé les tentes du clan de Jarim, très longtemps auparavant.

— Peut-être avez-vous entendu parler de Sar'terixa le Fou, qui provoqua la mort de la moitié des jeunes guerriers du clan du Chat ? C'était Ma'ar, dans le corps qu'il avait volé à un jeune mage, à Kata'shin'a'in.

Jarim hocha lentement la tête.

— Ma'ar prit de nombreuses vies. Mais parfois, plusieurs générations passaient avant qu'un enfant mâle possédant les dons requis apparaisse. Un jour, un enfant métis naquit dans le clan de l'Ours. Son père shin'a'in lui donna le nom d'An'desha.

Jarim plissa les yeux mais ne dit rien. Encourageant…

— De sa mère, An'desha hérita du don de la magie, ce qui est interdit au sein des clans. Pire encore, il descendait de la dernière incarnation de Ma'ar, car la jeune fille, sans le savoir, était le fruit d'un viol. An'desha était un garçon stupide, même s'il ne voulait de mal à personne. Quand il sut qu'il possédait des pouvoirs magiques, il le cacha aussi longtemps qu'il le put. Il craignait de devoir suivre la voie du chamane, mais encore plus de perdre ses dons. Car de bien des manières, il n'était pas ordinaire du tout, et cela le séparait des autres. Il dissimula sa véritable nature, et quand il ne le put plus, il partit à la recherche des Tale'edras, afin d'apprendre à utiliser ses pouvoirs avec eux.

— Pourquoi cacher ses pouvoirs et fuir ? demanda Jarim avec une sincère perplexité. S'il était allé voir ses chefs, et s'il leur avait dit qu'il ne pouvait pas devenir un chamane, ni ignorer sa magie, ils l'auraient envoyé chez les Tale'edras avec une escorte. Aller vivre chez nos cousins quand on a le malheur de naître avec le don n'est pas un crime. J'enverrais mon propre fils aux Frères du Faucon s'il en exprimait le désir.

Eh bien, je n'en attendais pas tant ! Apparemment, il n'est pas si inflexible !

— Ainsi parle l'homme généreux dont le clan est vigoureux, répondit An'desha. Un homme dont le clan laisse ses oisillons voler dans la direction de leur choix. Mais le père qui n'a qu'un fils ne veut pas voir son sang quitter les Plaines et se joindre à celui des Tale'edras. Et le clan qui compte peu de membres ne peut se permettre de perdre un des siens. An'desha n'aurait pas eu le choix. Soit il perdait ses pouvoirs, soit il devenait un chamane…

Jarim réfléchit un instant. An'desha lui laissa le temps de digérer ses paroles. Elles eurent du mal à passer, mais l'ambassadeur hocha finalement la tête. Le jeune mage prit cette réaction pour une invitation à continuer son récit.

Je crois qu'il vient enfin de comprendre que tous les individus du Peuple ne sont pas parfaits.

— An'desha s'enfuit donc. Seul et apeuré dans la forêt

des Tale'edras, il essaya d'appeler le feu pour lui tenir compagnie…

— Et il fut possédé, dit Jarim.

— Oui, confirma An'desha. Mais cette fois, les choses furent différentes. An'desha ne lutta pas, car il n'était pas habitué à combattre. Il se dissimula dans les tréfonds de son propre esprit. Et Ma'ar, qui se faisait désormais appeler Fléaufaucon, crut qu'il avait été détruit.

— An'desha survécut…, dit Jarim. J'ai entendu parler de Fléaufaucon, et jamais en bien. On dit qu'il modela son corps pour ressembler à un homme-chat à la puissante carrure.

Il dévisagea le mage, comme pour l'encourager à admettre que c'était la raison de l'étrangeté de son regard.

— Oui, c'est bien ce qu'il fit, comme le prouvent encore mes yeux… An'desha resta prisonnier de son esprit, n'osant pas révéler sa présence à Fléaufaucon. (Il décida de survoler le reste.) Un jour, peut-être, je vous raconterai ce qu'il subit. Pour l'heure, je me contenterai de dire que son expérience fut plus terrible qu'il n'est possible de l'imaginer. Finalement, Fléaufaucon perdit la raison et il se fit des ennemis : le clan k'Sheyna, les clans de k'Valdemar et Flammechant k'Treva. Alors, les Kal'enedral commencèrent à s'intéresser à lui.

— Ça aussi je m'en souviens, confirma Jarim.

— Peu après, Fléaufaucon étant affaibli par sa folie, An'desha gagna un peu de liberté. Et c'est alors que des Messagers vinrent à lui.

Jusqu'où puis-je aller ? Hum, mieux vaut les lui décrire, et le laisser tirer ses propres conclusions.

— Il s'agissait de deux esprits, l'un appelé Aubefeu et l'autre Tre'valen.

— C'est un nom de clan…

An'desha se contenta d'acquiescer.

— Ils vinrent sous la forme de faucons vorcel, puis prirent leur apparence humaine. Ils lui apprirent à gagner les Sentiers de Lune, et leurs yeux étaient comme un ciel nocturne étoilé.

Il n'attendit pas les commentaires de Jarim, et enchaîna rapidement sur la fin de cette partie de l'histoire.

— Ils l'aidèrent pour qu'il prête main-forte aux autres,

venus détruire Fléaufaucon. Puis, quand tous furent de retour, sains et saufs, à Valdemar, Ils revinrent pour lui. En guise de récompense, Ils lui rendirent son apparence originelle, lui laissant ses yeux de chat pour que tous ceux qui le verraient, et lui-même, sachent ce qu'il avait été, ce qu'il avait enduré, et le prix qu'il avait payé.

« Vous savez désormais pourquoi je suis tel que vous me voyez aujourd'hui. Je vous ai raconté cette histoire, afin que vous appreniez...

Jarim resta longtemps silencieux.

An'desha attendit patiemment. Ce mutisme était un signe positif : ça signifiait que Jarim réfléchissait à ce qu'il venait d'entendre.

Heureusement pour An'desha, les pensées de Jarim ne s'étaient pas concentrées sur sa transformation, mais sur Ceux qui l'avaient accomplie.

— C'étaient des Avatars, dit-il à contrecœur. Vous avez été touché par Ses Avatars.

An'desha se contenta de hausser les épaules.

— Je ne porte aucun jugement, et vous pouvez vérifier mon histoire. Quasiment tous ceux qui ont assisté à ma transformation sont encore à la cour. Vous pouvez consulter Ventnoir et Flammechant...

— Mais... si le corps d'An'desha a servi d'hôte à Fléaufaucon... il... vous... êtes plus vieux que vous en avez l'air.

— Bien qu'Ils aient choisi de ne pas effacer les souvenirs de ma mémoire, les Avatars ont décidé de me rendre les décennies qui m'avaient été volées.

Pensez à ça, Jarim ! Dites-vous qu'une personne peut sembler très jeune et avoir une expérience qui dépasse le nombre de ses années.

— Si vous êtes prêt à en entendre davantage, je vais passer à l'autre histoire.

L'ambassadeur fit un geste qu'An'desha choisit d'interpréter comme un signe d'assentiment.

An'desha se leva, et Jarim l'imita aussitôt.

— J'aimerais vous montrer quelque chose, dit le jeune mage. Voulez-vous m'accompagner ? Avec ce froid, rester trop longtemps assis n'est pas bon pour les os.

Jarim prit son manteau et tendit le sien à An'desha, qui ne

reprit pas la parole avant qu'ils ne soient sortis du Palais, marchant sous le ciel pâle mais néanmoins brillant.

Une fois de plus, il le fit à la manière traditionnelle, comme si « An'desha » était un personnage de légende.

— An'desha était donc à Valdemar, avec son nouvel ami Flammechant. Il avait de grands pouvoirs, mais il ignorait comment s'en servir. En réalité, il avait peur de les utiliser. Il ressentait des choses, et cela l'effrayait. Son ami essaya de le rassurer, mais An'desha savait qu'il avait des raisons de vouloir l'apaiser et il ne croyait pas en l'objectivité de Flammechant.

« Par-dessus tout, il se sentait seul en terre étrangère, ni shin'a'in ni tale'edras, ni mage ni homme ordinaire. Il commença à rêver d'un grand danger, mais il n'arrivait pas à en deviner la nature. Il était plus terrifié que jamais. Plus même que lorsque Fléaufaucon régnait sur son corps.

« Alors, il rencontra un autre jeune homme, qui était le disciple d'un prêtre envoyé par son peuple pour le représenter à la cour de Valdemar. (An'desha décida de ne pas nommer Karal. Pas encore.) Le Héraut Talia les présenta l'un à l'autre, car ils se sentaient seuls et avaient terriblement besoin d'un ami. Ce qu'ils devinrent instantanément. Dans sa sagesse innocente, le novice s'avisa de la peur d'An'desha, et du danger qu'il représentait pour lui et les autres s'il ne réussissait pas à la vaincre et à apprendre à utiliser ses pouvoirs.

Ils étaient arrivés devant un mémorial. An'desha s'arrêta à l'entrée, le temps de prendre quelques plantes laissées là pour que les visiteurs puissent fleurir les tombes. Il choisit pour Ulrich du houx aux baies rouges comme des flammes, et des branches de chêne doré, garnies de feuilles couleur de beurre frais.

— Vous savez sans doute que la possession est une chose inconnue des Shin'a'in. An'desha craignait que Fléaufaucon ne soit pas réellement parti, ou qu'il ait tant souillé son âme que rien ne pourrait la purifier. Ou encore que la Bête ait si bien tordu son esprit qu'il suivrait sa trace. (Il regarda Jarim et le vit hocher la tête.) Mais le peuple du jeune prêtre savait ce qu'était la possession, car son histoire et sa magie étaient différentes de celles d'An'desha. Son maître et lui purent apprendre au jeune mage ce qu'il désirait savoir, et le guidèrent ainsi vers la lumière.

— Pourquoi ne s'est-il pas tourné vers les Avatars ? demanda Jarim. Et pourquoi ne sont-Ils pas venus l'aider ? Ç'aurait sans doute été plus simple !

— Les Avatars ont peut-être vu qu'il avait des professeurs… Comme Ils ne venaient pas, il craignit que ce soit sa faute. Et peut-être ne purent-Ils pas l'approcher à cause de sa peur. Pensèrent-ils que cette leçon pouvait lui être donnée par des mortels ? Ou était-ce une de ces occasions où la Déesse décide de laisser les mortels choisir leur route, comme Elle le fait si souvent ? Je ne juge pas sa manière de diriger Ses serviteurs.

Exactement ce qu'aurait pu dire un chamane des clans, Jarim ne trouva rien à répondre.

— Grâce à ce jeune et brave prêtre – qui risqua sa vie pour prouver à An'desha qu'il n'était pas, et ne serait pas, un autre Fléaufaucon – An'desha devint un vrai mage…

Ils étaient arrivés devant une tombe marquée par une simple plaque en bronze où était gravé en valdemarien et en karsite le nom d'Ulrich, son titre, son rang, l'année de sa naissance et celle de sa mort. Quatre vases accueillaient les fleurs des visiteurs. An'desha ajouta son bouquet de houx et de chêne aux plantes déjà présentes. Jarim eut l'air surpris, bien qu'il connût cet endroit. Les Shin'a'in brûlaient leurs morts et dispersaient leurs cendres. Les Karsites brûlaient aussi leurs défunts, mais ils enterraient les cendres. Solaris avait demandé que celles d'Ulrich reposent à Valdemar, symbole des liens entre les deux nations.

— Voilà ce qu'An'desha vit, en observant le prêtre et son disciple…

An'desha décrivit la relation père-fils d'Ulrich et de Karal, leur affection et leur confiance. Il détailla ce qu'ils avaient fait pour lui.

Et il adressa une prière silencieuse au Prêtre du Soleil, afin qu'il l'aide à choisir les mots qu'il fallait.

Je ne parlerai pas d'Altra. J'ignore si Jarim a l'esprit assez ouvert pour croire en l'Avatar d'un autre dieu que le sien.

— A cette époque, les tempêtes magiques commencèrent,

et An'desha comprit que c'était le danger annoncé par ses visions. Il était plus important que jamais qu'il apprenne à ne plus avoir peur des souvenirs enfouis en lui, car ils contenaient la manière d'y mettre un terme.

— Bien sûr, acquiesça Jarim. C'est évident, même pour moi. Fléaufaucon était Ma'ar, et les tempêtes magiques sont les échos du Cataclysme. Donc, le secret servant à les arrêter doit être enfoui dans la mémoire de Ma'ar.

An'desha prit une profonde inspiration.

— Il y eut une autre complication : la présence de l'Empire. On suppose que les Impériaux crurent l'Alliance responsable des tempêtes magiques. En tout cas, ils ordonnèrent à leur agent à la cour de Valdemar d'assassiner autant de ses représentants qu'il le pouvait...

Jarim n'était pas stupide. Il baissa les yeux sur la plaque et relut le nom écrit dessus.

— C'est l'ambassadeur de Karse, celui qui a été tué en même temps que Querna ! s'écria-t-il, les yeux ronds.

— Et le jeune prêtre se nomme Karal, annonça calmement An'desha. Je n'ai jamais vu quelqu'un être si affecté. Ce fut mon tour de réconforter Karal. S'il n'avait pas été occupé par ses responsabilités d'ambassadeur, il serait devenu fou de douleur, aurait pris un couteau, et aurait été rejoindre son maître dans la mort. Les Karsites sont comme nos chamanes. Ils ne montrent pas leurs émotions. Mais je suis son ami, et il m'a laissé voir sa peine, qui était terrible.

— Mais..., commença Jarim.

— Pour venger son maître bien-aimé et Querna, et trouver un exutoire à son chagrin, il servit de leurre quand il fallut démasquer l'assassin... et faillit y laisser la vie. Seules la chance et la formation de Hérault que lui avait dispensée Kerowyn réussirent à le sauver. Vous pouvez vérifier cela auprès de cette dame redoutable qui était présente comme beaucoup d'autres...

L'expression de Jarim était une mosaïque fascinante – et si compliquée qu'An'desha ne savait comment l'interpréter.

— Me voilà à la fin de cette histoire. Bien que n'étant pas un mage, Karal a un pouvoir qui lui permet de canaliser la magie. C'était nécessaire pour créer une défense provisoire contre les tempêtes magiques. De plus, il était le seul à pouvoir franchir la frontière d'Iftel. Une fois encore, il risqua sa vie et sa santé mentale pour nous aider à protéger l'Alliance. J'en parle en connaissance de cause, car j'étais là, et il faisait équipe avec moi. Je vous garantis que l'expérience fut à la fois douloureuse et éprouvante – pour lui encore plus que pour moi.

Il écarta les mains.

— Maintenant, vous connaissez toute l'histoire.

— Mais… (Jarim secoua la tête, comme s'il essayait de mettre de l'ordre dans ce qu'il venait d'entendre.) Après tout ce qui s'est passé… pourquoi nous presse-t-il de faire la paix avec le peuple qui a tué son maître ? S'il est si brave, pourquoi parle-t-il comme un lâche ?

— Ce n'est pas un lâche, dit An'desha. Jarim, Karal est un *prêtre*. Il doit penser au bien de tous, et parler en conséquence. Combien de fois la Déesse a-t-elle permis des catastrophes qui s'avérèrent plus tard salvatrices pour notre Peuple ? Pensez au Premier Sacrifice au-dessus des Plaines !

« Et je me demande… Quelle et la plus grande menace pour les peuples de l'Alliance, les tempêtes magiques, ou une armée terrée dans son trou parce qu'elle a perdu tout contact avec l'Empire ? Les tempêtes qui gagnent chaque jour en puissance et en fréquence, ou des imbéciles qui comptaient tellement sur la magie qu'ils ne savent pas comment ils se chaufferont cet hiver ?

Jarim secoua de nouveau la tête, mais cette fois, son expression trahissait son trouble.

— Une dernière chose, dit An'desha. Avez-vous jamais entendu parler d'un chamane à qui la déesse aurait permis de revêtir le noir des Promis à l'Epée afin de se venger ?

L'ambassadeur réfléchit.

— Non, jamais, admit-il. Les vœux du chamane sont trop importants pour qu'il ait le droit de faire ça.

— Alors pourquoi attendre de Karal qu'il choisisse la voie de la vengeance plutôt que celle de sa foi ? Au nom de quoi penser qu'il pourrait poursuivre un objectif personnel plutôt que celui de son Dieu ?

Il désigna la petite plaque.

— Je suis certain que s'il choisissait la vengeance, l'esprit de son maître reviendrait d'entre les morts pour le remettre sur le droit chemin !

J'espère que vous me pardonnerez, ami Ulrich, de vous prêter ce genre d'intention.

Jarim se mordilla la lèvre, puis ferma les yeux.

— Je dois réfléchir à tout ça... Vous m'avez dit tellement de choses que j'ignore comment les assimiler.

— Très bien, répondit An'desha. Si vous permettez, je vais reprendre le chemin que je suivais quand vous m'avez intercepté. (Il jeta un coup d'œil au soleil hésitant et à l'herbe ondulant sous la bise, et frissonna.) Je préfère retourner sur une route qui m'amènera devant un bon feu.

— Et moi..., dit Jarim, alors que le jeune homme s'éloignait, je vais voir quel chemin je découvrirai.

Jarim ne fit plus d'esclandre. En fait, il devint étrangement calme au sujet de l'« affaire Karal », au grand soulagement d'An'desha et des autres amis du jeune prêtre. Mais An'desha préférait ne pas trop espérer. Jarim était obtus et entêté. Il n'avouerait pas avoir eu tort sans en avoir la preuve irréfutable.

Mais il y avait des signes prometteurs. Jarim prit le temps de parler à ceux que lui avait cités An'desha – Ventnoir, Treyvan, Talia, Kerowyn et même Elspeth. Le jeune mage ne leur demanda pas de quoi ils avaient conversé avec l'ambassadeur shin'a'in. Ça ne le regardait pas. Il lui suffisait de savoir que tous comptaient parmi les plus ardents défenseurs de Karal, et qu'ils avaient dû lui confirmer ses propos. Restait à espérer qu'ils s'étaient montrés convaincants.

Je peux compter sur Kerowyn pour l'éclairer sur l'attentat et le plan visant à démasquer l'assassin, pensa-t-il quand il apprit que Jarim avait sollicité un entretien privé avec la capitaine. *Il est possible qu'elle lui en apprenne même plus que je ne lui en ai dit. Après tout, si une personne, dans ce royaume, connaît l'identité des agents impériaux, ce doit être elle ! Et je sais qu'elle était hors d'elle à l'idée de n'avoir pas soupçonné le peintre. Après ses vérifications, je doute qu'un autre agent ait pu s'infiltrer à la cour, même déguisé en souris !*

Plusieurs jours passèrent avant que les guérisseurs permettent à Karal de reprendre ses activités et de retourner au Palais. Quand le jeune prêtre fut enfin sur pieds, le prince Daren réunit le Grand Conseil pour la première fois depuis l'assaut verbal de Jarim. An'desha décida d'y assister, puisque le Shin'a'in ne voyait plus en lui un sang-mêlé méprisable. Quand il le regardait, c'était avec un respect mêlé de crainte. Une évolution assez amusante, tout bien considéré.

Comme si avoir été touché par les Avatars faisait de moi un sage ! A mon avis, ça prouve surtout que je suis plus lent que les autres, sinon pourquoi aurais-je eu besoin de leur aide ?

Il se demanda s'il devait escorter Karal dans le Palais, et décida de laisser son ami gérer la situation sans l'aide d'une « nounou ». Il se fit discret, attendant qu'il se soit assis – et fut le premier à voir que Jarim avait intercepté le jeune prêtre et l'emmenait dans un coin de la salle.

Il s'empressa de s'approcher, histoire de pouvoir lui porter secours en cas de besoin. Du coin de l'œil, il vit Talia et Ventnoir faire de même. Si Karal avait besoin d'aide, ses trois défenseurs se marcheraient probablement sur les pieds !

Mais Karal ne semblait pas en danger. A mesure que Jarim parlait, son expression passa du doute à l'incrédulité, puis au soulagement.

Le plan d'An'desha avait-il fonctionné ?

Finalement, Jarim lança à voix haute, pour que tout le monde l'entende :

— Je ne comprends pas comment vous pouvez éprouver ça, mon garçon. Mais selon les dieux de nos deux peuples, c'est moi qui devrais avoir honte, et pas vous. (Il secoua la tête et réussit à sourire.) Je ne comprends pas le pardon, et je ne le pourrai sans doute jamais, mais certains le peuvent, et il semble que vous en fassiez partie. Un don précieux pour un homme des dieux, m'a-t-on dit. Je suis convaincu, et je vous présente mes excuses.

Il flanqua une grande claque dans le dos du jeune Karsite, qui chancela.

— Vos excuses sont généreuses et je les accepte avec

reconnaissance, répondit Karal, également à voix haute. Je n'ai jamais voulu qu'il y ait de conflit entre nous. Nos peuples ont besoin que nous travaillions ensemble, pas que nous déchirions l'Alliance à force de malentendus.

— Je suis d'accord. (Jarim jeta un coup d'œil aux témoins de la scène et haussa les épaules.) Je suis navré que vous ayez été malade, et j'espère que vous allez mieux... Mais nous avons assez perdu de temps. Remettons-nous au travail !

Sur ces mots, il alla prendre sa place habituelle, laissant Karal et ses « gardes du corps » gagner les leurs. An'desha s'assit avec la délégation tayledras. Flammechant absent, Ventnoir était le seul représentant de son peuple, et il pourrait avoir besoin d'une voix supplémentaire. Le Frère du Faucon devait partager ce sentiment, car il lui fit un sourire reconnaissant.

De l'autre côté de la table, Karal sortit du papier, des plumes et un encrier. Il avait repris des couleurs et ne semblait plus angoissé.

Bien, pensa An'desha, satisfait. Karal aurait encore des détracteurs, car il y aurait toujours des gens, à Valdemar, qui ne feraient jamais confiance à un Karsite. Mais il pouvait travailler sans craindre de persécutions. Et si Jarim commençait à le traiter avec respect, les autres membres du Grand Conseil prendraient peut-être exemple sur lui.

Revenons à nos moutons. Les tempêtes magiques n'attendront pas que nous ayons mis un terme à nos querelles intestines. Quant aux excuses, elles n'ont pas le moindre effet sur elles.

Le temps joue contre nous, et nous n'avons toujours pas trouvé de solution.

CHAPITRE VI

Flammechant avait découvert l'endroit le plus désert du Palais, où aucun intrus ne s'aventurait et où sa magie était protégée de l'extérieur par les boucliers les plus puissants qui soient hors d'une Vallée. Il pouvait s'y cacher pendant des heures.

Il aurait cru que c'était un endroit assez fréquenté, mais nul ne semblait vouloir passer du temps dans la salle de la Pierre-Cœur de Valdemar. Les personnes autorisées à venir trouvaient-elles irritant le contact de cette énergie ? La pression qu'elle exerçait était aussi palpable et brûlante que le soleil sur de la peau nue. Flammechant aimait ça, mais pour une personne non préparée à une telle puissance, c'était probablement inconfortable. Même ceux qui n'avaient aucun don pour la magie, lui avait-on dit, sentaient le pouvoir contenu dans cette pièce. C'était très impressionnant…

Sans conteste la Pierre-Cœur la plus puissante avec laquelle il ait travaillé, elle était la somme du pouvoir potentiel de la Pierre créée à l'origine par Vanyel – et reliée au Réseau – et de celui que l'ancien Héraut-Mage, aujourd'hui un fantôme, avait puisé dans la Pierre-Cœur des k'Sheyna et redirigé vers la sienne.

Flammechant ouvrit la porte – très discrète, même si tout le monde, au Palais, savait où elle était – et entra, la laissant se refermer derrière lui. La salle était identique à celle du dessus, qui servait depuis des siècles à la vision à distance. Elle était petite, et protégée par tant de boucliers que les sons n'y pénétraient pas. Une table ronde en pierre occupait presque tout l'espace. Elle était entourée de quatre sièges, eux aussi en pierre. Une seule lampe à huile pendait au plafond, mais elle n'était pas allumée. Ç'aurait été totalement superflu. Le globe de cristal enchâssé au centre de la table émettait assez de lumière pour éclairer le moindre recoin. Et cette clarté n'était qu'un effet secondaire de la puissance de la Pierre.

Je n'avais encore jamais vu de Pierre-Cœur qui brille. Je me demande si c'est parce qu'elle est en cristal ? Fascinant…

Ce globe était la partie émergée de la Pierre-Cœur de Valdemar. Il ne faisait qu'un avec le plateau de la table, lui-même uni à la colonne jaillie du sous-sol qui le maintenait en place. Si on la démontait, il ne resterait qu'une colonne de pierre forgée par la chaleur, d'une dureté incomparable, surmontée d'un globe de cristal, et qui s'enfonçait dans la terre jusqu'à la roche en fusion. Le résultat ressemblerait à la « baguette magique » d'un charlatan.

Flammechant était à l'aise, ici, même si la pièce sans fenêtre tendait à provoquer une certaine claustrophobie. Après tout, il était avec Elspeth une des deux seules personnes reliées – à l'origine – au pouvoir de la Pierre-Cœur de Valdemar. Tous les deux avaient reçu ce cadeau de leur ancêtre commun, le Héraut Vanyel Ashkevron, qui l'avait d'ailleurs réactivée pour eux avec le pouvoir « emprunté » à la Pierre des k'Sheyna.

La salle avait disparu de la mémoire de tous les Valdemariens depuis des siècles. Voulant que son peuple fasse confiance à la magie de l'esprit des Hérauts, Vanyel avait effacé de leur mémoire l'existence de la *vraie* magie. Le sort de protection qu'il avait placé parmi les vrondis de la contrée pour tenir à distance les vrais mages avait réussi à protéger le royaume. La sensation d'être constamment épié par des milliers d'yeux invisibles dès l'instant où il lançait un sort était suffisante pour rendre fou le sorcier le plus audacieux.

Mais cette époque était révolue. Aujourd'hui, les barrières étaient tombées, et des mages originaires de quatre ou cinq pays vivaient à Valdemar. Et si la vraie magie n'avait pas supplanté les dons héraldiques, les Hérauts-Mages jouaient un rôle crucial.

Mais il devait rester quelque chose du sort de défense qui entourait alors cette salle. Car chaque fois que Flammechant y était entré, il lui avait semblé que personne ne l'avait précédé. Elspeth y venait peut-être parfois, mais il en doutait. Elle n'avait pas besoin de ça pour sentir le pouvoir de la Pierre. Il coulait dans son sang, plus fort encore que dans celui de l'Adepte Guérisseur, et il le sentait chanter dans ses veines ou vibrer au fond de son crâne. Heureusement, il était trop habitué au pouvoir pour se laisser intoxiquer.

La chanson du pouvoir effrayait sans doute les autres. Flammechant s'en félicitait. Ça lui laissait un endroit où travailler et réfléchir sans risque d'être interrompu.

Depuis qu'An'desha avait commencé à s'éloigner de lui, il avait fouillé dans sa mémoire pour retrouver les détails du sanctuaire de Fléaufaucon et du voyage qu'il avait fait dans le Vide pour le retrouver. Il se posait des questions au sujet du procédé, mais il préférait trouver les réponses tout seul, plutôt que demander à An'desha.

Quand il fut raisonnablement certain de se rappeler où aller et que chercher, il envoya son esprit dans le Vide, à la recherche de l'endroit où se trouvait le sanctuaire.

Flammechant n'avait pas vraiment espéré y découvrir autre chose que des indices – au mieux. Après tout, peu de créations magiques survivaient à leur créateur. Et il fallait compter avec le Vide immuable et pourtant toujours changeant. Comment une structure qui lui était étrangère aurait-elle pu y subsister après avoir été ouverte si brutalement ?

Mais quand il se plongea dans une transe magique pour gagner la zone dont il croyait se souvenir, il y trouva le sanctuaire tel qu'il l'avait laissé en partant. Ouvert, mais quasiment intact. Et les dommages qu'il lui avait infligés se réparaient d'eux-mêmes… On eût dit une créature vivante !

Flammechant put l'examiner à loisir. Bizarrement, il n'était pas affecté par les tempêtes magiques qui faisaient aussi rage dans le Vide. On remarquait des turbulences en surface, mais rien de plus.

Il y réfléchissait alors qu'il s'asseyait sur un des bancs de pierre, autour de la table.

Le sanctuaire est si étrangement solide – un peu comme la structure de la terre après une série d'orages. Même s'ils causent des crues et des glissements de terrain, à une certaine profondeur, les contours du paysage restent inchangés.

Avec l'aisance née de l'habitude, il relia son pouvoir à celui de la Pierre-Cœur et plongea dans le Vide, laissant son corps derrière lui.

Ses allées et venues avaient fini par créer un « lien » de magie résiduelle qui connectait son corps au sanctuaire. A travers les volutes d'énergie tourbillonnantes semées d'étincelles de pouvoir et de turbulences créées par les tempêtes magiques, ce lieu était stable et inchangé.

Flammechant gagna l'ouverture béante du sanctuaire, dissimulé au cœur du tourbillon d'énergie par une surface aux propriétés de « caméléon ».

Il s'installa confortablement dans le « ventre » du sanctuaire. L'existence même de ce lien l'entraîna vers d'autres découvertes. Alors qu'il observait le chaos sauvage qu'était le Vide, il vit qu'il n'y avait pas un, mais deux « liens » vers son corps. L'un était la piste qu'il avait créée – une voie dorée et irisée d'étincelles de pouvoir reliée à la Pierre-Cœur. L'autre, plus fort et plus brillant, était une corde d'argent qui le reliait à son « moi » physique.

Il s'était déjà aperçu de cela. Mais pour la première fois, il nota que les deux étaient composées d'énergies homogènes. C'était logique, bien sûr, car elles provenaient de lui. Avant de s'en servir, il devait faire sien le pouvoir de la Pierre-Cœur.

Mais les énergies qui composaient le sanctuaire n'étaient pas homogènes. On eût dit une succession de couches ou une trame faite de centaines de fils de pouvoirs tous différents. Certains avaient été souillés par Ma'ar – ils sentaient la magie noire, la mort et le sang séché. Mais, bien que très fins, les autres restaient clairs et purs. Comment étaient-ils arrivés là ? Ils n'avaient rien à voir avec Ma'ar et ses incarnations.

Soudain, il comprit et découvrit que tous les fils purs, à leur extrémité, étaient souillés par Ma'ar. Alors, le secret de la construction et de la « vie » du sanctuaire n'en fut plus un pour lui.

Le lien entre un être vivant et un endroit comme celui-là, similaire à celui qui reliait en cet instant son esprit à son corps, pouvait être créé artificiellement et imposé à autrui. Quand cette victime innocente mourait, l'énergie libérée passait automatiquement à l'autre extrémité.

De même, un lien plus puissant pouvait être forgé entre le mage et ce sanctuaire, puis être tendu comme la corde d'un arc. Alors, même si la mort survenait de manière instantanée – empêchant Ma'ar de remonter consciemment le lien, ce qu'avait fait Fléaufaucon – le soudain relâchement de tension catapultait l'esprit vers le sanctuaire.

C'était la réponse à ses questions ! Utilisant l'énergie de beaucoup de ses fidèles, consentants ou non, Ma'ar avait créé un sanctuaire capable de résister à tout. En forgeant des liens entre son refuge et ses serviteurs, à travers les âges, il avait renforcé sa création jusqu'à ce qu'elle atteigne la qualité d'un node. Et grâce au lien « tendu » entre son sanctuaire et lui, il s'était assuré de toujours rentrer « à la maison » dès qu'il mourait.

Si le résultat était effroyable, le concept restait intrigant.

Tout le monde savait qu'un mage sans scrupule pouvait utiliser le pouvoir vital d'un être en lui infligeant une mort violente qui créait un lien avec le monde physique. En fait, le pourvoir libéré, combiné au désir de vivre du mourant, forgeait un lien reliant son esprit à la terre par-delà la mort. Les fantômes étaient créés ainsi. C'était sûrement ainsi que les esprits de Vanyel, Yfandes et Stefen avaient rejoint la Forêt des Soupirs, au nord de Valdemar. Vanyel avait réalisé consciemment, et sous contrôle, ce que d'autres avaient fait par hasard ou dans un accès de panique.

Tuer un être pour lui dérober sa force vitale était mal. Mais si on cherchait simplement à la diriger vers un endroit voulu au moment de sa mort *naturelle* ? Cela ne pouvait pas être répréhensible ! Son propriétaire n'en avait plus besoin, et elle finirait par se dissiper dans le réseau magique créé par la vie elle-même. Ce devait être pour cela que certains « fils » de la trame étaient entièrement purs : ils étaient arrivés là après la mort naturelle de leur propriétaire.

Il ne pouvait rien y avoir d'immoral à cela ! En quoi était-ce pire qu'hériter d'une maison ou d'un livre ?

Ça demande réflexion... Créer ces liens exigerait une grande dépense d'énergie, mais ce serait payant... A la mort du « donneur », son énergie affluerait dans le réceptacle prévu à cet effet. Ensuite, il serait possible de puiser dedans à loisir. Il ne serait même pas nécessaire de créer un réservoir comme ce sanctuaire.

Fléaufaucon aurait pu utiliser le pouvoir de son sanctuaire pour garder un œil sur le monde, ou sur ses descendants, afin de choisir le meilleur « candidat ».

Toutes les pièces du puzzle étaient en place, laissant Flammechant en possession d'un tout véritablement surprenant.

La vue est enchanteresse, mais c'est assez pour un seul jour. J'ai répondu à la première partie de ma question : comment créer un sanctuaire semblable à celui de Ma'ar.

Il lui restait à répondre à la deuxième : comment se procurer un nouveau réceptacle sans le voler ?

Il suivit le lien qui menait à son corps et ouvrit les yeux dans la petite salle de la Pierre-Cœur.

Heureusement, il n'y faisait pas froid, sinon il se serait senti beaucoup plus raide. Flammechant s'étira. An'desha s'était proposé pour siéger à sa place au Grand Conseil. Il ignorait ses motivations, mais il lui en était reconnaissant.

Aujourd'hui, ils seraient enfin débarrassés de Karal, qui retournait au Palais !

Karal reprend sa place au Grand Conseil. Et An'desha veut y assister. Une coïncidence ? Je ne crois pas...

Flammechant fronça les sourcils. Karal et An'desha montraient beaucoup trop de sollicitude l'un envers l'autre. Le Karsite était-il responsable de l'indépendance croissante d'An'desha ? Ce gamin avait toutes sortes d'idées bizarres... Les enseignait-il à An'desha ? Après tout, le jeune mage était parfaitement docile avant de passer trop de temps avec Karal...

Eh bien, si Karal continue de s'aliéner Jarim, il le regrettera. Il ne m'étonnerait pas que le Shin'a'in lui déclare une vendetta, ce qui résoudrait mon problème.

Une idée lui traversa l'esprit, et il sourit. La carrière de Karal, et sa vie, semblaient vouées à être courtes, considérant le nombre de fois où il avait été attaqué et les ennemis qu'il s'était faits. Peut-être pourrait-il persuader le jeune Karsite de participer à son expérience. Ensuite… il s'amuserait un peu…

Non, ce n'est pas une bonne idée, décida-t-il immédiatement. *Je ne veux pas relier un prêtre karsite à quelque chose qui m'appartienne. Seule la Déesse sait comment Vkandis pourrait réagir ! Non, pas question de faire des ennuis à Karal – même si An'desha aurait besoin d'être réconforté, s'il arrivait malheur à son ami…*

Il s'étira de nouveau, et grimaça en constatant que ses fesses étaient engourdies.

Des sièges en pierre. Comme c'est typique ! Tout ici n'est qu'élégance, sans le moindre confort…

Flammechant détestait être à Valdemar, avec l'impression que des yeux le suivaient partout chaque fois qu'il sortait de l'*ekele*. Du coup, il en rajoutait, niveau provocation. Dans sa Vallée, il avait toujours été un centre d'attention. Mais celle qu'il s'attirait ici n'avait rien de l'admiration sans mélange des siens. A Haven, on l'observait parce qu'il était étranger, exotique même, selon les critères de ces gens étonnement ternes. Quand il exprimait son opinion, ils le regardaient comme s'il avait manqué à l'étiquette. Et quand il posait des questions qui auraient dû sembler logiques, ils ouvraient des yeux ronds, comme s'il était devenu fou.

Ma Vallée me manque. Je veux de la nourriture décente que je n'aurais pas à préparer moi-même. Et mes hertasis ! Il n'y a pas de raison que je fasse le ménage ! Je devrais consacrer tout mon temps à la magie. Pourquoi devrais-je travailler comme un homme du commun ?

Il aurait pu embaucher des serviteurs du Palais, mais il ne voulait pas que des Valdemariens viennent fouiner dans ses affaires.

Chez lui, il n'avait jamais eu à demander quoi que ce soit, car les hertasis anticipaient ses moindres désirs. Et son *ekele* n'avait que deux bassins. Dans une Vallée, il y en avait des dizaines à toutes les températures.

Mais ce qui lui manquait atrocement, c'était la végétation luxuriante, le climat estival permanent, les fleurs et les fruits en toutes saisons. Il s'était créé un substitut de Vallée, mais ça ne lui convenait pas vraiment. C'était trop petit, et il ne pouvait pas se croire seul au milieu de terres sauvages.

Je suis fatigué de la pruderie des Valdemariens ! Avec eux, on ne peut pas se baigner sans un minimum de vêtements !

Il était las de leur nourriture, de leur compréhension limitée, des restrictions qu'ils s'imposaient en toutes choses, n'était la curiosité.

J'ai des goûts simples. Je ne demande pas la lune. Simplement un minimum de confort, et un comportement civilisé.

Ici, il ne trouvait pas de réponse et souffrait de beaucoup trop de restrictions. Les tempêtes magiques étaient trop fortes et trop chaotiques pour répondre à la magie qu'il connaissait. Pourtant, il ne pouvait pas admettre qu'elles l'avaient battu. S'il avait eu à sa disposition les Adeptes de toutes les Vallées, peut-être aurait-il réussi à créer un bouclier capable de leur résister. Mais rien n'était moins sûr. Les tempêtes ne duraient pas assez longtemps pour qu'il les étudie. Et même s'il l'avait pu, les ressources nécessaires lui manquaient.

Il désirait ardemment, rentrer chez lui. Mais en partant, il admettrait avoir échoué. Et il laisserait le champ libre aux ingénieurs qu'An'desha aimait tellement.

Pour le moment, rien n'allait plus pour lui. Son environnement, sa vie émotionnelle, son travail… Un désastre ! Et tout le monde s'en fichait. Ces gens étaient tous trop occupés.

Quelle ironie ! Tous se tournaient vers lui quand ils avaient un problème. Mais dès qu'il avait besoin d'un peu d'attention, et de considération, ils avaient mieux à faire.

Comme il aurait voulu trouver quelque chose, ou quelqu'un, sur qui passer sa colère et sa frustration !

Il posa son menton dans la paume de sa main et regarda fixement le globe de cristal.

Ce royaume et ses habitants me doivent une fière chandelle. Si je n'avais pas été là, Fléaufaucon serait bien au chaud dans son sanctuaire, attendant de trouver un nouveau corps. Et sans moi, la mission ne serait jamais arrivée jusqu'à la capitale d'Hardorn. Elspeth et Ventnoir n'auraient sans doute pas survécu à leur rencontre avec Ancar et ils ne seraient jamais rentrés à la maison.

Pourquoi les dirigeants de Valdemar ne se mettaient-ils pas en quatre pour le satisfaire ? Pourquoi les gens ne le suppliaient-ils pas de les laisser le remercier ? Pourquoi le traitaient-ils comme s'il avait fait son devoir, et rien de plus ? Il ne *devait absolument rien* à ces barbares ! Il n'était pas un de leurs stupides Hérauts, qui attendaient comme des moutons de pouvoir affronter le danger !

Je pourrais rentrer n'importe quand dans ma Vallée... Je suis leur plus puissant Adepte, et même si je n'ai pas encore trouvé la solution aux tempêtes magiques, je reste le plus capable de le faire. J'aurais dû repartir tout de suite après notre retour d'Hardorn. Et je pourrais partir à l'instant. Il n'est même pas obligatoire de retourner dans ma Vallée. Celle des k'Leshya suffirait...

Puisque An'desha n'était pas le partenaire à qui il était uni pour la vie, contrairement à ce qu'il avait espéré, et comme tous les autres essayaient de lui prouver qu'ils n'avaient pas besoin de lui, peut-être devait-il s'en aller.

Une fois que je serai parti, nous verrons bien si An'desha est aussi indépendant qu'il le croit !

Mais il n'aurait pas la satisfaction de le voir apprendre qu'il n'était pas aussi libre qu'il le croyait.

Il devait y avoir une meilleure option...

Je reste ! Il y a trop de choses à finir. Et peut-être trouverai-je une solution qui prouvera à An'desha et aux autres qu'ils ont encore besoin de moi. Alors, j'aurai tout ce que je mérite !

Comme d'habitude, la salle du Grand Conseil était glaciale. Après la réunion, Karal resta assis, feignant de finir de prendre des notes. Il avait besoin de se calmer, tant il était furieux et déçu. Les autres s'empressèrent de sortir, pour se réchauffer. Il ne pouvait pas les en blâmer. L'hiver allait être rude.

— Je suis navré, mon garçon, dit Jarim à voix basse. (Il se pencha pour lui tapoter l'épaule.) J'aimerais pouvoir faire quelque chose pour vous...

Karal réussit à sourire à son nouvel allié. Le Shin'a'in semblait déterminé à se faire pardonner son hostilité. Depuis ses excuses publiques, il ne s'opposait plus à lui, ne portait plus d'accusations et ne le traitait plus du tout comme un simple secrétaire. Etant les seuls à prendre eux-mêmes leurs notes, ils s'asseyaient désormais côte à côte pendant les réunions. C'était une question de nécessité. Il n'y avait pas à la cour de secrétaire capable d'interpréter en shin'a'in ou en karsite ce qu'il entendait en valdemarien.

— Moi aussi, messire, soupira-t-il. Malheureusement, je suis jeune et je n'y peux rien.

Car c'était bien là le problème, même s'il n'avait pas encore réussi à convaincre ses supérieurs de son existence.

Jarim secoua la tête.

— Mon peuple tient les jeunes de votre âge pour des adultes... Ils ont souvent une famille et dirigent des groupes d'éclaireurs. Ces gens « civilisés » voient que vous êtes jeune. Parce que *leurs* enfants n'ont pas plus de bon sens qu'un poulain, ils pensent que vous n'êtes pas mieux. (Il se gratta la tempe d'un doigt calleux.) Ils ont peut-être aussi du mal à concilier ce qu'ils voient et ce qu'ils entendent.

Karal haussa les épaules. Jarim avait parfaitement résumé la situation. Maintenant que Karal et ses amis se relayaient pour lui apprendre ce qu'il devait savoir sur les autres membres du Grand Conseil, il pouvait devenir un excellent ambassadeur.

Jarim lui tapota à nouveau le bras, puis sortit, peut-être sensible à sa détresse muette...

A moins qu'il ait surtout envie de retourner devant un bon feu. Même si les Shin'a'in sont habitués à passer les hivers sous des tentes, ça ne signifie pas qu'il souffre moins du froid que les autres.

Depuis quelques jours, la majorité des membres du Grand Conseil avaient pris l'habitude de lui demander une confirmation écrite de ses supérieurs chaque fois qu'il disait ou proposait quelque chose. Seul Jarim le traitait en égal. Etant donné son « tempérament », ce soutien lui faisait plus de tort que de bien. Son seul espoir, c'était d'impressionner tout le monde par sa diligence. Mais il n'était pas particulièrement optimiste.

Quand toute l'assistance, y compris les secrétaires, fut sortie, il rassembla ses affaires et partit.

Il rentra dans ses appartements, redevenus un sanctuaire.

Une douce chaleur l'accueillit. Karal ferma la porte et se dirigea aussitôt vers la bouilloire qui attendait sur la plaque. Il versa de l'eau chaude – il en avait toujours à sa disposition, un ordre des guérisseurs – sur une bonne pincée du mélange d'herbes qui lui avait été prescrit. Les serviteurs lui laissaient plusieurs tasses sur le manteau de la cheminée et les remplaçaient régulièrement. Grâce aux remèdes pour son estomac, il pouvait manger, même s'il évitait les pâtés à la viande et tous les plats gras ou épicés. A l'allure où allaient les choses, il serait bientôt réduit à avaler exclusivement des navets et de la salade.

Est-ce moi, ou parce qu'ils ne peuvent pas m'accepter comme leur égal ? se demanda-t-il pendant que sa tisane infusait. *Est-il possible, maintenant que la crise est passée, que certains membres du Grand Conseil veuillent écarter Karse ?*

Il ne pouvait pas négliger cette possibilité, et il n'était pas d'humeur à juger s'il s'agissait d'une peur puérile ou d'une véritable inquiétude. Si seulement il avait pu lire les pensées, comme certains Hérauts ! Ou mieux encore : les intentions.

Et si seulement je n'avais pas à faire cette requête particulière..., dit une voix familière depuis longtemps absente de son esprit.

Karal se retourna vivement, n'en croyant pas ses « oreilles », et n'osant pas trop espérer... Mais c'était bien Altra. Le Chat de Feu, debout au milieu d'une mare de soleil, agitait nerveusement la queue. Un tube à message reposait à ses pieds, mais cela ne semblait pas vraiment important.

— Altra ! s'écria Karal, soulagé par l'apparition du Chat de Feu.

Vkandis n'est pas mécontent de moi ! pensa le jeune prêtre. *Je n'ai pas eu de propos ou de comportement hérétiques et blasphématoires ! J'ai fait ce qu'Il voulait ici... Et je n'ai pas été abandonné en guise de punition...*

Les oreilles d'Altra s'aplatirent, lui donnant un air piteux.

Je suis navré, Karal. Nous nous sommes efforcés d'être patients... Ce n'est pas ta faute, mais on ne t'accorde pas le respect qui t'est dû. Personne ne voulait saper ton autorité, mais les choses nous échappent. Te sentirais-tu trahi si Solaris prenait le contrôle de la situation à Valdemar ?

Karal en resta bouche bée. Depuis le temps qu'il était en chute libre, une personne plus âgée allait enfin intervenir !

— Je ne me sentirais pas trahi, ni déçu, et j'en serais ravi, répondit-il. Je croyais avoir été très clair dans mes lettres. Je suis ici pour servir Karse au mieux de mes possibilités, pas pour nourrir des rêves de gloire ! (N'y tenant plus, il éclata d'un rire soulagé.) Je ne peux pas te dire à quel point je suis heureux de redevenir un simple secrétaire !

Et de retrouver une vie normale !

C'était la dernière chose qu'il aurait admise devant Altra, mais ce message ne pouvait arriver plus à propos. Son oisiveté forcée lui avait permis de passer plus de temps avec Natoli, et leur relation avait pris un tour à la fois satisfaisant et énervant. Il aurait voulu en tirer profit, mais depuis qu'il avait repris sa place à la cour, il n'avait plus le temps de rien faire.

Mais je ne vais pas dire ça à Altra, oh non !

Les oreilles du Chat de Feu se redressèrent, et il cessa d'agiter la queue.

Tu sais que je t'ai promis de ne pas fouiner dans tes pensées, et je n'en ai rien fait. Alors, je ne savais pas comment tu réagirais à cette nouvelle.

Karal posa sa tasse sur la table et s'assit dans un fauteuil avec la sensation que le poids du monde venait de disparaître de ses épaules.

— Qui vient pour me remplacer ? demanda-t-il.

C'est pour ça qu'on m'envoie te préparer, répondit nerveusement Altra. *Mais je ne suis pas certain d'y arriver. Cette... personne... vient pour établir fermement ta position ici. C'est... hum... c'est Solaris.*

Karal ne fut pas mécontent d'être assis, et plus encore de ne pas être en train de boire son infusion, sinon, il se serait étouffé.

— Solaris ? répéta-t-il, sonné. *Solaris ?*

Elle veut faire une visite d'Etat.

— Son autorité est suffisamment établie chez nous ?

Le pouvoir de Solaris n'était pas stable. Seuls certains

événements – et l'intervention de Vkandis – avaient permis qu'elle reste sur le Trône du Soleil.

Oh, oui ! Crois-moi ! Karse est plus loin que Valdemar du lac Evendim, mais plus près des Plaines de Dhorisha... ... Et avant que le brise-lames soit en place, les choses étaient... très intéressantes. Il n'y a plus un homme, une femme ou un enfant qui ignorent que l'Alliance les a sauvés.

— Oh...

Karal but une gorgée de tisane pour se calmer les nerfs autant que l'estomac. C'était une information capitale, même s'il n'avait pas très envie de l'entendre. Une petite partie de lui espérait que Karse avait été épargné à cause de la distance qui séparait le pays du lac Evendim. Mais la proximité des Plaines lui valait sans doute autant de problèmes. Il n'arrivait pas à se rappeler la maquette, ni combien de vagues se croisaient sur le territoire karsite. Car le danger était aux points d'intersection...

Altra continua, ignorant la perplexité de Karal.

Elle pense qu'il est temps qu'elle rencontre Selenay... et inversement.

— Je suis d'accord avec elle, répondit le jeune homme. Si chacune connaissait bien son homologue, ça éviterait les malentendus en cas de tensions entre Karse et Valdemar. (Il se rembrunit.) Mais je ne suis pas sûr que venir ici soit une bonne idée. Même si son pouvoir est bien établi, Karse peut-elle se passer d'elle ? Tant de choses risquent de se produire. Une crise pourrait survenir pendant son absence. Alors, qu'arriverait-il ?

Altra prit un air penaud.

Elle s'arrangera pour que personne, même les Prêtres du Soleil, ne sache qu'elle est partie.

— Hansa ne va pas se transférer avec elle, n'est-ce pas ? (Rien que d'y penser, Karal sentit son estomac se soulever.) Je doute que ce soit une bonne idée !

Altra eut l'audace de glousser, ce qui agaça le jeune prêtre – mais il s'efforça de ne pas le montrer.

Non, Hansa et moi allons ouvrir un Portail entre nous, pour que Solaris puisse aller et venir sans dépenser son énergie.

— Oh ? (C'était la première fois que Karal entendait

parler de ce talent particulier.) Eh bien, ça me paraît très commode ?

Si tu avais continué à lire les livres qu'Ulrich t'a laissés, au lieu de faire des copies parfaites de tes notes pour les envoyer à Karse, tu saurais que les Chats de Feu ont souvent ouvert des Portails entre eux. C'est une extension de notre faculté de transfert, après tout. Tu aurais pu la déduire logiquement. Et ce n'est pas un don que possèdent les Compagnons !

Entendant le ton méprisant du Chat de Feu, Karal leva les yeux au ciel, mais ne fit aucun commentaire.

J'ajoute qu'il était impossible de vous amener ici de cette manière, ton maître et toi. Je n'étais pas à Haven et je n'aurais pas pu y venir seul. Je suis lié à toi et à personne d'autre.

Encore une information intéressante... Altra se montrait très généreux. Essayait-il de se racheter de l'avoir abandonné si longtemps ?

En cas d'urgence, nous avons toujours eu l'intention d'ouvrir un Portail pour vous rapatrier, toi et... Ulrich. (A la mention du nom de son maître, Karal sentit sa gorge se serrer.) *Malheureusement, ça prend plus de temps que nous en avons eu quand...* (La voix d'Altra mourut, puis il se reprit et continua.) *Rappelle-toi que c'est une option, si la situation devenait intenable.*

— Promis, répondit solennellement le jeune homme, après s'être essuyé les yeux. Dois-je comprendre qu'il m'incombe de faire les démarches nécessaires pour préparer cette visite officielle ?

Précisément...

Altra tapota du bout d'une patte le tube qu'il avait apporté et le fit rouler vers Karal. Le jeune homme se baissa pour le ramasser.

Ce document officiel écrit de la main de Solaris à l'attention de Selenay demande la permission de rendre une visite d'Etat. J'espère que la reine est aussi raisonnable que nous le pensons, parce que ça va lui faire un choc.

Un euphémisme ! La dirigeante du pays qui était naguère l'ennemi juré de Valdemar demandait à venir dans la capitale !

— Alors, le plus tôt sera le mieux, répondit Karal. J'y vais immédiatement, avant que quelque chose ne m'en empêche.

Il baissa les yeux le temps de poser sa tasse. Quand il les releva, Altra avait disparu.

Les quartiers de la reine étaient moins impressionnants que ne s'y attendait Karal. Le mobilier était digne d'un monarque, et très confortable, mais il n'avait rien de vraiment somptueux. Les capitonnages montraient quelques faiblesses, et le bureau portait des égratignures qu'aucune couche de cire ne pourrait effacer.

Karal attendit respectueusement que la reine de Valdemar ait relu la lettre de Solaris pour la troisième fois – sans rien perdre de son incrédulité.

Talia ne semblait pas particulièrement étonnée.

Mais elle connaît Solaris, pensa Karal, *et sans doute mieux que la plupart des Karsites*.

Enfin, Selenay posa le document et leva les yeux vers son visiteur. Malgré la tension qu'elle avait subie toute sa vie, elle avait l'air remarquablement jeune. A sa place, Karal aurait pris cinquante ans au cours de la décennie passée !

— J'admets, ambassadeur, que cette requête me surprend, dit-elle. Je crois pouvoir dire que c'est sans précédent.

— Pas vraiment, Majesté, répondit Karal. Le prince couronné de Rethwellan est venu à Haven en deux occasions, et le prince Daren est arrivé ici à la tête d'une armée.

Selenay ne fit pas remarquer que Valdemar et Rethwellan n'avaient pas été en guerre pendant des générations… Ce qui était tout à son honneur…

— Le roi de Rethwellan n'a jamais séjourné ici, rappela-t-elle. Honnêtement, je ne me souviens pas qu'un dirigeant étranger soit jamais venu en visite officielle à Haven. Par le passé, quand deux monarques voulaient parler, ils se rejoignaient à la frontière. Cela témoigne d'une grande confiance de la part de Solaris.

— Et de la vôtre, Majesté. Vous avez seulement ma parole et celle de Solaris qu'elle n'amènera pas une armée par le Portail.

Selenay et Talia sourirent.

— Selenay a fait preuve d'une plus grande confiance encore en m'envoyant à Karse avec une escorte de deux personnes, dit gentiment Talia. Et pour être sincère, faire passer une armée par un Portail prendrait beaucoup de temps. Je suis sûre que nous pourrions le refermer avant qu'elle n'ait amené plus d'une dizaine d'hommes.

— Quant à *cela*, dit Selenay, tapotant la lettre de l'index, vous devez savoir que je ne peux pas vous répondre immédiatement.

— Vous devez consulter votre Conseil, Majesté, et sans doute aussi le Grand Conseil. Je suis certain que vous aurez beaucoup de questions personnelles et protocolaires à poser à Solaris. (Karal écarta les mains.) Je suis à votre disposition.

— Altra aussi, je présume… (La reine eut un sourire fugace.) Même si l'idée qu'un chat soit à la disposition de quiconque est plutôt étrange…

Karal ne put s'empêcher de rire de cette remarque.

— Oui, Altra aussi. Si vous voulez, nous pouvons attendre près de la salle du Conseil. Vos pages nous apporteront vos questions, et si certaines concernent directement Solaris, Altra lui transmettra vos messages et vous apportera ses réponses. Nous resterons aussi longtemps que nécessaire.

— Vous pourriez regretter cette proposition…

Selenay écrivit quelques mots sur une feuille – sans doute la convocation d'une réunion immédiate du Conseil.

Talia l'apporta à un des pages, et la reine se leva.

— J'accepte votre proposition. Je vous enverrai un page régulièrement, pour m'assurer que vous ne mourez pas de faim et de soif. Avez-vous besoin de quelque chose de spécial ?

— De l'eau chaude, une tasse et les flacons qui sont sur le manteau de la cheminée, dans mes appartements. Je dois prendre mes remèdes. Vous pouvez aussi envoyer quelqu'un en chercher chez les guérisseurs.

Comme pour lui rappeler la nécessité de se soigner, son estomac se souleva.

Selenay jeta un regard interrogateur à Talia, qui hocha la tête. Satisfaite, la reine regarda Karal.

— Si vous attendez dans ce bureau, je vous ferai apporter vos remèdes, promit-elle.

Talia traversa la pièce, ouvrit la porte pour lui et l'invita à avancer.

— Si vous voulez bien prendre place…

Karal s'inclina devant la souveraine et franchit le seuil. Le Héraut de la Reine ferma derrière lui.

Il était dans une petite pièce douillette pourvue d'un canapé qui devait pouvoir servir de lit, comme le montrait la couverture pliée dessus. Il y avait aussi une petite table et une bibliothèque remplie de livres. La température était agréable grâce au feu qui ronflait dans la cheminée. Et l'unique fenêtre laissait entrer assez de lumière pour qu'il n'ait pas encore besoin de chandelles.

Une antichambre, ou le salon de lecture de la reine, pensa Karal, qui se détendit aussitôt.

Si la réunion s'éternisait…

Tu pourras dormir s'ils débattent pendant des heures, dit Altra en apparaissant sur la couche. *Ce qui devrait être le cas… et tu as bien besoin de te reposer* !

— J'espère que tu ne m'en veux pas d'avoir proposé tes services ?

Je m'y attendais. Crois-moi je serais heureux et surpris s'ils parviennent à se décider en une journée. Ça pourrait leur en prendre plusieurs. (Altra se roula en boule sur le canapé-lit, veillant à laisser de la place à Karal. Comprenant l'invitation, le jeune homme le rejoignit.) *Je suis heureux d'être à nouveau avec toi. Ce n'est pas ma faute si j'ai dû rester au loin si longtemps. On avait besoin de moi ailleurs… Mais en cas d'urgence, j'aurais été près de toi en un clin d'œil.*

Impulsivement, Karal sera le Chat de Feu dans ses bras. Ronronnant comme un vrai félin, Altra frotta sa joue contre celle du jeune homme.

— Je ne peux pas te dire à quel point je suis heureux de te revoir. Tu m'as manqué, Altra – pour toi, et pas pour ce que tu es.

Je parie qu'avoir des poils dans le nez ne t'a pas manqué, répondit le Chat de Feu, taquin.

Karal en resta bouche bée. Il n'avait jamais vu Altra d'humeur si légère !

Je n'ai plus besoin de te gronder pour que tu réfléchisses et que tu sois plus résolu. Tu te débrouilles très bien, et ça me laisse le loisir d'être ton ami en même temps que ton conseiller.

Karal rougit d'embarras et de plaisir. Il en était sans voix. Mais c'était aussi bien, puisque Altra avait l'intention de combler les silences.

Prends un livre et installe-toi confortablement. Un page arrivera sous peu avec tes médicaments et de la nourriture pour nous deux. (Il se roula de nouveau en boule, le bout de sa queue remuant paresseusement.) *Je crois que le poisson sera pour moi. En attendant, profite de ton temps libre.*

Karal sourit, caressa Altra derrière les oreilles, et se leva pour suivre son excellent conseil.

Il fallut deux jours d'intenses négociations pour parvenir à un arrangement. Selenay et Talia venaient à tour de rôle voir Karal, pour s'assurer qu'il allait bien, et pour l'informer du déroulement de la réunion. Comme le jeune homme s'y attendait, la reine convoqua seulement son Conseil. Ce qu'il n'avait pas prévu, en revanche, ce fut l'attitude des conseillers. Bien que prudents, ils se déclarèrent d'emblée en faveur de la visite de Solaris. Ce qui prit du temps fut de régler les détails.

Finalement, on décida – à la requête de Solaris – que seuls Karal, Altra et Florian l'attendraient du côté valdemarien. C'était logique, puisque Solaris serait alors très vulnérable. Des Hérauts-Mages assureraient sa protection à distance.

A la lisière du Champ des Compagnons, pour être précis… Au milieu se dressait toujours le Temple, désormais en ruines. Mais l'arche qui avait si souvent servi aux Hérauts-Mages du passé pour ouvrir des Portails était toujours là. Ce genre d'usages répétés accordant le terminal à l'énergie particulière du sort, il était plus facile d'y ouvrir un Portail. Selon An'desha, la tendance de la pierre à s'accorder d'elle-même devait être à l'origine des Portails permanents de jadis.

An'desha jurait qu'un jour, il remonterait dans ses souvenirs jusqu'à Ma'ar, afin de découvrir ses secrets. L'Adepte Noir n'avait jamais su comment ouvrir des Portails permanents – seul Urtho, le Mage du Silence, maîtrisait cette technique. Mais Ma'ar connaissait nombre de secrets, et An'desha espérait, en les explorant et en parlant avec les mages de k'Leshya, retrouver celui des Portails permanents.

Mais ils avaient bien d'autres priorités. Avec ce qu'ils traversaient à cause des tempêtes magiques, Karal doutait qu'aucun Allié ne veuille dépendre à ce point de la magie. Le transport physique était infiniment plus fiable…

Karal savait pourquoi il avait fallu deux jours seulement pour arriver à un accord. Les Valdemariens – même s'ils ne l'admettraient jamais – considéraient les Compagnons comme une première ligne officieuse, et comptaient sur Florian pour prévenir ses congénères, au cas où Solaris ne serait pas seule à franchir le Portail. Et nul doute que les Valdemariens savaient qu'il savait. Du coup, tout était parfait – car ce qui ne pouvait pas être admis serait au moins tacitement reconnu.

Deux jours de plus furent nécessaires pour affiner les arrangements… Sans que rien ne transpire du Conseil. Un vrai miracle !

Au moins, la visite avait été organisée sans qu'aucun fauteur de trouble ne soit au courant. Car nul doute que nombre de nobles en avaient entendu parler…

Du coup, si les Valdemariens n'avaient pas insisté pour que le terminal soit dans le Champ des Compagnons, Solaris aurait proposé le Palais. Mais la protection des Compagnons s'appliquerait dans les deux sens.

Même le temps coopéra. Il était clair, ensoleillé… et froid, comme put le constater Karal, qui attendait près des ruines du Temple. Il avait gelé, la nuit précédente et les pierres étaient couvertes de givre. Les ruines se dressaient au milieu d'un bosquet touffu. Les Valdemariens l'appelaient *le* bosquet. Bien qu'il fût au cœur du Palais, il s'en dégageait une impression de mystère et d'intemporalité. Les pierres étaient éparpillées autour d'un clocher en relativement bon état. A part lui, seule l'arche était encore debout.

Eh bien, nous y voilà, dit Florian. *Tout est prêt.*

— Sauf moi, répondit Karal.

Le jeune homme avait revêtu sa tenue officielle de Prêtre du Soleil, et il lui semblait avoir une chape de plomb sur les épaules. Il se demanda comment les prêtres haut placés faisaient pour porter ça tous les jours.

— Pourquoi t'es-tu porté volontaire, au fait ? continua Karal à l'intention de Florian, alors qu'Altra circulait entre les pierres pour trouver l'endroit idéal où poser son postérieur.

Si un Valdemarien voulait planter une flèche dans Solaris, il réfléchirait avant de tirer sur un Compagnon. J'ai l'intention de faire écran.

— Ah… (Karal passa un index dans son col et tira nerveusement dessus.) C'est logique… Je ne peux pas concevoir qu'un Valdemarien puisse avoir l'audace de tirer à *proximité* de l'un de vous.

Merci.

Florian avait été étrillé de la tête à la croupe. S'il n'était pas sellé, il arborait l'équipement officiel que les Compagnons portaient pour les grandes occasions. Sa crinière et sa queue avaient été brossées et tressées de rubans bleus et argentés, chaque tresse ornée d'une clochette en argent.

Puis-je espérer que ta tenue de parade est moins inconfortable que la mienne ?

— Je crains qu'elle le soit davantage, dit Karal. S'il faisait plus lourd ou plus chaud, je ne pourrais pas mettre un pied devant l'autre.

Et on ose dire que le rang n'est pas un fardeau ! (Florian agita la tête, faisant tinter les clochettes, et hennit d'amusement.) *J'aimerais presque être un Chat de Feu. Au moins, ils ne sont pas obligés de porter des clochettes et des rubans.*

Altra le regarda par-dessus son épaule.

Non, mais quand j'aurai fini tu seras heureux de n'avoir eu à porter que des clochettes et des rubans. Ouvrir un Portail n'est pas comparable à un transfert… Enfin, tu verras. A mon avis, c'est un faible prix à payer pour le bien qui résultera de cette visite.

Sur ces mots, il continua d'examiner le sol.

Karal comprit soudain que le Chat de Feu allait dépenser beaucoup d'énergie et qu'il aurait besoin de concentration. Ce serait impossible s'il frissonnait sur la pierre froide et humide. Pourquoi n'avaient-ils pas pensé à apporter un coussin ?

Une minute... Florian n'avait pas de selle, mais une couverture ornementale reposait sur son dos.

Alors que Karal se tournait vers Florian pour lui emprunter sa couverture, le Compagnon la saisit entre ses dents.

Voilà. Je juge approprié qu'Altra soit assis sur une couverture valdemarienne pendant qu'il fait venir Solaris de Karse, non ?

Le Chat de Feu se tourna vers eux pour les regarder. Ses yeux bleus firent plusieurs allers-retours entre le jeune homme et Florian.

Merci, dit-il simplement. *C'est pour ça que l'Alliance fonctionnera.*

C'est au moins pour ça que nous formons une bonne équipe : tous sous le même harnais ! répondit Florian, tout joyeux.

Altra indiqua à Karal où il devait étendre la couverture.

Voilà bien une réflexion de cheval ! Moi, j'aurais dit que nous étions tous derrière la même proie.

Naturellement ! lança le Compagnon en regardant le Chat de Feu s'installer. *Tu peux avoir ma part des souris que nous attraperons.*

Et toi, la mienne du maïs qu'elles mangeaient. Etes-vous prêts ? Hansa l'est, de son côté.

C'était une question rhétorique, ils le savaient tous. Karal tira sur sa tunique, pendant que Florian venait se placer à côté de lui. Ensemble, ils regardèrent l'arche de pierres.

Tous les muscles d'Altra étaient tendus. Les pierres de l'arche brillèrent, faiblement, au début, puis de plus en plus vivement. Soudain, il n'y eut plus qu'un vide obscur à l'intérieur.

Des filaments d'énergie jaillirent tels des éclairs. Tous les poils d'Altra étaient hérissés, le faisant paraître deux fois sa taille normale.

D'autres filaments apparurent, et d'autres encore...

Le vide obscur se dissipa. Mais le paysage qui le remplaça n'était pas celui des ruines qui s'étendaient de l'autre côté de l'arche. Devant des étagères couvertes de livres, Solaris et Hansa attendaient...

Solaris ne perdit pas de temps. Elle franchit le Portail avec tout l'aplomb de quelqu'un qui passe simplement d'une pièce à l'autre…

N'était qu'elle franchissait ainsi une distance si importante que Karal et son maître avaient mis des semaines pour la parcourir. Elle aussi avait revêtu sa tenue officielle.

Elle était couverte d'or, ses robes ornées de petites plaques de métal précieux au lieu d'être simplement brodées. Les bijoux qui dénotaient son office étaient deux fois plus gros que ceux de Karal. On eût dit une statue de Vkandis. Le jeune homme se demanda comme elle pouvait bouger.

Pourtant, elle passa de Karse à Valdemar, puis s'éloigna du Portail, pour qu'Altra et Hansa puissent le refermer. Ce qu'ils firent, dès l'instant où elle fut de l'autre côté. Le Portail redevint noir, puis disparut, laissant la place aux ruines encadrées par l'arche de pierres.

Altra s'affaissa, et Solaris se baissa pour le soutenir, le temps qu'il recouvre ses forces.

Karal l'entendit murmurer :

— Merci, Altra. Du beau travail !

Si Altra lui répondit, le jeune homme ne l'entendit pas. Quand le Chat de Feu fut capable de tenir debout tout seul, Solaris se tourna vers ceux qui étaient venus l'accueillir.

Karal perdit courage sous ce regard direct, aussi difficile à soutenir que la lueur du soleil à midi. Il frissonna et essaya de baisser les yeux, subjugué – et pas seulement parce qu'il était face à la maîtresse de Karse. Il « bénéficiait » de ce qu'il avait toujours redouté : l'attention exclusive du Fils du Soleil. Mais surtout, il se tenait devant Solaris, sachant au fond de son cœur qu'il avait failli.

Il n'avait pas tenu sa promesse. Ulrich était mort.

Il trembla, et le regard de Solaris s'adoucit. Un instant, il vit la femme sous le Fils du Soleil. Son masque tomba et elle avança vers lui avant qu'il n'ait pu s'incliner. Le prenant par les épaules, elle l'étreignit.

— Je ne suis pas le Fils du Soleil en cet instant, murmura-t-elle à son oreille, alors qu'il retenait son souffle. Karal, je sais ce que tu ressens. Tu as fait de ton mieux, et si tu as échoué, c'est parce que les missions que je t'ai confiées auraient exigé un prêtre bien plus expérimenté. Mais je n'en avais pas à envoyer. Il ne restait que toi… et mes espoirs. Tu les as comblés au-delà de toute attente.

Karal se sentit pris au piège du silence et ne put pas répondre.

— Deux fois, déjà, je t'ai imposé une mission trop lourde pour toi. Je suis désolée. Me pardonnes-tu ? (Karal acquiesça en silence et les yeux de Solaris s'embuèrent.) Oh, Karal, il me manque tellement !

C'en fut plus qu'il ne pouvait supporter. Son cœur et sa gorge se serrèrent. Perdant son contrôle, il éclata en sanglot. Elle aussi, et ils pleurèrent ensemble.

Solaris fut la première à se maîtriser, mais elle ne le repoussa pas, le serrant contre elle jusqu'à ce qu'il se calme, et le lâchant quand il commença à s'écarter timidement.

— Tiens, dit-elle en lui tendant un mouchoir. J'avais le sentiment que ça arriverait, alors je me suis préparée. (Elle eut un pâle sourire. N'étant pas encore redevenue le Fils du Soleil, elle n'était qu'une femme soucieuse et lasse.) Ces robes sont très pratiques. Je pourrais cacher dans ses manches une mule, des provisions pour une semaine et une tente.

Cela fit rire Karal – l'effet qu'elle recherchait. Il reprit son sérieux pendant qu'elle essuyait ses larmes et s'enveloppait dans sa dignité coutumière. Le jeune homme s'essuya aussi les yeux. S'ils étaient encore rouges quand ils arriveraient devant la délégation valdemarienne, on pourrait attribuer ça au soleil…

Quand il fut prêt, il fit un signe de tête à Solaris, qui se mit en mouvement, le prêtre à sa droite et Florian à sa gauche.

Le pas mal assuré, Altra fermait la marche.

Selenay était aisément identifiable à sa tenue blanc et or, aussi impressionnante dans sa simplicité que Solaris avec ses robes surchargées. Son Compagnon, à côté d'elle, portait toute la panoplie officielle, jusqu'à la selle. Derrière, Talia et le prince Daren attendaient, eux aussi avec leurs Compagnons. A part les Hérauts, tous les nobles avaient revêtu des tenues aux couleurs du soleil en l'honneur de leur prestigieuse visiteuse, formant un parterre aux tons chauds sur le fond brun de l'herbe.

Un moment intéressant... Le premier face à face entre deux femmes volontaires et résolues qui s'étaient longtemps combattues. Karal sentit l'intensité de leurs regards, tandis que Solaris avançait de la démarche gracieuse qu'il était incapable d'imiter.

Solaris s'arrêta à deux pas de son homologue. Elles s'étudièrent encore un peu.

Allaient-elles se haïr ? Tant qu'elles étaient loin l'une de l'autre, leurs sentiments personnels n'avaient pas d'importance. Mais étant assez près pour se toucher, il valait mieux qu'elles puissent au moins se tolérer !

Le cœur de Karal battait douloureusement à ses oreilles tandis qu'il attendait que l'une des deux prenne la parole.

Selenay rompit le silence.

— Talia m'avait dit que nous nous ressemblions beaucoup, Votre Sainteté, fit-elle avec un sourire, que Solaris lui rendit. Je la soupçonne d'avoir voulu faire preuve de tact.

— De beaucoup de tact, Majesté, répondit Solaris, utilisant la voix spéciale qui portait jusqu'aux confins du Temple sans qu'elle ait à hausser le ton. Mais connaissant notre prêtresse, je n'en attendais pas moins.

Karal s'émerveilla de son habileté. En disant « je », elle confirmait à Selenay qu'elles étaient sur un pied d'égalité. Mais en appelant Talia « notre » prêtresse, elle soulignait qu'elle ne parlait pas, comme la reine de Valdemar, qu'en son seul nom. Talia était tout autant une prêtresse de Vkandis que Solaris. Et où allait Solaris, son dieu la suivait.

— Je suppose, continua Solaris, qu'elle voulait dire que nous sommes *beaucoup trop* semblables.

Elle leva un sourcil élégant à l'intention de Talia, détournant pour la première fois le regard de la reine de Valdemar. Talia avait revêtu des robes de Prêtresse du Soleil – mais en blanc et argent, au lieu de noir et or, un signe de sa double fonction de prêtresse et de Héraut.

Encore un beau symbole d'équilibre.

Talia rougit, tandis que Selenay riait tout bas et se détendait un peu.

Karal se détendit tellement qu'il en eut le vertige.

Elles s'apprécient ! Oh, merci, Vkandis !

Solaris était aussi franche uniquement avec les gens qu'elle aimait et en qui elle avait confiance. Elle ne mentait jamais, mais c'était une maîtresse de la dissimulation et des demi-vérités. Après tout, il le fallait. Elle ne serait jamais arrivée à cette position sans ce talent.

Selenay devait être tout aussi experte en tromperie – même s'il ne pouvait pas parler d'expérience.

Solaris avança encore d'un pas et tendit la main. Selenay la prit immédiatement et la serra.

— Sainteté, dit-elle en se tournant pour que le Fils du Soleil et elle soient côte à côte, si vous le permettez, je vais faire les présentations. Vous connaissez déjà Talia, bien sûr… Voilà mon époux et consort, le prince Daren…

Karal recula discrètement d'un pas, se plaçant derrière Solaris. L'intolérable fardeau de l'autorité était enfin sur des épaules dignes de le porter.

CHAPITRE VII

Dieux, ces terres sont désolées et gelées…

Le commandant Tremane – il ne se considérait plus comme un grand-duc, ni comme un chef militaire, d'ailleurs – regardait la cour de son fort. Désormais déserte, elle était enterrée sous une épaisse couche de neige, et le sorcier spécialiste du climat de Shonar annonçait de nouvelles chutes. Même si le vieil homme ne pouvait plus influencer le temps, il était toujours capable de le prédire, et d'apprendre à un ou deux mages impériaux à le faire.

De la neige. Je n'en avais pas vu autant depuis que j'ai quitté mon domaine.

Dans la capitale impériale, la neige ne tombait pas, – à part en fines couches, faciles à balayer des rues.

L'hiver était arrivé précocement. Mais avec l'aide de ses hommes, les Hardorniens avaient rentré leurs récoltes, et les expéditions avaient rapporté du fourrage, des paniers de céréales et de racines, des noix, des fruits et même du bétail.

Les bêtes redevenues sauvages avaient été tuées. Leurs carcasses gelées pendaient maintenant dans un entrepôt, en ville, mais elles appartenaient aux Impériaux. Tremane les avait échangées chacune contre un animal sur pied prélevé sur sa part. La viande fraîche changerait agréablement des fumaisons impériales. En la faisant conserver loin du camp, il savait s'exposer au chapardage, mais au moins, ses cuisiniers suivraient ses ordres, alternant les préparations. Tremane ne pouvait pas permettre que toute la viande fraîche soit consommée avant celle des réserves. Les hommes se plaindraient – à raison – s'ils devaient ensuite se contenter du même ragoût – la seule chose qu'on pouvait faire avec de la viande en conserve. C'était un détail, mais en hiver, et dans ces conditions, cela risquait de devenir un véritable problème.

Ça pourrait être pire.

La neige lui convenait. Deux jours plus tôt, ils avaient subi une tempête de grêle, et c'était infiniment plus pénible. Il y avait eu deux jambes cassées, plus cinq bras et une demi-douzaine de clavicules.

Heureusement, ces blessures n'étaient pas la calamité qu'elles auraient été quelques semaines plus tôt, quand il avait besoin de tous ses hommes. Les murs étaient terminés, ainsi que les nouvelles casernes. Les constructeurs étaient parvenus à une solution élégante au sujet de leurs ressources limitées en combustible… et en temps. Une variation sur le système de chaudière extérieure proposé par un de ses hommes…

L'aménagement intérieur des casernes n'était toujours pas terminé, mais ça pouvait être fait quand les hommes y vivaient. L'important était qu'il y ait la place d'étaler leurs paillasses. Ils avaient suivi les plans de la bâtisse « enterrée », mais au lieu d'avoir un mur entier occupé par une cheminée, de l'air chaud circulait sous le sol, et en sortait aux quatre coins par des conduits. Des fours avaient été construits directement au-dessus de certaines chaudières, les autres étant surmontées d'une grande marmite prévue pour cuire les soupes et les ragoûts.

Comme il n'y avait pas de fenêtre, les hommes devaient s'éclairer à la bougie ou avec des lampes à huile. Mais si les casernes étaient sombres, elles restaient chaudes. Et si Tremane avait organisé un vote, les soldats auraient préféré la chaleur à la clarté.

Evidemment, puisqu'ils n'avaient pas été consultés, les hommes appelaient leurs casernes « le trou » ou « la grotte ». Mais si certains se plaignaient de vivre dans le noir, la majorité s'en accommodait sans problème.

Ils étaient encore sous les tentes quand la première tempête de grêle avait frappé. Après, les travaux avaient été très vite terminés.

Une faible odeur animale flottait dans le camp, venant des blocs de tourbe et de bouse qu'ils utilisaient dans les chaudières. Ça n'était pas trop déplaisant, mais les hommes s'en plaignaient. Ils prétendaient que cela donnait un drôle de goût au pain et à la soupe. Pour le couvrir, Tremane avait ordonné qu'on y ajoute des herbes fortes.

Les plaintes étaient nombreuses. Le moulin à rumeurs tournait à fond, ces temps-ci. Mais il en allait ainsi chaque fois que des hommes avaient trop de temps libre et d'énergie. Rien ne laissait présager une mutinerie. D'une étrange manière, ces râleries étaient même un signe de bonne santé.

Il faudra que je trouve un moyen d'occuper les hommes. Je formerai des équipes de ramasseurs de bois et de chasseurs... Mais ces activités ne distrairont pas tout le monde. Des manœuvres dans la neige ? Un travail en ville ? Mais lequel ? Je ne veux pas qu'ils s'arrogent les fonctions des autochtones... C'est encore trop tôt. Ce serait un motif de ressentiment.

Tremane s'était arrangé pour que ses hommes aient des permissions plus fréquentes. Inutile de les garder enfermés dans leurs casernes sombres quand une chope de bière et une heure en compagnie d'une fille pouvaient leur remonter le moral. Les habitants de Shonar s'entendaient plutôt bien avec les soldats. Les seuls incidents étaient dus à l'abus d'alcool, mais on avait puni les coupables et les choses n'étaient jamais allées plus loin. Tremane et le Conseil de Shonar avaient établi une liste commune d'infractions et de punitions basée sur le Code Impérial.

Dans l'ensemble, le monde de Tremane se portait plutôt bien... à condition de regarder uniquement à l'intérieur de Shonar.

A l'extérieur...

De derrière les murs monta un glapissement sinistre. Ce cri n'était pas celui d'un loup, d'un lynx ou d'un chien sauvage. Il avait été poussé par... autre chose. On entendait ces monstres hurler et gémir toutes les nuits, du crépuscule à l'aube. Les sentinelles disaient avoir vu des silhouettes sombres aux yeux luisants qui les observaient avant de disparaître.

Ces créatures étaient plus intelligentes que l'« araignée

géante », car elles ne s'étaient jamais fait prendre. Tremane plaignait les fermiers qui avaient refusé de s'installer en ville. Il devait être terrible d'entendre ces bêtes hurler sous ses fenêtres. Reniflaient-elles sous les portes et dans les fentes de volets ? Griffaient-elles les murs ? Il espérait que les fermiers changeraient d'avis et accepteraient l'hospitalité de Shonar avant que ces monstres ne deviennent un problème. Jusque-là, les murs de briques les avaient tenus à distance… Mais les tempêtes magiques créaient des monstres de plus en plus terribles. Et l'hiver ne faisait que commencer…

Contente-toi de regarder à l'intérieur des murs, Tremane !

Les toits des nouvelles casernes étaient en chaume, comme presque tous ceux de la région, et suffisamment pentus pour que l'excédent de glace ou de neige en tombe. Un heureux hasard plutôt qu'une preuve de sagesse. La tempête qui avait détruit la moitié des tentes avait aussi fait s'effondrer le toit en ardoise d'un des bâtiments de la ville. Avec le chaume, il y avait un risque d'incendie. Mais la conception des casernes rendait impossible que de la suie se mêle à la paille, limitant le danger. La suie se collait en haut de la chaudière, régulièrement nettoyée.

Les toits du manoir étaient en ardoise, mais sur une charpente en pierre, pas en bois, car la bâtisse était construite pour durer des siècles. Certaines pièces restaient mortellement froides, mais peu de mages ou d'officiers passaient beaucoup de temps dans leurs chambres et ils avaient la possibilité de se réchauffer dans le grand hall avant de les regagner. De plus, ils pouvaient faire mettre une bouillotte dans leurs lits. Car il y avait désormais de nombreux serviteurs au manoir de Tremane.

Les pièces de monnaie impériales ont plus de valeur que les hardorniennes. Les nôtres sont en or pur, alors que les leurs ont souvent été coupées.

Peu d'endroits, ici, étaient aussi bien chauffés que ses appartements. Il enviait presque leurs « grottes » à ses hommes. Les sols du premier étage étant en pierre, il était impossible de s'y tenir debout. Même à travers d'épaisses semelles, les pieds s'engourdissaient rapidement. Quelqu'un s'était souvenu qu'on couvrait, dans les campagnes, les sols nus de joncs et d'herbes. Tremane avait aussitôt ordonné que les pièces sans tapis soient équipées ainsi, une mesure qui avait considérablement limité les courants d'airs remontant dans les jambes de pantalon. Les hommes de corvée de nettoyage et les serviteurs appréciaient également, puisqu'ils n'avaient plus besoin de nettoyer les sols. La seule exception était la grande salle qu'il utilisait comme mess, où les corvées de balayage restaient de rigueur.

Derrière la vitre, la neige tombait à gros flocons paresseux. Impossible de distinguer les nuages. Tout était gris blanc.

Les nuages ? On ne voit même pas le soleil !

Son nez le chatouilla, et le duc éternua, le talon de sa botte ayant écrasé une brindille d'une herbe aromatique, ramenée d'en bas. Il la laissa où elle était. Il y en avait partout, de toute manière...

Le seul monstre créé par les tempêtes magiques qui eût pénétré dans leurs murs n'était pas une énorme créature féroce, mais un petit ennemi vicieux – et prolifique, avec ça ! A l'origine, il s'agissait d'une puce – le parasite en avait la taille et la forme – mais une mutation l'avait rendu venimeux. Pas assez pour tuer un homme, mais suffisamment pour que ce soit très désagréable. Ses piqûres formaient des cloques douloureuses qui pourrissaient si elles n'étaient pas aussitôt percées.

Par bonheur, un autochtone avait découvert qu'une herbe très commune le repoussait. Ce végétal garnissait désormais les coffres à vêtements, les lits et les placards. On en avait également mélangé aux joncs. La ville et le camp avaient réussi à contenir l'infestation, mais les pauvres ne pouvaient pas se payer l'herbe et ils en souffraient terriblement. Tremane avait entendu dire qu'ils venaient fouiller dans les vieux joncs que les Impériaux jetaient pour récupérer des brins séchés. Il avait ordonné de les laisser faire, car l'idée que des enfants puissent être piqués le révoltait.

Au moins, la température devrait aider à l'éradication du fléau – à l'extérieur, pas à l'intérieur des habitations. Mais les hommes s'ennuyaient tellement qu'ils s'étaient mis à chasser l'insecte, et c'était à qui en tuerait le plus grand nombre. A ce rythme, et bien qu'il se reproduise très vite, le parasite n'avait aucune chance.

Voilà ma vie ! Passé du statut d'héritier du trône à celui d'ennemi des monstres et des insectes…

Il maintenait une garde en permanence. De nuit comme de jour, les hommes étaient postés à quelques pas l'un de l'autre. Un tour durait quatre heures, mais si le temps devenait trop inclément, il les réduirait à deux. Inutile de construire des casernes bien chauffées si ses soldats devaient attraper des engelures en montant la garde !

Ceux qui n'étaient pas de service devaient finir les casernes. Les planchers étant encore en bois brut, il fallait les poncer et les polir, pour qu'ils puissent être nettoyés. En plus, il restait à monter les cloisons, à enduire les murs, à construire les lits et les placards, et à assembler les meubles. Quand ce serait terminé, Tremane leur trouverait un autre passe-temps. Des greniers sous les chaumes, peut-être ? Abaisser la hauteur des plafonds aiderait à mieux conserver la chaleur.

L'Empire n'avait toujours pas pris contact avec eux. Tremane ne croyait pas qu'il le ferait. Il était *possible* qu'un agent infiltré dans ses rangs ait réussi à regagner la capitale, et que l'empereur ait décidé de réunir suffisamment de mages pour ouvrir un Portail et lancer une offensive punitive. Il se pouvait également que Charliss leur ait envoyé un courrier à cheval, suivi par une armée de soldats et de mages. Tout dépendait de la manière dont les tempêtes magiques touchaient l'Empire – s'il était frappé.

Mais avec le temps, l'éventualité d'une reprise de contact diminuait. Maintenant que l'hiver s'était installé, un courrier à cheval ne pourrait jamais les atteindre. Pour traverser tant de terrain, il fallait une armée comme celle dont il disposait.

Le regard de Tremane courut sur le paysage désolé qui s'étendait derrière ses fenêtres et reflétait inconfortablement son état d'esprit.

On peut dire que j'ai mon empire. Il est petit, mais il est à moi. Je doute que quiconque ne vienne tenter de me le prendre avant le printemps.

— Commandant ?

La voix d'un de ses assistants… Prenant une expression

propre à inspirer la confiance, le duc se retourna pour faire face au jeune homme, debout sur le seuil.

— Oui, Nevis ? répondit-il.

— Messire, il y a ici un... étrange groupe d'hommes. Ils insistent pour vous parler. (Le jeune assistant semblait perplexe.) Pour être franc, j'ignore ce que je dois faire d'eux. Il n'y en a pas deux de la même unité ou de la même discipline. Pourtant, ils prétendent être là pour la même raison.

— Et ils refusent de vous dire de quoi il s'agit... Bien, faites-les entrer. Peut-être ont-ils découvert un autre insecte nuisible... qui pique à des endroits dont on préfère généralement ne pas parler.

Nevis rougit, ce qui amusa Tremane. Comment ce gamin avait-il pu arriver à une telle position et continuer à rougir à l'idée qu'une puce s'attaque aux parties intimes d'un individu ?

— Je les fais entrer, messire, répondit-il, avant de sortir.

La lumière du crépuscule ne convenait pas à une réunion. Heureusement, ils ne manquaient pas de chandelles, de cire ou de suif. Tremane entreprit de les allumer avant que la délégation n'arrive. Il coupait la mèche de la dernière quand Nevis revint avec ses visiteurs.

Ils étaient une douzaine, de tous grades. Il y avait un mage, un général – c'était sans doute à cause de lui que Nevis n'avait pas osé les renvoyer sans consulter Tremane –, deux sergents, deux lieutenants, et un assortiment d'éclaireurs et de fantassins.

Bizarre... La seule chose que ces hommes ont en commun, c'est d'avoir été l'agent d'un de mes ennemis, et je doute qu'ils se soient fait des confidences...

Tremane s'assit à son bureau et étudia ses visiteurs pendant que Nevis fermait la porte.

— Bien, dit-il, enfin. J'espère que ça n'est pas le prélude à une mutinerie.

Le général Bran éclata de rire.

— Non, commandant. C'est même pour la raison inverse que nous sommes là ! Bon, je serai bref... Je suis sûr que vous le saviez déjà, mais nous sommes tous des espions. Certains d'entre nous faisaient leurs rapports à l'un ou l'autre de vos rivaux. Moi, j'adressais les miens à l'empereur.

« Nous avons décidé de tout avouer et de nous en remettre à votre clémence. Et nous vous demandons de nous garder à nos postes.

Tremane fut très content d'être déjà assis – les espions n'étaient généralement pas si francs.

Généralement ? C'est absolument sans précédent ! Une défection en masse pour se ranger de mon côté ? Je doute qu'une chose pareille se soit jamais produite au sein de l'Empire !

— Je… hum… crois comprendre que vous vous connaissiez ? dit-il, espérant que sa voix ne trahissait pas son trouble.

— Bien sûr, répondit le mage – un homme sans grand talent dont Tremane ne se rappelait pas le nom, et qui avait récemment été promu au grade d'acolyte. Tout comme vous saviez qui nous étions. C'est ça, le jeu dans le jeu… Nous connaissions tous les agents, mais jusqu'à cet après-midi, quand le général Bram nous a réunis, nous ignorions qui travaillait pour qui.

— Travaillait, répéta prudemment Tremane. Et pas « travaille ».

— Travaillait ! confirma Bram. A quoi bon tourner autour du buisson quand l'oiseau s'est envolé depuis longtemps ? Nous n'avons pas eu plus de contact avec l'Empire que vous, depuis le début de cette crise, alors pourquoi servir un maître dont on n'a pas de nouvelles ? La moitié des hommes qui sont restés de l'autre côté au cours du raid sur le magasin étaient des espions. Si nos chefs avaient voulu nous contacter, ils l'auraient fait au plus tard une semaine après. (Il haussa les épaules.) Inutile de prétendre le contraire : nous avons été abandonnés ici, et nous le savons tous.

— Bram nous a réunis pour en débattre, mais nous pensions tous la même chose, dit le mage en se grattant la tête. Nos chefs sont là-bas et vous êtes resté ici. Vous auriez pu faire ouvrir le Portail pour regagner vos terres. Mais vous êtes toujours avec nous. De notre point de vue, ça fait de vous un meilleur maître que ceux que nous servions jusqu'ici.

— Les dieux savent qu'on peut vraiment compter sur

vous ! ajouta un éclaireur. Nous sommes venus vous présenter tous les agents infiltrés dans vos rangs, au cas où vous en auriez manqué un. Et vous dire que nous sommes de votre côté. Comme ça vous n'aurez plus à vous inquiéter d'un sabotage. Ce serait un peu comme percer un trou dans la coque du bateau sur lequel on navigue, non ?

— Je vois...

Tremane prit le temps de remettre de l'ordre dans ses idées. De tous les événements improbables de ces derniers mois, c'était sans doute le plus fou. Des agents ne passaient pas au service de l'homme qu'ils étaient censés espionner, et encore moins *en masse* !

— Tremane, vous êtes le commandant le plus populaire que j'aie jamais vu, dit Bram, avec un certain émerveillement et un rien d'envie dans la voix. Il n'y a pas un homme, dehors, malgré toutes les jérémiades, qui ignore que vous auriez pu nous laisser moisir ici, ou qui méconnaisse ce que vous avez fait pour nous garder en vie et en bonne santé. Ce n'est pas une question de paye. Après vous avoir vu vous inquiéter pour ceux qui avaient été ensevelis sous les tentes aplaties par la grêle, pas un seul soldat refuserait de vous servir gratuitement. Je suis prêt à parier ma réputation là-dessus.

Moi, un commandant populaire ? pensa Tremane, perplexe.

Même s'il avait espéré que ça arriverait, il ne s'y attendait pas vraiment. Il ignorait ce qui rendait un chef populaire et pensait que personne ne le savait. Des commandants avaient grassement payé leurs hommes, d'autres avaient remporté de grandes victoires, sans jamais réussir à le devenir. Très souvent, ceux qui avaient cherché à gagner les faveurs de leurs soldats avaient échoué.

Je les fais travailler dur, et j'ai l'intention de continuer, pour les occuper. Je leur ai souvent demandé des choses qui n'entrent pas dans leurs fonctions. Et même si j'ai pu les payer, tout le monde sait que les coffres seront vides avant l'été. J'essaie d'être impartial quand je dois rendre la justice, mais qui peut dire si je le serai toujours ? Je n'ai rien fait pour me rendre populaire et ça n'a pas échappé à Bram...

Mais si le général et les autres agents estimaient que ses hommes l'aimaient, nul doute que c'était vrai. Et il n'avait pas l'intention de trop regarder les dents du cheval dont on lui faisait cadeau.

Espérons que ça durera. L'hiver commence à peine. Et sera sans doute le pire que nous ayons vécu.

— Messires, répondit-il enfin, j'accepte votre allégeance et je vous garderai à vos postes. Je ne vous demande qu'une chose : continuez à rassembler des informations, et rapportez-les-moi. (Il gratifia le général d'un regard sévère, le considérant comme le chef de la « délégation ».) Je ne veux pas connaître la vie privée des hommes, ni leurs coups de gueule, mais entendre parler des *vraies* difficultés. Des plaintes dont je dois être informé et pour lesquelles je peux faire quelque chose. Ou des situations que je ne pourrais pas régler, mais dont je dois quand même être au courant.

En en appelant directement aux hommes, je pourrai peut-être faire face à celles-là aussi. Les Cent Petits Dieux savent que personne, dans l'Empire, ne se soucie de leur opinion.

— Je vois…, fit Bram.

— Je n'ai pas le choix, dit Tremane. Je vais être franc avec vous, parce que vous êtes des hommes intelligents. *Nous* n'avons pas le choix ! Je pense être le seul, dans cet endroit oublié des dieux, qui ait l'expérience nécessaire pour prendre les choses en mains. Vous devez penser la même chose, sinon vous ne seriez pas là.

« Si je suis le chef, je dois avoir autant d'informations que possible, et ne pas ignorer celles qui seraient désagréables. Je compte sur vous pour me les rapporter, parce que je ne peux pas être sûr que mes propres espions oseront le faire.

Un mensonge, mais qui pouvait les rallier davantage encore à sa cause… Ces hommes avaient été formés à chercher ses points faibles pour le compte de leurs maîtres respectifs. Ils devaient donc pouvoir les lui signaler avec plus de facilité que ses propres agents.

Ils avaient de l'entraînement, après tout…

Le général Bran acquiesça solennellement.

— D'accord. Voulez-vous que nous jouions un rôle plus actif, si nous rencontrons une situation où un ou deux mots suffiraient pour que tout rentre dans l'ordre ? (Il eut un sourire sans joie.) Les Cent Petits Dieux savent que nous avons plutôt l'habitude des situations ou un ou deux mots peuvent mettre le feu aux poudres.

— Je vous donne carte blanche, répondit Tremane. N'étant pas stupides, vous savez comment ne pas vous exposer. Je vais passer un marché avec vous. Fiez-vous à moi pour faire tout ce qui est en mon pouvoir au bénéfice des soldats. Je me fierai à vous pour rester à mon poste. (Une fois de plus, il riva son regard perçant sur Bram.) La situation ne permet pas un vote démocratique pour désigner un chef. Je vais être obligé de prendre des décisions qui ne plairont peut-être pas à tout le monde. *Je* dois garder les rênes, sinon nous courons au désastre. (Il eut un petit sourire.) On dit qu'il n'est pas sage de changer de cocher au milieu d'une charge. Alors, vous avez intérêt à rester avec moi, sinon vous pourriez être éjectés sous les roues en essayant de m'arracher les rênes.

Ayant mené plus d'une charge, en son temps, Bram acquiesça.

— J'accepte vos conditions… et je crois être notre porte-parole à tous. (Il regarda ses pieds un instant, puis redressa la tête.) Vous êtes le meilleur chef que nous puissions avoir dans une telle situation, Tremane. Vous avez une expérience civile qui manque aux militaires et que je sois pendu si je sais d'où vous vient une telle clairvoyance ! Et vous possédez deux choses qui ne se calculent pas : la chance et le cœur ! Nous ne nous débarrasserons pas d'un chef qui a ces qualités.

Tremane ferma les yeux un instant. Ça allait avec le reste, bien sûr. De la chance ? Eh bien, il n'allait pas la négliger, et il était prêt à en tirer parti, mais pas à compter dessus. Et c'était peut-être le meilleur moyen de continuer à en avoir.

Il rouvrit les yeux.

— Merci, messires… N'oubliez jamais que nous devons travailler ensemble pour sauver les nôtres. Souvenez-vous que cette notion inclut maintenant les Hardorniens de Shonar, même s'ils ne le savent pas encore… Et n'oubliez jamais : à l'avenir, nous pourrions avoir besoin de chercher des amis dans d'étranges endroits !

Le général salua, et, sans un mot, emmena la délégation d'anciens espions.

Quand la neige cessa de tomber, le temps resta froid et clair pendant deux jours. Le ciel était si pur que Tremane se demanda si les tempêtes magiques n'avaient pas affecté les pouvoirs du sorcier hardornien. Pourtant, le vieil homme était affirmatif : il y aurait encore de la neige, beaucoup de neige.

Où était-elle ? S'ils ne pouvaient plus compter sur les prédictions du sorcier, cela leur rendrait la tâche beaucoup plus difficile.

L'aube du troisième jour fut aussi claire et magnifique que les deux précédentes. Dans l'après-midi, après avoir passé des heures dans les registres sans cesse mis à jour des entrepôts, Tremane fut pris d'une envie irrésistible de se dégourdir les jambes. Mais au lieu de descendre faire une autre inspection informelle, il décida de monter au sommet de sa tour. Le temps était idéal, l'air calme, et le soleil brillait. Même là-haut, il ne devrait pas avoir trop froid…

La tour permettait d'observer la campagne alentour. Peut-être même aurait-il l'occasion d'apercevoir une des créatures furtives qui venaient rôder autour des murs, la nuit.

L'ascension était longue, mais elle en valait la peine. Il laissa son escorte au pied de la dernière volée de marches, car il souhaitait savourer ce moment de solitude à l'air libre.

Je n'ai pas été seul une seconde, sinon dans ma chambre, depuis que j'ai accepté ce commandement…

L'escalier montait jusqu'au toit, les dernières marches étant protégées par un auvent légèrement incliné. C'était beaucoup mieux ainsi. S'il avait dû ouvrir une trappe, la neige l'aurait sans doute empêché de la soulever.

Il tira la porte et sortit. La lumière était si vive qu'il en eut les larmes aux yeux, mais son cœur bondit de joie. Qu'y avait-il, dans le soleil, pour remonter ainsi le moral d'un homme ? Il fut content d'avoir donné quartier libre à ses soldats, ces deux derniers jours. On lui avait rapporté qu'ils faisaient des batailles de boule de neige et des sculptures !

Je me demande… Et si je décernais des prix aux plus belles ? Ou si j'organisais un festival d'hiver ? Ce n'est pas une mauvaise idée du tout ! Les hommes seraient occupés, mais pas à des tâches coutumières.

Il résolut de découvrir quel genre de fêtes ils célébraient. Et pourquoi ne pas faire participer les habitants de Shonar dans une compétition amicale entre le camp et la ville ?

Des courses de traîneaux... un concours de tir à l'arc...

Quelqu'un avait déblayé le toit. Le reste de la neige avait fondu et s'était évaporé au soleil. Tremane avança vers le parapet et regarda en bas.

Juste au-dessous, il aperçut une partie du manoir, quelques casernes et les murs. Les sentinelles étaient fidèles à leur poste – mais pas comme des statues, car il avait donné l'ordre aux hommes de bouger, pour ne pas geler sur place. Certains tapaient des pieds, d'autres étaient accoudés au parapet. L'un d'eux lançait des boules de neige sous le regard attentif de ses camarades. Sans doute avaient-ils parié sur la distance.

Aucun signe des monstres nocturnes, même si on avait trouvé des traces. Les mages travaillaient dessus et Tremane leur souhaitait bonne chance. A voir l'« araignée », il était impossible de dire quelles formes les tempêtes magiques pouvaient donner aux êtres vivants.

Je préfère ne pas imaginer un campagnol de la taille d'un cheval qui avale trois fois son poids en nourriture par jour...

Il fit un quart de tour et observa Shonar. Ce n'était pas une grande ville, selon les critères impériaux. Mais de sa position, les signes de son déclin étaient visibles. Les toits de chaumes des maisons abandonnées avaient disparu ou pourri, les murs de certaines boutiques et des entrepôts s'étaient écroulés. Il ne s'attendait pas à découvrir autant de dégâts. Sans doute y en avait-il plus que le Conseil n'aurait voulu l'admettre. Si Ancar n'avait pas été tué, encore quelques années de ce régime, et il aurait anéanti son royaume. Emmener de force les hommes valides et ne laisser que les femmes, les vieillards et les enfants...

Il était fou. Aucun doute.

Une colère irrationnelle submergea Tremane et retomba aussitôt. A quoi bon ? Ancar était aussi mort que l'herbe de l'année passée. L'important restait qu'il y avait en ville des constructions vides et abandonnées qui pouvaient encore servir. Voilà ce qu'il allait faire faire à ses hommes, quand ils auraient fini leurs casernes. Il leur ordonnerait de remettre les bâtisses en état, et elles deviendraient la propriété de l'Empire. Ainsi, il aurait des quartiers pour les couples mariés, et des échoppes pour les hommes qui voudraient retourner à la vie civile.

Satisfait de cette idée, il fit de nouveau un quart de tour sur lui-même.

Les hommes s'entraînaient sur une bande de terrain déneigé. Ceux qui étaient sur les murs faisaient la même chose. La seule différence, c'était que deux d'entre eux disputaient un concours de lancer de boules de neige avec des frondes improvisées.

Encore une idée de compétition. Lancer de boules de neige à la main et à la fronde…

Alors qu'il levait les yeux pour regarder par-delà les murs, vers le paysage dénudé, il plissa le front de surprise. Il n'y avait pas de montagne dans cette direction. Alors qu'était l'ombre noire qui s'étendait sur l'horizon ? Une forêt d'arbres géants ? Non, c'était beaucoup trop loin !

Un instant plus tard, une bourrasque venue de nulle part fit avancer la ligne sombre… et il sut aussitôt ce que c'était.

Des nuages noirs alourdis par la neige avançaient vers eux, poussés par le vent. Le vieux sorcier avait raison !

Avant qu'il n'ait pu prévenir les sentinelles, ses soldats se tournèrent vers l'horizon. Il leur fallut un peu plus longtemps qu'à lui pour découvrir ce qui n'allait pas, car il avait l'avantage de la hauteur.

— C'est une tempête ?

— Ça y ressemble !

Les cris qui coururent d'un bout à l'autre de la ligne de sentinelles confirmèrent ce que Tremane savait déjà. Un homme porta un cor à sa bouche et sonna l'alarme.

Trois longues notes, suivies d'une pause, répétées aussi longtemps qu'il restait du souffle au soldat. Le signal convenu pour annoncer qu'une tempête approchait. Ce genre de mesure pouvait sembler alarmiste, mais Tremane ne voulait prendre aucun risque. Il avait entendu parler de tempête de neige, dans le nord, où les gens se perdaient et mourraient gelés à quelques pas de leurs portes. S'il y avait des hommes à l'extérieur des murs, partis chasser ou ramasser du bois, ils devaient pouvoir rentrer avant que le pire n'arrive.

D'autres hommes, eux aussi porteurs de cors, relayèrent les premiers.

Les soldats à l'entraînement cessèrent toute activité sur l'ordre de l'officier chargé des manœuvres. Il les divisa en plusieurs groupes, un par caserne, et les fit marcher jusqu'aux tas de combustibles, où ils prélevèrent des réserves. Tremane vit quelques soldats se déplacer seuls, probablement envoyés en missions par leurs chefs. Il n'eut pas à faire rechercher les permissionnaires. Ils rentraient par petits groupes. Leurs loisirs avaient été écourtés, mais ils rattraperaient le temps perdu plus tard.

Tout tournait comme une horloge, et Tremane s'en émerveilla.

Ce n'est pas qu'une affaire de prévoyance de ma part. Ils comprennent les ordres et ils coopèrent. Si une tempête approche, je veux que tous les hommes se regroupent, pour que les officiers puissent les compter. Et alors nous enverrons des équipes retrouver ceux qui manquent à l'appel.

A ce propos, *il* ferait bien de retourner à son bureau, pour qu'on sache où *il* était !

Les nuages occultaient maintenant le nord. Ils étaient toujours aussi noirs et le vent s'était levé, humide et mordant, charriant quelque chose qui n'était pas tout à fait une odeur.

Des éclairs ? Tremane regarda, fasciné. Oui ! C'était des éclairs ! Il pouvait y en avoir pendant une tempête de neige, mais c'était la première fois qu'il en voyait.

Comme pour lui rappeler qu'il s'attardait trop, un coup de tonnerre retentit.

Il se retourna, ouvrit la porte et s'empressa d'aller retrouver son escorte.

— Une tempête approche ! annonça-t-il.

— Nous avons entendu l'alarme, commandant, répondit le chef. Nous sommes à vos ordres.

Tremane réfléchit un instant.

— Quand vous m'aurez laissé à mon bureau, descendez voir les chirurgiens et demandez-leur ce qu'il leur faut pour réussir un sauvetage pendant une tempête de neige. Ensuite, préparez le matériel. Je doute que l'un de nous se laisse surprendre dehors, mais on ne sait jamais. Et c'est une des choses que j'ai oublié de prévoir.

Les hommes l'accompagnèrent à son bureau et s'empressèrent d'exécuter ses ordres.

Tremane s'assit à sa table de travail et trouva difficile de rester immobile alors que les fenêtres s'assombrissaient et que l'alarme continuait de retentir, étouffée par la pierre et les vitres. Mais la dernière chose à faire, dans une telle situation, était de courir se renseigner sur la situation. Si une urgence se présentait, il devait être à l'endroit où on savait pouvoir le joindre.

Des équipes de secours... si je dois en envoyer, comment empêcher les hommes de se perdre ? Et comment retrouve-t-on une piste dans une tempête de neige, sans aucune visibilité ?

Aussi longtemps qu'ils ne cherchaient pas dans les bois, les hommes pouvaient être encordés. Ainsi, ils ne seraient pas séparés. Mais comment s'assurer qu'ils retrouveraient leur chemin ?

Si c'est de jour... des bâtons ? Des bâtons peints en rouge ?

Il était trop tard pour en fabriquer.

Une minute, nous avons encore les bâtons qui nous ont permis de délimiter le tracé des murs, et les cordes marquées.

Il rédigea un ordre, pour les faire sortir des réserves.

Peut-être voit-on les lanternes à travers le rideau de neige.

Une autre note.

Des clochettes. On doit pouvoir entendre des clochettes. Les costumes de danseurs dont personne n'a voulu n'avaient-ils pas des bracelets pourvus de clochettes ?

Il ajouta ça à sa liste. Les chirurgiens sauraient mieux que lui ce qu'il leur faudrait comme matériel médical. Il s'en remettait donc à eux.

S'il y avait un autre moyen de se déplacer dans la neige qu'à pied.

Mais il n'en existait aucun.

Si les hommes cherchent une personne à moitié ensevelie, ils auront besoin de bâtons pour sonder la neige. Des manches de lance devraient faire l'affaire, et ils pourront s'en servir pour marcher. Oh, et je vais donner l'ordre d'avancer par deux – un pour sonder, l'autre pour monter la garde. Seuls les Cent Petits Dieux savent ce qui se cache là dehors, et qui pourrait profiter de la tempête pour attaquer.

Tremane réfléchit encore, mais ne trouva rien à ajouter à sa liste. Il mit ses notes au propre, puis appela un de ses assistants, et lui ordonna de tout rassembler dans la salle d'armes du manoir.

Il faisait très sombre. Tremane aurait pu se croire au crépuscule, si des éclairs verdâtres n'avaient pas illuminé son bureau. Il froissa une feuille de papier, l'enflamma au feu de cheminée et alluma lui-même les chandelles et les lampes. Puis il retourna à la fenêtre, et resta bouche bée.

Il ne voyait rien à travers le rideau de flocons de neige, qui tombaient en oblique. Le vent hurlait dans le conduit de la cheminée et faisait trembler les vitres, étouffant le tonnerre. Seules des explosions de lumière vert blanc prouvaient qu'il y avait encore des éclairs.

Je sais maintenant pourquoi on appelle ça un « blizzard hurlant ». Et je suis bien content que les casernes soient chauffées par des chaudières.

C'était toujours le problème, avec une cheminée. Les jours de grand vent, toute la chaleur s'échappait par les conduits. Ils ne pouvaient pas se permettre ça, car ils gaspilleraient leur réserve de combustible beaucoup trop vite.

L'un après l'autre, ses officiers vinrent au rapport. Tremane se détendit peu à peu. Aucun absent à signaler. Toutes les équipes étaient rentrées avant que la tempête n'arrive sur eux. Les casernes avaient de quoi tenir pendant sa durée, et des cordes avaient été tendues entre les baraquements pour faciliter la circulation.

— On pourrait se perdre facilement, là dehors, commandant, dit un des derniers officiers à se présenter en brossant son manteau couvert de neige. Impossible de voir à plus d'un pied devant soi. Je n'ai jamais rien connu de pareil.

— Au moins, nous ne manquerons pas d'eau fraîche, dit Tremane en parcourant son rapport. Il suffit de faire fondre la neige.

L'officier acquiesça..., puis il sembla hésiter.

— Messire, je suppose que vous ignorez que la plupart des hommes de ma caserne sont membres des Chasseurs Cornus, n'est-ce pas ?

Puisque l'armée impériale tendait à l'intégration culturelle de ses recrues, Tremane ne le savait effectivement pas.

— Non... Attendez, ils ont l'habitude de ce genre de temps ?

S'il se souvenait bien, les Chasseurs Cornus étaient une tribu nomade qui vivait si loin au nord qu'elle ne connaissait pas l'été.

— N'élèvent-ils pas des daims et ne se déplacent-ils pas en traîneaux ?

— Vous confondez avec le Peuple du Renne, messire. Il s'agit d'une secte, pas d'une tribu. Chamanisme, totems animaux... (L'homme toussota, l'air embarrassé.) Ils ont une requête. Puisque nous risquons d'être souvent confinés dans les casernes, ils voudraient transformer un coin de la leur en temple. Je n'y vois pas d'inconvénient, mais je leur ai dit qu'il fallait votre permission.

— Je crois que ça tombe sous l'Article 42 : « L'Empire ne peut interdire à un homme de pratiquer sa religion... ». (Tremane sourit.) Je n'y vois aucun inconvénient non plus, mais il n'y aura pas de jeûne rituel sans autorisation. Et s'ils veulent mener de longues quêtes spirituelles, ils devront le faire pendant leurs jours de congé.

L'officier soupira et eut l'air soulagé.

— Ce dernier point m'inquiétait... Très bien, je vais leur donner votre réponse. Je pense qu'ils accepteront vos conditions.

— Si les tempêtes durent des jours, je pourrais bien oublier cette histoire de congés, ajouta Tremane. Après tout, quand on est coincé entre quatre murs, pourquoi ne pas laisser son esprit faire une petite balade ?

L'officier éclata de rire.

— Puis-je leur dire ça aussi, commandant ? Je crois qu'ils trouveraient ça drôle.

Tremane haussa les épaules.

— Pourquoi pas ? Savoir que j'accepte qu'ils pratiquent leurs rites devrait les rendre heureux.

L'officier salua, puis sortit. Faisant tourner et retourner

une plume entre ses doigts, Tremane regretta de n'avoir aucun exutoire à proposer à ses hommes. Si la tempête durait trop longtemps, ils finiraient par se taper sur les nerfs et des bagarres éclateraient. Même si la plupart des commandants n'aimaient pas avoir des membres de sectes dans leurs rangs, cela n'avait jamais gêné Tremane. A condition de comprendre ce qu'ils voulaient, et de le leur donner, ces gens étaient généralement plus faciles à contenter que les hommes « civilisés ».

La diversité avait du bon, même si elle compliquait parfois les choses.

Quand il eut reçu tous les rapports, Tremane se détendit. Sachant désormais où étaient ses hommes, il réfléchit à un moyen de les occuper pendant les tempêtes, une fois que l'aménagement des casernes serait terminé.

Le hall de la Garde Impériale est rempli de bannières volées et les murs sont décorés de grandes fresques réalisées par les hommes eux-mêmes. Je me demande si nous avons des artistes parmi nous ? Les hommes pourraient choisir le décor de leur caserne. Oui, c'est une idée. Le plus doué pour le dessin ferait l'esquisse, et les autres l'aideraient à le colorier. Nous avons assez de peinture pour une centaine *de casernes* !

Ça encouragerait la camaraderie au sein des divisions...

Devait-il permettre aux Chasseurs Cornus de peindre des symboles religieux ? *Oui, mais uniquement dans leur temple*. Ça devrait faire l'affaire. Si d'autres sectes voulaient avoir un endroit où pratiquer leurs rites, Tremane leur accorderait le même privilège qu'aux Chasseurs Cornus. Mais il ferait bien de fixer des limites.

Mieux vaut imposer une taille standard, sinon certains risquent de réquisitionner la moitié d'une caserne.

— Messire ! appela Nevis, le tirant de sa réflexion. Des hommes viennent d'arriver de Shonar. Ils disent que c'est urgent !

Le jeune assistant n'avait pas attendu sa permission pour amener la délégation – la chose à faire en cas d'urgence. Tremane ne reconnut aucun des hommes qui entrèrent dans son bureau, mais ils étaient paniqués. Il vit néanmoins que c'était des fermiers. Avec leurs mains calleuses, leurs visages tannés, et leurs vêtements faits pour travailler dehors par tous les temps, ils se ressemblaient comme des frères.

Ils sont venus ici, au lieu d'aller voir Sandar Giles ou Stoen, leur représentant...

— Certains d'entre vous se sont perdus dans la tempête, c'est ça ? demanda Tremane. Des bergers ? Des enfants ?

L'homme qui se tenait devant les autres – leur porte-parole, sans doute – en resta bouche bée. Tremane avait donc deviné juste. Il prit le fermier par le bras et choisit une carte sur le présentoir. Pendant que Nevis se précipitait pour ramasser les autres, qui étaient tombées, Tremane déroula la sienne sur la table, la faisant tenir avec quatre bougeoirs. Il s'agissait de la carte des alentours, que ses hommes avaient achevée juste avant la première tempête magique.

Toujours sonné, le fermier semblait incapable de réagir.

— Réveillez-vous ! ordonna Tremane avec un claquement de doigts impatient. Que feriez-vous ici, si vous n'aviez personne dans la tourmente ? Montrez-moi où ces gens sont *supposés* être. Plus vite nous partirons à leur recherche, plus nous aurons de chance de battre les monstres de vitesse !

Cela sembla tirer l'homme de sa torpeur, même s'il lui fallut quelques instants pour s'orienter sur la carte. Apparemment, il n'en avait encore jamais vu de si sophistiquée.

Quand il prit enfin la parole, son accent confirma les soupçons de Tremane : c'était bien un fermier.

— On ne les a pas envoyés très loin, dit-il. Ils doivent toujours rester en vue des murs. On n'aurait jamais cru qu'en laissant sortir les moutons aujourd'hui, on...

— Je suis sûr que vous ne les auriez pas mis volontairement en danger, coupa Tremane. Vous vous excuserez plus tard ! Indiquez-moi où ils sont. Pour être franc, même s'ils sont restés toute la journée sous les yeux de mes hommes, les voilà perdus au milieu des tourbillons de neige.

Le fermier étudia la carte, ses compagnons regardant par-dessus ses épaules. Finalement, il désigna trois points.

— Ici... trois enfants avec des moutons. Ici... l'aîné de Tobe avec ses vaches. Et là... le reste des moutons avec Racky Loder.

— Ça nous fait cinq enfants à trois endroits différents. (Tremane fit signe à Nevis.) Trouvez des volontaires, et dites-leur de me rejoindre à l'armurerie. Puis allez chercher les trousses préparées par les chirurgiens. Je prendrai la tête de l'équipe qui doit aller le plus loin.

Celle qui devait partir à la recherche du jeune berger.

Il se tourna vers les fermiers.

— Je veux que vous nous accompagniez. Si les enfants sont terrorisés, ils pourraient s'enfuir devant des étrangers.

Tremane alla dans sa chambre et fouilla dans ses coffres. Il enfila deux épaisses tuniques et des jambières en laine par-dessus son pantalon et ses bottes. Puis il revêtit son manteau le plus chaud, ceignit sa ceinture, à laquelle pendaient son épée courte et sa dague, et enfila des gants qui lui montaient jusqu'aux coudes.

Tout ça lui prit quelques instants. Il dévala l'escalier, laissant ses invités le suivre à leur rythme. Quand ils l'eurent rejoint en bas, il les guida jusqu'à la sale d'armes.

Malgré ses craintes, ils n'eurent pas à attendre très longtemps. Les premiers volontaires arrivèrent avant que Tremane n'ait le temps de s'impatienter. Bientôt, la salle fut pleine à craquer... Il y avait beaucoup plus d'hommes qu'il l'aurait cru...

Nevis était revenu avec trois trousses de secours et deux chirurgiens.

— Nevis, restez ici et envoyez-moi les retardataires dans le grand hall, ordonna Tremane. Vous autres... nous avons besoin de plus de place.

Tremane ne pouvait pas leur demander de le suivre. Il y avait beaucoup trop d'hommes entre lui et la sortie. Mais au moment où ils arrivèrent dans le grand hall glacial, il se fraya un chemin vers l'avant. Quelqu'un apporta des lanternes.

Il en prit une et grimpa sur la table.

— Très bien. Cinq enfants sont perdus dans la tempête. J'espère que les trois qui étaient ensemble ont eu la bonne idée de le rester. Vous, vous, et vous... (Il désigna trois fermiers.) ... vous irez à la recherche des trois petits. Vous et vous, à celle du jeune vacher. Et vous, vous venez avec moi à la recherche du berger.

« Bien, formez les groupes.

Il regarda les équipes d'un œil critique, et fit quelques

changements, ajoutant davantage d'hommes à la sienne, qui devrait parcourir le plus de chemin.

— Bien. Les armes… lances à sanglier, dagues et épées courtes. Les arcs ne nous seront d'aucune utilité. Un homme par équipe prendra une corde et des piquets pour baliser la piste à partir de la porte. Quand il devra s'arrêter, un sonneur de cor restera avec lui, et signalera sa position à intervalle régulier.

Ils n'avaient pas eu le temps de s'entraîner à marcher encordés. Mieux valait adopter une autre tactique…

— Les autres se mettront en ligne, deux par deux, veillant à toujours voir les lanternes portées par les deux équipes qui les entourent. Si vous trouvez quelque chose – une vache ou un mouton morts, par exemple – appelez vos camarades. Les autres… quand l'un de vous trouvera quelque chose, vous le rejoindrez.

Ça devrait fonctionner…

— Attention aux monstres, continua-t-il. Gardez votre arme à la main. Il est possible qu'ils chassent pendant la tempête. Quand vous aurez retrouvé les enfants, appelez vos coéquipiers. Et revenez sur vos pas en rejoignant le responsable de la corde.

« Pour les trois enfants, porte ouest, pour le vacher, porte nord. Compris ?

Les hommes avaient l'air déterminé, mais pas inquiet.

— Parfait. Allons-y !

Tremane fit sortir son équipe du manoir. Dès qu'il mit un pied dehors, les flocons lui giflèrent le visage. La nuit ne tomberait pas avant deux ou trois heures, mais il n'y voyait pas à plus de deux pas. La lumière émise par sa lanterne perçait à peine le rideau de neige. Si seulement ils avaient eu des lampes magiques ! Elles ne s'éteignaient pas au moindre coup de vent, et pas davantage si elles tombaient dans la neige. Et s'ils avaient eu une corde magique, qui n'aurait pas gêné leurs mouvements…

A quoi bon ? Nous faisons avec ce que nous avons. Les « si » ne nous sauveront pas.

Le vent et la neige arrivaient latéralement. Tremane était content d'avoir bouclé sa ceinture par-dessus son manteau. Sans ça, il n'aurait jamais pu le tenir fermé.

Il fit traverser le terrain d'entraînement à son équipe, puis la fit passer entre les entrepôts. La plupart n'étaient que des tentes au toit et aux côtés renforcés. Les murs apparurent d'abord comme une masse noire hérissée de lueurs jaunes – les lanternes des sentinelles ! Les hommes de garde à la porte parurent surpris de les voir, mais l'officier comprit aussitôt la situation.

— Je vais ordonner à mes hommes de faire un feu au-dessus de la porte ! cria-t-il pour couvrir les mugissements du vent. En le protégeant de trois côtés, il devrait rester allumé. Si vous êtes perdus, sonnez le signal de tempête. Mes hommes vous répondront.

Même si le feu n'était pas visible à plus de cinquante pas, le cor étant inaudible, ça pouvait quand même leur sauver la vie. Tremane donna son accord pendant que le responsable de la corde l'attachait à la porte.

Puis ils partirent.

Chaque pas fut une lutte contre les éléments. Si Tremane était chaudement vêtu, il frissonnait bien avant d'arriver au point où ils devaient se déplacer en ligne. Ses hommes et lui avaient enroulé leurs écharpes autour de la tête, mais chaque partie de peau exposée picotait sous les assauts des flocons. Il ignorait comment le vieil homme qui les guidait retrouvait son chemin. Pourtant, chaque fois qu'il consultait sa boussole, il constatait qu'ils allaient dans la bonne direction. Le nez et les oreilles engourdis par le froid, Tremane se félicita d'avoir ordonné à ses soldats d'aller deux par deux, l'un armé, l'autre tenant la lanterne. Si des monstres étaient de sortie, ils les verraient au moment où ils seraient sur eux.

Avant la tempête, ils avaient de la neige jusqu'aux genoux. Maintenant, elle leur arrivait aux cuisses et le vent la déplaçait sans cesse. Au matin, il y aurait probablement des congères hautes comme une petite maison.

Les pieds de Tremane étaient gelés et douloureux et les muscles de ses jambes protestaient. Convaincu que le fermier savait où il allait, il lui donna sa lanterne et tira son épée. Le vieil homme tenait sa lance comme une fourche – il ignorait probablement comment s'en servir.

C'est son fils que nous recherchons ? En tout cas, ce doit être un membre de sa famille.

Il avait vu une détermination farouche sur le visage tanné du vieux fermier – avant leur départ, car à présent, il distinguait à peine sa silhouette !

Enfin, l'homme s'arrêta et cria :

— Nous sommes au bord du champ commun ! le garçon doit être quelque part devant nous…

Tremane attendit que le reste de l'équipe les ait rejoints.

— Préposés à la corde et au cor, restez ici ! ordonna-t-il. Les autres, formez une ligne, deux par deux… et rappelez-vous ce que j'ai dit au sujet des lanternes ! Je prends le flanc gauche !

Tremane gagna sa position en compagnie du fermier, déterminé à sécuriser au moins un flanc. Il plaça lui-même ses voisins directs, puis ils se mirent en route. La lanterne, sur sa droite, suivit la sienne, sans jamais s'écarter, se rapprocher ni prendre du retard ou de l'avance.

Tremane commença pourtant à avoir le sentiment qu'ils étaient seuls. La fin du monde avait eu lieu, et la lumière, sur sa droite, était un fantôme venu le torturer.

De quand date la dernière tempête magique ? Dieux, si la prochaine nous frappe alors que nous sommes dehors, en plein blizzard…

Il serait aussi vulnérable qu'un bébé. Et il en irait de même pour tous ceux qui avaient des pouvoirs magiques. Il fit un rapide calcul mental.

Ça devrait aller. Elle ne frappera pas avant demain, sans doute dans la soirée.

Mais s'il se trompait, s'il était pris dans un maelström d'hallucinations et de désorientation…

Il fallait espérer que le vieil homme aurait le bon sens d'appeler à l'aide…

Je connais maintenant une sentence pire qu'une exécution : abandonner un homme dans un blizzard comme celui-là.

Impossible de dire depuis combien de temps ils marchaient ni où ils étaient. Le duc ne sentait plus que ses jambes douloureuses, son point de côté, ses douleurs aux épaules et à la nuque, et le froid éternel et obscur qui l'engourdissait…

Soudain, la couche de neige explosa devant lui. Oubliant son inconfort, Tremane lâcha un cri inarticulé et recula, épée au poing, prêt à tirer sa dague. Son cœur battait à tout rompre.

— Bêêêê ! fit le « monstre des neiges ». Bêêêêêê !

Tremane se prit les pieds dans quelque chose et tomba sur les fesses. Mais sa terreur cédait déjà la place à du soulagement. Sa toux se transforma en rire quand le vieil homme l'aida à se relever. La neige ondulait autour d'eux, car d'autres moutons avaient senti la présence des humains.

— Agitez la lanterne et appelez les autres ! ordonna Tremane au fermier. Nous avons retrouvé le troupeau. Le gosse ne doit pas être loin.

Le vieil homme lui obéit, hurlant aussi fort qu'une de ses bêtes.

Pendant que les hommes se rassemblaient, les moutons vinrent se presser contre les jambes de Tremane. Même s'ils lui marchaient sur les pieds, leurs corps lui tenaient chaud. Et il en arrivait de plus en plus.

Les hommes repartirent, prenant leur commandant comme point central de leurs recherches. Il ne leur fallut pas longtemps pour retrouver le garçon, sain et sauf. Il avait eu la bonne idée de s'allonger entre les deux plus grosses brebis que le duc ait jamais vues, son chien couché sur lui.

Tandis que le vieil homme serrait son neveu dans ses bras, les hommes se congratulèrent à grand renfort de claques dans le dos. Tremane retint son souffle et observa les hommes qui l'entouraient. Ce qu'il vit amena un sourire satisfait sur ses lèvres.

Ils m'estiment... Par les Cent Petits Dieux, Bram avait raison.

— Messires... rentrons ! cria-t-il par-dessus les mugissements du vent. Vin chaud pour tout le monde, et je donnerai l'ordre de faire cuire de la viande fraîche !

Poussant des acclamations, les hommes se placèrent en colonne, les meilleurs éclaireurs devant. Le commandant, le fermier et le jeune garçon fermèrent la marche, suivis par le troupeau. Tremane avait cru que les moutons ne pourraient pas rentrer, mais il avait tort. Poussés par le chien et peut-être aussi par la perspective d'une bergerie tiède, ils avancèrent vaillamment.

Le vent effaçait déjà les traces de leur passage. Mais ceux

qui avaient l'ouïe fine entendirent le son lointain du cor et purent rejoindre le responsable de la corde. A partir de là, ils n'eurent aucune difficulté à retrouver leur chemin. Comme promis, un feu indiquait l'entrée, une vision qui leur réchauffa le cœur à tous.

Tremane envoya le vieil homme et son neveu en ville, sans attendre leurs remerciements. *Primo*, il voulait que les moutons s'éloignent au plus vite de sa garnison. *Secundo*, il était impatient d'apprendre comment s'en étaient sorties les deux autres équipes. Il ordonna à l'intendant d'ouvrir quelques tonneaux de vin, de le faire cuire avec des épices et de griller de la viande. Puis il s'empressa de gagner son bureau.

Nevis l'attendait, un sourire sur les lèvres.

— Les deux autres équipes sont rentrées, commandant, annonça-t-il. On déplore quelques engelures, et un homme a été attaqué par un monstre, mais il s'en tire avec une blessure légère. Tous les enfants et une bonne partie des bêtes ont été retrouvés.

Ce qui restait d'énergie à Tremane fondit en même temps que la neige qu'il avait rapportée sur ses bottes. Il se laissa tomber dans un fauteuil.

— Nous avons eu plus que notre part de chance, dit-il.

Nevis acquiesça vigoureusement.

— Quels sont vos ordres, commandant ?

Tremane allait répondre qu'il n'en avait aucun, puis il se ravisa.

— D'abord… assurez-vous que les hommes auront le vin chaud que je leur ai promis. Les volontaires recevront du cognac épicé, plutôt que du vin – vous avez l'autorité nécessaire pour donner cet ordre à l'intendant, alors faites-le. Ensuite… (il se leva et commença à se diriger vers sa chambre)… veillez à ce qu'on ne me dérange sous aucun prétexte. J'ai l'intention d'hiberner.

— A vos ordres, commandant…, commença Nevis.

Mais le duc était déjà sorti.

CHAPITRE VIII

Flammechant se tenait devant une des fenêtres du jardin de son *ekele*. Sentant le froid qui irradiait de la « vitre », il jeta un regard courroucé au manteau de neige. D'habitude, la première chute se contentait de saupoudrer légèrement le paysage. Mais celle-ci, qui avait duré des heures, rendait tout déplacement difficile. Flammechant n'avait pas remis le nez dehors depuis qu'il était rentré pour se réchauffer.

De la neige. Je hais la neige ! pensa-t-il. *A moins d'une urgence, je refuse de patauger* là-dedans *jusqu'au Palais* !

An'desha n'était pas là. Voilà deux nuits qu'il n'était pas rentré à la « maison ». Flammechant aurait adoré se laisser aller à la jalousie, mais il n'avait aucune raison de faire une crise. La neige qui le gardait prisonnier de l'*ekele* empêchait An'desha d'y revenir après une journée éreintante.

Il savait ce que Karal et An'desha avaient fait, ces deux derniers jours. Le prêtre était aux petits soins pour Solaris et lorsqu'elle repartait par Portail à Karse, il allait retrouver Natoli, avec qui il passait presque tout son temps libre. An'desha avait travaillé avec les ingénieurs. Et quand il restait avec eux jusqu'à minuit passé, il dormait au Palais – occupant chastement un lit dans le dortoir des pages et des écuyers. Si l'Adepte Guérisseur l'avait voulu, il aurait pu vérifier, comme il l'avait fait la première fois que son amant avait découché.

Il ne pouvait même plus en vouloir à An'desha. Le Shin'a'in n'était pas vraiment responsable de leur éloignement, dû à des évolutions divergentes.

Flammechant dansa d'un pied sur l'autre et ses vêtements en soie crissèrent contre son corps.

Il est devenu mystique, et je n'ai jamais pu m'entendre avec ces gens-là. En même temps, il essaie de faire de la magie une science, et plus un art... Une activité régie par des formules, plutôt que par l'intuition.

Ces deux visions du monde étaient diamétralement opposées...

Flammechant grinça si fort des dents qu'il en eut les mâchoires douloureuses. *Logiquement*, il ne pouvait pas être en colère contre An'desha... Mais les émotions n'étaient pas logiques. Une petite partie de lui voulait laisser s'envoler le Shin'a'in avec une mélancolique bénédiction. Mais le reste souhaitait qu'il souffre autant que lui.

An'desha ne voulait pas s'attacher ? Parfait, mais qu'en était-il de Flammechant ?

Je ne rajeunis pas, et mes chances diminuent chaque année. Il n'y a qu'un shay'a'chern *sur dix individus. Comment trouver un partenaire quand tous ceux qui partagent mes préférences sont déjà en couple ? Pourquoi dois-je traverser la vie tel un corbeau blanc rejeté par les noirs ?*

N'avait-il pas amplement mérité le bonheur ?

Il n'aurait pas An'desha et il s'y était résigné. Donc, il avait besoin de davantage de temps et de jeunesse. Bref, une plus longue espérance de vie ! Alors, peut-être trouverait-il son âme sœur.

Et il savait comment se donner des décennies, au lieu de simples années.

Mais c'était mal. Ma'ar l'avait fait pour des raisons différentes. Il désirait le pouvoir, et une vie ne lui avait pas semblé assez pour accumuler les connaissances qui le lui donneraient.

Tout ce que je veux, c'est... l'amour. Est-ce assez pour nous distinguer l'un de l'autre ?

Non. A moins de pouvoir gagner une immortalité temporaire sans priver quelqu'un de sa vie. Il *devait* y avoir un moyen d'y arriver sans nuire à personne !

Sa frustration augmenta tandis qu'il se creusait la tête pour trouver la solution. Mais au fond, c'était si facile ! Ma'ar et ses incarnations successives avaient fait le plus dur et le plus avilissant. Le sanctuaire était désormais en place. Il lui suffisait de l'alimenter un peu en énergie et de se lier à lui, et il aurait tout le temps nécessaire.

Et si je trouve mon aimé quand je serai vieux, je pourrai le lier au sanctuaire, lui aussi, et nous offrir à chacun un nouveau corps.

Etait-ce vraiment si mal ? Pouvait-on utiliser une magie souillée par le sang et la mort ? Et pourquoi avait-il ces noires pensées ?

Elles revenaient sans cesse le hanter, lui soufflant des solutions à peine moins terribles que celles de Ma'ar.

Serait-il mal de prendre le corps d'un individu qui ne mérite pas de vivre ? Un mage noir, comme Ma'ar et Fléau-faucon ?

Le problème, c'était le lien physique. Ma'ar avait choisi celui du sang. Un autre pouvait-il convenir ? Et dans ce cas, était-il possible de se lier à quelqu'un contre sa volonté ?

Derrière lui, Aya s'agita et cria. L'oiseau lige désapprouvait ses pensées – du moins le peu qu'il comprenait. Une réaction qui irrita un peu plus Flammechant. Il avait assez de sa propre conscience, sans faire appel à celle d'Aya !

Et que peut bien savoir un oiseau ? pensa-t-il.

Devait-il se laisser dicter sa conduite par une cervelle emplumée ? Il éprouva une pointe de regret de n'avoir pas choisi un rapace. Vree n'avait pas beaucoup de moralité, et sa conscience lui permettait de s'attaquer à une belle proie juteuse... ou à la crête d'un griffon !

Comme s'il n'avait pas assez de problèmes, il vit arriver An'desha, de la neige jusqu'aux genoux. Le Shin'a'in avait l'air bien trop joyeux pour s'accorder à son humeur morose. Hélas, il était trop tard pour se réfugier dans l'*ekele*, car il l'avait vu.

Bon sang ! Son humeur se détériora encore. Il n'avait pas envie de feindre l'amabilité, encore moins avec le Shin'a'in, mais il avait intérêt à le faire. Il afficha donc une expression agréable, et attendit. An'desha passa la première porte, et prit le temps de se débarrasser de la neige qui lui collait aux jambes.

— Tu ne devineras jamais ! annonça-t-il quand Flammechant ouvrit la seconde porte, las d'attendre. La cité est en effervescence – on n'a rien vu de tel depuis… eh bien, le jour où Ventnoir, les griffons et toi êtes arrivés ! Tous ceux qui ont pu se libérer en sont restés bouche bée !

— Je ne vois pas de quoi tu veux parler, répondit Flammechant, dont la curiosité était piquée au vif. De quoi s'agit-il ? Un monstre en cage ? Solaris paradant en ville dans un temple de Vkandis miniature ?

— Ni l'un ni l'autre. (An'desha retira sa veste shin'a'in.) Une barge flottante k'leshya. Leurs griffons partaient en éclaireurs, puis revenaient ouvrir un Portail, leur permettant de faire des « sauts de puce ». C'est comme ça qu'ils ont pu arriver près de Haven sans se faire remarquer. Mais ils sont rentrés dans la ville à pied. Ils ont attendu de voir si le briselames tenait avant de prendre le risque d'ouvrir un Portail.

Une barge ? De k'Leshya ?

— Qui ? Et pourquoi ? demanda l'Adepte Guérisseur sans réfléchir. Et pourquoi maintenant ?

— Pour répondre à ta dernière question, *maintenant*, parce qu'ils le devaient. Entre autres choses, ils ont amené une personne appelée une *trondi'irn*. Apparemment, c'est une guérisseuse pour griffons. Elle est venue s'assurer que Treyvan, Hydona et les petits sont en bonne santé. Ce qu'elle a apporté occupe un quart de la barge. (An'desha avait l'air ravi de la surprise de Flammechant.) Un homme de *mon* peuple les accompagne. C'est un chamane, comme Querna. Il est censé être là pour conseiller Jarim, pas pour le remplacer. Et j'admets que Jarim avait l'air soulagé de le voir.

Flammechant eut le sentiment que Jarim n'était pas le seul à être soulagé de l'arrivée du chamane. Encore une différence entre eux ?

Mais An'desha ne remarqua pas son silence.

— Il y a toute une délégation k'leshya. Ils sont une douzaine, avec la trondi'irn, et trois nouveaux griffons. Ils ont apporté une foule de choses, et Ventnoir ne sait plus où donner de la tête… (Il s'interrompit, et haussa les épaules.) J'ai raté le petit déjeuner et le déjeuner et je meurs de faim. Pourquoi n'irais-tu pas voir par toi-même ?

— Excellente idée ! Ça te dérangerait si j'offrais l'hospitalité aux k'Leshya ? Je ne crois pas qu'ils se sentiraient très à l'aise dans le Palais.

An'desha rosit.

— En fait, je voulais justement te parler de ça… Ça t'ennuierait beaucoup si j'emménageais temporairement au Palais ? J'y passe tout mon temps, et pratiquement toutes mes nuits. Ça te laisserait… plus de place pour les k'Leshya.

Flammechant dut faire un terrible effort pour étouffer sa rage.

Il m'abandonne ? Comment ose-t-il… après tout ce que j'ai fait pour lui ?

Mais il se garda bien de le montrer. Se mettre en colère contre An'desha l'éloignerait un peu plus. Il feignit donc l'indifférence.

— Si c'est ce que tu veux, vas-y !

— C'est provisoire… Jusqu'à ce que nous trouvions une solution de remplacement pour le brise-lames, fit An'desha l'air piteux.

Il est inquiet parce que j'ai accepté sa désertion sans faire de scène. Bien. Peut-être vais-je pouvoir le *rendre jaloux, pour changer* !

Flammechant haussa les épaules.

— Comme tu veux… Je vais aller voir si je connais quelqu'un dans la délégation k'leshya, et formuler mon invitation.

Sentant son « masque » glisser, il tourna les talons. Il ne voulait pas montrer ses émotions à An'desha.

Il monta vivement dans l'*ekele*. Heureusement, son manteau et ses bottes n'étaient pas dans la chambre, où le Shin'a'in, qui l'avait suivi, faisait ses sacs. Quand Flammechant redescendit, Aya vint se percher sur son épaule.

Alors qu'il avançait dans la neige, Flammechant réfléchissait intensément. Il ne s'était jamais inquiété pour la santé des griffons, partant du principe qu'ils savaient comment prendre soin d'eux-mêmes. Ils se remettaient toujours très vite de leurs blessures, et ils ne semblaient jamais malades.

Mais les petits allaient bientôt commencer à voler. Cet automne, il les avait vus sauter du haut des clôtures et planer.

Enfin, planer, n'est peut-être pas le mot qui convient. Ça tenait plus de la chute contrôlée.

Ils faisaient encore la moitié de la taille de leurs parents. Mais s'ils devaient subir de fortes poussées de croissance au cours de l'année à venir, cela risquait de saper leurs forces. Sans doute devaient-ils prendre des compléments nutritionnels pour combler les manques. Etait-ce la raison de la venue de la *trondi'irn* ?

Ou était-elle là pour Treyvan et Hydona ? Peut-être manquait-il certains minéraux à leur alimentation.

Ils ont été créés, après tout. Le Mage du Silence les a fabriqués, et je me fiche que tout le monde pense qu'il était un génie. Il a pu quand même faire quelques erreurs de conception.

Les humains existaient depuis bien plus longtemps que les griffons, et ils étaient pourtant imparfaits !

Même nos oiseaux liges ont besoin d'une nourriture adaptée. C'est pour ça que nous avons des experts pour chaque race.

Il préférait ne pas penser à toutes les choses qui pouvaient clocher chez un griffon…

Quand il gagna la lisière du petit bois, Flammechant s'avisa qu'An'desha n'avait pas exagéré : le Palais était bel et bien en effervescence. Une foule s'était rassemblée autour d'une forme noire. La barge flottante ?

Probablement. Flammechant se souvenait d'avoir convoité une de ces ingénieuses créations – plus qu'il n'avait jamais rien convoité de matériel, en réalité.

Comme pour tant de choses datant d'avant les Guerres Magiques, seuls les k'Leshya avaient conservé le secret de fabrication des barges flottantes. Sans doute parce qu'ils avaient emporté toutes les notes du Mage du Silence. Comme leur non l'indiquait, les barges flottaient au-dessus du sol, plutôt que sur l'eau, et pouvaient passer au-dessus des arbres ou à ras de terre. Il était possible d'utiliser la magie pour les faire avancer, mais elles étaient généralement tirées par des chevaux, des mules ou des bœufs – des « bêtes de somme » bien moins chères qu'un mage. Elles pouvaient transporter autant de chose qu'on pouvait en attacher dessus, car elles ne pesaient rien, grâce à un sort. Et n'ayant pas de roues, elles passaient partout.

Flammechant imagina embarquer toutes ses possessions sur une de ces barges et faire le tour du monde…

Il accéléra le pas et vit une partie du chargement de la

barge dépasser au-dessus des têtes des curieux. An'desha avait dû venir le prévenir de l'arrivée des k'Leshya dès qu'ils avaient franchi les portes de la cité !

Flammechant se joignit à la foule. Quand ses voisins le reconnurent, ils s'écartèrent pour le laisser passer. Il y avait là bien trop de bagages pour une douzaine de personnes. Qu'avaient donc apporté les k'Leshya ?

Les nouveaux venus étaient reconnaissables à leurs costumes – un mélange de styles tayledras et shin'a'in, avec une coupe à la fois antique et exotique. Les griffons entouraient leurs trois congénères et une femme à la tenue orange et rouge bouffante aux coudes et aux genoux, mais resserrée aux poignets et aux chevilles. L'homme en bleu et blanc, debout à côté d'elle, sembla étrangement familier à Flammechant.

Treyvan leva la tête et aperçut l'Adepte Guérisseur.

— Ton vieil ami Renardargent est ici !

Renardargent ?

Flammechant se pétrifia alors que le *kestra'chern* Renardargent se tournait vers lui avec un grand sourire.

Pourquoi An'desha ne m'a-t-il pas dit que Renardargent était là ?

Flammechant eut une nouvelle flambée de colère, mais sa raison l'étouffa très vite.

Comment aurait-il pu savoir que je connaissais Renardargent ? C'était avant que je le rencontre, et je n'ai pas dû parler de lui plus d'une ou deux fois.

S'étant calmé, il put accueillir Renardargent comme il se devait – une bénédiction, car l'étreinte du *kestra'chern* était *très* prometteuse.

— Qu'est-ce qui t'amène ? demanda Flammechant quand ils se séparèrent. J'aurais cru que tu préférerais rester au chaud dans la Vallée au lieu de te plonger dans ce climat inhospitalier !

— Oh, il n'est pas pire que ce que nous avons hors de la Vallée, répondit Renardargent. Quant à ce qui m'amène… Toutes les disciplines sont représentées dans une délégation k'leshya. C'est la tradition. (Il fit un signe de tête à Treyvan et Hydona.) Les premiers à arriver sont les Griffons d'Argent, bien sûr. Les Argents sont… eh bien, je suppose qu'ils sont notre version des Hérauts. Ils maintiennent la paix et appliquent les lois. Tous nos éclaireurs sont des Argents. La plupart ne sont pas des griffons, à moins que la distance à parcourir demande une paire d'ailes. C'est pour ça que Treyvan et Hydona sont partis à la recherche d'une Vallée, puis se sont portés volontaires pour aller à Valdemar.

— Mais pourquoi un *kestra'chern* ? répéta Flammechant.

Renardargent éclata de rire.

— Parce que c'est une des Disciplines, bel oiseau ! (Il désigna tour à tour chacun de ses compatriotes.) Artisans, administrateurs, lettrés, argents, fermiers, mages et… (Il se frappa la poitrine de l'index.) … *kestra'chern*. En fait, nous sommes deux pour représenter cette Discipline, puisque les *trondi'irn* en font partie. Nous n'envoyons jamais de représentants de la dernière Discipline – les chamanes. Et puis, ajouta-t-il avec un sourire, nous avons amené Lo'isha shena Pretara'sedrin.

Ayant entendu mentionner son nom, un Shin'a'in vêtu en bleu nuit de la tête au pied se retourna et leur fit un sourire éblouissant, avant de reprendre sa conversation avec Jarim.

Un coup de vent glacial rappela à Flammechant combien il était ridicule de rester debout dans la neige et le froid.

— Mon ami, j'ignore pourquoi nous sommes là à nous geler, alors que nous pourrions parler bien au chaud. Je suis venu vous offrir mon hospitalité. Je crois pouvoir vous accueillir tous. Au moins, je vous offrirai un semblant de civilisation…

— Oiseaublanc préférera rester avec les griffons… et les représentants des administrateurs, des artisans et des mages formeront une ambassade au Palais. Alors, tu n'auras que moi, plus les représentants des fermiers et des lettrés. Ça fait quatre personnes, et nous ne prenons pas beaucoup de place.

« Si tu as un bassin, les autres viendront s'y baigner. Etéfaucon, des fermiers, est un merveilleux cuisinier, alors ils prendront sans doute aussi leurs repas avec nous. Mais le reste du temps, ils seront au cœur de l'action.

Il eut un sourire d'excuse.

— J'ai peur qu'ils ne soient tous très conscients de leurs devoirs. Ils veulent travailler avec vos mages et vos ingénieurs, pour trouver une solution aux tempêtes magiques.

Flammechant fut secrètement content que le mage des k'Leshya ait décidé de demeurer au Palais. Il doutait qu'il ait une haute opinion de ses incursions dans le Vide pour étudier le sanctuaire de Fléaufaucon, et encore moins de son intention de l'utiliser. Jusqu'ici, il avait réussi à dissimuler ses activités aux mages de Haven, principalement parce qu'il était bien meilleur qu'eux.

Mais j'ignore si je pourrai cacher ce que je fais à un mage dont la façon de faire diffère de la mienne. Les dieux seuls savent ce que les k'Leshya entendent par « magie » !

— Nous devons décharger la barge, et je crois que tu devrais rester, mon ami, dit Renardargent. Nous avons apporté des fournitures qui te manquaient sans doute. Pour commencer, nos hertasis t'ont confectionné de nouveaux vêtements – tu es parti pour Valdemar avec peu de bagages, et je doute que les gens d'ici sachent ce qui nous convient.

Flammechant frémit au souvenir des horreurs que lui avaient présentées les tailleurs bien intentionnés de Haven. Ils n'avaient aucun sens du style, et quant aux couleurs, il valait mieux ne pas en parler !

— Présente-moi aux autres. Ainsi, je pourrai leur offrir l'hospitalité, et ils seront libres d'accepter ou de refuser, dit-il, au lieu de s'étendre sur le sujet. Et ceux qui le voudront pourront venir directement à l'*ekele* dès qu'ils auront récupéré leurs bagages.

— Nos bagages et les *présents* que nous avons apportés, répondit le *kestra'chern*. Je m'en suis occupé moi-même.

Flammechant éclata de rire.

— Préfères-tu que je sois poli... ou avide ? La politesse exige que je feigne de ne pas être impatient de voir ce que vous avez apporté. Mais l'avidité est la seule raison qui me poussera à rester ici, dans la neige jusqu'aux coudes !

Déjà, il avait le cœur plus léger, grâce à Renardargent. Tandis qu'il aidait les k'Leshya à décharger la barge, il eut une autre idée.

La Déesse venait de lui envoyer un moyen de rendre jaloux An'desha. Il avait une dernière chance de regagner le cœur du Shin'a'in.

Quelques jours plus tard, Renardargent se délassait dans le bassin après avoir fait une démonstration d'un de ses talents de *kestra'chern* à Flammechant.

— Je crois que notre arrivée a perturbé certains de vos ingénieurs, dit-il paresseusement.

— Oh ? (Flammechant était trop content pour être fâché qu'il ait mentionné les ingénieurs.) Comment ça ? D'après ce que j'ai entendu dire, vos mages s'entendent bien avec eux. Bien sûr, Treyvan et Hydona doivent servir d'interprètes. Du coup, ils sont tous serrés comme des sardines, mais c'est la seule ombre au tableau.

— Je parlais de ceux qui se passionnent pour les machines à vapeur, précisa le *kestra'chern*. J'avoue ne pas les comprendre. Les seuls endroits où j'aime voir de la vapeur, c'est dans une cuisine, dans un sauna et au-dessus d'un bassin d'eau chaude.

Flammechant éclata de rire.

— Je vois… Avant que vous n'arriviez, Natoli et ses amis se dévouaient corps et âme à la vapeur, et maintenant ils passent leur temps à tourner autour de votre barge flottante et des choses que vous avez apportées.

— C'est pour ça que nous avons un artisan avec nous. Ainsi, les autres n'ont pas à essayer d'expliquer le fonctionnement d'objets auxquels ils ne connaissent rien. Pour moi, c'est de la magie ! (Il rit.) J'ai dit à un de ces curieux que ça marchait à la fumée magique. Quand il n'y a plus de fumée, l'objet cesse de fonctionner.

Flammechant rit de nouveau, car la plupart des inventions des ingénieurs faisaient beaucoup de fumée en s'arrêtant, en explosant ou en brûlant. Et tout particulièrement celles qui fonctionnaient à la vapeur.

— Ton ami An'desha leur est très utile, d'après ce qu'on m'a dit…

L'Adepte se rembrunit, mais il n'en laissa rien paraître. Il s'était consacré exclusivement à Renardargent depuis son arrivée, avec l'espoir de rendre le Shin'a'in jaloux. En vain, car An'desha avait semblé heureux et soulagé de le voir en compagnie du *kestra'chern* ! Sa dernière tentative pour attirer l'attention du jeune mage avait lamentablement échoué. Quand An'desha ne jouait pas les interprètes pour les k'Leshya, il était avec Lo'isha, le chamane. Si Flammechant avait espéré qu'il finirait par renoncer à son mysticisme, il s'était trompé.

La veille, il avait décidé d'enterrer le cadavre de leur relation avant qu'il ne sente mauvais, même s'il détestait la manière dont cela s'était terminé. Mais la situation restait la même qu'avant la venue des k'Leshya. Soit il se résignait à vieillir seul…

Soit je trouve un moyen de vivre jusqu'à ce que j'aie découvert le partenaire à qui je serai lié pour la vie.

Alors qu'il s'enlisait dans son désespoir, Renardargent s'étira, languide, et prit une pose inconsciemment provocante.

La vapeur enveloppait la tête et le torse du *kestra'chern*, lui conférant un certain mystère.

— Je te trouve effacé et pensif, dit-il. Si je ne te connaissais pas aussi bien, je pourrais croire que tu broies du noir, mais tu prétends que c'est à cause du mauvais temps. Il te déprime donc à ce point ?

— Ce n'est pas seulement le temps… Pour être franc, mon principal problème est ailleurs. J'avoue que je déteste la neige. Sa vue me déprime. Dans nos Vallées, si on n'a pas envie de voir l'hiver, il suffit de ne pas sortir de la zone protégée – ce que j'ai toujours fait.

— Hum… (Renardargent s'étira de nouveau et ferma les yeux un instant.) Mais c'est plutôt plaisant, ici. Il fait chaud, c'est confortable, et on peut voir le paysage enneigé en sachant qu'on n'est pas obligé de sortir. Tu n'es pas d'accord ?

Flammechant haussa les épaules, mal à l'aise.

— J'ai dit que ça n'était pas mon principal problème.

— Alors, qu'est-ce qui te met dans cet état ? (A force d'étirements, Renardargent avait réussi à se placer derrière l'Adepte et commença à masser ses épaules nouées.) Je peux peut-être t'aider.

— A ton avis, qu'est-ce qui cloche ? Je suis *shay'a'chern*, seul, et entouré de couples heureux – Ventnoir et Elspeth, Treyvan et Hydona, Karal et Natoli, Selenay et Daren, Kerowyn et Eldan… et les dieux me viennent en aide, Talia et Dirk ! La plupart devraient être assez vieux pour ne pas se conduire comme des adolescents énamourés ! Pourtant, où que je me tourne, je suis entouré d'incorrigibles romantiques !

— Et tu es là, petit oiseau avec un nid douillet pour deux, mais sans personne avec qui le partager. Je comprends. N'importe qui serait déprimé, à ta place.

— Les couples liés pour la vie sont les pires, continua Flammechant. Et il y en a bien plus, ici, qu'il n'est décent.

— C'est parce que Haven est le point de rassemblement des Hérauts. Un peu comme si nous concentrions tous les *shay'a'chern* de Valdemar et des Vallées dans une institution telle que leur Collegium. Ça rend plus probables les rencontres d'âmes sœurs.

Ah, si je pouvais faire ça…

Mais s'il bénéficiait de plusieurs vies, le résultat serait le même.

— Ça n'en est pas moins indécent et irritant !

— Je comprends, même si je trouve ça plutôt charmant. Et en même temps, je suis désolé pour eux.

Bien qu'il essayât de leur résister, les doigts experts du *kestra'chern* parvenaient peu à peu à leur fin. Ce qui n'empêcha pas Flammechant de trouver cette dernière remarque bizarre.

— Pourquoi diable ? demanda-t-il, surpris. Je croyais que tout le monde désirait connaître une union pour la vie ! N'est-ce pas l'amour idéal ?

— Pas pour moi, fit Renardargent. Je préfère trouver quelqu'un qui m'aime parce que je l'attire, plutôt qu'une personne qui *ne peut pas s'empêcher de m'aimer*. D'après moi, la différence entre l'amour et une union pour la vie est la même qu'entre la liberté et la contrainte. L'idée d'être forcé me met mal à l'aise.

« Non, c'est pire que ça… Ça me révolte ! Si je rencontrais mon partenaire pour la vie, je crois que je lutterais de toutes mes forces contre cette impulsion, justement parce que c'en est une. Il me faut plus que ça !

— Je ne te comprends pas. (L'Adepte secoua la tête.) Ceux qui sont liés pour la vie sont si dévoués l'un à l'autre et si soudés que ça me semble une relation parfaite. Quand on est lié pour la vie, il n'y a pas de malentendu, de jalousie, d'incompatibilité… Aucune de ces maladies qui pourrissent la vie des couples ordinaires.

Cette fois, Renardargent éclata de rire, comme s'il avait dit quelque chose d'amusant.

— Qui t'a raconté ça ? L'as-tu lu quelque part ? Connais-tu intimement un couple lié pour la vie ? Crois-moi, j'en ai eu parmi mes clients, et ils connaissent les mêmes problèmes que les autres. S'ils ne les résolvent pas très vite, ça les ronge de l'intérieur, et leurs esprits sont à l'agonie.

— Et ça n'est pas un avantage, selon toi ? lança Flammechant, têtu.

Le *kestra'chern* parut pris de court.

— Tu sembles convaincu…

— Oui ! Avoir l'esprit à l'agonie n'est pas pire qu'être dévoré par la jalousie. Il vaut mieux être deux et devoir faire des concessions, qu'être seul et avoir le cœur brisé pendant que l'autre vit sa vie comme si de rien n'était. L'existence ne serait-elle pas plus facile, ainsi ?

— Tu es vraiment convaincu, souffla le *kestra'chern*. Et je commence à croire que tu as souffert de la jalousie, une fois ou deux.

— Assez souvent pour savoir que c'est une émotion empoisonnée. Et qu'elle encourage les obsessions. A mon avis, il vaut mieux être contraint de s'entendre avec quelqu'un que souffrir de ce genre d'obsession…

Les mains de Renardargent descendirent sous les omoplates de l'Adepte.

— Tu n'as pas tort… Certains trouveraient sans doute cela plus facile. L'obsession déforme le point de vue d'une personne.

— Et il n'est pas aisé d'en guérir.

Flammechant tressaillit quand les doigts du *kestra'chern* commencèrent à pétrir un point particulièrement noué.

— C'est donc ça qui te déprime ? La solitude, la jalousie et l'obsession ? (Renardargent soupira.) Une combinaison propre à démoraliser n'importe qui, même en plein été, quand tout va bien. Mais étant donné la saison, et ce qui se passe, je suis étonné que tu puisses encore travailler. Moi, j'en serais incapable.

Quand ai-je avoué être obsédé ? se demanda Flammechant.

Renardargent était la personne la plus persuasive qu'il connaisse, y compris le Héraut Talia. Ça n'était pas la première fois qu'il le forçait à admettre ce qu'il n'avait pas l'intention de dire.

Et bizarrement, il le trouvait sur son chemin chaque fois qu'il pensait à aller dans la salle de la Pierre-Cœur du Palais, pour faire un tour du côté du sanctuaire de Ma'ar. Si Renardargent avait été quelqu'un d'autre, Flammechant l'aurait considéré comme un fléau et il n'aurait eu de cesse de s'en débarrasser.

Mais chaque fois que le *kestra'chern* apparaissait mal à propos, il était si charmant. Un tel minutage ne devait pas être accidentel, mais comment pouvait-il *savoir* ? Oh, il était trop subtil pour intercepter ouvertement Flammechant. Mais chaque fois que les pensées de l'Adepte s'assombrissaient, il prenait une pose provocante et flirtait joyeusement avec lui.

Ça n'était pas la première fois qu'il poussait Flammechant à se confier. Mais c'était la première qu'il amenait la conversation sur ce sujet dangereux – l'obsession, la jalousie et la colère.

C'était même *très* dangereux, puisque cela pouvait amener Renardargent à faire certaines déductions…

Flammechant réprima sa fureur – elle n'était pas dirigée contre Renardargent, mais contre la situation.

— Aucune importance. Je ne peux rien faire pour y remédier, alors autant encaisser avec un stoïcisme de Tayledras, mentit-il, espérant changer de sujet et dissimuler ses sentiments.

— Oh, mais c'est important ! insista Renardargent. Tu es un mage, et ton contrôle dépend de ton état émotionnel. Un guérisseur qui utilise un scalpel ne devrait jamais opérer quand ses mains tremblent, et un mage ne devrait pas pratiquer la magie quand il est instable. Tu le sais.

Les muscles de Flammechant se nouèrent de nouveau, trahissant sa mauvaise humeur.

— Je ne suis pas instable ! Je sais ce que je fais. Mais en

toute honnêteté, pour le moment, on n'a pas besoin de mes talents.

— Oh, mon ami, soupira Renardargent en le lâchant. Ton corps me raconte une tout autre histoire. (Il reprit sa place initiale.) Le langage du *kestra'chern* est celui des émotions. Il excelle dans les affaires du cœur plutôt que dans celles de l'esprit. Nous laissons cela aux prêtres. Mais il arrive un point où nous ne pouvons rien faire sans un minimum de coopération.

Au lieu de quitter le terrain dangereux, ils s'y enracinaient. Flammechant feignit de ne pas comprendre.

— Ne suis-je pas déjà assez coopératif ?

Le *kestra'chern* fronça les sourcils.

— Tu connais la réponse à cette question. Je ne sais pas tout, loin de là, mais je vois que tu te sens isolé, que tu es profondément malheureux, et que tu vis seul dans un nid douillet fait pour deux. Tu te raidis de colère chaque fois qu'on prononce le nom de Karal ou le mot « ingénieur », et de douleur quand on mentionne An'desha. Ton cœur est sens dessus dessous, ton corps trahit ta détresse, et ton esprit reflète nécessairement l'état de ton cœur et de ton corps. Même un apprenti *kestra'chern* pourrait voir ça et rassembler les pièces du puzzle.

— C'est tout ce que tu as réussi à déduire ? lança Flammechant, plus sèchement qu'il n'en avait eu l'intention.

— Non, mais ce sont les problèmes que je peux traiter, si tu veux bien m'en parler.

— Oh, tu crois ?

Flammechant sortit précipitamment du bassin et s'enveloppa dans une sortie de bain, afin que son corps ne trahisse plus ses pensées.

Renardargent l'imita, et le suivit quand il monta l'escalier de l'*ekele*.

— Oui, je le peux, sans vouloir me vanter… C'est mon métier, et je suis très doué, car je pratique mon art depuis très longtemps.

Flammechant garda le silence un moment et se tourna vers le *kestra'chern* quand ils arrivèrent dans le salon.

— Je suppose que tu peux faire quelque chose pour empêcher An'desha de s'éloigner de moi ? Et réduire au silence cet enquiquineur de Karal, pour qu'il ne fourre plus d'idioties mystiques dans la tête d'An'desha ? Tout était parfait entre nous avant qu'*il* n'arrive ! Si quelqu'un est à blâmer, c'est Karal ! An'desha dépendait entièrement de moi, et pas d'un imbécile de prêtre qui considère les Peuples de la Déesse comme des barbares mangeurs de viande crue !

Trop tard, il s'avisa qu'il avait parlé sans réfléchir. Rougissant, il se détourna, se jeta sur un canapé et regarda par la fenêtre. Il lui serait plus facile de garder le silence s'il évitait le regard du *kestra'chern*.

Les branches nues le firent penser à des serres prêtes à saisir leur proie.

Un soupir de tissu lui apprit que Renardargent s'était assis près de lui, mais pas sur le canapé.

— An'desha n'est pas ton partenaire pour la vie, et tu le sais depuis l'instant où il a commencé à se détourner de toi. Tu dois savoir également que tu n'aurais rien pu dire, ou faire, pour le transformer en ce qu'il n'est pas.

« An'desha ne dépend plus de toi – à cause de l'intervention de Karal, ou à cause de quelque chose que *tu* as fait ? Tu es un Adepte Guérisseur, Flammechant… Donc, tu sais qu'une telle dépendance n'est pas saine. Tu as dû toi-même lancer le processus qui l'a peu à peu éloigné de toi. Il devait guérir, même si ça devait tout changer entre vous.

Flammechant s'empourpra de nouveau. Avant d'avoir pu se contenir, il se retourna, sa colère menaçant de le submerger.

— Mais les interférences de Karal ont tout fichu en l'air ! Qu'il soit maudit ! Il l'ignore, mais j'aurais déjà pu le tuer une centaine de fois, et il aurait disparu de nos vies ! Je le pourrais encore ! Si seulement je l'avais fait !

A l'autre bout de la pièce, Aya poussa un cri strident, et un vase explosa.

Renardargent ne tressaillit pas, mais le bruit des morceaux de verre retombant autour de la table basse fit l'effet d'une douche froide à Flammechant. Les mâchoires serrées, il regarda son œuvre.

Qu'est-ce que je fais ? Je n'ai plus laissé mes émotions dominer mes pouvoirs depuis que j'étais apprenti ! Qu'est-ce qui cloche, chez moi ? Ne suis-je donc plus capable de me maîtriser ?

— Flammechant, si ça n'avait pas été Karal, ç'aurait été quelqu'un d'autre. Puisque An'Desha est à moitié shin'a'in, je suppose que ç'aurait été Querna. Je ne peux pas imaginer qu'une Promise à la Déesse l'aurait laissé dans l'état que tu m'as décrit hier. Il doit grandir, et mûrir, et tu ne peux pas l'en empêcher, à moins de vouloir endommager son esprit.

Je viens d'avouer que j'aimerais tuer Karal et il ne dit rien. Parce qu'il s'en fiche ?

— Qu'aurais-tu éprouvé si ç'avait été Querna, au lieu de Karal ? insista le *kestra'chern*. L'aurais-tu mieux accepté ? En aurais-tu conçu moins de colère ?

Il ne s'en fiche pas... Mais il sait que je me maîtrise encore assez pour ne pas tuer Karal de sang-froid.

Est-ce bien vrai ?

— Non... S'il s'était tourné vers Querna, ç'aurait été encore pire. Karal n'est pas une figure d'autorité. Une Promise à la Déesse l'aurait sans doute orienté vers le mysticisme encore plus vite que lui.

Renardargent se leva et vint le rejoindre sur le canapé, mais sans le toucher.

— Comme tu l'as dit toi-même, si ç'avait été Querna, tu l'aurais perdu plus tôt. Mais puisque Karal et An'desha cherchaient la vérité à tâtons dans un brouillard d'incertitudes, tu as pu le garder un peu plus longtemps. On ne peut pas emprisonner un oisillon dans sa coquille, mon ami...

L'Adepte ne trouva aucune réponse. Pourtant Renardargent semblait en attendre une.

D'accord, je ne pouvais pas le retenir... Mais pourquoi fallait-il qu'il parte loin de moi pour grandir ?

— Son esprit portera toujours les cicatrices de souffrances que toi et moi ne pourrons jamais comprendre ! continua le *kestra'chern*. Je lui ai parlé, dès que j'ai pris conscience de tes problèmes.

Vraiment ? Je l'ignorais...

Renardargent marqua une pause et sourit.

— J'ai tout de suite su que je n'étais pas la bonne personne pour l'aider, mais j'ai appris certaines choses. Je crois qu'il ne pourra jamais s'investir à fond dans une relation. Il a vu comment une émotion pouvait devenir une arme entre les mains de Fléaufaucon, et il évitera de trop s'attacher par peur de faire la même erreur.

Le *kestra'chern* ferma brièvement les yeux.

— Pour lui, le chemin le plus sûr est celui de l'esprit plutôt que celui du cœur. J'aimerais pour toi que ça ne soit pas le cas, mais c'est ce que j'ai vu en lui.

Flammechant éprouva une profonde amertume, autant à cause de la logique des paroles de Renardargent que de sa conclusion. Car elle confirmait ses propres soupçons. *C'est vrai, mais je n'ai pas l'intention de m'en réjouir !*

— Et moi, alors ? demanda-t-il, s'autorisant à trahir son amertume. Depuis mon arrivée ici, je me suis entièrement consacré à An'desha, alors que j'aurais pu cultiver d'autres relations. Mais il s'est éloigné et les possibilités qui s'offraient alors à moi n'existent plus. Si je retournais dans ma Vallée, ce serait pour découvrir que tous mes anciens amants sont en couple. Que me reste-t-il ? Il a eu *nous*, et maintenant il a ce qu'il désire. N'aurais-je aucune récompense pour mon dévouement, à part quelques souvenirs amers ?

— Tu as donné le meilleur de toi-même, alors que tu aurais pu rentrer chez toi, ou revenir parmi les k'Leshya. Mon ami, tu as rendu service à un pays et à un peuple qui ne sont pas les tiens. Pour être honnête, je dois te dire que nombre de gens envient ton parcours et ta position, mais je suppose que le savoir ne t'aidera pas. Je n'ai pas de solution à te fournir, ni même beaucoup de réconfort. Tu es exclusivement *shay'a'chern*, ce qui limite les possibilités...

— Et je ne suis pas le genre de dépravé qui va voir du côté des écoles quand tous ceux de son âge sont en couple, ajouta Flammechant.

Renardargent lui posa une main sur le genou – le premier contact physique qu'il s'autorisait depuis qu'il avait rejoint l'Adepte sur le canapé.

— Flammechant, mon bel oiseau, tu sais que je t'aime beaucoup. Si je peux te réconforter, physiquement ou d'une autre manière, je le ferai avec joie – c'est l'ami qui te parle, pas le *kestra'chern*. Je sais que ça ne t'aidera pas beaucoup...

— Mais ça ne me fera pas de mal non plus, coupa

Flammechant. (Il réussit à sourire à Renardargent.) Ne t'inquiète pas, je trouverai bien une solution.

Et il vaut mieux en rester là.

Le salon de la suite de Karal était moins froid et plus calme que *La Rose des Vents*, et on n'avait pas à affronter la neige pour y aller. Un bon feu brûlait dans la cheminée, et une bouilloire et une théière étaient tenues au chaud dans l'âtre.

Karal était debout derrière Natoli, qui alignait des chiffres sur une feuille. Il ne comprenait pas ce qu'il avait sous les yeux, mais cela n'avait pas d'importance. Dans son dos, An'desha feignait de lire un livre, car il n'avait pas tourné une page depuis qu'il s'était assis sur le canapé.

— Enfer et damnation ! explosa Natoli, bondissant sur ses pieds en jetant les feuilles en l'air. Chaque fois que je fais le calcul, je trouve une solution différente !

— Prends une tasse de thé, conseilla Karal, avant que la dernière feuille ne se soit posée sur le sol.

Il remplit une tasse, y ajouta de la crème et du miel, et la tendit à la jeune fille avec un sourire qu'il voulait encourageant.

— Je sais que tu voulais essayer, mais tous les autres sont parvenus à la même conclusion que toi, même maître Levy. Que le soleil me foudroie ! Ils n'arrivent même pas à se mettre d'accord sur la durée de vie du brise-lames ! Ils disent que c'est trop compliqué pour être calculé par des humains.

Natoli fit la grimace et accepta la tasse de thé.

— D'accord, je sais que Florian regardait par tes yeux, et à travers lui, tous les Compagnons qui s'intéressent un tant soit peu aux mathématiques. Qu'en dit-il ?

Répète-lui ce que je t'ai dit la troisième fois qu'elle a fait le calcul, conseilla Florian. *La réponse n'a pas changé.*

— Pour autant que les Compagnons le sachent, la réponse doit inclure Hardorn, parce que la véritable solution devra aller au-delà de l'influence du brise-lames. Si certains pensent que nous devons créer une autre sorte de brise-lames, ce n'est pas l'opinion majoritaire. Mais alors que les tempêtes s'intensifient, nous devons étendre la protection.

Quelques Hérauts ont le sentiment, trop vague pour être une prémonition, qu'Hardorn sera impliqué dans la découverte de la solution finale.

Une conclusion surprenante, venant des Compagnons. Mais Karal l'approuvait.

Natoli alla encore plus loin.

— Nous ferions bien de parler ouvertement de cette « chose » à laquelle nous faisons constamment allusion depuis une semaine. Hardorn et les Impériaux. Nous avons besoin d'eux, et nous le savons tous, alors essayons d'en apprendre davantage sur eux sans que quiconque ait des ennuis ou ne soit assassiné.

Le Fils du Soleil ne va pas aimer ça, Karal, dit Altra, dont la queue s'agitait nerveusement.

Il se leva du canapé pour regarder le jeune homme.

— Et toi, qu'en penses-tu ? demanda Karal.

Dans l'absolu, je n'ai pas d'objection. Je n'apprécie pas de m'allier à des gens qui se sont attaqués à moi, mais dans l'intérêt de tous, je sais que ce sera sans doute nécessaire. Hélas, Solaris désapprouvera.

En réalité, Solaris ne se contenterait certainement pas de « désapprouver ».

An'desha, lui, semblait plutôt content.

— Et toi ? demanda Karal à son ami.

L'Adepte se redressa.

— Ils ont de la neige jusqu'au cou, des monstres les attaquent, ils ont faim et ils ont froid. Même Kerowyn ne semble pas pressée de les affronter. Tu l'as entendue toi-même, cet après-midi : « Laissons le général hiver se charger d'eux. » Et Jarim était d'accord avec elle ! Selon moi, elle pense que le « général hiver » les tuera les uns après les autres. Le problème, c'est que des innocents mourront avec eux.

— Alors, ta position... ? l'encouragea Karal.

— Les Hardorniens et les Impériaux – coupables ou non – n'ont-ils pas assez payé ?

Karal s'assit au bureau qu'avait abandonné Natoli.

— Je comprends ce que Florian et toi voulez dire, mais je me pose une question. De quoi les Impériaux seraient-ils capables ? Jusqu'où iraient-ils s'ils n'avaient plus rien à perdre ? Par la couronne de Vkandis, quelle meilleure occasion de frapper, pour eux, que pendant une visite de Solaris à la cour de Valdemar ? Comment empêcher ça ?

— En les incluant dans notre protection, bien sûr, répondit Natoli en s'asseyant à la place libérée par Altra. S'ils sont protégés des tempêtes magiques, ça devrait les empêcher de sombrer dans le désespoir. De plus, je crois que nous devons travailler avec leurs mages, en plus de ceux de k'Leshya. Les maîtres pensent que nous avons besoin d'un point de vue différent sur la magie. La dernière fois, ça nous a bien aidés.

— D'accord, dit Karal, mais pour obtenir la coopération des Impériaux, il faudra en *trouver* un qui soit assez sensé pour comprendre la situation – et qui réfléchira avant d'agir. Bien entendu, ce devra être un homme assez haut placé. Alors, *qui*, et *comment* le trouver ? Je ne peux quand même pas envoyer un messager avec un drapeau blanc ! (Cette idée lui arracha un grognement.) D'ailleurs, je ne peux rien envoyer nulle part. Je n'ai pas l'autorité de faire ça.

Et si nous employions la vision à distance pour trouver cette personne sensée ? suggéra Florian.

— Florian propose que nous essayions la vision à distance pour trouver la personne qui nous écoutera. Mais comment faire ça, sans cible, et sur une telle distance ? Les spécifications « autorité et bon sens » me semble un peu vague pour jeter un sort…

— Eh bien, répondit An'desha, concernant le problème de la distance, je connais un moyen d'augmenter mon pouvoir : la Pierre-Cœur du Valdemar. Bien sûr, il faudra que je demande la permission de l'utiliser, mais je crois pouvoir l'obtenir. Après tout, je suis un Adepte, même si je n'ai pas beaucoup de pratique. Mais je peux lancer un sort de vision à distance.

Dis-lui de prier Talia de demander la permission à Elspeth, et il l'aura, répondit Florian. *Rolan et Gwena sont d'accord.*

Karal transmit l'information.

— Vas-tu utiliser le genre de sort qui produira l'image et le son, et que n'importe qui pourra voir et entendre ? demanda-t-il à son ami, plein d'espoir.

Il avait toujours eu envie d'assister à une vision à distance. Mais Ulrich n'avait jamais utilisé ce type de sort.

— Je n'en connais pas d'autre, répondit tristement An'desha. Ça demande plus d'énergie que celui qui fonctionne comme le don de vision à distance des Hérauts, mais je n'ai pas le choix.

— Ça vaut mieux, même si tu connaissais l'autre, fit Natoli. Avec plusieurs paires d'yeux et d'oreilles pour observer la scène, nous ne risquons pas de manquer un détail.

An'desha sourit.

— C'est vrai. Bon, nous avons résolu le problème de l'énergie…

Pourquoi ne pas utiliser le blason impérial comme cible ? intervint Altra. *Vous le trouverez uniquement dans les quartiers d'une personne haut placée, soit sur les murs, soit sur des documents… Grâce aux espions de Kerowyn, nous savons que les soldats l'ont retiré de leurs uniformes.*

— Prendre le blason impérial pour cible… Voilà ce que suggère Altra. Tu peux faire ça ? demanda Karal. Alors, nous observerons et choisirons notre interlocuteur.

An'desha réfléchit un instant.

— Je ne vois pas pourquoi je ne le pourrais pas… Après, nous déciderons de la meilleure manière d'aborder notre contact.

Je vais chercher Talia, dit Florian, avant de « disparaître » des pensées de Karal.

Le jeune homme découvrait à quel point il était agréable de pouvoir utiliser les pouvoirs des Compagnons. Normalement, ils auraient dû partir à la recherche de Talia, mais Florian allait contacter Rolan et lui demander de faire venir son Elue chez Karal.

Bien sûr, il ne pourrait pas lui donner les détails de ce qui l'attendait. Contrairement à la majorité des Hérauts, Talia n'avait pas le don de la parole par la pensée. Rolan lui enverrait une « image » d'eux, avec un sentiment d'urgence.

Quand Talia arriva, elle semblait à la fois curieuse et ennuyée.

— J'espère que c'est plus important que ce que je faisais, dit-elle sans préambule quand Karal lui ouvrit.

— C'est ce que je crois, Rayon de Soleil, répondit-il,

l'appelant par son titre. (Ce formalisme fit lever un sourcil à Talia, mais elle accepta de s'asseoir et de prendre une tasse de thé.) Natoli va vous expliquer ce qu'il en est. J'espère que nous n'avons pas outrepassé notre autorité.

Ulrich avait l'habitude de dire qu'il est plus facile de s'excuser que de demander la permission. J'espère qu'il avait raison.

Natoli s'exécuta. Elle fit part à Talia de leurs conclusions et du raisonnement qui y avait mené. Talia écouta patiemment, hochant parfois la tête.

— Tu as bien failli outrepasser ton autorité, dit-elle à Karal, mais tu as réussi à rester du bon côté de la ligne rouge. Je vais demander à Elspeth, et je crois qu'elle sera d'accord avec vous. Elle est devenue beaucoup plus pragmatique depuis sa mission en Hardorn... Beaucoup plus que je l'en aurais crue capable.

— Elle a traversé Hardorn et vu le peuple souffrir. Et elle sait que c'est encore pire aujourd'hui, rappela An'desha. Elle n'est plus l'Héritière, mais personne ne pourra lui enlever le sens des responsabilités acquis depuis l'enfance.

— Je l'espère, fit Talia. Bien, au travail... J'ai une suggestion à vous faire. Directement au-dessus de la salle de la Pierre-Cœur, il y en a une autre, identique jusqu'au globe de cristal enchâssé dans la table. Vous pourriez vous en servir. Elle est bien protégée. Nous l'avons souvent utilisée pour voir à distance. (Elle posa sa tasse sur la table et se leva.) Je crois que la reine devrait vous charger officiellement d'une mission. Je lui en parlerai dès que possible. Vous êtes tous adultes et responsables, et vous avez de bonnes idées, sinon des solutions à proposer. Nous devrions vous donner l'autorité de les tester sans devoir constamment demander la permission.

Cette dernière remarque laissa Karal bouche bée.

— Du calme, ce ne sera pas une très grande autorité ! Mais Karal et An'desha en ont déjà en tant qu'ambassadeur et résident étranger à la cour de Valdemar. Aussi longtemps que vous ne violez pas une de nos lois, vous n'avez pas à répondre de vos actes devant les autorités de ce royaume.

« Si je veux avoir une occasion de parler à Elspeth seule à seule, il faut que j'y aille. Je vous transmettrai la réponse par l'intermédiaire de Rolan et de Florian.

Elle se dirigea vers la porte et Karal l'ouvrit pour elle. Avant de sortir, elle tourna vers lui un regard intrigué et pénétrant.

— Tu es pour moi une énigme, jeune prêtre, dit-elle enfin. La seule personne que j'aie rencontrée qui parle avec un Compagnon sans avoir été choisie. J'aimerais bien savoir pourquoi.

— Moi aussi, Rayon de Soleil. Je dormirais sans doute mieux la nuit…

La salle de vision à distance était silencieuse. Les bruits de l'extérieur, terriblement assourdis, en devenaient inexistants. An'desha s'assit sur l'un des coussins apportés par Natoli, toujours pratique. Elle ne voyait pas pourquoi leurs derrières devraient s'engourdir sur des bancs en pierre, alors que les réserves du Palais regorgeaient de coussins. Les autres prirent place à intervalles réguliers autour de la table – dessus dans le cas d'Altra – et attendirent qu'il commence.

Leurs premières tentatives ne leur avaient rien montré de plus excitant que des entrepôts et des casernes. Les Impériaux avaient enlevé le blason impérial de leurs uniformes, mais il était toujours présent sur leurs bannières et sur les caisses marquées au fer rouge. Le problème, avec ce sort, c'était qu'An'desha ne pouvait pas changer le point de vue de plus d'un pas sans avoir à tout recommencer. Et il était limité à deux ou trois essais par jour. Même si le sort tirait la plus grande partie de son énergie de la Pierre-Cœur, c'était son pouvoir personnel qui le contrôlait.

— Tu devrais essayer de cibler le blason sous forme de sceau, dit Natoli après réflexion. Ça devrait nous montrer un endroit situé à l'intérieur de leur quartier général. Et s'il y a un secrétaire dans les environs, tu pourras relancer le sort en le prenant pour focale. Tôt ou tard, il faudra bien qu'il croise quelqu'un de haut placé.

— Ça paraît une bonne idée… On ne peut pas dire que nous progressions beaucoup.

— Nous n'irions pas jusque-là, protesta Karal, parlant en son nom et en celui d'Altra. Tu as trouvé Shonar, et l'armée impériale… sans tomber sur l'Empire. Ça n'est pas si mal, pour quelqu'un qui travaille sans cible spécifique.

An'desha eut un petit sourire. Il fit jouer ses mains pour échauffer ses muscles avant de les poser à plat sur la table, devant lui. Puis il fixa un point au-dessus du globe de cristal et se tendit vers la source de pouvoir incarnée par la Pierre-Cœur de Valdemar.

Il n'avait aucun mot pour décrire ce qu'il ressentait en saisissant cette énergie incroyable dotée une conscience rudimentaire. Toutes les autres Pierres-Cœurs étaient-elles ainsi ? Pas étonnant que Fléaufaucon ait voulu apprendre le secret de leur fabrication ! Les nodes étaient puissants – parfois même dangereux – mais cette Pierre-Cœur l'était cent fois plus que le node le plus formidable qu'il ait touché. Quand il se liait à elle, il avait l'impression de sortir de son corps, comme lorsqu'il allait sur les Sentiers de Lune. Sauf qu'il se retrouvait à l'intérieur d'une structure cristalline qui pulsait de force maîtrisée. Et il lui semblait pouvoir faire n'importe quoi, à condition que son contrôle tienne.

Car le contrôle était la clé, et il y consacrait une bonne partie de ses efforts.

J'ai l'impression de chevaucher un étalon sauvage, qui m'apprécie suffisamment pour me laisser le monter. En même temps, je sens que je risque à tout instant d'être désarçonné et piétiné. « Maîtriser » ne veut pas dire « apprivoiser ».

Quand il eut les rênes du pouvoir entre ses mains, il baissa les yeux sur le cristal, y faisant brûler les signes écrits avec le feu invisible de la magie. Il sut que c'était terminé lorsque le cercle de pouvoir fusionna pour former un tout, et que le centre fut vide, prêt à recevoir l'objet ciblé.

C'était la partie purement mentale du sort. Il se concentra sur le blason impérial imprimé dans de la cire à cacheter. *Voilà ce que tu cherches*, dit-il au sort. *Trouve-le, et montre-nous où c'est.*

La distance ne signifiait rien pour ce sortilège, à condition qu'on lui fournisse suffisamment de puissance pour atteindre sa cible. An'desha le sentit lutter pour se libérer, tel un chien de chasse impatient qui tire sur sa laisse.

Il le lâcha et sentit aussitôt le pouvoir de la Pierre-Cœur couler à travers lui pour alimenter le sort. C'était si doux !

Tout ce qu'il avait à faire, c'était contrôler le flux d'énergie, afin qu'il soit toujours régulier.

An'desha se redressa et regarda à l'intérieur du cristal avec ses amis.

Un vortex rougeâtre apparut au cœur du cristal, transparent, mais en trois dimensions. Ç'aurait pu être le reflet d'un objet posé sur la table, mais ils virent tous qu'il n'en était rien, car ils se penchèrent avec un bel ensemble vers le globe.

La brume rouge se solidifia et l'image indistincte devint claire et précise : un cachet de cire marqué aux armes de l'Empire Oriental. Rien d'autre. Pas même le document ainsi estampillé.

Mais c'était parfait. Maintenant qu'il avait sa cible, An'desha pouvait étendre les paramètres du sort.

Il saisit davantage de puissance et la tissa, lui donnant une forme qui ordonnait au sort d'élargir son « regard » et d'ouvrir ses « oreilles ». Puis il la plaça autour du globe, la mêlant à la première, pour qu'elles ne fassent plus qu'une.

L'image changea. Le pâté de cire rapetissa – on eût dit qu'il s'éloignait d'eux – et devint un point rouge sur une feuille de parchemin jauni. Le document était posé sur un bureau où était assis un homme. La coupe sévère de sa tunique et de son pantalon était impériale – militaire, pour être plus précis. Il n'y avait pas d'autre meuble dans la pièce, assez petite et éclairée par une seule lampe, suspendue à une chaîne au-dessus de la table. Elle était couverte de papiers, d'encriers… bref, de tout ce dont se servait un scribe.

— Oui, siffla Karal entre ses dents.

An'desha ne dit rien. Manipuler le sort, à ce stade, était toujours délicat. Il fit tourner son point de vue, vers le haut, vers le bas, vers les côtés, jusqu'à ce que son « œil » soit levé vers le secrétaire, qui travaillait avec beaucoup de diligence.

Il n'y avait aucun son, à part les grattements de la plume de l'homme sur le papier, et les sifflements de sa respiration. Son visage était étonnement jeune, franc, et plissé par une farouche concentration. Mais il n'avait absolument rien de remarquable. Sous ses cheveux bruns coupés court, son front n'était ni large ni étroit, ses pommettes ni hautes ni plates, son nez ni crochu ni retroussé, sa bouche ni mince ni généreuse et son menton ni pointu ni carré.

Bref, il aurait été difficile de le reconnaître dans la foule, s'il n'avait pas eu une petite cicatrice lui barrant le sourcil gauche et une autre sur le menton.

An'desha se concentra sur ces deux défauts et imprima l'image de l'homme dans son esprit.

Quand il fut certain de pouvoir retrouver sa cible, le jeune mage rompit le sort. Il s'écroula sur la table un instant tandis que les derniers vestiges se dissipaient...

Natoli et Karal étaient prêts. Aussitôt, ils se précipitèrent près de lui, la jeune fille avec une tasse de thé sucré, le prêtre avec une assiette de fromage et du pain. L'instant de faiblesse ne dura pas. Après tout, il avait la puissance de la Pierre-Cœur à sa disposition. An'desha se restaura lentement pendant qu'il refaisait le plein d'énergie magique.

— On dirait que nous avons trouvé un secrétaire impérial qui a un statut suffisant pour manipuler des documents officiels, dit Karal.

— Je l'espère, répondit An'desha. Vous avez vu la taille de son bureau ? S'il avait un « statut », serait-il relégué dans un placard à balais ?

— C'est possible ! fit Karal, avec la certitude de quelqu'un qui avait été secrétaire. Cet homme ne portait pas de manteau et ses vêtements n'étaient pas très épais, la preuve qu'il travaille dans un lieu chauffé. Or, nous savons que Shonar n'a plus de seigneur, et que le manoir réquisitionné par les Impériaux doit être immense, puisque leur commandant y loge tous ses officiers. Et probablement aussi ses mages. Cela fait beaucoup de monde. Alors, si un secrétaire a un bureau chauffé à l'intérieur du manoir, c'est qu'il n'est pas n'importe qui.

An'desha hocha la tête. Ça semblait logique.

— Je suis prêt à recommencer, dit-il. Si c'est possible, j'établirai un « lien » magique avec notre homme, comme ça, il sera plus facile de le trouver, à l'avenir.

Natoli soupira.

— Nous allons sans doute passer un temps fou à le voir écrire.

— Ça pourrait être pire… Nous pourrions être forcés de regarder les soldats jouer aux dés ou laver le sol.

Cela fit rire la jeune fille, car elle s'était plainte de ça quand ils avaient espionné des hommes se livrant à ces activités.

— Si j'avais su sur qui parier, répondit-elle, ç'aurait rendu les choses plus intéressantes !

An'desha jeta de nouveau le sort, avec pour cible le visage du secrétaire. Le pouvoir prit la forme désormais familière, l'énergie passa à travers lui, et une image se forma dans le globe de cristal.

Cette fois, il changea le point de vue afin qu'il leur donne l'impression d'être derrière l'homme, et de regarder pardessus son épaule.

— Encore une leçon d'écriture impériale ? demanda Karal, pince-sans-rire.

An'desha ne répondit pas, puisque Karal lui-même avait suggéré de profiter de l'occasion pour se cultiver. Ils avaient appris les bases grâce à un des éclaireurs de Kerowyn, et ils approfondissaient leurs connaissances. Comme il s'y était attendu, Karal était le meilleur « élève ». Natoli et An'desha avaient un niveau à peu près égal.

Il était plus difficile de lire en se concentrant sur le sort que de se contenter de regarder et d'écouter.

An'desha abandonna très vite.

— Qu'est-ce que ça dit ? demanda-t-il à Karal.

Le Karsite plissa les yeux.

— Un rapport sur la dernière tempête de neige… J'aimerais connaître leur système de mesure. Ça me donnerait une idée de la profondeur de la couche de neige. Elle doit être importante, car il ordonne aux responsables des casernes de faire bâtir des arches de glace et de creuser des tunnels entre elles, pour que les hommes n'aient plus à dégager sans cesse la neige.

— La situation est plutôt sombre…, souffla An'desha.

— Oh… (Karal était passé à autre chose.) Si Kerowyn compte toujours sur le « général hiver » pour les faire mourir de faim, elle a tort. Leurs réserves sont bien remplies, et ils ont même un entrepôt plein de viande congelée.

« J'ai le nom de l'homme qui est à leur tête ! C'est le

grand-duc Tremane. Nous l'avons déjà entendu mentionner une fois ou deux…

Effectivement. Et en général, on ne tarissait pas d'éloges sur lui. Les soldats impériaux coincés en Hardorn avaient un chef à la fois compétent et populaire, ce qui n'était pas toujours le cas.

— Ne disons rien à Kerowyn avant de savoir si notre plan marchera ou non, proposa Natoli. Je ne veux pas qu'elle rende les Impériaux nerveux tant que Solaris participera aux réunions du Grand Conseil.

An'desha et Karal acquiescèrent.

— Solaris essaie de me faire accepter par les membres du Grand Conseil, mais aux yeux de presque tous, je reste trop jeune pour être un véritable ambassadeur. Alors, en attendant d'avoir réussi à les convaincre, elle continue à venir. (Il soupira.) Je crois qu'elle aime bien être ici. Elle ne quitte jamais le Temple, alors ça doit la changer…

Ils regardèrent l'homme faire plusieurs copies des mêmes ordres, jusqu'à ce que Karal et Natoli louchent d'ennui et qu'An'desha sente son contrôle lui glisser entre les doigts. Alors, il dissipa la scène et rompit le sort.

— C'est tout pour aujourd'hui, dit-il. Nous réessaierons demain.

Le lendemain, leur séance de vision à distance, intercalée entre leurs autres occupations, fut aussi ennuyeuse et décevante. Mais ils apprirent que les ordres émanaient du grand-duc Tremane en personne – et An'desha trouva qu'ils manifestaient le genre de bon sens qu'ils cherchaient. Pouvait-il espérer que Tremane était l'homme qu'il leur fallait ?

A la fin du troisième jour, le secrétaire fut appelé hors de son petit bureau. Ils le suivirent le long d'un couloir, jusqu'à une porte gardée par deux hommes armés. An'desha retint son souffle. Le jeune homme s'identifia, et fut autorisé à entrer. Apparemment, il n'y avait aucune défense pour repousser le genre de sort qu'ils employaient !

Ils allaient enfin voir l'ennemi, l'auteur de tant de troubles, le grand-duc Tremane…

C'est lui ? *C'est l'ennemi ?*

— Ça ne peut pas être Tremane, fit Natoli d'une voix où perçait l'incrédulité. Non. Il doit s'agir d'un autre secrétaire.

Mais leur cible salua l'homme en lui donnant du « commandant Tremane ».

— Comment est-ce possible ? se demanda Karal à haute voix. Je m'attendais à un monstre comme Fléaufaucon, ou une brute en armure, au visage de pierre. Cet homme a l'air d'un… d'un…

— D'un bureaucrate insignifiant, proposa Natoli. De l'intendant qui veille à ce que tu n'aies jamais ce qu'il te faut, et qui exige de savoir comment tu peux utiliser dix crayons en un mois.

— Exactement ! Comment un homme qui a l'air de *ça* peut-il avoir fait ce qu'on lui reproche ?

— Justement, fit An'desha. Aux yeux d'un secrétaire, les gens sont des numéros, pas des *êtres humains*. Alors ordonner leur mort n'a pas d'importance, parce qu'on ne les connaît pas – tout ce qui compte, c'est le résultat. Les êtres les plus diaboliques sont souvent des « secrétaires » qui ne pensent pas aux conséquences de leurs actes. (Il frissonna, revivant d'anciens souvenirs.) Des soldats meurent ? Ce sont des « pertes acceptables ». Les récoltes brûlent ? Des « ressources que l'ennemi n'aura pas ». Des gens ont faim et sont sans logis ? Aucune importance, puisqu'ils ne « payent pas d'impôts ». Tout ce qui compte, c'est que les statistiques soient favorables – à n'importe quel prix !

— Comment sais-tu ça ? demanda Karal, presque inquiet.

— Ma'ar, répondit le jeune mage. Il pensait ainsi… Quand il était apprenti et secrétaire de son maître, il a appris à réfléchir de cette façon. Pire, on lui a enseigné à inciter les autres à tenir l'ennemi pour un nombre sans visage. (Il secoua la tête, chassant ses souvenirs.) Tremane aurait pu ordonner des choses terribles en raisonnant ainsi. Il n'est peut-être pas aussi convaincu que Ma'ar, sinon il ne serait pas si populaire. Au moins, je l'espère… Laissez-moi quelques minutes pour l'étudier. Comme ça je pourrai en faire ma nouvelle cible.

Si le secrétaire n'avait absolument rien de remarquable, ce n'était pas le cas de Tremane. Il n'était pas beau et n'avait certes pas l'air d'un grand militaire. Mais An'desha put mémoriser son visage sans devoir se focaliser sur des détails aussi insignifiants que des cicatrices.

Au moment où le secrétaire sortait, An'desha rompit le sort…

Et perdit connaissance un instant.

Il revint à lui juste à temps pour éviter de se cogner contre la table en marbre.

En réalité, il n'aurait pas pu l'empêcher, mais Altra bondit et s'interposa. A part quelques poils dans la bouche et le nez, le mage s'en sortit sain et sauf.

Mrrf ! grogna le Chat de Feu sous l'impact.

Karal se précipita au secours de son ami. Il l'aida à se redresser, puis à mettre sa tête entre ses genoux. Aussitôt, An'desha cessa d'avoir des vertiges. Et il put bientôt se relever.

— Merci, Altra, dit-il en s'avisant que le Chat de Feu rivait sur lui un regard inquiet. J'ai bien failli m'assommer !

Il n'y a pas de quoi, répondit Altra dans son esprit, avant de lui lécher le bout du nez. *Je déteste devoir nettoyer du sang, et tu te serais sans doute ouvert le front.*

An'desha prit l'inévitable tasse de thé sucré que lui tendit Natoli et la but lentement.

— Je veux faire un autre essai, dit-il au bout d'un moment.

— Tu crois que c'est sage ? demanda Natoli.

— Non, mais c'est nécessaire. Et si je m'évanouis, vous pourrez me rattraper. Je veux Tremane avant qu'il ne me sorte de la tête. Dès que j'aurai établi un lien avec lui, ce ne sera plus aussi difficile.

— Tu crois que Tremane est notre homme ? lança Karal.

— S'il ne l'est pas, il nous guidera à lui. J'aimerais croire que c'est lui pour de nombreuses raisons, et c'est pour ça que je préfère ne pas me fier à mon seul jugement. Il serait tellement plus facile de travailler avec le chef… Mais si je n'établis pas tout de suite un lien avec lui, il m'échappera…

— Très bien, dit Karal. Tu es adulte. C'est toi qui décides. Tu sais sans doute ce qui t'attend si tu t'épuises.

— Une migraine carabinée ! Ce que je fais n'est pas si dangereux.

An'desha prenait quelque liberté avec la vérité…

Ce n'est pas dangereux à condition que Tremane n'ait pas de protection contre ce genre d'intrusion.

Il était possible qu'il ait perdu conscience après s'y être frotté. Et s'il les touchait…

Il ne savait pas quelles seraient les conséquences. Sûrement pas fatales, après que ces boucliers eurent été malmenés par les tempêtes magiques. Mais pas plaisantes non plus…

Pourtant, il avait appris à se fier à son intuition au sujet de la magie, conscient que dans son cas, « intuition » était synonyme d'analyse instinctive des souvenirs de plusieurs vies. Même s'ils ne lui étaient généralement pas accessibles sans un minimum d'efforts.

Son « intuition » lui disait qu'il devait établir son lien au plus tôt.

Peut-être est-ce à cause des tempêtes magiques, pas de Tremane… Mais elles n'ont pas d'impact sur les liens. Sans ça, je ne pourrais pas voir à distance par-delà le brise-lames aussitôt après une tempête.

Elles affectaient les flux magiques et il fallait du temps pour les restaurer. La raison lui semblait claire, peut-être parce qu'il était un Shin'a'in. Les vagues « emportaient » tout sur leur passage, comme leurs homonymes liquides. Et lorsque l'eau se retirait des Plaines, après une inondation, il n'y avait plus ni sentier ni point de repère. Il fallait les reconstruire.

Il avait essayé d'expliquer ça à maître Levy, mais l'ingénieur s'était contenté de secouer la tête.

— Si je pouvais « voir » votre magie, avait-il répondu, je saurais dire si votre comparaison tient. Mais je ne le peux pas, alors je vous crois sur parole. Si je trouve un moyen de vérifier votre théorie, je vous le ferai savoir. Ça pourrait nous aider à résoudre notre problème…

Notre problème. Formulé ainsi, ça semble tellement… banal.

Il inspira profondément. Quand il posa les mains sur la table, elles ne tremblaient pas.

— Je dois le faire, dit-il. Je sais que je le peux, grâce à mes amis, qui sont là pour veiller sur moi.

Il lança de nouveau le sort, puis chercha sa cible.

Le visage de Tremane et le haut de son corps apparurent dans le cristal. Il n'était pas seul. An'desha s'empressa d'élargir le champ de vision. Le grand-duc parlait avec une femme d'âge moyen vêtue d'habits grossiers mais en bon état. Ce devait être une épouse de fermier. L'armée impériale n'avait pas de femme dans ses rangs et celle-là n'avait pas l'air d'une prostituée.

Elle se tordait les mains et sanglotait, parlant si vite qu'An'desha, qui ne maîtrisait pas l'hardornien, ne réussit pas à comprendre ce qu'elle disait.

Tremane non plus, apparemment. Au bout de quelques tentatives maladroites pour la calmer, il se leva et appela quelqu'un dont le mage n'entendit pas le nom.

Un instant plus tard, un vieil homme en riche tunique entra.

— Essaie de la calmer, s'il te plaît, Sejanes, sinon nous ne saurons jamais où sont les enfants ! Ce qu'elle dit n'a ni queue ni tête.

Le vieillard rit tout bas.

— Mon garçon, répondit-il en impérial, tu n'as jamais su t'y prendre avec les femmes. Laisse-moi faire.

Il lui fallut quelques instants pour calmer la malheureuse, même si son hardornien était terriblement mauvais. Il lui tapota l'épaule, émit quelques bruits apaisants, et réussit à lui arracher des informations utiles entre deux sanglots.

Apparemment, c'était bien une fermière. Après avoir vu un monstre, elle avait amené sa famille en ville, pour y passer l'hiver. Mais ses enfants, qui n'avaient pas l'habitude d'être enfermés, étaient sortis des murailles de Shonar. Elle pensait qu'ils étaient rentrés chez eux, à la ferme, où ils avaient laissé leurs jouets et les animaux qu'ils avaient apprivoisés. Evidemment, elle n'en était pas sûre, parce que personne ne les avait vus. Elle supplia le « seigneur Tremane » d'envoyer des hommes à leur recherche, avant que les « monstres » les trouvent.

Le « seigneur Tremane » soupira.

— Emmène-la et fais en sorte qu'on lui donne à manger, Sejanes. Je parie que ces gosses se sont glissés parmi les jeunes gardiens de troupeaux pour passer au nez et à la barbe des gardes. Dis-lui que nous allons essayer de les retrouver. Je vais former une équipe de volontaires. Nous devrions avoir remis la main sur les fugueurs avant la tombée de la nuit…

Le vieil homme fit sortir la femme. A la surprise d'An'desha, Tremane gagna la pièce voisine et commença à s'habiller plus chaudement.

— Allez, les gars ! cria-t-il en enfilant des bottes au-dessus de deux grosses paires de chaussettes. Trouvez-moi des volontaires ! Nous avons encore des gamins perdus dans la nature !

« Mais que les Cent Petits Dieux soient loués ! Cette fois, ce n'est pas en plein blizzard.

— Incroyable, souffla Karal, alors que le commandant en chef des forces impériales, le grand-duc Tremane, descendait à l'armurerie organiser une équipe de sauvetage pour retrouver des enfants de fermiers hardorniens. Solaris ne ferait jamais ça. Je doute même que Kerowyn s'y abaisserait.

— Peut-être se sert-il de l'affaire comme d'un prétexte pour sortir un peu, fit Natoli avec un certain cynisme, alors que Tremane guidait ses troupes dans un dédale de tunnels.

La lumière du jour traversait la neige où ils avaient été creusés, produisant un éclairage bleuté crépusculaire. Mieux valait ne pas être claustrophobe !

Tremane et ses volontaires sortirent des murs de Shonar sous un soleil blanc et éclatant. La neige montait jusqu'à la taille des hommes, et les congères les dépassaient souvent. Les points mobiles, au loin, devaient être des animaux d'élevage. Les hommes s'enroulèrent la tête dans leurs écharpes, pour éviter les engelures, puis suivirent leur chef.

— Si Flammechant voyait ça, souffla An'desha. Il croit que le temps est mauvais à Haven. Mais là-bas, il est terrible !

Avant d'oublier, et profitant que le grand-duc était concentré sur sa tâche, il établit son « lien » avec une prudence exagérée…

Il fut repoussé contre le dossier de son siège par les boucliers de Tremane. L'énergie explosa en lui une fraction de seconde, lui mettant les nerfs douloureusement à vif.

Puis ce fut fini. Il retrouva Karal et Natoli, qui le tenaient chacun par un coude, l'air anxieux. Sa tête le lançait, et il compris qu'il allait avoir la migraine carabinée qu'il avait mentionnée. A part cela, il n'était pas blessé.

— Je vais bien, assura-t-il à ses amis en vérifiant dans le cristal que le sort n'avait pas été rompu.

Non. Qui plus est, Tremane semblait ne s'être aperçu de rien. Le lien était en place. Désormais, il pourrait espionner le grand-duc, quels que soient les effets des tempêtes magiques sur les nodes.

— Voulez-vous voir la suite ? demanda-t-il.

Natoli haussa les épaules et Karal secoua la tête. An'desha rompit le sort et s'affaissa entre leurs bras.

C'était tout – et largement assez – pour la journée. Il les laissa l'aider à regagner sa chambre, puis être aux petits soins pour lui. S'il n'avait pas eu si mal à la tête, il aurait apprécié davantage leurs charmants efforts.

Les deux jours suivants furent tout aussi instructifs. Le bon peuple de Shonar semblait avoir adopté Tremane comme nouveau seigneur, et être satisfait de la situation. Quant au duc, il prenait autant soin des Hardorniens que de ses hommes. Il participait aux réunions du Conseil de Shonar, ses guérisseurs s'occupaient de tout le monde, et les Hardorniens donnaient un coup de main aux Impériaux pour leurs casernes. Il y avait parfois quelques frictions, mais les Hardorniens ne rejetaient pas les Impériaux, et Tremane ne faisait pas peu de cas de Shonar.

Même Florian fit remarquer, par l'intermédiaire de Karal, que le grand-duc Tremane avait toutes les qualités d'un bon chef.

Pour An'desha, il n'y avait plus de doute : c'était l'homme avec qui ils devaient établir la communication.

Il n'y avait qu'un problème.

Le jeune mage avait appris une autre chose de la bouche même de leur cible. C'était lui qui avait ordonné d'entrer en action à l'assassin du maître bien aimé de Karal, le Prêtre du Soleil Ulrich.

CHAPITRE IX

Flammechant brûlait d'une rage folle. *On* s'était servi de sa Pierre-Cœur ! D'accord, sa puissance était quasiment intacte, mais personne ne *lui* avait demandé la permission. Il pouvait en avoir besoin pour ses expériences !

A cause de Renardargent, il n'avait pas réussi à aller dans la salle de la Pierre-Cœur depuis des jours. Mais ça ne l'empêchait pas de la sentir à distance. Il savait donc qu'on y avait touché, même s'il ignorait qui avait fait cela. Ce n'était pas Elspeth, ni Ventnoir – il connaissait leurs signatures magiques. Et pas non plus les griffons, qui n'y étaient sans doute pas reliés. Il n'y avait pas d'autres mages valdemariens suffisamment puissants pour accéder directement à la Pierre-Cœur. Au début, il avait soupçonné un k'Leshya, mais eux non plus n'y étaient pas reliés…

Soudain, alors qu'il attendait Elspeth et Ventnoir, il sut qui était le coupable. La réponse était sous ses yeux, et pourtant elle ne lui avait pas semblé évidente.

An'desha ! Ça ne pouvait être que lui.

An'desha était un Adepte, et il avait dû lui être très facile d'obtenir la permission d'Elspeth et de Ventnoir d'utiliser la Pierre-Cœur. Il aidait Karal et les ingénieurs à comprendre la pratique et la théorie de la magie. L'un d'eux avait dû avoir une idée exigeant tant d'énergie que seule la Pierre-Cœur pouvait la fournir.

Et bien sûr, personne n'avait pensé à *lui* en parler !

Pourquoi auraient-ils fait ça ? Je suis seulement l'Adepte le plus expérimenté ! An'desha pense peut-être qu'il a de l'expérience, mais elle est contaminée et impure. Et il n'en a aucune avec une Pierre-Cœur. Mais Karal l'a convaincu qu'il n'a plus besoin de moi. Il croit pouvoir voler de ses propres ailes. Il n'était pas prêt à travailler seul, et il n'aurait pas dû l'être avant des années ! Il est impossible qu'il soit prêt, surtout s'il s'agit d'utiliser une Pierre-Cœur ! Mais Karal a dû lui dire le contraire. Lui faire croire qu'il n'a pas besoin d'aide... Au moment où il lui en faut le plus.

Il faisait les cent pas, oubliant qu'il attendait des visiteurs, tandis qu'Aya pépiait de détresse dans son coin. L'oiseau de feu commença à agiter les ailes, projetant des fausses étincelles qui cascadaient de ses plumes comme de la poussière colorée. Flammechant ignora ces signes de tension, trop occupé par sa propre fureur.

Il bouillait de colère.

Karal ! C'est lui le responsable ! Par tous les dieux, je devrais faire quelque chose à son sujet, pour l'empêcher de continuer à fourrer son nez partout ! L'Alliance n'a plus besoin de lui, maintenant que Solaris le remplace. Et An'desha souffre de ses fichus conseils !

Karal était la cause de tous ses problèmes ! Il se mêlait de ce qu'il ne pouvait pas comprendre, et il encourageait An'desha à suivre son exemple. Combien de temps lui faudrait-il pour réussir à convaincre le Shin'a'in de faire quelque chose de beaucoup plus dangereux qu'utiliser le pouvoir de la Pierre-Cœur ? Quand encouragerait-il An'desha à la *changer* ? N'était-ce pas ainsi que la Pierre-Cœur des k'Sheyna était devenue instable ?

La rage voilait sa vision, et son pouls résonnait à ses oreilles comme les battements de tambour d'un percussionniste fou.

Je dois me débarrasser de lui – il le faut *– avant qu'il n'anéantisse tout* !

Le bruit d'un tissu qui se déchire ponctua ses pensées meurtrières. Une tenture se détacha du mur. Prise dans le pouvoir qu'il projetait, elle luisait faiblement… et se séparait en morceaux de plus en plus petits.

Je devrais faire ça à Karal, cet insolant morveux…

Flammechant serra les dents, permettant à sa colère d'exploser, sans se soucier des dégâts qu'il causait à son *ekele*.

Tout pouvait bien s'écrouler ! Il s'en fichait. Le gémissement du bois qui craquait était doux à ses oreilles… On eût dit des os qui se brisaient, et en cet instant, démembrer tous ceux qui n'avaient pas su l'apprécier assez lui aurait procuré une grande joie.

Les pieds de la table de service se fendirent en deux, puis en trois. Le plateau pencha d'un côté et tomba. La vaisselle posée dessus explosa avant de toucher le sol.

Il était temps que j'ouvre les yeux !

En écho à cette pensée, Aya poussa un cri perçant de terreur, et un coin de l'*ekele* s'enflamma.

Flammechant pivota en hurlant de rage !

L'oiseau lige se réfugia à l'autre bout de la pièce, sous la seule table encore intacte. D'un grognement, l'Adepte imposa sa volonté aux flammes, exigeant qu'elles *s'éteignent* !

Mais le feu brûla plus fort quand il dirigea sur lui son pouvoir alimenté par la fureur. Il embrasa la tenture, la transformant en un voile jaune et brillant. Une fumée âcre envahit l'*ekele*. Flammechant essaya d'étouffer les flammes avec une couverture, mais réussit seulement à se brûler les mains. La douleur décupla sa rage. Il n'était plus capable de penser clairement.

Serrant ses poings douloureux, il hurla :

— *J'ai dit : assez !*

La fumée rebroussa chemin, éteignant les flammes.

Il ne resta plus que Flammechant, trempé de sueur, barbouillé de suie et tremblant de colère au milieu de la pièce dévastée, et l'oiseau lige terrifié.

Flammechant inspira profondément, et chercha Aya du regard, les mâchoires serrées. Ouvrant ses poings brûlés, il se jeta sur l'oiseau… qui s'enfuit.

L'Adepte se lança à sa poursuite. Aya voletait d'un meuble cassé à l'autre, piaillant de terreur.

— *Maudit* volatile ! hurla Flammechant. *Misérable !* Comment oses-tu ?

Ses vociférations se transformèrent en grognements incohérents. Hurlant toujours de rage, il coinça Aya et s'apprêta à frapper.

— *Non !*

Le cri venu de l'escalier retint sa main…

Cela suffit à Elspeth et à Ventnoir, qui l'encerclèrent.

— Flammechant, c'est ton *oiseau lige*, dit l'éclaireur tayledras. Tu as perdu la tête ? Ne comprends-tu pas que tout est *ta* faute ? Tout ce qu'*il* a fait, c'est refléter ton état d'esprit !

— *Sortez !* cracha Flammechant. C'est *ma* maison et *mon* oiseau, et je…

— Ce n'est pas une maison, mais un bûcher funéraire. Ose frapper Aya, Flammechant, et tu subiras le même sort que lui, l'avertit Ventnoir.

Il commença à taper du pied et Elspeth se joignit à lui. Flammechant reconnut vaguement le rythme : celui du sort d'endiguement de la Pierre-Cœur des k'Sheyna devenue instable.

— Je ne bluffe pas, Flammechant. Nous pouvons dévier tout ce que tu pourras lancer, et nous n'hésiterons pas à te le renvoyer dans les dents. Ça risque de ne pas être beau à voir.

Un long moment, l'Adepte resta là, la main levée, tel un bourreau prêt à abattre sa hache.

Ses amis étaient prêts à le terrasser.

Prêts à me terrasser…

La main brûlée de Flammechant commença à trembler, puis se desserra.

Sa rage retomba soudain. Il baissa le bras et regarda sa main, épouvanté.

— Oh, dieux…, murmura-t-il, incrédule. Ventnoir… qu'est-ce que j'ai fait ? Qu'est-ce que j'ai failli faire ?

Quel genre de monstre suis-je devenu ? La Pierre-Cœur ne m'appartient pas. An'desha a le droit de suivre sa propre route. Et… Karal est aussi innocent qu'Aya ! Qu'est-ce qui cloche chez moi ? Aya est mon oiseau lige…

Un chagrin profond prit la place de la colère. Ses jambes se dérobèrent et il tomba à genoux en sanglotant. Ventnoir et Elspeth le regardèrent, mais aucun ne bougea. S'ils continuaient à taper du pied, Flammechant ne les entendait pas par-dessus ses pleurs.

Aya, mon oiseau lige. Aya… tu ne voulais pas, tu avais peur… Je t'ai fait peur, et j'allais…

Aya releva la tête, hésitant, et se secoua, envoyant de

fausses étincelles dans toutes les directions. Puis il avança lentement vers Flammechant, et vint se glisser entre ses bras en roucoulant. L'Adepte Guérisseur s'excusa auprès de son plus vieil et plus fidèle ami.

Se balançant d'avant en arrière comme un vieillard, il perdit toute notion du temps.

Qu'ai-je fait... qu'ai-je fait... ?

Le monde était flou à travers ses larmes et la fumée. Une silhouette apparut sur sa droite, de longs cheveux aile de corbeau cascadant sur ses épaules. Elle se laissa tomber gracieusement près de lui. Ça n'était pas Ventnoir, ni Elspeth. Flammechant ferma très fort ses yeux brûlants. Quand il les rouvrit, ce fut pour croiser le regard compatissant et compréhensif de Renardargent.

Renardargent, dont les yeux étaient le reflet d'une âme plus complexe que toute la magie que Flammechant prétendait comprendre et contrôler... L'Adepte le regarda à travers ses cheveux argentés noircis par la suie.

— Qu'est-ce que j'ai fait ? demanda-t-il au *kestra'chern*. Qu'est-ce qui m'arrive ? Je suis devenu... un... monstre ! (Il éclata en sanglots.) Comment ai-je pu me laisser emporter ainsi ?

Renardargent tendit une main puissante et écarta les mèches de cheveux humides qui tombaient devant le visage de Flammechant.

— C'est ce que j'espère pouvoir te montrer, mon ami, dit-il. Tes mains sont brûlées, mais pas seulement par le feu. Maintenant que tu acceptes la réalité, il est temps de réparer les dégâts. Tu es enfin prêt. Mais il s'en est fallu de peu, et tu ferais bien de ne jamais l'oublier.

Le *kestra'chern* se leva et lui tendit la main. Tenant toujours l'oiseau de feu, Flammechant la prit. Ventnoir et Elspeth s'écartèrent pour les laisser passer.

Renardargent conduisit Flammechant dans sa chambre, et le fit asseoir sur le lit. Puis il prit place à côté de lui, mais sans le toucher.

— Repose-toi, et écoute-moi attentivement, dit le *kestra'chern*. Je vais essayer de t'expliquer ce qui s'est passé, mais tu trouveras peut-être ça un peu compliqué. Sois patient, et garde l'esprit ouvert.

« Te rappelles-tu à quel point les tempêtes t'affectaient, avant que vous érigiez le brise-lames ?

Il hocha la tête et Aya cala la sienne sous son menton.

— Elles affectent tous les mages, mais particulièrement toi, même si personne n'en a eu conscience. Tu es un Adepte Guérisseur en harmonie avec la manière dont la magie affecte la terre autour de toi. Tu y es sensible, et la puissance qui affecte la terre te transforme aussi.

Il marqua une pause, pour voir si Flammechant comprenait, et continua quand il le vit hocher la tête.

— C'est pour ça que je suis ici. Nous avons découvert, dans les archives, que ce qui t'arrive a frappé un ou deux mages après le premier cataclysme. Et il a fallu des années pour comprendre ce qui avait perturbé ainsi des gens tout à fait équilibrés. Toutes les Vallées ont été prévenues. Je suis venu à Valdemar pour voir si l'un de vous avait été affecté. Parce que les changements ne sont pas évidents, loin s'en faut...

« Tu es malade, Flammechant, mais aucun guérisseur ne pourrait diagnostiquer ton mal, à moins de savoir quoi chercher. Des changements subtils sont survenus dans ton cerveau. Ils t'ont rendu prompt à te mettre en colère..., et lent à raisonner. Ils te font voir des ennemis et des conspirations partout.

— Donc, croassa Flammechant, mon corps et mon cerveau ne sont pas en meilleur état que la terre.

Renardargent acquiesça.

— Oui. Mais ce n'est pas tout. C'est toi qui as orienté tes pensées sur la mauvaise voie, même si ces changements ont aggravé les choses.

L'Adepte s'humecta les lèvres et caressa le dos d'Aya.

— En essayant de rejeter le blâme sur n'importe qui, sauf sur moi-même ? demanda-t-il. En cherchant un bouc émissaire pour tous mes problèmes ?

— En devenant obsédé par un lien pour la vie, comme si c'était la solution à tout, précisa Renardargent.

Flammechant baissa la tête, remerciant silencieusement sa Déesse que son ami n'ait jamais rien su de ses projets.

Je vais détruire le sanctuaire demain. Comme j'aurais dû le faire dès le début.

Etait-il possible qu'un peu de la souillure de Fléaufaucon subsiste dans son refuge taché de sang ? Etait-ce la cause de sa folie ?

Même dans ce cas, je m'y suis abandonné, je l'ai cultivée et chérie. Moi, et personne d'autre. Nul ne m'a tenu pour m'enfoncer ces pensées dans le crâne.

— J'ai été tellement stupide, dit-il au *kestra'chern*. Renardargent, aucun talent, même phénoménal, ne peut excuser qu'on se conduise comme un dément tyrannique.

Renardargent lui fit un sourire chaleureux et rassurant. A l'aide de questions et de réponses, de devinettes, d'encouragements et de reproches, le *kestra'chern* l'amena gentiment à mettre son âme à nue.

Quelques heures plus tard, Flammechant comprit enfin ce qu'An'desha avait éprouvé entre *ses* bras, il n'y avait pas si longtemps.

Ayant finalement demandé à Natoli de le laisser seul pour réfléchir, Karal luttait contre ses démons.

Tremane est le meilleur choix. Nous ne pouvons pas laisser la population d'Hardorn continuer de souffrir. Selon ses propres critères, Tremane est un homme honorable.

Mais il avait également ordonné l'assassinat d'Ulrich et de plusieurs autres personnages importants de l'Alliance. S'il n'y avait eu que deux morts, c'était une question de chance. Il n'en avait pas moins le sang de deux innocents sur les mains – des serviteurs de leurs dieux respectifs, ce qui rendait ses crimes plus odieux.

Karal n'arrivait pas à concilier le Tremane qui avait ordonné ces assassinats avec celui qui était sorti dans des conditions dangereuses pour sauver des enfants.

D'un côté, je veux ouvrir des négociations avec lui. De l'autre, je désire le faire souffrir autant que j'ai souffert. Le tuer lentement, et qu'il ait mal, comme Ulrich…

Il savait que c'était affreux. Mais c'était humain. Si Karal essayait de penser au bien de tous, il n'arrivait pas à se débarrasser de sa colère. Il ne voyait pas comment ils pouvaient faire confiance à un homme capable de tuer aussi facilement qu'on efface un nom sur un dossier.

Si au moins je savais pourquoi... Si j'étais sûr qu'il n'a pas fait ça de sang-froid, comme An'desha nous l'a décrit...

... Si j'imaginais qu'il a regretté son acte, même un tout petit peu !

Karal tourna en rond longtemps, étonné de ne pas forer un trou dans le tapis, sans réussir à dépasser ce stade. Il faisait nuit, et l'obscurité qui régnait à l'extérieur n'était pas plus épaisse que celle qui entourait son cœur.

Je ne peux pas ouvrir des négociations avec quelqu'un en qui je n'ai pas confiance ! N'est-ce pas la condition à tout pacte ?

Seul un homme savait pourquoi Tremane avait donné cet ordre. Et c'était Tremane lui-même.

Je dois savoir. Je dois lui parler. D'une manière ou d'une autre.

— Je dois parler à Tremane, dit-il à voix haute.

Altra leva la tête de ses pattes et le regarda comme s'il lui avait poussé des ailes ou des crocs.

Tu plaisantes, j'espère !

— Il me faut trouver un moyen de lui parler seul à seul avant que les autres le fassent. Je dois savoir *pourquoi*. Et je dois apprendre s'il le referait. A quoi bon essayer de négocier avec un homme à qui il est impossible de se fier ?

Je pourrais te donner plusieurs raisons, mais je ne crois pas que tu sois d'humeur à les écouter.

— Il faut que tu m'aides à trouver un moyen de lui parler. S'il te plaît, Altra ! (Karal se laissa tomber à genoux près du Chat de Feu.) Tu es un mage.

Pas comme tu l'entends...

Karal ignora cette remarque.

— Pourrais-tu lancer une vision à distance qui fonctionnerait dans les deux sens ? Ou me conférer le don de parole par la pensée ?

C'est une très mauvaise idée, Karal.

— Il faut que je le fasse, Altra ! Les deux autres ne continueront pas à appliquer le plan si je ne suis pas d'accord. C'est ce que nous avons convenu. Et je ne peux pas l'être avant d'avoir parlé à Tremane !

J'ai l'impression que tu serais capable de traverser Valdemar et Hardorn à pied pour ça...

Karal acquiesça.

— Mais je n'aurais pas à le faire à pied, corrigea-t-il. Florian m'accompagnerait, pour s'assurer que je n'ai pas d'ennuis. Et Flammechant m'aiderait histoire de m'éloigner de Haven.

J'ai bien peur que tu aies raison, soupira le Chat de Feu. *Puisque tu insistes, je vais t'aider. Je ne peux pas lancer de sort de vision à distance. En revanche, je peux t'emmener là-bas moi-même.*

Karal blêmit.

— Tu veux dire… avec un transfert ?

C'est le seul moyen. Sinon, laisse tomber ! Au moins, si je te transfère dans le bureau de Tremane, je pourrai te ramener, au cas où les choses tournent mal. Je peux aussi le pétrifier un temps, histoire que tu lui poses tes questions sans qu'il puisse appeler à l'aide. Et n'oublie pas que je connais le sort de vérité. Tu auras des réponses sincères !

— Transfert…

La dernière fois qu'il s'était transféré avec Altra, il s'était juré de ne jamais recommencer. Un instant, Karal pensa à laisser tomber.

Non, je dois savoir, sinon je ne pourrai pas prendre de décision.

— Très bien, répondit-il. (Altra baissa les oreilles, effaré.) Faisons-le maintenant. Avant que je change d'avis.

Je préférerais, grogna le Chat de Feu.

— Je sais, dit Karal. C'est pour ça que je veux y aller tout de suite.

Tremane frotta ses yeux douloureux et regarda ce qui restait de sa chandelle. La journée avait été longue, et la nuit plus encore. Le Conseil et lui travaillaient à harmoniser les lois impériales et hardorniennes, afin que la ville et le camp soient régis par les mêmes. Il voulait s'assurer que tout le monde comprenne bien les nuances des lois impériales – celles d'Hardorn ne semblaient pas aussi spécifiques, ce qui ne le surprenait guère.

A société plus simple, législation plus simple.

Mais les forces impériales avaient apporté avec elles une

société plus complexe. Et le peuple de Shonar allait devoir s'y habituer.

Comme nous. Nous faisons des centaines de compromis par semaine.

Tremane se demanda quelle heure il était – sans doute plus de minuit. Il avait renvoyé ses assistants et ses secrétaires depuis des heures, pour qu'ils se reposent. Il était agréable de travailler ainsi, au cœur de la nuit, dans le manoir silencieux, quand tout le monde dormait. Seules les sentinelles veillaient encore. La cité dormait aussi – il n'y aurait pas d'urgence, cette nuit. Il pouvait travailler en sachant que rien ne viendrait l'interrompre et qu'il était seul dans son bureau…

Mais soudain, il ne le fut plus.

Il eut la chair de poule et ses cheveux se hérissèrent quand la magie explosa dans la pièce.

De la magie ? Ça ne peut pas être une tempête…

Il leva les yeux de ses papiers au moment où un gamin vêtu d'étranges robes noires apparaissait devant lui. Le gosse tenait dans ses bras un chat crème et brique qui semblait de la taille d'un veau.

Tremane voulut prendre la dague posée sur son bureau et crier. Avec un frisson, il s'aperçut qu'il ne pouvait faire ni l'un ni l'autre.

Le chat le fixa de ses grands yeux bleus pendant qu'il luttait contre les liens invisibles qui le tenaient prisonnier. Il les vit se plisser de satisfaction quand il cessa de s'agiter.

L'animal commença à ronronner.

C'est le chat ! *C'est* lui *qui fait ça* !

Il regarda l'animal, incrédule. Pourtant il était certain d'avoir deviné juste. Le *chat* le pétrifiait sur place ! Que se passait-il ?

Le gamin s'éclaircit la gorge.

— Je suis ici pour vous poser des questions, messire, dit-il clairement en impérial, bien qu'avec un accent étrange.

Le regard de Tremane passa du chat au gamin – et il vit qu'il n'était pas aussi jeune qu'il l'avait cru. Il avait l'âge de ses assistants, même si sa silhouette et son visage lui donnaient l'air d'un enfant.

— Vous ne pourrez pas parler fort, et uniquement pour répondre à mes questions.

Il veut me poser des questions ? Il s'est transféré ici par magie et il m'emprisonne dans mon propre bureau pour me poser des questions ? C'est moi qui suis fou, ou c'est lui ? Qui est-il, d'ailleurs ?

— Voilà ma première question. Quand vous avez lâché votre tueur sur la cour de Valdemar, l'homme qui se faisait passer pour un peintre, lui avez-vous donné des instructions exactes ? Avez-vous dit qui il devait tuer ?

Le jeune homme le regardait comme s'il voulait lui creuser un trou dans le crâne avec ses yeux pour en arracher les réponses.

— J'ignore de quoi vous voulez parler, voulut dire Tremane.

Mais sa bouche ne lui obéissait plus ! Si ses lèvres remuaient, les mensonges refusaient d'en sortir !

Il lutta, bégaya, puis se résolut à dire la vérité.

— Pas précisément, s'entendit-il murmurer, ce qui l'horrifia. J'ai donné l'ordre que des personnes d'un certain rang soient éliminées. Je n'avais pas la moindre idée de leurs identités, car mes agents ne sont pas à la hauteur. En ce moment, ils ne me servent à rien, parce que je n'ai plus aucun contact avec eux. J'ai exigé que des ambassadeurs étrangers soient tués. J'avais également ordonné l'assassinat de la reine, sans croire un instant que ça soit possible.

Il s'écouta, épouvanté. Comment le jeune homme parvenait-il à lui faire ça ? Son cœur se glaça – pas à cause de la magie elle-même, mais de ses implications. Si ce gamin pouvait lui infliger ça maintenant, que lui ferait-il plus tard ? Ou était-ce le chat ?

Le jeune homme rivait sur lui des yeux remplis de souffrance.

— *Pourquoi ?* demanda-t-il, d'une voix tremblante d'émotion. Pourquoi avez-vous ordonné ça ?

Je dois dire la vérité. Alors, autant la formuler à ma manière... Quelque chose, chez ce gamin, me fait penser qu'il n'est ni un assassin ni un agent envoyé pour me capturer. Malgré ses pouvoirs, il semble un peu léger pour interroger le commandant des forces ennemies ! Son manque de sang-froid trahit son agitation et son émotion. Non, cette histoire cache quelque chose. Et puisque je dois dire la vérité, rien que la vérité…

— A l'époque, j'étais certain que les tempêtes magiques nous avaient été envoyées par Valdemar. Nous étions coupés de l'Empire, sans armes ni protection et sans moyen de communication ou de ravitaillement. Mes hommes commençaient à paniquer, et mes mages étaient impuissants. Nous étions dispersés le long d'une ligne que nous ne pouvions plus défendre. Si l'ennemi nous avait attaqués, nous aurions été massacrés.

« J'étais certain que ces tempêtes étaient une nouvelle arme de l'Alliance, créée grâce au travail commun de ses mages. Briser l'Alliance me semblait être le seul moyen de faire cesser les tempêtes magiques.

Le regard douloureux du jeune homme était toujours rivé sur lui. Et si aucune magie ne le poussait à en dire davantage, ce chagrin le força à continuer.

— Je n'ai pas choisi ces soldats, ni ce commandement. Mais quand je l'ai accepté, ils sont devenus ma responsabilité. Il me faut veiller à leur sécurité avant de penser à la mienne. Ils doivent être nourris avant que je mange, et avoir un abri avant que je dorme. Et même si ce sont des soldats, mon travail est de veiller à ce que leurs vies ne soient pas bêtement gâchées. La victoire, oui, mais avec un minimum de sang versé.

« A l'époque, j'ai vu le désastre prêt à s'abattre sur nous, et je devais faire quelque chose avant que ça n'arrive. Si ces tempêtes venaient effectivement de Valdemar, il s'agissait d'une arme de terreur, créée pour *nous* anéantir, puisque l'Empire dépend entièrement de la magie. J'ai pensé que mon action était justifiée si elle sauvait mes hommes. Ce n'était pas le genre d'ennemis qu'ils pouvaient affronter arme à la main.

Le gamin comprenait-il ? Il l'écoutait, au moins, et Tremane était toujours capable de s'exprimer.

— C'est une chose que j'ignorais lorsque j'ai pris mon premier poste – quand j'avais votre âge. Commander ne se limite pas à brailler des ordres. C'est savoir quelles seront leurs conséquences pour les hommes dont on est le seul responsable.

Un sujet dont il n'avait jamais parlé avec personne. Au sein de l'Empire hanté par les espions, il n'aurait jamais osé le faire.

— Mes hommes comptent sur moi pour les garder en vie. Pas un ne s'enrôle dans l'armée en pensant qu'il va mourir ! Ils me font confiance – je dois en être digne. Aux yeux d'un bon commandant, aucune vie perdue n'est une « perte acceptable ».

Le « gamin » cilla, comme si ses paroles avaient touché une corde sensible.

Tremane désigna la fenêtre, secouée par une bourrasque.

— Regardez ce que ces tempêtes nous ont fait ! Et dites-moi que j'ai eu tort de craindre pour la vie de mes hommes ! Si nous n'avions pas construit un mur pour les protéger, et si nous ne les avions pas organisés, les habitants de Shonar seraient obligés de combattre les monstres dans leurs rues !

Les yeux du gamin se tournèrent brièvement vers la fenêtre, puis revinrent se poser sur lui.

— Quant à l'ordre que j'ai donné... Mes mages m'ont appris depuis que Valdemar n'avait pas lancé les tempêtes magiques. Je n'ai pas attendu d'avoir la confirmation, et... j'ai mal agi.

Il se sentit rougir et s'étonna de sa propre réaction.

— *Si* Valdemar avait créé les tempêtes, je ne suis pas certain que cela aurait justifié mon acte... Riposter à la terreur par la terreur n'est pas une attitude morale... Mais un commandant a rarement le temps de s'intéresser à l'éthique. Je saisis les occasions au vol ! Ça fait partie de la vie au sein de l'Empire. (Il marqua une pause, puis ajouta :) Ce n'est pas une excuse, mais une raison. Il n'est pas facile de penser en certains termes quand on n'y est pas habitué, et « opportunisme » est le maître mot au sein de l'Empire.

C'est la vérité, mais inutile d'entrer dans les détails... Un Valdemarien – je présume que c'en est un – pourrait-il comprendre l'Empire ?

Il s'était à peine avoué tout cela et fut stupéfait d'en parler à un parfait étranger.

Mais ce jeune homme qui a l'air d'un prêtre est apparu

dans mon bureau, avec dans les bras un chat capable de me paralyser d'un regard. Un simple couteau lancé, et mes troupes perdront leur chef. C'est peut-être pour ça que je lui parle ainsi. Et peut-être fallait-il que je dise ces choses tout haut pour les regarder en face.

Le chat le fixait avec une telle intensité qu'il s'attendait à l'entendre parler. Le jeune homme semblait pensif. La peine était toujours là, mais reléguée au second plan.

Finalement, il hocha la tête, posa le chat, et tira de sa manche un objet de la taille d'une dague.

Il le posa sur le bureau.

Un tube à message !

Il reprit le chat dans ses bras et recula d'un pas, tandis que Tremane regardait le tube avec perplexité.

Mais le jeune homme répondit aux questions qu'il se posait.

— Si vous voulez ouvrir la communication avec Valdemar et l'Alliance, dit-il, placez votre message dans ce tube. Il arrivera à destination. Je peux vous assurer que la reine et le Fils du Soleil le liront dès que nous aurons déterminé qu'il n'est pas piégé…

Tremane frissonna de nouveau. Quand il leva les yeux, ses visiteurs avaient disparu.

Il secoua la tête. Oui, il était libre de ses mouvements ! Tout ça avait-il été une hallucination née du surmenage et de la fatigue ? S'était-il endormi sur ses documents ?

Mais quand il regarda sur son bureau, il vit le tube.

C'est vraiment arrivé. Quelqu'un est venu de Valdemar pour m'interroger.

Et pas seulement ça… Il devait avoir réussi son examen, car il avait désormais un moyen de mettre un terme à une des menaces qui pesaient sur ses hommes.

Une trêve avec l'Alliance. Peut-être même en devenir membre.

Les Alliés ne souffraient pas autant des effets des tempêtes magiques qu'Hardorn. S'ils ne les avaient pas créées, ils avaient trouvé un moyen de s'en protéger.

Que dois-je faire ? C'est peut-être un piège. Dois-je courir ce risque ?

Une bourrasque secoua les murs du manoir. La neige

recouvrait tout. Le plus fort de l'hiver n'était pas encore passé…

… Et les tempêtes magiques étaient de plus en plus puissantes. Tôt ou tard, elles transformeraient quelqu'un à l'*intérieur* des murailles de Shonar. Ça avait déjà pu se produire. Peut-être n'en savaient-ils encore rien, c'est tout. Que ferait-il si cela arrivait ? Il l'ignorait, mais ses nouveaux agents lui avaient rapporté que ses soldats y avaient pensé. Si c'était un animal, il mourrait. Si c'était un de leur camarade, et qu'il ait toujours sa raison, ils trouveraient un moyen de lui permettre de se rendre utile. Mais s'il les attaquait, ils le tailleraient en pièces comme n'importe quel monstre.

Je dois courir le risque. C'est trop important.

Il prit le tube et le rangea dans un tiroir de son bureau. Puis il se leva et souffla la chandelle. C'était également trop important pour qu'il rédige ce document alors qu'il tombait de sommeil.

Demain, il donnerait l'ordre de n'être pas dérangé, sauf en cas d'extrême urgence, et il s'enfermerait dans son bureau.

Sans doute la lettre la plus importante qu'il écrirait de sa vie…

Je n'aurais jamais imaginé que tu serais malade au point de t'aliter, dit Altra, contrit. (Il était roulé en boule sur les pieds de Karal.) *Je ne t'aurais jamais ramené si vite, si j'avais su que tu réagirais comme ça.*

— Ce n'est pas grave, répondit Karal d'une voix faible. Depuis que mon estomac est vide, ça va à peu près. Et la tisane m'a fait du bien.

« Mais comme repos, il y a mieux…

Altra ne l'avait pas laissé souffler entre les transferts, et sa nausée était devenue une force irrésistible submergeant son corps et son esprit. A l'instant où il avait regagné sa suite, il avait dû courir à la salle de bains, et il était resté penché sur les toilettes jusqu'à ce qu'il pense avoir vomi jusqu'aux ongles de ses orteils. Quand il avait pu se redresser sans être pris de haut-le-cœur, il s'était traîné jusqu'au cordon de la sonnette pour appeler un « serviteur ». Comme auparavant, ceux-ci – surtout la nuit – étaient des aspirants Hérauts. Voilà pourquoi il répugnait toujours à les déranger… Mais cette fois, il n'avait pas le choix. Il n'aurait pas pu aller plus loin que le fauteuil où il s'était laissé tomber, même si on l'avait poussé avec un tisonnier chauffé au rouge.

Le jeune homme qui était venu avait eu l'air sérieusement alarmé. Il avait mis Karal au lit, avant d'appeler du secours.

— Maux d'estomac, avait annoncé la guérisseuse.

Karal avait senti qu'elle était perplexe à cause de l'absence d'autres symptômes. Elle lui avait laissé des paquets de tisane en lui conseillant d'en boire autant qu'il le pouvait. L'aspirant Héraut en avait préparé aussitôt une théière, la laissant sur la table de chevet. Puis il avait enveloppé de la neige dans une poche et la lui avait mise sur le front. Avant de sortir, il l'avait sermonné, disant qu'il devait l'appeler si cela n'allait pas, ou même s'il avait besoin d'un simple toast.

— J'irai mieux dans un jour ou deux, et en attendant, ça me donne le temps de réfléchir, dit Karal au Chat de Feu.

Si je ne te connaissais pas si bien, je serais surpris que tu ne veuilles pas te contenter de rester allonger…

Grâce à Altra, ses pieds glacés commençaient enfin à se réchauffer. Et la poche de neige calmait peu à peu les élancements qui lui torturaient le crâne.

— C'est à cause de ce qu'Ulrich et toi avez fait de moi. Je ne peux pas m'arrêter de penser, même quand je suis au plus mal.

En fait, il était tiraillé dans tant de directions qu'il allait lui falloir du temps pour tout trier.

Je veux haïr Tremane !

Ce credo ne collait pas avec l'homme qu'il avait découvert, et cela lui donnait envie de hurler de frustration. Ç'aurait été simple, si le grand-duc Tremane avait été un menteur qui se montrait généreux pour que les gens deviennent ses débiteurs. Malheureusement, ça n'était pas le cas. Altra connaissait la version karsite du « sort de vérité » valdemarien, et il l'avait lancé sur Tremane. L'Impérial avait dit la vérité.

Et ça rendait les choses d'autant plus difficiles pour Karal.

L'ennui, c'était qu'il comprenait Tremane et ses motivations. Ne l'avait-il pas dit à An'desha ? Il était affligé de la capacité de voir tous les aspects d'un problème.

Je n'aurais pas fait ce qu'il a fait, mais je ne me suis jamais retrouvé dans la position où il était. Et je n'ai pas été élevé au sein de l'Empire. Par réflexe, je choisis la moralité, et lui l'opportunisme.

Sachant ce que Tremane croyait être vrai, confronté à la même situation, il ne pouvait pas jurer qu'il n'aurait pas fait le même choix – et ordonné la même chose. Selon l'éducation de Tremane, sa décision était sans doute morale, aussi bien qu'*opportune* : éliminer une poignée d'inconnus pour empêcher la mort de centaines de ses hommes *et* d'Hardorniens.

Il est facile de justifier ses actes en arguant que c'était de l'autodéfense.

Karal n'était pas sûr qu'il aurait pu résister à la tentation…

Il détesterait sans doute toujours la philosophie de Tremane, et ne lui pardonnerait peut-être jamais ce qu'il avait fait. Mais il le comprenait. Du coup, il ne pouvait pas le haïr pour ce qu'il était – le produit d'un monde de duplicité et de tromperie comme Karal n'en avait jamais connu. Comment Tremane aurait-il pu penser à autre chose qu'à des ennemis capables de sacrifier des innocents pour tuer leurs adversaires ? Il devait rencontrer ce genre de personne quotidiennement à la cour Impériale !

C'était injuste !

Je sais. La vie est rarement juste. (Il soupira.) *Et je repousse l'instant de prendre une décision que j'ai déjà prise.*

— As-tu apporté mon message à An'desha ?

Dès que tu me l'as remis. Il a promis d'utiliser la vision à distance aussi souvent qu'il le pourrait, et de surveiller le tube. S'il contient un message, il te le fera savoir, et tu pourras m'envoyer le récupérer. Mais ne compte pas trop avoir une réponse immédiate. Tremane mettra sans doute des jours avant de se décider, même s'il ne peut pas se permettre de laisser passer cette chance.

Altra avait sans doute raison, mais ces quelques jours allaient lui sembler bien longs.

Excuse-moi, dit Altra. *Je dois partir.*

Le Chat de Feu se leva et disparut. Il ne resta plus que la forme de son corps sur le couvre-lit.

Que s'était-il passé ?

— Altra ? appela Karal, confus. Que…

Il y eut un coup discret à la porte de la suite, puis quelqu'un entra. Des pas légers approchèrent de sa chambre à coucher.

Natoli apparut sur le seuil, des livres sous un bras.

— Salut, fit-elle. J'ai pensé te tenir compagnie jusqu'à ce que tu ailles mieux… Mais garde ta maladie pour toi, d'accord ?

— Promis, répondit Karal, sachant que c'était une parole qu'il pourrait tenir. Je n'ai pas pu le dire à la guérisseuse, mais je suis mal fichu à cause des transferts. Ce n'est pas contagieux.

— Parfait. (Natoli s'assit près de lui.) C'est ce que je voulais entendre.

Ces quelques jours vont passer incroyablement vite…

Karal et An'desha feignaient d'examiner des documents, avant la réunion du Grand Conseil. En réalité, c'était un prétexte pour parler de la « bombe » qu'Altra allait apporter.

— Tu es sûr que le message n'est pas piégé ? demanda Karal. Je veux dire… Solaris et Selenay sont assises côte à côte. Elles pourraient être éliminées toutes les deux !

— J'ai vérifié, Altra a vérifié, et tu as vérifié, répondit An'desha. Tu sais, Karal, avec toutes les mauvaises surprises concoctées par Ma'ar et ses incarnations, et toutes les informations les concernant gravées dans ma mémoire, tu peux me faire confiance pour reconnaître un message piégé ! De plus, Altra dit qu'une tempête magique a frappé Hardorn juste avant qu'il ne récupère le tube, et il doute qu'un sort aussi complexe ait pu y survivre.

— Très bien, soupira le Karsite en triturant son crayon. Je suis nerveux, c'est tout…

— A juste titre. Bon, je vais m'asseoir, sinon tout le monde risque de trouver ça bizarre... Nous étions d'accord : personne ne doit savoir que nous sommes à l'origine de tout ça. Je te vois plus tard.

Le jeune mage gagna sa place pendant que les derniers retardataires entraient. Dès que Tremane avait déposé quelque chose dans le tube, Altra était allé le récupérer. Mais il ne le leur avait pas donné. Il leur avait demandé de réfléchir d'abord à la manière de présenter les choses.

Karal s'était d'abord étonné de cette requête. Puis il avait compris : si Solaris se doutait qu'il avait ouvert les négociations avec Tremane derrière son dos, elle veillerait à ce que les choses n'aillent pas plus loin que ce premier message. Puis elle l'écorcherait vif.

Et Selenay l'aiderait sans doute...

La seule personne informée qu'ils avaient l'intention d'espionner les Impériaux, c'était Talia, et elle ignorait qu'ils voulaient établir un contact.

Bref, on leur faisait confiance, jusqu'à un certain point... qui n'incluait pas l'envoi de messages à l'ennemi pour l'inviter à faire la paix.

Voilà pourquoi ils avaient convenu de laisser croire à tout le monde qu'*Altra* était à l'origine de tout. Après avoir vérifié que le message n'était pas piégé, il devait le délivrer pendant la réunion du Grand Conseil, comme si l'idée de contacter Tremane venait de lui. Solaris ne mettrait jamais en doute les motivations d'un Chat de Feu – pas plus que Selenay celles d'un Compagnon. Et elle pouvait difficilement réprimander un messager de Vkandis d'avoir outrepassé ses droits !

C'était la dernière réunion à laquelle assisterait Solaris. Elle avait réussi à convaincre les membres du Grand Conseil qu'elle faisait confiance à Karal, et qu'il n'agirait jamais contre sa volonté. Bien sûr, si l'un ou l'autre membre avait un problème avec *sa* volonté, c'était à cela que servaient les négociations. Même si certains émissaires le trouvaient toujours trop jeune pour sa fonction, ils ne le croyaient pas assez impudent pour oser dire ou faire quelque chose qui fût contraire aux ordres de sa dirigeante.

En théorie, c'était la dernière fois avant des semaines,

voire des mois, que Solaris s'asseyait à côté de Selenay. En théorie... Karal avait le sentiment que l'apparition d'Altra allait tout changer.

Les membres du Grand Conseil prirent place, et la réunion commença selon une routine bien établie. Tout se passa sans heurt jusqu'au moment où Selenay demanda si quelqu'un avait une déclaration à faire.

Altra apparut, laissa tomber le tube devant Selenay et Solaris puis disparut.

La reine ramassa le tube et l'ouvrit. Le Fils du Soleil et elle se penchèrent sur le message qu'il contenait.

Karal le connaissait par cœur.

A l'intention de la reine Selenay, de Solaris et des membres de l'Alliance. Le grand-duc Tremane, commandant en chef de l'ancienne armée de pacification impériale d'Hardorn, seigneur par intérim de Shonar, et commandant des armées impériale et hardornienne, vous salue. Tremane entend vous informer que toutes les relations entre l'Empire et lui ont été irrévocablement rompues. Il est dans l'intérêt de nos deux parties de négocier une trêve, en prévision de négociations qui pourraient conduire à une alliance. A cette fin, il veut savoir si vous êtes disposés à parlementer.

C'était signé et scellé du sceau personnel du grand-duc, pas de l'Empire – une subtilité qui semblait beaucoup amuser Altra.

Le message, en hardornien, n'était pas long à lire, même s'il était reproduit en karsite, en impérial et en valdemarien. Tremane avait dû passer la ville au peigne fin pour trouver un marchand ou un prêtre qui sache écrire le karsite. L'intention y était, même si la grammaire laissait un peu à désirer.

Solaris et Selenay lurent le message, les mâchoires serrées. La reine le passa ensuite au prince Daren, qui le lut à haute voix.

Alors, comme s'y était attendu Karal, l'enfer se déchaîna.

Les membres du Grand Conseil bondirent sur leurs pieds, demandant à être entendus *immédiatement*. Au début, comme toujours, il y eut beaucoup de cris – surtout poussés par ceux qui n'avaient pas d'autorité. Solaris resta terriblement calme, une réaction qui rendit Karal nerveux. Elle était si immobile qu'on aurait pu la prendre pour une statue. Le jeune homme connaissait bien cette pose. Elle la prenait lorsqu'elle devenait le Fils du Soleil, le Faucon de Lumière, le Défenseur des Croyants.

Karal garda le silence, car Jarim s'époumonait assez pour deux. Jusqu'à ce que Lo'isha lui pose une main sur le bras et croise son regard… Ensuite, l'ambassadeur shin'a'in se rassit et ne dit plus un mot.

Solaris finit par se radoucir, mais elle ne cessa pas de jeter des regards soupçonneux à Karal.

Le jeune homme pouvait affronter le Fils du Soleil… mais il n'était pas sûr de savoir faire face à une Solaris furieuse à cause d'un affront *personnel*.

Karal prit des notes, évitant le regard de Solaris aussi souvent que possible. La réunion fut enfin ajournée quand Selenay se leva et déclara :

— C'est beaucoup trop important pour prendre une décision hâtive. Réfléchissons tous aux aspects positifs et négatifs de cette proposition. Nous nous retrouverons demain pour en parler. Soyez prêts à donner votre analyse, dans l'ordre et le calme.

Elle fit signe à Daren. Tous deux se levèrent et sortirent.

Cela mit un terme à la confusion. Karal rassembla ses affaires et quitta la salle pendant que les membres du Conseil continuaient d'argumenter. Mais il nota que Solaris s'éclipsait par la même porte que la reine et son consort. Voyant ça, il espéra qu'elle passerait suffisamment de temps en compagnie des dirigeants de Valdemar pour qu'il ait le temps de filer à *La Rose des Vents*.

Mais la chance l'avait abandonné.

Solaris l'attendait dans sa suite, assise sur le canapé comme si c'était un trône.

— Ferme la porte, Karal ! ordonna-t-elle, voyant qu'il s'était pétrifié sur le seuil.

Il obéit machinalement, puis se tourna vers elle, blanc comme un linge.

— Tu es derrière tout ça, ou au moins, tu connaissais les agissements d'Altra. Inutile de le nier ! (Les genoux du jeune homme se dérobèrent et son estomac se serra.) Altra est *ton* Chat de Feu, et il n'aurait jamais tenté une démarche si audacieuse sans que tu sois au courant. D'une manière ou d'une autre, tu as réussi à le persuader que ce serait une bonne idée. Tu as passé beaucoup de temps à utiliser la vision à distance avec deux étrangers. Je n'ai pas besoin d'un sort pour deviner la vérité, ni pour interpréter des faits...

Il déglutit, puis avoua tout d'un simple hochement de tête. Sa gorge était beaucoup trop serrée pour lui permettre de parler.

Solaris se leva, croisa les bras et plissa les yeux tandis qu'elle approchait de lui, très en colère.

Ce qu'il craignait le plus : Solaris, furieuse... et étant simplement elle-même.

— Cet homme a ordonné l'assassinat du prêtre Ulrich... *ton* mentor, *mon* ami, et un Robe Noire de Vkandis ! Comment avez-vous pu songer à vous allier avec lui ? Quelles raisons vous ont poussés à lui faire des ouvertures ?

Après deux essais infructueux, Karal réussit à bégayer une réponse.

— Parce que... nous le devions..., souffla-t-il. Nous n'avions pas le choix.

Solaris déchaîna son formidable intellect – et sa colère – sur lui, lui faisant subir un interrogatoire aussi complet que brutal. Karal s'efforça de répondre à ses questions, mais les deux heures qui suivirent furent un calvaire.

Solaris pouvait se montrer sans pitié quand elle le voulait, sans hausser la voix ni lever la main. Elle disséqua la personnalité du jeune prêtre, exposant toutes ses faiblesses, y compris celles dont il n'avait jamais soupçonné l'existence. Tournant autour de lui comme un chat, elle sifflait ses questions sous son nez, puis reculait comme s'il était contagieux.

Elle le terrorisa et réussit à le convaincre une bonne dizaine de fois qu'elle le rétrograderait au rang de nettoyeur des latrines du Temple – *s*'il avait de la chance, et *si* elle était d'humeur généreuse.

Il réussit pourtant à camper fermement sur ses positions et resta inébranlable. Même si cela lui répugnait, ils ne pouvaient pas se permettre de rester les ennemis de Tremane.

Enfin, Solaris se rassit, mais elle ne lui permit pas de

l'imiter. Quelques secondes plus tard, elle reprit enfin la parole.

— Voyons si j'ai bien compris ton raisonnement… Premièrement, tu penses que les Hardorniens et les hommes sous le commandement de Tremane ont assez souffert. Deuxièmement, tout indique que la solution définitive aux tempêtes magiques devra inclure la frontière orientale d'Hardorn. Troisièmement, tu crois que nous pourrions la trouver plus rapidement si nous avions l'aide des mages de l'Empire. Et quatrièmement… (Elle posa sur lui un regard dur comme l'acier.)… Quatrièmement, tu penses qu'on peut faire confiance à Tremane.

— Altra le tenait en son pouvoir. Il ne pouvait pas mentir. Il a protégé le peuple de Shonar alors que rien ne l'y obligeait ! (Karal tremblait, et se fichait bien que cela se voie.) Il a fait pour ces gens des choses qui ne lui ont rien rapporté. Et il a tenu toutes les promesses faites aux Hardornien et à ses hommes.

— Hum…

L'expression de Solaris ne changea pas.

— J'ajouterais un cinquièmement, même s'il est subjectif, ajouta Karal, sentant la sueur lui dégouliner dans le cou. Je crois… qu'il regrette ses actes.

— Il regrette ? (Solaris se leva.) Je dois faire certaines choses… Pendant ce temps, tu resteras ici. Et tu ne quitteras pas cette suite sans mon autorisation – pour aller où, ça dépendra de ce que je vais apprendre dans les heures qui suivent.

Solaris passa près de lui, et il s'empressa de lui ouvrir la porte. Elle sortit sans un regard, le laissant tremblant d'anxiété.

Dès qu'il eut refermé, il alla s'allonger sur son lit, aussi épuisé que s'il avait fait le tour de la cité en courant. Ses os semblaient s'être liquéfiés. Il était inutile de lui ordonner de rester ici – il n'aurait pas pu quitter sa chambre, même si elle était en feu.

Il ignorait ce qu'elle comptait faire, mais toutes les possibilités qui lui traversèrent l'esprit le terrorisèrent. Pas pour lui, mais pour elle, et pour tout ce qu'avait réussi à accomplir l'Alliance.

Tremane regarda ses fenêtres trembler sous une autre bourrasque. Elles charriaient tellement de neige qu'il ne voyait rien.

Le chat était apparu dès que Tremane avait placé le message dans le tube. Se matérialisant sur son bureau, il avait posé une patte sur le tube puis était reparti comme il était venu, l'emportant avec lui.

Ils subissaient une nouvelle tempête de neige. Le duc avait attendu une occasion comme celle-là pour mettre son message dans le tube. Il voulait être sûr de pouvoir rester enfermé des heures dans son bureau sans être dérangé. Cette fois, il n'y avait eu aucune urgence. Ses hommes et le peuple de Shonar étaient bien à l'abri. Personne n'aurait besoin de lui avant que les cors n'annoncent la fin du blizzard.

La réponse ne lui parviendrait sûrement pas avant deux jours, si rien n'allait de travers...

Tremane s'attendait à voir réapparaître le chat avec un message l'informant que sa proposition était à l'étude. Il se pouvait que l'animal vienne en compagnie du jeune homme, mais ça semblait improbable. Les négociations prenaient toujours du temps, et impliquaient de nombreux échanges de documents avant qu'il n'en sorte quelque chose de concret.

Il ne s'attendait pas à la « réponse » qu'il reçut. C'était bien un chat, mais il était accompagné d'une femme vêtue de robes couvertes d'or.

Tremane sut qui elle était au premier coup d'œil, grâce aux descriptions de ses espions. Il se maudit intérieurement. Comment avait-il pu ne pas reconnaître la version masculine et simplifiée de cette tenue en voyant le gamin ?

C'était le Fils du Soleil – et non la Fille – le chef sacré et séculier du peuple de Karse. A voir son expression, Solaris était prête à tirer la dague rituelle qui pendait à sa ceinture pour lui trancher la gorge.

Tremane ne pouvait pas bouger. Une fois de plus, le chat le tenait en son pouvoir.

Le regard de la femme, où brûlait le feu de la rage, donna à réfléchir au vétéran qu'il était. Son visage était pâle, mais ses mains ne tremblaient pas.

— Donnez-moi une bonne raison de ne pas vous tuer comme vous avez tué mon ami ! grogna-t-elle dans un hardornien passable.

Pas mal, sachant qu'elle n'a pas dû beaucoup l'étudier.

L'esprit de Tremane était en ébullition. Que devait-il lui répondre ? Que *pouvait*-il lui répondre ? Qu'était-elle prête à croire ?

Rien, sans doute…

Non, il n'avait aucune raison de se défendre ou de justifier ses actes. Se chercher des excuses ne le sauverait pas.

S'il avait été libre de ses mouvements, il se serait redressé dans son fauteuil. Il se contenta de la regarder droit dans les yeux. Sans doute allait-il de nouveau être obligé de dire la vérité.

— Je n'en ai aucune, répondit-il. Selon les lois de votre pays et du mien, ma vie vous appartient. J'ai commis un meurtre – par procuration, mais c'est la même chose. Je ne peux pas justifier une décision incontestablement mauvaise.

Les yeux de Solaris se plissèrent légèrement, comme si elle soupçonnait une tricherie – ou au moins une tentative. Ne lui avait-elle pas jeté un sort pour lui faire dire la vérité ?

— A l'époque, les informations que j'avais en ma possession laissaient penser que les tempêtes magiques étaient une arme de terreur créée et employée par Valdemar et ses alliés. J'ai utilisé ma propre arme de terreur pour briser l'Alliance. En présumant cela, j'ai montré que mes critères moraux étaient moins élevés que les vôtres, puisque je me suis abaissé à penser que vous pourriez utiliser une arme qui toucherait indifféremment les civils et les militaires. Je l'ai prouvé en ripostant avec une arme de terreur. Il vaut mieux ne pas se faire un ennemi de l'Empire, ma dame. Nous sommes prêts à affronter toutes les atrocités, et à frapper aussi fort que nous l'avons été.

Solaris fronça un peu plus les sourcils.

— Fils du Soleil… Etant un chef, je suis sûr que vous vous êtes déjà retrouvée dans une situation semblable. Vous êtes la seule à savoir si vous auriez agi comme je l'ai fait.

Cette remarque fit mouche. Il le lut dans les yeux de la femme. Mais sa colère était toujours aussi vive.

— Pour la première fois, répondit-elle entre ses dents

serrées, j'envisage de rétablir l'invocation des démons, et de demander à mes mages de les lâcher sur vos troupes. Voilà ce que vous m'inspirez !

Tremane réfléchit avant de reprendre la parole.

— Vous avez la réputation d'être équitable, Solaris. Vous ne feriez pas payer à des innocents les crimes de leur chef.

— Vous m'offrez votre vie ?

Il se contenta de lever un sourcil – il pouvait au moins contrôler ça.

— Toute cette région compte sur moi, pas seulement mes hommes. Sans moi, Shonar et le camp deviendraient un enfer faute de pouvoir désigner un chef. Un de mes généraux finirait par s'imposer, mais il ne vous connaîtrait pas aussi bien que moi, et il tiendrait toujours l'Alliance pour son principal ennemi. Vous êtes trop avisée pour remplacer un ancien adversaire par quelqu'un qui vous déteste toujours.

« Je ne suis pas votre ennemi, Solaris ! Je vous ai dit la vérité dans ma lettre. Nous avons perdu tout contact avec l'Empire, qui nous a abandonnés à notre sort. Mon devoir me demande de veiller à la sécurité de mes hommes, et pas de livrer une guerre au nom d'un homme qui nous a laissés mourir dans notre coin. Notre ennemi commun, ce sont les tempêtes magiques. Ne serait-il pas préférable de le combattre ensemble ?

Solaris plissa les yeux, pensive, mais ses mâchoires étaient toujours serrées de colère.

— Vous n'avez pas atteint, ni gardé, le rang de Fils du Soleil sans apprendre la valeur de l'opportunisme, conclut-il.

Je crois que je ferais bien de me taire, tant que j'ai de la chance. Un mot de plus pourrait la retourner contre moi.

— C'est exact, répondit Solaris.

Elle recula. Donc, elle n'allait pas le tuer… Autrement dit, elle soutiendrait sa demande au sujet des négociations.

Elle devait haïr cette idée, mais elle savait ce qui était le mieux pour tout le monde.

Soudain, elle agita la main, puis ferma le poing. Tremane sentit ses boucliers déjà terriblement malmenés par les tempêtes magiques se désintégrer. Ses tripes se nouèrent.

— Je vous maudis, dit-elle avec un sourire glacial. Et vous avez déjà eu un avant-goût de votre punition. Nous avons besoin de votre aide, mais sachez que je n'ai pas confiance en vous.

« Au Nom de Vkandis, le Dieu du Soleil, qui m'a investi de grands pouvoirs, je vous impose de toujours dire la vérité, quel que soit votre interlocuteur. Vous ne pourrez plus *jamais* mentir !

Elle n'aurait pas pu imaginer pire malédiction pour un fils de l'Empire, pensa Tremane, hébété. *Je ne pourrai jamais rentrer chez moi…*

Non qu'il eût encore eu cette option, après ce qu'il avait fait.

— Que la vérité soit votre prison, dit Solaris. (Son sourire s'élargit, et son regard brilla d'une lueur farouche.) Alors, nous verrons quel genre d'homme vous êtes vraiment.

Elle reprit le chat dans ses bras et disparut.

Aussitôt, Tremane fut libre de ses mouvements et il se tassa dans son fauteuil.

Il expira, croisa les bras sur son bureau et y posa sa tête. Jamais, depuis son enfance, il n'avait été à ce point au bord des larmes. Et jamais il n'avait vu la mort de si près, même sur un champ de bataille.

Et s'en était sorti en disant la vérité ! Une grande première !

Maintenant, je n'ai plus le choix, pensa-t-il. *A moins que… Peut-être a-t-elle surestimé ses pouvoirs. Je dois m'en assurer.*

— Je suis le grand-duc Tremane, dit-il tout haut. J'ai quarante-cinq ans et je suis un mage plutôt moyen.

Il avait eu l'intention de dire : *J'ai seize ans et je suis un mage aux pouvoirs extraordinaires.*

La malédiction fonctionnait, même quand il n'y avait personne pour l'écouter.

La vérité pour prison ! Comme mes ennemis riraient !

Mais Solaris avait raison. Lui aussi découvrirait quel homme il était vraiment. Il espérait seulement pouvoir vivre avec ce qu'il allait apprendre…

CHAPITRE X

Je suis toujours ambassadeur. J'ai encore tous mes membres, je n'ai pas été écorché vif et, que Vkandis me vienne en aide, je tiens sous la pression !

Solaris était partie. Le plus miraculeux ? Nul ne semblait savoir qu'elle avait interrogé Karal pendant plusieurs heures !

Elle l'avait maintenu dans ses fonctions, sans révéler à personne que l'idée de contacter Tremane ne venait pas du Chat de Feu. Il semblait même qu'elle le regardait désormais avec une sorte de respect. Parce qu'il lui avait tenu tête ? Parce qu'il était resté inébranlable, et n'avait pas laissé ses sentiments personnels influencer son jugement ?

Il ignorait ce qu'elle avait fait après l'avoir interrogé. Et il n'avait pas vraiment envie de le savoir. Quoi que ce fût, elle était allée voir Selenay, qui avait convoqué les ambassadeurs en comité restreint – elle-même pour Valdemar, Solaris pour Karse, le prince Daren pour Rethwellan, Jarim et Lo'isha pour les Shin'a'in, Treyvan pour les k'Leshya, et Ventnoir pour les Tayledras. Ils avaient réussi à rédiger une réponse à Tremane, qu'ils avaient envoyée, non par Altra, mais par Hansa.

Je doute qu'elle cesse un jour d'en vouloir à Altra…

Karal n'avait aucune idée de ce qui avait pu faire changer d'avis à Solaris. Mais elle en avait été suffisamment satisfaite pour lui pardonner – tacitement – ce qu'il avait fait.

Ce fut Hansa qui se transféra avec le représentant choisi par Tremane.

Karal fut ravi de n'avoir pas à traiter personnellement avec le grand-duc. Il ne pensait pas pouvoir l'avoir en face de lui sans souhaiter lui faire subir un traitement qui n'avait rien de diplomatique...

Après avoir découvert que le commandant de l'armée impériale d'Hardorn avait l'air d'un secrétaire, Karal s'attendait à tout. Il ne fut donc pas surpris en voyant arriver un mage décrépit qu'un coup de vent semblait pouvoir emporter. Mais l'âge n'avait en rien diminué la vivacité d'esprit de Sejanes. Il parlait déjà assez bien l'hardornien pour satisfaire certains réfugiés, et se mit au valdemarien et au tayledras avec une rapidité qui laissa Karal sans voix.

Le vieillard finit par confesser qu'il s'était servi d'un sort, utilisé avec succès depuis des siècles dans l'Empire.

— Si nous ne l'avions pas déjà connu, nous aurions dû l'inventer, dit-il avec une lueur amusée dans le regard. Sinon, nos secrétaires auraient passé leur temps à apprendre des langues au lieu d'accomplir leur devoir.

— Et quel est leur devoir ? demanda Ventnoir.

— Faire marcher l'Empire, bien sûr, répondit le vieil homme. Tout le monde sait qu'ils ont le pouvoir. Le reste n'est qu'une façade !

« Je suis bien content d'être de nouveau dans un endroit où je n'aurai pas à lancer ce sort chaque jour.

Bizarrement, Sejanes gagna aussitôt le cœur de Solaris – sans doute parce qu'il lui rappelait Ulrich. Dès son arrivée, ils avaient passé plusieurs heures en tête à tête. Ensuite, elle s'était montrée plus indulgente vis-à-vis des Impériaux.

Ce qu'ils s'étaient dit ne regardait pas Karal, même s'il était rongé par la curiosité. Si Solaris ou Sejanes jugeaient opportun de lui révéler la teneur de leur conversation, tant mieux. Sinon, ce serait une question de plus à laquelle il n'aurait pas de réponse.

Flammechant fut chagriné d'apprendre que les mages impériaux avaient une approche analytique et logique de la magie. Devant une telle adversité, il abandonna et accepta de soumettre sa magie « instinctive » à une analyse similaire. C'était aussi bien, car les renseignements apportés par Sejanes indiquaient que le brise-lames serait emporté peu après le milieu de l'hiver. Flammechant se porta volontaire pour calculer la date précise, grâce à son intuition, histoire d'essayer une dernière fois de prouver que l'art était supérieur aux mathématiques. Mais il finit par céder à l'insistance générale et intégra l'équipe de mages qui privilégiaient l'approche scientifique.

Tous travaillaient à trouver fiévreusement une solution. Autour d'eux, Haven se préparait au Festival du Solstice d'Hiver, mais les mages et les ingénieurs n'auraient pas le temps de faire la fête.

Ils étaient si concentrés pour essayer de découvrir comment la magie pouvait sauver Valdemar et ses alliés, que les autres projets des ingénieurs souffrirent de la négligence des maîtres.

Certains d'entre eux n'auraient jamais dû continuer sans supervision…

Une semaine avant le Festival, la chaudière à vapeur explosa.

Le Palais trembla sur ses fondations, et les membres du Grand Conseil levèrent la tête, étonnés. Un bruit assourdissant se répercuta dans tout le bâtiment. Alors que le Palais vibrait, tous ceux qui l'entendirent furent pris d'une peur atavique.

Seul Karal comprit aussitôt ce qui s'était passé.

— La chaudière ! s'écria-t-il.

Et il bondit sur ses pieds, renversant son écritoire au passage.

Il faillit se prendre les pieds dans sa chaise, rétablit son équilibre par miracle et sortit en courant. Les sentinelles le regardèrent passer, éberluées, tandis qu'il se précipitait vers les Collegia.

Un des élèves ingénieurs avait commencé à travailler sur une chaudière avant que l'effondrement du brise-lames ne relègue son projet au second plan. Au début, Natoli et maître Isak lui avaient donné un coup de main, puis ils avaient joint leurs efforts à ceux des autres érudits. Karal savait que Natoli s'en voulait d'avoir négligé son ami. N'ayant aucune aptitude pour travailler sur le remplacement du brise-lames, le jeune homme avait continué seul son projet. Il comptait chauffer les Collegia avec l'eau de son système et utiliser la machine pour d'autres corvées mécaniques. Comme puiser l'eau dans les puits ou couper du bois…

Il avait imaginé une chaudière multifonction qui ferait gagner du temps aux serviteurs et travaillait sur un mécanisme qui assurerait une alimentation continue en bois et en eau.

C'était la partie épineuse et Natoli avait accepté de l'aider.

Il s'agissait sans doute d'une des plus grosses chaudières à vapeur qu'on ait jamais construite. D'après les conversations que Karal avait entendues à *La Rose des Vents*, il était déjà arrivé que des chaudières explosent.

Si elles surchauffaient… S'ils n'avaient pas vérifié le niveau d'eau…

Il sortit en trombe du Palais et courut dans les jardins enneigés, ignorant le froid. Des gens jaillissaient des Collegia. Tous fonçaient dans la même direction.

La chaudière était à quelque distance des Collegia, à l'intérieur de sa propre petite « tour », afin de ne pas défigurer le paysage. Les murs en brique avaient dû étouffer l'explosion.

Mais si quelqu'un était à l'intérieur, il a dû être pris entre le souffle et le mur !

Karal courait, les côtés et les poumons brûlants, sans pour autant avoir l'impression de progresser dans la neige. Quand il atteignit le lieu du drame, les blessés avaient déjà été emmenés. Tout ce qu'il restait, c'étaient la chaudière et la tour. La porte et les fenêtres avaient été soufflées, et des bouts de bois et de verre gisaient partout. Les murs de brique étaient lézardés et penchaient dangereusement vers l'extérieur. Des gens jetaient des seaux de neige dans le bâtiment, sans doute pour éteindre le feu et refroidir la chaudière. Des sifflements et de la vapeur jaillissaient par toutes les ouvertures.

Karal repéra maître Isak, qui enseignait la mécanique et l'horlogerie. Il était debout dans la neige, le manteau à l'envers, son visage ridé vide de toute expression.

— Que s'est-il passé ? demanda le jeune homme en le saisissant par le bras. Quelqu'un a été blessé ? Qui était à l'intérieur ?

Isak s'essuya le front, et ses cheveux et ses favoris gris se hérissèrent comme les poils d'un chat en colère.

— La chaudière n'a pas explosé, répondit-il. C'est le tuyau... il a éclaté, soulevant le corps de chauffe de terre et le projetant contre le mur du fond. Il y avait quatre étudiants autour. Ils ont tous été blessés, surtout Justen. Pauvre garçon ! Il a essayé d'ouvrir la vanne de sécurité, pour faire baisser la pression, mais ça n'a pas suffi. Il a couru vers la porte... Hélas, il était encore dedans quand ça a explosé. Les autres avaient atteint la sortie. La déflagration les a expédiés dans la neige. Horrible... c'est si horrible...

— Natoli était ici ? demanda Karal en secouant le bras du vieil homme.

— Ils l'ont emmenée chez les guérisseurs avec les autres, marmonna Isak, les yeux rivés sur les restes maculés de sang de la porte. Ils sont entre les mains des guérisseurs. Je ne sais rien de plus. Ils viennent de partir...

Karal le lâcha et fila vers le Collegium des Guérisseurs. Mais il était impossible d'avancer vite avec de la neige jusqu'aux genoux... Quand il arriva, Natoli avait été placée dans une petite chambre et les guérisseurs refusèrent de le laisser la voir.

— Elle a une commotion cérébrale, des contusions et un poignet cassé. Nous n'avons pas encore fini de l'examiner. Pas de visite ! Elle est assez énervée comme ça.

Il découvrit bien vite la raison de son énervement. Justen, le garçon à qui elle donnait un coup de main, avait perdu les jambes du pied jusqu'au genou et il avait été brûlé.

Ç'aurait pu être pire... Quand il avait été projeté dans la neige, elle avait aussitôt refroidi l'eau brûlante qui imbibait ses vêtements. Partout où sa peau n'était pas nue, elle était douloureusement échauffée, mais pas brûlée en profondeur.

— Au moins, ça n'était pas ses mains, ni ses yeux, dit un guérisseur en s'essuyant le front avec sa manche tachée de sang. Etant ingénieur, il peut se passer de ses jambes, mais il n'aurait jamais pu continuer sa carrière en étant manchot ou aveugle.

« Il a eu de la chance. Il aurait pu être tué.

C'était le sentiment général. Tout ça aurait pu être pire. Mais ça ne réconfortait pas Karal.

Il hanta les couloirs du Collegium, essayant de trouver quelqu'un qui lui en dise davantage. Mais tous ceux qui s'occupaient des quatre étudiants blessés étaient encore avec eux, et ils n'avaient pas de temps à perdre à répondre à ses questions. Quand il les interrogeait, les autres répondaient qu'ils n'en savaient pas plus que lui.

Finalement, il laissa tomber et gagna la salle du Palais où travaillaient les ingénieurs. Peut-être avaient-ils des nouvelles de leurs condisciples ?

Ça n'était pas le cas… L'atmosphère n'avait jamais été si sombre. Certains, comme maître Levy et An'desha, travaillaient sur la maquette. Le visage fermé, les lèvres pincées, ils faisaient de leur mieux pour s'occuper l'esprit. Les autres attendaient sans rien faire, levant un visage plein d'espoir chaque fois que quelqu'un entrait.

Karal se joignit à An'desha et à maître Levy. Ils essayaient l'idée du Shin'a'in : jeter un anneau dans la maquette, plutôt qu'une pierre, pour voir de quelle manière les vagues se déplaçaient vers le centre. Car celles des tempêtes magiques, échos de celles du Cataclysme, revenaient vers leurs points d'origine, et non le contraire. Utiliser un anneau avait semblé logique à An'desha…

Ils recommencèrent plusieurs fois l'expérience, noircissant des pages et des pages de notes. Les gens affluaient, sachant que c'était le premier endroit où viendraient les guérisseurs pour donner des nouvelles des blessés…

Assis sur un banc, Karal regardait l'anneau crever sans cesse la surface. Elspeth et Ventnoir prirent place à côté de lui, et la princesse lui posa une main sur l'épaule. Il ne les avait pas vus arriver. D'une certaine manière, il n'était pas étonné de les voir là.

Les murs de la tour se sont évasés et la chaudière est toute cabossée, pensa-t-il, sentant une main invisible lui serrer le cœur. *Comment Natoli pourrait-elle aller bien ? Des éclats de métal ont dû fendre l'air dans toutes les directions ! M'a-t-on dit qu'elle n'avait rien de grave pour me rassurer ?*

Une boîte pleine des petits cailloux qu'ils avaient utilisés pour l'expérience avant de penser à l'anneau, était posée près de lui. Karal en prit une poignée, et les laissa retomber l'un après l'autre.

Ventnoir commença à enrouler un fil d'argent autour du tuyau d'une plume et Elspeth à affûter l'un de ses couteaux. Les frottements de la pierre sur le métal se mêlèrent aux tic-tic des gravillons qui retombaient dans la boîte, produisant un son hypnotique.

Karal !

La main de Karal serra douloureusement les cailloux. Altra se matérialisa devant eux.

Elspeth lâcha son couteau.

Karal, je viens de voir Natoli. Elle va bien. Enfin, son état n'est pas plus critique que ce que t'ont dit les guérisseurs. Commotion cérébrale, contusions multiples, un poignet et la clavicule cassés, mais sa cheville n'est que foulée.

Karal transmit ces nouvelles aux autres, aussi vite qu'Altra les lui donnait.

Aussitôt, l'atmosphère changea.

Justen vivra et il tire déjà des plans sur la comète pour se fabriquer des jambes artificielles ou un fauteuil roulant. Ses brûlures sont douloureuses. Par bonheur, les narcotiques apportés par les k'Leshya sont efficaces. Ferd a une commotion et les deux poignets cassés, mais ils se ressouderont sans problème. David a un bras et trois côtes cassés. C'est tout. *Ils vont tous se remettre !*

Des exclamations joyeuses retentirent dans la salle, mais Karal ne pensait qu'à Natoli. Il cria de joie et jeta en l'air sa poignée de cailloux. An'desha se couvrit la tête des deux mains et lâcha l'anneau quand les petites pierres lui atterrirent sur le crâne.

L'anneau et un des cailloux crevèrent la surface simultanément, le second tombant exactement au centre du premier. An'desha oublia la maquette et les vagues qui s'y formaient pour bondir par-dessus un banc et rejoindre Karal.

Maître Levy ignora les effusions, les yeux rivés sur la maquette.

Quand Karal et An'desha cessèrent enfin de se comporter comme deux idiots, il fit signe au Shin'a'in de reprendre sa place.

— Venez ici. Il s'est produit quelque chose d'intéressant.

Toutes les têtes se tournèrent vers lui. Maître Levy n'employait jamais le mot « intéressant », à moins d'un événement majeur. An'desha le rejoignit et récupéra l'anneau.

Maître Levy prit un caillou.

Il donna à An'desha le signal, et le Shin'a'in laissa tomber l'anneau. Au même instant, Levy lâcha la pierre au centre.

— Regardez, dit-il, alors qu'An'desha se penchait sur la maquette. Vous voyez, là où les deux séries de vagues se rencontrent ?

— Elles s'annulent, souffla An'desha. L'eau n'est pas lisse, mais les perturbations sont minimes. Ça s'agite… et se disperse.

Ventnoir bondit sur ses pieds et s'approcha à grandes enjambées, suivi par Elspeth.

— Recommencez ! ordonna-t-il. Il faut que je voie ça !

Tout le monde se rassembla autour de la maquette, y compris ceux qui étaient là pour avoir des nouvelles des blessés. An'desha et maître Levy refirent deux fois l'expérience, lâchant la pierre une seconde avant l'anneau, puis une seconde après. Dans tous les cas, les vagues produites par l'anneau étaient partiellement annulées par celles créées par la pierre.

Les résultats étaient encore plus spectaculaires quand le caillou tombait au centre exact de l'anneau.

— Ça y est, souffla maître Levy, le regard brillant.

— Mais comment créer une force d'opposition de la bonne modulation et capable d'annuler les vagues des tempêtes magiques ?

Karal revint dans la salle au moment où maître Levy posait sa question. Il aurait préféré être au chevet de Natoli, mais les guérisseurs ne laissaient toujours personne approcher des blessés. Il s'était déplacé jusqu'au Collegium pour rien.

Et la conversation avait continué en son absence…

— Grâce à la magie, une sorte de Frappe Terminale, répondit Ventnoir. Les tempêtes ont été causées par la magie. Nous pouvons créer une force de neutralisation – une formidable explosion d'énergie. Nous savons annuler la magie –

en réalité, nous le faisons sans cesse en jetant des sorts pour la contenir.

Son visage s'éclaira.

— C'est la réponse que nous cherchions. Pour le moment, en tout cas ! Nous ne pouvons pas dupliquer la force du Cataclysme original, mais je parie que nous pourrions nous en approcher suffisamment pour gagner encore un peu de temps ! Ou au moins...

— Mais..., commença maître Levy.

Ventnoir le fit taire d'un geste.

— Ou au moins rogner la crête des vagues. J'ignore comment, mais il doit exister un moyen d'y arriver. Nous avons des mages de quatre origines différentes. Si nous ne réussissons pas à trouver une réponse, je veux bien manger mes bottes, sans sauce.

— J'espère que vous aimez le goût du cuir, marmonna maître Levy.

Seul Karal sembla entendre ce commentaire.

— Je vais réunir les mages dans la salle du Grand Conseil, dit Elspeth.

Elle sortit en courant.

Ventnoir se tourna vers An'desha, qui haussa les épaules.

— Pourquoi pas, acquiesça-t-il. Il ne fait pas encore noir. Nous aurons toute la nuit pour parler...

Les mages tayledras, k'leshya, ceux des Vents Blancs – qui enseignaient toujours au Collegium – et Sejanes se réunirent. Karal, Altra, Lo'isha, le chamane shin'a'in Promis à la Déesse et le Prêtre du Soleil karsite, qui avait sauvé la vie du père de Natoli pendant la guerre contre Ancar, se joignirent à eux. Ils utilisèrent la salle du Grand Conseil, car il n'y en avait pas d'autre assez grande pour accueillir tout ce monde, dont quatre griffons. Après avoir fait vider la maquette, maître Levy la fit transporter dans la salle de réunion, puis remplir à nouveau.

Quand An'desha et lui répétèrent leur expérience devant les mages, ils se penchèrent sur la maquette avec intérêt. Ils recommencèrent jusqu'à ce que chacun ait une idée précise de ce qui se passait.

— Voilà, dit le maître ingénieur quand tout le monde eut satisfait sa curiosité, je n'ai rien à ajouter. Je vous laisse déterminer si la maquette restitue bien la situation, et ce que vous pouvez faire pour y remédier.

— Mes collègues et moi avons mesuré la force, la durée, la date et l'heure de survenue des tempêtes, annonça Sejanes. J'ai apporté ces informations, mais je crois qu'il serait bon de tenir compte de ce qui s'est produit depuis.

« Si le seigneur chat ici présent acceptait de livrer un message…

Altra inclina gracieusement la tête.

— … Je pourrais demander à mes collègues de nous communiquer leurs dernières observations. Comme ça, nous aurons une idée plus juste de la puissance de l'effet d'annulation dont nous aurons besoin.

Sejanes gribouilla un message. Altra le prit, et disparut. Les mages étaient si habitués à ses allées et venues qu'ils ne firent pas attention à lui.

— Nous avons un gros problème, dit maître Levy. Nous n'avons pas un mais *deux* lieux-sources des tempêtes, et l'un d'eux est inaccessible, à moins d'être un poisson.

— C'est vrai, dit un des k'Leshya, mais les véritables problèmes apparaissent aux points d'intersection des vagues. C'est là que le temps est le plus affecté, que des monstres sont créés et que des cercles de terre sont remplacés par d'autres. Si nous n'avions plus qu'à nous soucier d'une seule série de vagues, les effets de la magie seraient temporaires, et nous pourrions lever des boucliers pour protéger les endroits menacés. Si nous pouvions annuler les vagues des Plaines de Dhorisha…

Maître Levy haussa les épaules et écarta les mains.

— Je ne prétends pas comprendre la magie. J'observe et je déduis de mes observations…

Sejanes lui flanqua une claque dans le dos. Le vieillard était beaucoup plus fort qu'il n'y paraissait. Maître Levy chancela.

— On cache son arrogance derrière de la modestie, mon garçon ? Pas la peine. Nous savons tous que nous sommes en compagnie de l'élite, et vous en faites partie. La question est : qu'allons-nous employer comme « caillou » ?

— L'énergie devra être puissante, dit Ventnoir. Très puissante. Je dois vous avouer, mes amis, que je ne crois pas possible de générer une contre-mesure assez forte pour s'opposer à la vague finale – l'écho du Cataclysme d'origine. Du moins, pas sans créer d'autres Plaines de Dhorisha, ou un autre lac Evendim. Et aucun de nous ne voudrait faire cela, n'est-ce pas ?

— Je ne suis pas sûr de désirer qu'il y ait une explosion magique au cœur de mes terres, dit Lo'isha. Nous aimons les Plaines telles qu'elles sont. Et comment convaincre la déesse de leur redonner leur aspect, si nous les anéantissons une deuxième fois, même pour une bonne raison ?

— Attendez un peu ! coupa Sejanes. Le problème, c'est que le Cataclysme fut la conséquence de deux événements simultanés destinés à faire le plus de dégâts physiques possibles – des dégâts *physiques*. Votre Mage du Silence a voulu détruire la forteresse de son ennemi, et sa propre tour. Ainsi, si son ennemi survivait, il ne pourrait pas la piller.

« Mais si *tout* ce que nous voulons est envoyer une contre-frappe dans le Plan magique, une raison nous empêche-t-elle d'y canaliser toute l'énergie que nous pourrions créer ? Je crois qu'arracher des arpents de terre serait une perte de temps et d'énergie.

Ventnoir ouvrit la bouche pour dire quelque chose, mais il la referma. Un des griffons – de la variété des « aigles » –, fit claquer son bec.

— En concentrant notre puissance dans ce Plan, nous pourrions faire davantage tout en utilisant moins d'énergie que le Cataclysme n'en a libéré.

— Ou, pour être plus précis, dit Elspeth, en la concentrant sur la lisière entre les Plans, là où les vagues viennent lécher notre monde et provoquent les dommages physiques.

Le griffon acquiesça.

— Ce qui nous ramène à la question de départ : comment ? lança Sejanes. Nous avons besoin d'une explosion concentrée et très brève. La plupart d'entre nous ne sont pas habitués à penser en ces termes. Les seules explosions concentrées que j'ai créées, ce sont des frappes-éclairs et d'autres choses désagréables. Quant aux Frappes Terminales, le mage qui en lance une perd généralement la vie. Or, j'ai l'intention de survivre à cette expérience.

Lo'isha, qui avait l'air pensif, se leva et s'éclaircit la gorge, attirant l'attention de toutes les personnes présentes.

— Par souci de clarté, je vais vous révéler une chose que certains d'entre vous savent déjà, dit-il. C'est le secret le mieux gardé de mon peuple… mais il arrive un temps où même les plus grands secrets doivent être révélés.

« Après le Cataclysme, les clans de ceux qui s'appelaient alors les Kaled'a'in…

— Excepté le clan k'Leshya, coupa un mage de ce clan.

— Excepté le clan k'Leshya… se rassemblèrent au bord du cratère qui avait été leur patrie… et où s'était dressée la tour d'Urtho. Les uns voulurent proscrire la magie, les autres continuer à l'utiliser. Ils se scindèrent en deux peuples cousins : les Shin'a'in et les Tayledras. Aux Frères du Faucon, qui avaient décidé de rester des mages, la déesse donna la mission de purifier les terres perverties par la magie du Cataclysme. Aux Shin'a'in, qui avaient décidé de ne plus jamais utiliser la magie, sauf celle des chamanes, elle confia une autre tâche.

Il marqua une pause, fermant les yeux un moment.

— En échange, Elle nous rendit notre patrie. Et puisque nous avions renoncé à la magie, nous ne subîmes pas les effets du Cataclysme. Cette mission était de protéger les Plaines de tous les étrangers. Ça, nul ne l'ignore. Ce que pratiquement personne ne sait, c'est la *raison* de tout cela. Au cœur des Plaines, en un lieu que seuls connaissent les Promis aux quatre visages de la Déesse, gisent les ruines de la tour d'Urtho. Les armes que le Mage du Silence n'a pas voulu utiliser sont enfouies dessous. Elles sont extrêmement puissantes, toujours actives et prêtes à être utilisées selon nos traditions. L'une d'entre elles devrait convenir…

Le Shin'a'in sortit sa dague et la posa sur la table.

— Notre mission de gardiens est terminée.

Tout le monde en resta bouche bée.

— Il y a bien un problème… mais puisque nos frères et sœurs k'Leshya sont de retour parmi nous, ça n'en sera peut-être pas un. Quand nous aurons déterré la Chambre Forte, qui devrait être intacte, il faudra trouver la bonne arme, déterminer comment elle fonctionne, et comment l'adapter à nos besoins. (Il eut un petit sourire.) Inutile de dire qu'Urtho n'a laissé ni instruction ni inventaire derrière lui.

Karal s'aperçut qu'il retenait toujours son souffle, et aspira plusieurs grandes goulées d'air.

Treyvan secoua ses plumes et mordilla le bout d'une de ses serres.

— Je me souviens d'une litanie, un peu comme celle des Tayledras sur les « créatures amicales ». Elle fait partie de l'apprentissage obligatoire de tous les mages k'leshya.

— La *Guirlande de Mort* ! s'exclama un mage humain de son clan. Bien sûr ! Ça *pourrait* être un inventaire descriptif ! J'ai toujours pensé que c'était un exercice de mémoire au titre plutôt morbide...

— Et c'en est un, convint Treyvan. Mais comme la plupart des éléments qui font partie de notre enseignement, il sert plusieurs objectifs.

— Il y a un autre problème..., dit une voix sur le seuil. (Flammechant entra, accompagné de Renardargent.) Je vous demande d'excuser mon retard, mais je vérifiais mes calculs. Mes dames et messires, nous savions que le temps nous était compté, et je connais désormais la date limite.

« Comment atteindre les Plaines de Dhorisha avant que le brise-lames ne cède – une catastrophe qui arrivera deux semaines après le Solstice d'Hiver ? C'est l'hiver, et nous aurons deux pays à traverser. Puis nous devrons gagner le cœur des Plaines, et chercher l'arme qu'il faut parmi celles qui sont entreposées dans la Chambre Forte.

« Dites-moi, comment réussir ça ?

— Il y a un Portail permanent près de la Vallée des k'Leshya, dit Elspeth, au bord du cratère. Nous avons vu Fléaufaucon disparaître, et comment aurait-il pu...

— Oui ! s'écria An'desha. Je m'en souviens ! Je sais où il est ! Mais comment l'atteindre en partant d'ici ?

— Un jeu d'enfant, fit Sejanes.

Tous les regards convergèrent vers lui. Il sourit et leur offrit ses connaissances comme un grand-père sage distribue des bonbons dans une pièce pleine d'enfants.

— Les Impériaux sont les maîtres des Portes – que vous nommez Portails. Nous pouvons les trouver à de grandes distances, nous accorder à un Portail étranger, et en ouvrir des permanents. Mais surtout, nous savons comment en ouvrir en utilisant une énergie extérieure. En employant la force combinée de plusieurs mages, par exemple.

Son sourire s'élargit, et il écarta les mains.

— Je peux enseigner ça aux apprentis, afin qu'ils travaillent avec un Adepte pour ouvrir un Portail ici. Et puisque le terminal est un ancien Portail permanent, nous devrions pouvoir le rendre autosuffisant pendant un temps.

« Cela vous ira-t-il ?

Après des mois de disputes, de rivalités, de peur et de colère, ils avaient enfin quelque chose de plus substantiel que des espoirs nébuleux. Des esprits inventifs appartenant à quatre cultures et civilisations différentes avaient mis leur savoir en commun, et en dépit des frictions, ils s'étaient accrochés à la raison. Cela semblait trop simple…

Et pourtant, les pièces du puzzle avaient toujours été là. Une fois la solution trouvée, ils avaient repris leurs formations, comme de bons petits soldats.

Karal frissonnait chaque fois qu'il imaginait à quel point ils étaient passés près du désastre.

Nous n'avons pas encore écarté toute possibilité d'un désastre, se rappela-t-il. *Il ne faut pas compter les alouettes avant qu'elles n'aient leur plumage d'adulte.*

Mais s'il n'avait pas surmonté sa répugnance et engagé les négociations avec Tremane… Si les k'Leshya avaient attendu pour envoyer leur délégation… Si le chamane Promis à la Déesse avait décidé de laisser les choses entre les mains de Jarim, et de garder ses secrets… Si Elspeth et An'desha ne s'étaient pas souvenus de la fuite miraculeuse de Fléaufaucon, devant les Promis à l'Epée shin'a'in…

Pourtant, ils avaient eu toutes les pièces du puzzle sous le nez. Alors, s'ils n'avaient pas réussi à les rassembler, peut-être auraient-ils trouvé une autre solution ?

Altra et Hansa auraient pu « transférer » les gens par deux. Ou peut-être davantage – Altra nous a transférés, Florian, An'desha et moi – ce qui fait trois. Nous aurions pu trouver quelque chose en partant des Frappes Terminales. Ou placer les boucliers les plus puissants que nous connais-

sons sur les Pierres-Cœurs, attendre que la première tempête passe, puis nous mettre en route pour les Plaines.

Non, ça n'était sans doute pas la seule option... Chacune des pièces qui s'étaient mises en place aurait pu être remplacée par une autre. Mais pour le moment, il semblait que ce soit la meilleure solution.

Et tous ceux qui avaient eu une pièce à ajouter l'avaient fait sans hésiter.

A partir du moment ou l'ébauche d'une solution fut trouvée, les volontaires commencèrent à se faire connaître. Flammechant, Treyvan et Hydona se déclarèrent prêts à partir – les deux derniers auraient traversé un mur de flammes pour avoir une occasion de jeter un coup d'œil à la tour d'Urtho. En revanche, Elspeth et Ventnoir préférèrent rester à Haven, pour protéger la Pierre-Cœur. Renardargent se porta volontaire, arguant qu'une personne qui avait des connaissances, même rudimentaires, de guérisseur ne serait pas de trop.

Florian l'imita : *« Pour représenter Valdemar »*. Altra se déclara aussi partant.

Lo'isha était du voyage, bien sûr, car c'étaient ses terres ancestrales. Les mages des Vents Blancs se désistèrent, s'avouant complètement dépassés.

Karal fut enrôlé d'office. An'desha et Altra avaient beaucoup insisté, même s'il n'arrivait pas à comprendre pourquoi.

En cas d'imprévu, avait répondu Altra, mystérieux.

Le jeune homme espérait que cet « imprévu » n'impliquerait pas de revivre ce qui s'était passé à la frontière d'Iftel. Canaliser le pouvoir qui se trouvait derrière la frontière magique avait été une des expériences les plus déplaisantes de sa vie. Et il n'avait pas envie de la refaire.

An'desha avait prétendu avoir besoin de lui pour jouer les « tampons » entre Flammechant et lui. Un rôle bien plus facile à tenir.

Karal aurait voulu rester avec Natoli. Mais si Altra voulait qu'il vienne, il avait ses raisons, et son devoir de prêtre lui imposait de le suivre sans discuter. Mais la jeune fille avait besoin de lui, elle aussi...

Natoli résolut son dilemme pour lui.

Il alla lui rendre visite dans sa chambre, au Collegium des

Guérisseurs, pour lui décrire les préparatifs de l'expédition. Elle l'écouta avec beaucoup d'intérêt.

— J'aimerais tellement y participer ! Bien sûr, je ne perçois pas la magie. Mais pense à l'ancienneté de cette tour ! A tout ce qu'on doit pouvoir apprendre des inscriptions ! Et s'il y avait des livres… Qui sait quelles perspectives ils nous ouvriraient ?

Elle soupira, et baissa les yeux sur son bras immobilisé.

— Mais je ne peux pas partir. Vous allez devoir traverser les Plaines à la vitesse du vent, pour gagner votre destination à temps, donc vous ne pouvez pas traîner un poids mort.

— Comment ça, « vous » ? demanda Karal. Personne ne m'a donné l'ordre de participer à l'expédition.

— C'est vrai, mais je croyais qu'An'desha et Altra voulaient que tu les accompagnes…

— C'est ce qu'ils veulent, oui ! Mais cette fois, c'est moi qui choisis. J'en ai assez qu'on prenne toutes les décisions à ma place !

Natoli se rembrunit.

— Alors, tu accompagnes les mages dans les Plaines, ou non ? demanda-t-elle. Si tu ne veux pas y aller parce que tu n'en as pas envie, d'accord. Mais tu n'as pas intérêt à hésiter à cause de moi !

La sévérité du ton de son amie le décontenança… ainsi que la colère qui faisait briller son regard.

— Pourquoi pas ?

— Parce que je ne te le permets pas, voilà tout ! Si Altra veut que tu y ailles, tu dois obéir ! Je refuse que tu négliges ton devoir pour me tenir compagnie ! Je ne m'attends pas à ce genre de comportement de ta part… Et j'espère que tu n'en attends pas un semblable de la mienne !

La véhémence de la jeune fille le laissa sans voix, mais elle en avait pour deux.

— Mon travail est de découvrir de nouvelles techniques, et c'est parfois dangereux. Regarde ce qui s'est passé avec la chaudière. J'aurais pu être tuée !

— Je sais…

— Et alors ? Tu me demanderais de choisir entre toi et mon travail ?

Si je le faisais, je la perdrais. Elle a le droit de travailler et d'avoir sa vie. Au nom de quoi lui demanderais-je de tout laisser tomber pour moi ?

— Non, répondit-il d'une toute petite voix.

— Eh bien, moi, c'est pareil ! Ce ne serait pas juste. Les trucs que font les mages… C'est dangereux, n'est-ce pas ?

— Plus que dangereux ! Les Shin'a'in savent où est la tour, bien sûr, et ils travaillent à dégager l'entrée de la Chambre Forte depuis que nous avons décidé ce que nous allions faire. Une fois que nous serons là-bas, nous devrons trier des armes extrêmement anciennes, peut-être instables, et qui ne sont pas toutes magiques. D'après mes compagnons, il faudra surtout nous méfier des armes mécaniques. Et quand nous aurons trouvé celle qui nous convient, nous ignorons à quoi nous aurons affaire.

Il s'entendit dire « nous », et vit que cela n'avait pas échappé à Natoli.

Elle sourit.

— Donc, tu as décidé d'y aller.

Ça n'était pas une question.

— Si Altra veut que je vienne, c'est sans doute parce qu'il pense que je pourrais être utile – et il doit savoir que c'est une chose que je ne ferais pas, si on m'en laissait le choix. (Il grimaça.) Si je refusais d'y aller, ils trouveraient une autre solution. Mais ce serait plus facile si j'acceptais.

— Tu sais très bien ce que tu ressentirais si leur mission échouait parce que tu aurais décidé de rester à Haven.

— S'ils échouent, nous aurons des problèmes bien pires qu'Hardorn. Pense à ce qui se passerait si les boucliers de la Pierre-Cœur s'effondraient…

Natoli blêmit.

— Mais nous nous inquiétons sans doute pour rien, continua-t-il. Ils m'emmènent sûrement pour avoir quelqu'un qui prépare le thé. Si Altra *savait* qu'ils auront besoin de moi, il ne me laisserait pas le choix. Il a dit que je devais participer à l'expédition, en cas d'imprévu.

« Nous avons mis tous les Hérauts dotés de prémonition sur le coup, et aucun n'a pu nous renseigner. Ils disent que les images sont confuses. Le futur n'est pas clair à partir du moment où nous ouvrirons la Chambre Forte. Quel est l'avantage d'être un prêtre et de pouvoir parler avec des

Avatars, si ton Dieu et ses représentants refusent de te donner le moindre indice ?

Natoli se mordilla la lèvre, pensive.

— Je vous ai écoutés, An'desha et toi, parler de la Déesse et de Vkandis, et je me demande si ça n'est pas encore un cas où les choix sont multiples. Et puisque aucun ne peut mener à un deuxième Cataclysme, nos dieux ne veulent pas nous donner un coup de pouce.

« Les dieux regardent les gens s'entre-tuer sans lever le petit doigt. Ils interviennent quand une catastrophe risque de se produire. Le reste du temps, Ils laissent les gens se débrouiller tous seuls, et Ils acceptent le résultat. Encore ce fichu truc appelé « libre arbitre » !

Karal grogna.

— J'aimerais parfois être un peu mieux guidé et avoir un peu moins de libre arbitre.

— Pas moi. (Une fois encore, Natoli le surprit.) Je prends mes propres décisions, et tant pis si elles sont mauvaises. Je veux être une adulte, pas un enfant qu'on pousse sur une voie sans danger ! Je n'y trouverais rien de nouveau, et elle n'aurait rien à m'apprendre !

Avait-elle toujours été comme ça, ou son repos forcé l'avait-il poussée à la réflexion ? Il était étonné de la clarté et de l'audace de son point de vue.

— Beaucoup de gens ne seraient pas d'accord avec toi, dit-il. Ils préféreraient être poussés sur la voie sans danger, et que les dieux prennent soin d'eux. Ils aimeraient avoir les réponses à leurs questions, toutes prêtes, avec le mot « fin » en bas de la dernière page.

— Oh, ils peuvent bien vouloir des réponses « toutes prêtes », mais ils s'abusent eux-mêmes ! Il n'y a pas de fin aux questions, sauf la mort. Et je ne suis pas prête à rester assise et à me laisser mourir. Toi non plus !

— Tu as raison, et j'ai tort.

Il se pencha sur elle et osa l'embrasser. Les lèvres de Natoli étaient chaudes et douces. Elle ne se déroba pas à son baiser.

— Tu as raison, répéta-t-il. Tu me manqueras, mais je dois partir.

La jeune fille lui prit la main et murmura :

— Sois brave, Karal. Et prudent ! Surtout, reviens-moi !

Sejanes dirigeait un groupe composé de Hérauts-Mages et de mages des Vents Blancs, qui ouvriraient le Portail sous ses directives. Comme Altra et Hansa l'avaient fait, ils utiliseraient les ruines, dans le Champ des Compagnons.

— Ils ne seront plus bons à rien quand nous aurons terminé, avait dit le vieux mage à Selenay. Ils resteront aussi faibles que des chatons nouveau-nés pendant au moins une journée.

En prévision, la reine avait envoyé un contingent de serviteurs armés de litières pour ramasser les mages. Sejanes avait approuvé.

Les membres de l'expédition étaient debout dans la neige, sous un ciel plombé. Sejanes leur rappela ce qui allait se passer.

— Nous allons garder le Portail ouvert le temps que vous soyez tous de l'autre côté, dit-il, plissant les yeux à cause des reflets de la lumière sur la neige. « Mes » mages ne pourront pas faire plus. Nous le rouvrirons dans quinze jours, et vous avez intérêt à être au rendez-vous.

— Vous le rouvrirez si vous le pouvez, marmonna un mage k'leshya. S'ils échouent, ce maudit Portail sera le cadet de nos soucis.

Sejanes ignora la remarque… ou peut-être ne l'entendit-il pas.

— Si vous n'êtes pas là, nous le rouvrirons quinze jours plus tard. Et si vous manquez cet autre rendez-vous, nous enverrons un message aux Shin'a'in, pour qu'ils partent à votre recherche. (Il jeta un regard perçant au mage k'leshya. Peut-être avait-il entendu sa remarque, après tout.) Bien sûr, si la force de votre arme désactive le Portail à votre extrémité, il vous faudra trouver un autre moyen de rentrer.

— En d'autres termes, fit Flammechant en riant, nous reviendrons à pied.

Pas précisément…

Toutes les têtes se relevèrent, car même ceux qui n'avaient pas le don de parole par la pensée avaient entendu une voix masculine résonner sous leur crâne.

Un Compagnon émergea d'un bosquet, sur leur gauche,

suivi par quatre de ses congénères, tous jeunes vigoureux… et parfaitement équipés.

Rolan apprécierait que tu transmettes ses paroles, Karal, dit Florian en fourrant ses naseaux contre l'épaule du jeune homme. *Il peut s'adresser à n'importe qui, mais ça lui demande un certain effort.*

— Hum… c'est Rolan, le Compagnon du Héraut de la Reine, dit Karal.

Voilà quatre Compagnons qui comptent parmi les plus rapides et les plus forts de ceux qui n'ont pas encore choisi un Héraut. Beaucoup d'autres se sont portés volontaires pour servir de monture aux membres de l'expédition et Rolan a dû les sélectionner.

— Des Compagnons qui n'ont pas encore de Hérauts se proposent de transporter les membres de notre groupe, dit Karal. Rolan a choisi la crème des volontaires…

Le jeune homme savait qu'aucun cheval ne pouvait rivaliser avec un Compagnon. Si les autres l'ignoraient, ils allaient très vite le découvrir !

Rolan a affecté chaque Compagnon à un cavalier.

L'étalon secoua sa crinière. Un mâle musclé s'avança et inclina la tête devant le chamane.

C'est Kayka.

— Votre monture se nomme Kayka, Lo'isha, dit Karal.

Le Shin'a'in s'inclina devant le Compagnon.

Deux juments identiques à la longue crinière flottante allèrent se camper devant Flammechant et Renardargent.

Ce sont les jumelles Senta et Sartra. Senta portera Flammechant. Elle dit…

— J'entends ce qu'elle dit, Florian, merci, coupa Flammechant, et je t'assure que je sais voyager sans une tonne de bagages. Tu te rappelles ? Je suis arrivé à Valdemar avec ce que pouvait porter mon ami dyheli…

Il se tourna vers le Compagnon et s'inclina aussi bas que Lo'isha devant Kayka.

— Je te suis reconnaissant de ton aide, Senta, et j'apprécie ta beauté.

Renardargent avait posé une main sur l'épaule de Sartra et semblait converser avec elle en privé.

Le dernier Compagnon, une autre femelle, une mèche de

sa crinière lui tombant sur les yeux, avança timidement vers An'desha et gratta la neige devant lui.

Voici Idry, dit Florian. *C'est ma jeune sœur et elle a été la première à se porter volontaire*.

An'desha sourit.

— Alors je serai d'autant plus heureux d'avoir sa compagnie, Florian.

— Eh bien, ça résout votre problème de transport, dit Elspeth. S'ils ne réussissent pas à vous emmener là-bas aussi vite qu'un griffon peut voler, c'est que ça n'est pas faisable.

— Alors, on fera la course ? demanda Treyvan, avec un large « sourire » de griffon.

Hydona lui flanqua un coup de bec.

— Excellent ! fit Sejanes. Maintenant, pourrions-nous en finir ?

Après avoir vu tant de Portails s'ouvrir les jours précédents, la magie avait perdu un peu de son attrait pour Karal. Il ne prêta aucune attention aux préliminaires, s'assurant plutôt que son sac était bien attaché, et que les sangles de Florian ne seraient ni trop lâches ni trop serrées. Ils auraient un long chemin à parcourir pour atteindre les Plaines, et ils n'avaient pas prévu de faire de halte. Donc, tout devait être en place, sinon le pauvre Compagnon pourrait en souffrir.

Pendant ce temps, les autres attachèrent leurs sacs à leurs montures. Treyvan et Hydona avaient déjà leurs harnais de vol. Jerven et Lytha, leurs petits, restaient à Haven. Hydona pensait qu'il était temps qu'ils apprennent à voler. Cette mission était généralement mieux remplie par quelqu'un d'autre que leurs parents.

Surveiller les jumeaux étant un travail à plein temps, Karal se demanda si Treyvan et Hydona n'avaient pas pris ça comme un prétexte pour s'offrir des vacances.

Le jeune prêtre termina son inspection au moment où les mages prirent contact avec le Portail d'ancrage, dans les ruines, au-dessus des Plaines. Quand il regarda à l'intérieur de l'arche en marbre, il vit des monceaux de pierres couvertes de neige sous un ciel si bleu et si limpide qu'il était douloureux à regarder.

— Dépêchez-vous, s'il vous plaît ! cria Sejanes. Nous ne pourrons pas le garder ouvert très longtemps !

Karal se mit en selle, heureux à l'idée de chevaucher, et Florian et lui se dirigèrent vers le Portail. Mais Treyvan et Hydona furent plus rapides. Il se demanda pourquoi ils étaient si impatients… Puis il se rappela que le clan k'leshya vivait de l'autre côté ! Ils devaient avoir envie de voir quelques amis avant de partir pour la tour d'Urtho.

Karal leur emboîta le pas, suivi par An'desha. N'ayant jamais traversé une si grande distance par Portail, il se prépara à la sensation déplaisante, comme si son estomac lui tombait dans les talons et se retournait, qu'il éprouvait pendant un transfert.

Mais il n'y eut rien de la sorte. Une fraction de seconde, il lui sembla tomber et être entouré d'une étrange obscurité parcourue de rubans colorés de pouvoir et de lumière. Puis les sabots de Florian touchèrent terre avec une légère secousse, comme si le Compagnon avait sauté un petit obstacle.

Tu aimes mieux ça que te transférer, pas vrai ?

Altra, qui n'était pas avec eux du côté valdemarien, apparut à leurs côtés.

— C'est beaucoup mieux, répondit-il, alors que Florian dégageait le passage pour que les autres puissent passer le Portail.

Le paysage disparaissait sous la neige, mais les rues de ce qui semblait être une ancienne ville avaient été dégagées. Çà et là, il y avait même des signes d'habitation, et de reconstruction. Au loin, des toits coniques pointaient au-dessus des gravats saupoudrés de blanc. Des griffons volèrent à la rencontre de Treyvan et Hydona. Une douzaine, mais ils auraient tout aussi bien pu être cent. Comme Karal l'apprit très vite, ils étaient une race bruyante.

Ce n'était pourtant pas un rassemblement amical. Les griffons atterrirent, parlèrent un moment avec l'expédition, puis repartirent. Ignorant où se situaient les ruines par rapport aux Plaines, Karal ne devina pas où ils allaient. Mais chacun avait une mission à accomplir.

Le chamane fut le dernier à franchir le Portail, qui se ferma derrière lui.

— La voie est libre ! appela Hydona, perchée sur un mur

en ruines. Les Promis à l'Epée sont en place. Ils se relaieront pour chevaucher à nos côtés. Les griffons sont partis en éclaireur. Le pire passage, ce sera la descente vers les Plaines. Le sentier est gelé.

Lo'isha haussa les épaules.

— Il fallait s'y attendre, mais je suis bien content que des Compagnons aient été volontaires pour nous porter. J'ai plus confiance en leurs capacités qu'en celles du meilleur cheval shin'a'in.

Apparemment, il savait exactement où il était.

Kayka prit la tête, et les autres suivirent. Treyvan et Hydona s'envolèrent. Karal et An'desha fermèrent la marche.

Des griffons volaient au-dessus d'eux en permanence. Alors qu'ils traversaient les ruines, Karal finit par se sentir complètement perdu. Il aurait parié que le chamane l'était aussi, mais avec leurs guides volants, c'était impossible.

Bientôt, ils prirent un nouveau tournant, et il n'y eut plus rien devant eux que le ciel bleu. Ils étaient arrivés au bord des ruines. Au-dessous d'eux s'étendaient les Plaines de Dhorisha.

Karse étant un pays montagneux, Karal n'avait pas peur des hauteurs. Mais voir quelque chose sur une carte et se tenir au bord d'un précipice étaient deux choses différentes…

Intellectuellement, il savait que le bord du cratère qui encerclait les Plaines était des centaines de pieds au-dessus du sol. Maintenant, il le sentait dans ses tripes, et déglutit nerveusement.

Florian semblait nonchalant.

Ce n'est pas si terrible. Regarde mieux. Il y a un sentier en épingle à cheveu.

Karal n'apprécia pas beaucoup plus la vue du sentier que celle du précipice. Il était à peine assez large pour un cavalier. Ils allaient devoir passer en file indienne. Et que Vkandis vienne en aide à celui qui ferait un faux pas !

Je te retrouve en bas... à moins que tu ne préfères te transférer avec moi, proposa Altra. *Tu te sens d'attaque ?*

Il croit que je vais décliner son offre, hein ?

— Messire ? dit-il au chamane. Altra se porte volontaire

pour nous transférer en bas. Un Compagnon avec son cavalier à la fois !

Je n'ai jamais dit ça ! protesta le Chat de Feu.

Mais il était trop tard. Lo'isha se tourna vers eux avec un regard plein de gratitude, et il leur fut impossible de revenir en arrière. Karal savait que la fierté d'Altra l'empêcherait de se dérober.

— C'est très gentil à vous, Chat de Feu, dit le chamane. Ce sentier me semble traître. Je n'aimerais pas qu'un de nous se rompe le cou pour rien.

Altra grommela mentalement, mais accepta.

Je te transférerai le dernier, dit-il à Karal. *Quand je serai fatigué. Ça t'apprendra.*

Il passa derrière le chamane, et tous trois disparurent. Presque aussitôt, un petit point apparut en bas, dans les Plaines.

Cela leur prit beaucoup moins de temps, même deux par deux, que de descendre à dos de Compagnon. Et bien qu'Altra fût fatigué, son contrôle moins sûr, quand il vint chercher Karal, le transfert qu'ils effectuèrent ne fut pas pire que celui qui l'avait ramené d'Hardorn. Le jeune homme eut la nausée, mais il ne fut pas malade.

Quand il « atterrit » près des autres, Karal s'avisa que les Shin'a'in leur avaient ouvert la voie. La piste qu'ils avaient laissée dans la neige les empêcherait de se perdre.

Lorsque Karal leva les yeux, il vit des boules noires décrire des cercles haut dans le ciel. Des griffons. Et quand il regarda autour de lui, il aperçut des silhouettes sombres devant eux et de chaque côté. Des Promis à l'Epée. Il s'était demandé comment ils se débrouilleraient, puisqu'ils n'avaient pas emporté de provisions ni de tente. Et même un Compagnon ne pouvait atteindre le cœur des Plaines de Dhorisha en un jour. Apparemment, les griffons et les Shin'a'in pourvoiraient à leurs besoins.

Lo'isha balaya les herbes hautes d'un regard satisfait – même si ses lèvres étaient un peu pâles.

— La voie est libre, et nous avons le vent dans le dos ! cria-t-il. *Chevauchons !*

Au bout d'une journée, Karal en vint à regretter son voyage de Sunhame à Haven. Florian l'épargnait autant que possible… et l'allure d'un Compagnon était de beaucoup préférable à celle d'un cheval… Mais il n'en devait pas moins monter de l'aube au coucher du soleil, voire au-delà, sans faire de halte. Les Compagnons n'avaient pas besoin de se reposer et le chamane mettait à profit leur endurance.

Le ciel bleu céda la place à un dôme noir constellé d'étoiles. Quand le quartier de lune se leva, il baigna les Plaines d'une lumière argentée qui donna l'impression à Karal d'être composé de glace. Mais que le sol soit si plat avait un avantage : ils virent le feu de camp de très loin, ainsi que les torches qui l'entouraient, seules notes de couleur dans cette étendue blanche. Il suffit à Karal d'apercevoir ces points jaunes pour retrouver assez de courage et continuer à tenir en selle. Ses doigts s'étaient engourdis depuis bien trop longtemps pour qu'il fasse encore l'effort de prétendre tenir les rênes.

Quand ils arrivèrent à destination, ils découvrirent une seule tente entourée par des torches. Un feu avait été allumé devant l'entrée et des Shin'a'in vêtus de noir remuaient un ragoût. Karal tomba de selle plus qu'il n'en descendit. Il se dirigea en titubant vers la tente, Florian sur les talons.

Apparemment, les Shin'a'in étaient préparés à l'idée que les Compagnons partageraient leur abri. La tente éclairée par trois lampes à huile était coupée en deux. D'un côté, le sol était couvert de tapis défraîchis, avec du foin et du grain, et des seaux en cuir rempli d'eau claire. Treyvan et Hydona étaient déjà là et dormaient.

De l'autre côté, les tapis étaient neufs et colorés, des paillasses étant disposées en demi-cercle autour d'un brasero. Il ne faisait pas aussi chaud qu'au Palais, mais comparée à la température extérieure, celle qui régnait dans la tente était plutôt agréable. Un Promis à l'Epée les attendait. Pendant qu'ils mangeaient, il dessella et étrilla les Compagnons, leur jetant une couverture chaude sur le dos.

Florian alla rejoindre ses congénères.

Dernier humain à arriver au camp, Karal trouva les autres enroulés dans leurs couvertures, un bol de ragoût à la main et une tasse fumante posée près d'eux. Il s'assit sur une paillasse, retira ses bottes, fourra ses jambes sous les couvertures et accepta avec un murmure de remerciement le bol de ragoût et la tasse qu'on lui tendait.

Il mangea aussi vite qu'il put, s'aidant d'un morceau de pain dur. Le thé avait un goût étrange, mais il s'avisa qu'il adoucissait sa gorge irritée.

Dès qu'il eut fini de manger, le Shin'a'in lui prit son bol et sa tasse. Les autres étaient déjà couchés, et Karal suivit leur exemple. Le Promis à l'Epée éteignit les lampes, les laissant dans le noir.

Juste avant que Karal s'endorme, Altra apparut et se coucha à moitié sur lui. Le Chat de Feu ronronnait.

Il ne dit que six mots :

Karal... je suis fier de toi.

Réconforté – et pas seulement physiquement – le jeune homme s'endormit.

Les Shin'a'in les réveillèrent avant l'aube. Ils prirent un petit déjeuner composé de ragoût, de pain et de thé, puis ils se remirent en selle et continuèrent leur route.

Les deux jours suivants furent une répétition du premier. Les yeux de Karal ne tardèrent pas à devenir rouge, à cause des reflets du soleil sur la neige. Seuls le chamane et An'desha semblaient ne pas en souffrir. L'air froid et sec lui desséchait les lèvres, qui finirent par gercer, et lui irritait la gorge. A la fin de la deuxième journée de voyage, Lo'isha leur donna à chacun une fiole d'huile aromatique à s'appliquer sur les lèvres. Il ajouta qu'ils pouvaient également en mettre sur leur visage. Karal suivit ce conseil. Au début, Flammechant choisit de l'ignorer, mais quand ses joues en feu commencèrent à le faire souffrir, il imita le jeune Karsite.

Karal perdit toute notion du temps. Quand il n'était pas à dos de Compagnon, il dormait comme une masse. Le paysage était monotone. Pour un jeune homme élevé dans un pays montagneux, les Plaines vallonnées et enneigées semblaient mornes et plates. Il n'y avait presque pas d'arbres, ni de buissons, excepté aux endroits où ils marquaient l'emplacement d'un ruisseau, d'un puits ou d'une source.

Karal était en permanence engourdi par le froid. Le seul moment où il avait chaud, c'était à l'aube, quand on venait le réveiller. Flammechant n'avait pas le moral, et Renardargent semblait résigné. Seuls An'desha et Lo'isha étaient dans leur élément.

Après tout, c'est – c'était – le pays de Lo'isha…

Ils ne voyaient presque jamais Treyvan et Hydona, et quand ils leur parlaient, il était évident que les griffons ne pensaient plus qu'à leur objectif. Enfin, après plusieurs jours – Karal n'aurait sur dire combien – ils la virent se profiler à l'horizon.

Karal fut un peu déçu. Ils avaient parcouru la moitié d'un continent pour trouver… un amas de roche grisâtre, comme fondu, qui dépassait du sommet d'une colline.

Puis il vit que c'était beaucoup plus volumineux qu'il ne l'avait cru.

Quand il repéra des points noirs mobiles tout autour – et décrivant des cercles au-dessus – il comprit à quel point le site était grand.

Un gros tas noir gisait au pied de la tour – de la terre riche, fraîchement retournée. Les Shin'a'in avaient creusé.

Plus ils approchaient, plus Karal avait la chair de poule. La Tour n'avait pas seulement l'air d'avoir fondu, elle s'était pour de bon liquéfiée ! La force suprême du Cataclysme avait ramolli la roche comme de la cire. Et ils s'apprêtaient à jouer avec des forces plus dangereuses que celles qui avaient fait ça. Car le Mage du Silence lui-même n'avait pas voulu utiliser les armes conservées dans sa Chambre Forte, les jugeant trop terribles !

Qu'est-ce que je fais ici ? se demanda Karal, atterré.

C'était la première mais pas la dernière fois qu'il se posait cette question…

Ils se reposèrent et dormirent jusqu'au lendemain matin. Il aurait été stupide, voire suicidaire, d'entrer dans la Chambre Forte l'esprit embrumé de fatigue. Mais ils se levèrent avec le soleil, et un des Promis à l'Epée les conduisit devant l'ouverture que les Shin'a'in avaient ménagée pour eux.

La porte de la Tour reposait quelque part sous des tonnes de roche fondue. Les Shin'a'in avaient pris une route plus directe jusqu'à la Chambre Forte. Ils avaient dû être des centaines pour creuser ce tunnel en si peu de temps.

Il partait du flanc de la colline qui supportait la Tour, et descendait en pente douce jusqu'au mur extérieur de la

Chambre Forte. Les blocs de pierre et le mortier étaient si anciens qu'ils n'avaient eu aucun mal à le percer. Urtho n'avait jamais installé de système de défense... Après tout, pour voler ses armes, un ennemi aurait dû traverser son camp rempli de gardes, de soldats, de Kaled'a'in et de griffons...

Absolument infaisable !

Aidés par les mineurs des k'Leshya et les griffons, les Shin'a'in avaient travaillé en continu. Ensemble, ils avaient creusé un tunnel impressionnant, et retiré assez de blocs de pierre pour que Treyvan et Hydona puissent pénétrer dans la Chambre Forte – sans oublier Florian, qui insista pour les accompagner. Les autres Compagnons étaient heureux de rester à l'air libre, et Karal surprit les regards interrogateurs qu'ils lancèrent à leur congénère.

Ils avaient tous une lampe, mais la lumière ne pouvait rien contre le sentiment d'être prisonnier de milliers de tonnes de terre et de roche. Le tunnel avait été consolidé, et Karal se demanda où les Shin'a'in avaient trouvé les poutres.

Les griffons, bien sûr. Ils ont dû les apporter de k'Leshya.

Une mission sans doute aussi épuisante que celle de creuser.

Karal se concentra sur sa respiration. Tant que sa lanterne continuait de briller, se souvint-il, il y avait assez d'air...

Au moins, ici, je n'ai plus froid. Il n'y a pas de vent et la luminosité ne me blesse pas les yeux.

Il n'avait pas compté ses pas au début, mais il commença à le faire. Cinquante... cent... cent cinquante... Ne devraient-ils pas avoir atteint l'entrée ?

Sa poitrine lui semblait prise dans un étau. La flamme de sa lampe n'était-elle pas un peu moins vive ?

Je suis juste derrière toi, Karal, dit la voix d'Altra dans son esprit, le prévenant de l'arrivée du Chat de Feu. (Ainsi, quand il butta contre sa jambe, il ne sursauta pas et ne glapit pas de surprise.) *Tout va bien. Il y a assez d'air, et si ça tourne mal, nous nous transférerons en sécurité.*

L'étau se desserra, et le jeune homme put de nouveau respirer normalement. Bien sûr ! En cas de problème, Altra pourrait le sortir de là avant que le tunnel ne s'effondre ! Il se détendit, et la flamme de sa lampe lui sembla brûler plus vivement – sans doute n'avait-elle jamais baissé…

— Nous y sommes.

La voix du chamane, étouffée par les corps pressés entre le Shin'a'in et lui, l'alerta à temps, avant qu'il ne percute An'desha, qui le précédait.

— Attention où tu mets les pieds, dit An'desha. Le sol est jonché de débris.

Le jeune Shin'a'in avança et disparut dans un trou par lequel les griffons eurent du mal à se glisser. Des débris jonchaient effectivement le fond du tunnel, comme s'ils dataient d'aujourd'hui. Et peut-être était-ce le cas !

Karal franchit l'ouverture… et pénétra dans un autre monde.

Le sol en marbre blanc et poli était décoré d'une rose des vents à huit branches en granit rose. La pièce était grande et circulaire. Très haute, elle avait un plafond conique, d'où pendait une sphère de cristal, au bout d'une chaîne argentée.

Karal leva les yeux et en resta bouche bée.

— Qu'est-ce que c'est ? demanda-t-il dans un murmure. Une arme ? Une sorte de Pierre-Cœur ?

Flammechant secoua la tête, mais lui aussi avait les yeux rivés sur le globe. Formant un cercle, tous regardaient vers le plafond. Puis Treyvan rit doucement et lâcha :

— Non, ce n'est ni l'un ni l'autre.

Il prononça un mot qui n'était pas shin'a'in ou tayledras, mais qui ressemblait à ces deux langues.

Obéissant, le globe s'illumina. Karal poussa un petit cri et se couvrit les yeux. Mais il n'aurait pas dû prendre cette peine, car la lumière était douce.

— C'est une lampe, dit Treyvan.

Une explication qui semblait superflue.

Ils éteignirent leurs lanternes et les posèrent dans un coin. Ce n'était vraisemblablement pas la Chambre Forte, mais un atelier adjacent. Une porte ouverte se découpait dans un mur. Flammechant, qui était le plus près, la franchit, et s'arrêta sur le seuil.

— Bien, fit-il, ce serait mieux si je pouvais voir où je mets les pieds. Quelle était le mot de pouvoir, déjà ?

Avant que quiconque ait pu lui répondre, il essaya plusieurs versions du mot prononcé par Treyvan et trouva l'intonation juste. Comme sa jumelle, la lampe s'illumina d'un coup, puis son intensité revint à un niveau idéal.

— Je crois, dit l'Adepte tayledras d'une voix traînante, que nous avons trouvé ce que nous cherchions.

Il libéra le passage, s'écartant juste assez pour que les autres puissent le rejoindre.

Karal resta en arrière. Tout d'abord, il n'était pas sûr de vouloir voir ce qu'ils cherchaient. Et puis, il ignorait de quoi ça avait l'air !

Le jeune homme laissa les autres le précéder à l'intérieur. Il s'attendait à entendre des exclamations, mais ne capta que des chuchotements.

Quand il entra enfin dans la salle voisine, il comprit pourquoi.

Elle était immense, mais vide, à l'exception des quatre lampes et de la barge qui flottait au milieu. Une sorte de rectangle découpé dans le plafond évoquait une trappe.

Quinze portes fermées s'alignaient autour de la salle.

Où étaient les armes ? Avaient-elles été emportées ?

— Les armes doivent se trouver derrière ces portes, une par pièce, dit Flammechant. Si je détenais des objets dangereux, c'est comme ça que je les entreposerais. En cas d'accident, les dégâts se limiteraient à un élément.

— Tu commences à parler comme un ingénieur de carrière, Flammechant, dit Renardargent. C'est parfaitement logique.

Flammechant se tourna vers la porte la plus proche, à sa droite, et continua.

— Je suis sûr que la pièce par où nous sommes entrés contenait une arme *utilisée* par Urtho. Quant à cette barge, elle devait servir à transporter ses créations jusqu'à un endroit où on pouvait les sortir de la tour.

— Je me demande comment cet endroit peut encore exister, dit An'desha, tandis que Flammechant vérifiait si la porte était fermée. On pourrait penser qu'une force suffisante pour faire fondre la tour aurait tout détruit ?

— Peut-être parce qu'elle était sous le niveau de l'explosion, et que sa force s'est seulement propagée vers le haut, avança Karal, essayant de se rappeler ce qu'il avait appris au contact des ingénieurs.

— Ou parce que les boucliers de la Chambre Forte se sont désintégrés *après* avoir absorbé la force de la déflagration, suggéra Renardargent.

— La Déesse y est peut-être pour quelque chose, renchérit Lo'isha.

— C'est pour toutes ces raisons, ou pour aucune ! s'impatienta Treyvan. Alors, cette porte, elle est ouverte ou fermée ?

— Coincée, répondit Flammechant, qui réussit enfin à pousser le battant.

Il prononça le mot de pouvoir pour allumer la lampe, et poussa une exclamation dépitée.

— Venez voir vous-mêmes. Je ne crois pas que celle-là nous sera utile.

Karal fut de nouveau le dernier à entrer dans la pièce, mais il comprit aussitôt que l'Adepte tayledras devait avoir raison. La salle contenait une foule d'objets bizarres, allant de fils métalliques soigneusement enroulés à des crânes d'animaux aux yeux remplacés par des joyaux. Le tout formait une sorte de toile d'araignée de ficelles de couleurs, de rubans, de fils fins comme des cheveux et de lanières de cuir.

— Pourquoi des crânes ? s'écria Karal, révolté.

— Peut-être parce qu'ils avaient été utilisés pour des cérémonies chamaniques, et qu'ils étaient accordés au pouvoir dont il avait besoin, avança Lo'isha. Sans doute pas des rites kaled'a'in… Urtho pratiquaient les magies qu'il avait apprises de plusieurs peuples, et il avait beaucoup d'alliés.

— Vous, je ne sais pas, mais moi, je refuse de toucher à ça, déclara Flammechant en reculant vers la sortie. J'ignore ce que c'est censé faire, et je ne suis pas sûr que ça le ferait encore. Et à votre avis, combien de parties tomberaient en poussière si on les effleurait ?

— C'est vrai, dut reconnaître Treyvan, prenant soin de garder ses ailes contre son corps.

D'un commun accord, ils ressortirent et refermèrent doucement la porte, avant de passer à la pièce suivante.

Quand ils eurent fini, ils avaient éliminé huit armes sur les quinze à leur disposition. Ils n'en avaient pas trouvé de plus bizarre que l'amalgame de fils et de crânes, mais ils préféraient ne pas prendre de risque. Deux étaient des boîtes sans marque ni inscription. Devant elles, Treyvan avait secoué la tête, perplexe. Une autre ressemblait à une grosse goutte de liquide suspendue dans les airs. Deux étaient des sculptures de fils métalliques et de gemmes, qu'ils n'avaient pas osé toucher, de peur de les abîmer. Quant aux trois dernières, Treyvan se souvint, grâce à la litanie apprise dans sa jeunesse, qu'ils s'agissaient d'armes puissantes mais conventionnelles. Bref, elles ne convenaient pas pour leur mission, car l'énergie qu'elles libéraient n'avait rien de magique.

Ce qui leur laissait sept possibilités.

Une plaque métallique accompagnait chaque objet, expliquant comment le détruire, mais pas sa nature, excepté cette phrase – toujours la même : *« Vous ne pouvez pas utiliser cette arme sans vous tuer. Moi non plus. Montrez-vous sage, débarrassez-vous-en ! »* Chacune portait la signature et le seau d'Urtho.

Ils firent des copies par frottage des plaques et des croquis des armes, notant dessus le numéro de la salle où elles étaient entreposées. Ils partirent de la salle vide et numérotèrent d'est en ouest. Puis ils s'assirent dans la barge pour parler.

— Nous avons trois jours devant nous pour nous décider, et un autre pour nous entraîner, pas un de plus, dit Flammechant. Si nous ne sommes pas dans les temps, à supposer que la vague sortante soit de force égale à la rentrante, le brise-lames sera emporté. Irrévocablement ! Et sans lui, la prochaine tempête magique qui balayera cette région risque d'activer une des armes entreposées ici. Ou plusieurs…

— Cela ne se peut pas…, commença Treyvan.

Mais il ne semblait pas vraiment convaincu.

— Tu veux attendre ici pour vérifier ? Pas moi, fit le Tayledras. Pour être franc, je doutais que nous trouvions plus d'une ou deux armes. Je n'aurais pas cru qu'il en resterait autant. Au cas où nous échouerions, il vaudrait mieux faire évacuer les Plaines et la Vallée des k'Leshya.

— J'aimerais ne pas partager ce sentiment, dit Lo'isha, à contrecœur. Je ne m'attendais pas non plus à trouver autant d'objets mortels ici. Si l'un d'eux était activé, la tour devrait pouvoir circonscrire les dégâts aux environs immédiats… Mais s'il y en avait deux, trois ou quatre…

Il frémit.

— Exact ! fit Flammechant. Cela dit, nous imaginons une explosion. Certaines de ces armes pourraient être l'équivalent d'un acide lent, mais surpuissant, ou déchiqueter tout ce qui se trouverait sur leur passage pendant un temps déterminé.

— Alors, finissons-en. Il faut prendre une décision ! cria An'desha, sa voix montant dans les aigus sous l'effet du stress.

Quelques heures plus tard, il devint clair qu'ils avaient un autre problème.

Entre la litanie et les instructions laissées pour les détruire, ils avaient pu déterminer ce que chacune des sept armes était censée faire. Ainsi, ils avaient pu en éliminer trois autres. Mais alors qu'ils essayaient de classer les quatre dernières par ordre de préférence, ils rencontrèrent un obstacle inattendu.

La langue que les k'Leshya croyaient être du pur kaled'a'in, immuable depuis des siècles, et qu'ils chérissaient en tant que tel… était tout sauf pure et immuable.

— Nous avons *trois* mots signifiant « explosif » ! s'écria Flammechant. Votre version du kaled'a'in en compte deux, Treyvan : *ko'chekarna* et *chekarna*. Et le protocole de destruction en utilise un troisième : *ri'chekarna* ! Lequel est le bon ? Il faut que nous le sachions, ou nous risquons de voir l'arme de notre choix nous exploser à la figure !

— Je l'ignore, avoua le griffon. Notre langue a évolué…

— C'est ce que font les langues, avec le temps, répondit Lo'isha. Votre erreur a été de présumer, puisque les Kaled'a'in sont un peuple qui évite le changement, que votre langue était restée immuable. Nous aurions besoin d'un lettré connaissant le kaled'a'in ancien.

— Ou d'une personne doué de prémonition, qui puisse jeter un coup d'œil à ces armes et nous dire laquelle employer ! fit soudain Karal en se tournant vers Florian et Altra.

Le Compagnon et le Chat de Feu s'entretinrent en privé. Le petit groupe les regarda impatient de connaître leur verdict. Il sembla qu'une éternité avait passé avant que Florian se tourne vers eux. Mais ce fut Altra qui répondit, même si son regard se perdait au-dessus de l'épaule de Karal.

Je ne peux pas amener une personne douée de prémonition ici à temps, et la distance est trop grande pour que Florian contacte quiconque par l'esprit.

Le cœur de Karal se serra.

— An'desha et moi ne pouvons pas ouvrir un Portail jusqu'à Valdemar, rappela Flammechant.

— Retour à la case départ, donc, dit Treyvan. Nous avons une langue qui a évolué et des vers dont la signification a pu changer… Tout ça pour décider quelle arme ne nous explosera pas à la figure.

— Non, corrigea An'desha, les yeux mi-clos, ce n'est pas tout ! La vision magique nous apprendra d'où provient le pouvoir investi dans ces armes et nous dira lesquelles éviter.

— Oui, et ça pourrait nous apprendre d'autres choses utiles, ajouta le griffon avec plus d'entrain.

— Faisons les meilleures traductions possibles, renchérit Hydona. Et choisissons l'arme qui correspondra au texte qui nous semble le plus précis…

Flammechant frotta ses yeux gonflés. Finalement, ils ne pouvaient utiliser qu'une seule arme… Et ça n'était pas leur premier choix, ni même le deuxième.

Karal s'était rendu utile pendant que les mages travaillaient sur des traductions et sondaient les objets avec tous les « outils » à leur disposition. Ce faisant, ils avaient perdu un temps précieux, et aucun d'entre eux n'était disposé à gâcher une seconde de plus. Ils ne dormaient plus et mangeaient seulement lorsque Karal et Renardargent leur fourraient une assiette de force dans les mains.

A la fin, le chamane lui-même utilisa ses pouvoirs, même s'ils n'étaient pas faits pour cela, pour sonder les objets. Sa « suggestion éclairée » confirma le choix des mages.

— Il n'y a qu'un tout *petit* problème, dit Flammechant, l'air sombre, en lorgnant une pyramide de métal argenté. Cette arme tuera son utilisateur. Selon la litanie de Treyvan, et ce que j'ai glané dans les protocoles de destruction, les autres devraient avoir le temps de se mettre à l'abri. Mais elle ne peut pas être activée magiquement et aucun de nous n'est capable de déplacer des objets par la pensée. Quand l'arme fonctionnera, même Altra n'aura pas le temps de se transférer – à supposer qu'il ait deux mains avec quatre doigts et un pouce, ce qui n'est pas le cas !

— A moins que…, commença Treyvan.

— Je ne vois pas de solution, continua l'Adepte, l'ignorant. Le gros défaut de cet engin, et la raison qui a empêché Urtho de s'en servir, c'est qu'il laisse filtrer l'énergie magique – *brûlante et incandescente* – dans le plan physique. Une vraie passoire !

Karal regarda le griffon.

— A moins que *quoi* ? lança-t-il.

Flammechant grimaça mais laissa répondre Treyvan.

— A moins que la personne qui l'utilise soit un Conduit Magique capable de la canaliser vers les plans d'énergies, où elle est censée aller.

— Oui, mais là encore, il y a un problème, dit le Tayledras. Notre sujet a de grandes chances d'être carbonisé – s'il réussit – et il devra être entouré d'un bouclier. S'il en perd le contrôle, il sera tué, et celui ou ceux qui le garderont sous leur protection avec lui !

« Mais je ne vois pas pourquoi nous parlons de ça puisque…

Il se tut, s'avisant que Karal avait blêmi, et qu'An'desha, Florian et Altra le regardaient fixement.

Le jeune Karsite déglutit péniblement.

— Je suis un Conduit Magique, souffla-t-il.

Flammechant le regarda, les yeux ronds et l'esprit en ébullition.

— Tu es fou de croire que tu peux faire ça ! cria-t-il d'une voix rauque. Si tu penses que la frontière d'Iftel était une expérience terrible, ce n'est *rien* comparé à celle-là ! Tu n'es pas formé à ça, ni même capable de voir les énergies magiques…

— Mais je suis un Conduit Magique, insista Karal, toujours blême. Et on m'a dit que canaliser était une chose instinctive qui ne s'apprenait pas.

— C'est un suicide ! cria Flammechant, incapable de supporter la pression. Tu es complètement fou ! *Nous ne pourrons pas t'assister*. Tu seras obligé d'agir tout seul ! Notre seule aide sera de dresser un bouclier autour de toi !

— Avons-nous le choix ? dit le Karsite, les regardant dans les yeux à tour de rôle.

L'un après l'autre, ils secouèrent la tête. Enfin, son regard revint se poser sur l'Adepte tayledras.

— Flammechant, en venant ici, nous savions tous que nous ne rentrerions peut-être jamais. Chacun à notre façon, nous sommes résolus à faire des sacrifices pour avoir une chance de sauver nos terres et ceux que nous aimons.

L'expression de Karal rappelait celle d'un petit garçon au bord des larmes. Mais sa posture, le menton levé et le dos droit, était celle d'un homme qui affronte un moment de vérité.

— Si je dois donner ma vie pour ça, le Dieu du Soleil m'accueillera entre ses bras.

Comment ce petit morveux *osait*-il placer Flammechant dans une telle position ? Quelle impudence ! Se porter volontaire pour être réduit en cendres avant qu'il n'ait eu le temps de remettre de l'ordre dans ses émotions !

— Sois maudit..., commença-t-il.

Karal l'interrompit avec un pâle sourire.

— Je doute que ta malédiction puisse annuler la bénédiction de Vkandis, Frère du Faucon... Mais puisque nous n'avons pas le choix, je te suggère de la retirer. Je vais avoir besoin de toute l'aide possible.

— Je la retire. Mais que tous tes enfants soient aussi entêtés que toi ! explosa Flammechant, incapable de trouver une meilleure « malédiction ».

L'Adepte alla dans la salle vide, pour y faire les cent pas. Il avait les tripes nouées, son cou et ses épaules lui semblant aussi raides que du cuir tanné.

Il a raison, mais comment peut-il envisager ça ? C'est insensé ! An'desha ne me le pardonnera jamais !

Des pas légers approchèrent, l'avertissant qu'il n'était plus seul.

— Je dois le faire..., dit Karal à voix basse. Je savais que les choses pourraient en arriver là. Sinon, pourquoi Altra aurait-il insisté pour que je vienne « en cas d'imprévu » ? Ce qu'il voulait dire, c'est qu'il y avait une chance qu'une autre arme nous convienne…

« Tous ceux qui sont doués de prémonition ont dit que l'avenir était brouillé après notre arrivée ici. Il y a une chance que nous trouvions une autre solution…

— Peut-être. Si nous avions eu plus de temps pour étudier les armes… Hélas, la prochaine tempête magique nous frappera sans aucun doute ! Où pourrait aller l'énergie, sinon ici ? Et quand elle se déchaînera, il y a des risques qu'une ou plusieurs armes soient activées !

Flammechant cessa de marcher et se tourna vers Karal.

— Je *ne veux pas* que tu fasses ça !

— Je sais, répondit le jeune homme, qui n'avait pas repris ses couleurs.

— Mais si tu insistes pour le faire quand même… alors, par ton Dieu et ma Déesse, je refuse de te laisser seul ici. (En agissant ainsi, il apaisait sa conscience.) Je te protégerai.

— Nous le protégerons tous, renchérit An'desha, qui arrivait derrière Karal.

Flammechant voulut protester, puis se ravisa et haussa les épaules. C'était leur choix.

— Très bien. (Le Tayledras prit une profonde inspiration.) Combien de temps nous reste-t-il ? Sans doute pas beaucoup… pas assez…

— Environ une demi-journée, répondit Karal d'une voix assez calme.

Peut-être peut-il réussir, après tout.

— J'ai fait très attention au passage du temps, continua le jeune prêtre. Chaque heure rapproche la vague de Haven et de la Pierre-Cœur. Tremane et les siens peuvent sûrement encore encaisser une tempête, voire deux…

— Mais les boucliers de la Pierre risquent d'être pulvérisés, sans parler de ceux qui entourent les Pierres-Cœurs des Vallées, je sais, *je sais* !

Flammechant réprima son irritation contre Karal. Mais il la laissa filtrer dans un grognement.

— Très bien, si c'est ce que tu veux, qui suis-je pour essayer de t'en empêcher ?

An'desha sembla sur le point de dire quelque chose, mais

il se contenta de retourner dans la pièce centrale. Karal le suivit, laissant Flammechant leur emboîter le pas.

Le Tayledras avait la désagréable impression d'avoir perdu une bataille, alors qu'il n'y en avait pas vraiment eu une.

Ils passèrent le temps qui leur restait à répéter ce qu'ils devraient faire le moment venu.

Perché sur le sac de son maître, Aya gazouilla tandis que Flammechant fouillait dedans. Il s'avisa qu'il n'était pas le seul à avoir subrepticement recours à des stimulants pour rester éveillé et alerte. Ces substances pouvaient être dangereuses, et ils le paieraient tous plus tard – s'ils survivaient. Mais un mage apprenait vite que le temps de se reposer manquait souvent avant l'action, et il gardait ces drogues à portée de main.

Flammechant surprit le chamane en train de mâcher quelque chose avec un profond dégoût, et en déduisit que ça n'était pas de la viande séchée.

Les stimulants tayledras avaient l'avantage de faire barrage aux émotions. Flammechant put se concentrer – de manière purement intellectuelle – sur ce qui les attendait. Les exercices mentaux destinés à affûter l'esprit lui vinrent naturellement, comme un musicien qui fait des gammes avant une représentation.

Il ferma les yeux. Des diagrammes de lumière apparurent sur ses paupières, et il se focalisa sur les symboles représentant la Vallée, le Voile, la Pierre-Cœur, les lignes d'énergie, le bouclier, le déflecteur, le tampon... Courant et ancrage, cercle et carré, étoile et sphère... Ils apparaissaient l'un après l'autre et s'entremêlaient. Et soudain, une idée lui vint à l'esprit : s'il y avait une rose des vents dessinée sur le sol de chaque salle, ça n'était pas sans *raison*.

Dans cet état particulièrement exalté, il passa directement de l'intuition au plan achevé, sans raisonnement conscient entre les deux.

— Regardez ça ! cria-t-il, alors qu'ils pénétraient dans la salle pour une ultime répétition. La pyramide est au centre exact de la rose des vents... Ça ne peut pas être un hasard ! C'est un cercle de protection, pour dresser un bouclier !

An'desha inclina la tête et fronça les sourcils.

— Il n'y a rien dans ma mémoire…

— Evidemment ! coupa le Tayledras. Tes souvenirs sont ceux du pire ennemi du Mage du Silence. S'il existait une manière de faire diamétralement opposée à celle d'Urtho, c'était celle de Ma'ar !

« Le positionnement est parfait. Et je parie qu'il existe un système d'amplification, qui entrera en action dès que nous aurons pris place et que nous commencerons à dresser le bouclier. Regardez ça… les angles, d'un point à l'autre, sont des multiples de huit, avec huit pointes et soixante-quatre triangles-marqueurs. Et voyez la forme des coquilles, près du centre… Je vous parie ma garde-robe en soie que ce sont des collecteurs. Vérifiez les angles de déflexion d'un point à l'autre, et vous verrez qu'ils s'alignent pour se renforcer les uns les autres.

An'desha regarda Treyvan et Hydona, histoire de voir ce qu'ils en pensaient. La femelle griffon hocha la tête.

— Possible, admit-elle. Urtho était connu pour avoir plus de ressource que soixante hommes *avant* le petit déjeuner. Ce serait bien son style de placer ce genre de chose dans un motif ornemental.

— Alors, vous deux… vous prenez le nord et le sud, dit Flammechant, sentant que c'était la bonne figuration, même s'il ignorait pourquoi. Florian et Altra, l'est et l'ouest.

Tous les non-humains étaient placés aux points cardinaux, ce qui semblait logique – les griffons lui avaient souvent parlé de l'amour d'Urtho pour ses créatures.

— Karal, tu te mets au centre, près de la pyramide. An'desha, entre Treyvan et Altra, au nord-est. Moi, je me mets en face…

Il s'arrêta, car il restait seulement Lo'isha et Renard-argent, et tous deux secouaient la tête.

— Je ne connais rien aux boucliers…, commença le chamane.

Au même instant, avec un soupir et un froissement d'ailes venus d'un autre lieu et d'un autre temps – et qui n'appartenaient ni à *ici* ni à *maintenant* – les deux places restantes furent occupées. De la lumière emplit la salle, et le cœur de Flammechant lui remonta dans la gorge.

Les dernières pièces du puzzle. Eux aussi ont quelque chose à voir là-dedans…

Au nord-ouest et au sud-est apparurent…

Non…

Tre'valen et Aubefeu…

— *Nous sommes venus vous aider*, dit une des deux créatures, à la fois homme, oiseau et flamme, dont le visage hantait les rares cauchemars de Flammechant depuis qu'il avait retrouvé le corps du chamane shin'a'in assassiné par Fléaufaucon.

Nous appartenons toujours autant à votre monde qu'à celui de la Déesse. Et après tout, c'est Sa terre d'élection. Elle souhaite la protéger, et nous aussi.

Les yeux de Karal brillaient d'une émotion que Flammechant ne réussit pas à identifier. Mais il reconnut celle qu'exprimait le visage d'An'desha. Et il sut, et son cœur retrouva instantanément la paix, qu'il n'avait pas « perdu » son amant à cause d'un autre homme ni d'arguments humains. Il n'y avait aucun « argument », quand une personne entendait l'appel de la Déesse. Il était tout aussi impossible de faire taire ce chant que de briser une union pour la vie.

L'autre Avatar prit la parole.

— *An'desha sait…*, dit Aubefeu. *Nous avons toujours été à vos côtés, pour vous assister selon nos moyens. Car la Déesse aide seulement ceux qui s'aident eux-mêmes. Nous sommes venus de notre plein gré, et quoi qu'il arrive, nous resterons avec vous.*

Lo'isha avait mis un genou à terre et incliné la tête. La créature qui avait été Tre'valen – et un chamane comme lui – lui fit signe de se relever. Le chamane obéit, mais Flammechant était prêt à parier qu'il n'oserait pas desserrer les lèvres en présence des Avatars.

Alors que le Tayledras se tournait vers Karal, il sut quelle était l'émotion qui faisait briller ses yeux.

Le Karsite avait le regard d'un homme conscient qu'il va mourir, mais dont la foi vient d'être confirmée, et qui n'a plus peur.

Au moment où Stefen lui avait dit adieu, dans les montagnes du nord, Vanyel avait sans doute eu ce même regard…

Mais il était trop tard, désormais, pour y changer quelque chose. Le temps pressait.

— Levez vos boucliers ! cria Flammechant, la gorge serrée, tout en dressant le sien.

Sous sa vision magique, tous se tenaient désormais à l'intérieur d'un dôme de lumière aux couleurs de l'arc-en-ciel. Comme il l'avait deviné, chaque pointe de la rose des vents brillait aussi. Et la lumière qui en émanait se réfléchissait sur les motifs d'angle dessinés dans la pierre. S'ils survivaient, Flammechant pourrait garder ses vêtements en soie !

— Reliez vos boucliers ! cria-t-il, avant que sa gorge ne soit trop serrée pour qu'il puisse émettre un son.

Il y eut un instant de flottement, puis leurs boucliers s'unirent pour former un mur de lumière autour de Karal et de la pyramide qui lui arrivait à hauteur de la taille. Le jeune homme ferma les yeux et plaça les mains sur deux des côtés, les bouts de ses doigts s'insérant dans des trous prévus à cet effet.

Comme Flammechant l'avait supposé, une magie ancienne fut activée par l'énergie de leurs boucliers. Le motif, sur le sol, commença à luire, projetant huit lances de lumière qui emportèrent avec elles les boucliers jusqu'à ce qu'ils se rencontrent et forment un dôme conique. Karal n'était plus seulement entouré, mais enfermé, et les énergies qu'il libérerait seraient canalisées vers le haut par les boucliers.

Comme il fallait qu'elles le soient, pour que les Plaines ne subissent aucun dommage.

Renardargent et Lo'isha regardaient, angoissés. Flammechant savait que le chamane verrait les énergies qu'ils manipulaient, mais l'expression du *kestra'chern* lui apprit qu'il les voyait aussi… Elles devaient être d'une puissance incroyable pour apparaître à un non-mage ! Ça signifiait qu'il avait raison : Urtho avait inséré un mécanisme d'amplification dans le motif du sol.

Mais il n'eut pas le temps de savourer ce triomphe de l'instinct et de l'art sur l'intellect et la raison. C'était l'heure. Il le *sentait*, comme s'il était lui-même une clepsydre et que la dernière goutte d'eau vienne de tomber.

— Karal, *maintenant* ! cria-t-il.

Le visage du jeune Karsite se contracta alors qu'il enfonçait les doigts dans les déclencheurs.

Il y eut une explosion de pouvoir et Karal se retrouva au milieu. Un pouvoir d'une puissance supérieure à celui de n'importe quelle Pierre-Cœur.

Un pouvoir tel que Flammechant n'en avait jamais vu de sa vie ! Si fabuleux qu'Aya s'enfuit en glapissant dans la pièce voisine, et que Renardargent et Lo'isha se protégèrent les yeux derrière leur avant-bras.

Quelque part au cœur de ce vortex d'énergie, Karal luttait pour la contenir et la transmuter…

Flammechant le sentit échouer. Pas à contenir et à canaliser l'énergie, mais à garder le contact avec le monde, avec lui-même et avec sa vie… Il s'amenuisait, disparaissait, s'évaporait dans la puissance de son Dieu incandescent. Encore un instant et il serait perdu.

Si l'un d'eux essayait de lui venir en aide, le cercle serait rompu et ils mourraient tous.

Il faudra me passer sur le corps ! pensa Flammechant.

La colère fit exploser l'indifférence induite par la drogue. Si son instinct lui faisait défaut en cet instant précis, ils mourraient tous.

— Tout le monde ! A mon signal, faites un pas en avant en suivant votre trajectoire ! *Un ! Deux ! Trois !*

Le cercle se contracta autour de Karal, concentrant l'énergie qu'il contrôlait.

— *Quatre ! Cinq ! Six !*

Ils étaient désormais à portée de main – s'ils en avaient tous eu. Mais ça n'était toujours pas ce que l'instinct de Flammechant lui commandait de faire.

— *Sept ! Huit !*

Ils étaient pratiquement sur Karal… La pyramide avait disparu et le jeune homme était aussi transparent que les Avatars. La tête inclinée en arrière, la bouche ouverte sur un cri silencieux, il était prisonnier d'une colonne de feu brûlant et glacial.

— *Neuf !*

Flammechant tendit la main et prit un des bras de Karal… Sans qu'il ait besoin de leur en donner l'ordre, les autres le touchèrent, au même instant. Sauf Florian, bien sûr, qui lui colla ses naseaux contre la poitrine, et Altra, qui se leva sur ses pattes de derrière pour lui poser celles de devant dans le bas du dos.

La lumière !

Elle bondit au visage de Flammechant dès qu'il toucha Karal. Il ferma les yeux, mais elle le brûla à travers ses paupières closes et le projeta *physiquement* en arrière ! Il sentit sa main se dissoudre, s'évaporer… Et fut forcé de lâcher le bras de Karal. Projeté dans les airs, il percuta le mur, contre lequel il glissa comme une poupée désarticulée.

C'était fini.

Il ne pouvait ni voir ni entendre.

Ils avaient gagné… mais ils avaient perdu Karal.

Flammechant tomba dans une obscurité aussi aveuglante que l'explosion de lumière, et perdit conscience.

Il reprit connaissance très vite. La première fois de sa vie qu'il était assommé par la magie… La douleur qui lui vrillait le crâne lui apprit que manipuler ce genre de force avait un prix. Il ne serait sans doute pas capable d'allumer une chandelle avant une semaine, jusqu'à ce qu'il guérisse… Et les jours à venir seraient un enfer. Mais avec un frisson de joie, il comprit qu'il était *vivant*.

Un instant, il fut incapable de bouger, ou de penser, la douleur ne lui autorisant qu'un mélange incohérent de joie et de tristesse.

Nous avons réussi… Je n'aurais pas dû faire ça… Peut-être serait-il toujours en vie si je n'avais pas demandé à tout le monde de refermer le cercle sur lui. C'est ma faute…

Dieux, qu'avaient-ils perdu d'autre ? Il se força à rouler sur lui-même, à s'asseoir et à ouvrir les yeux, mais ils pleuraient tellement qu'il ne voyait rien. Flammechant les frotta frénétiquement avec sa manche, tandis qu'Aya traversait la pièce et venait se poser près de lui en roucoulant.

— Au nom de Kal'enel, que s'est-il passé ? cria le chamane.

Mais la voix qui lui répondit n'était pas celle de Renard-argent… Ni d'aucun de ceux qui avaient pris place dans le cercle.

— Je n'en ai pas la moindre idée, souffla Karal. Je ne me

rappelle rien de ce qui s'est passé après que j'ai enfoncé les dix déclencheurs.

Flammechant réussit à chasser les larmes de ses yeux… qui lui confirmèrent ce que ses oreilles entendaient.

Lo'isha et Renardargent étaient penchés sur Karal, et l'aidaient à s'asseoir. Il ne semblait pas rester grand-chose du jeune prêtre dans ses robes noires. On eût dit qu'il avait fait un jeûne de trente jours en préparation d'une Quête Visionnaire. Le Shin'a'in et le Kaled'a'in le traitaient comme s'il était aussi fragile que du cristal.

Eh bien, Flammechant ne se sentait pas non plus au meilleur de sa forme…

Mais avant qu'il ait pu éprouver une ombre de ressentiment, des Promis à l'Epée entrèrent, les soulevèrent et les sortirent de la tour. Flammechant se laissa aller tandis qu'on le sortait du tunnel, dans la lumière du jour.

La lueur écarlate du coucher de soleil était auréolée par un arc-en-ciel scintillant d'énergie magique, qui couvrait le dôme du ciel et s'évanouissait en même temps que le jour.

Flammechant se laissa transporter. Aya supervisait l'opération et protestait chaque fois qu'on le secouait un peu trop. On l'installa avec les autres sous une tente. De toute manière, il était trop faible pour résister. Il eut déjà beaucoup de mal à répondre quand on lui demanda s'il souhaitait boire. Tenir et soulever le bol de tisane additionnée d'analgésiques – il les reconnut à l'odeur – lui demanda un terrible effort. Les antalgiques allaient devoir lutter contre les stimulants toujours présents dans son organisme. Mais il savait qu'ils gagneraient, et il en était ravi.

Il but le breuvage amer jusqu'à la dernière goutte et attendit stoïquement que son estomac cesse de le martyriser.

D'après les bribes de conversations qu'il avait captées, il savait que la tour avait brillé comme un soleil miniature, bien qu'aucun effet physique n'ait pu être observé aux alentours.

Flammechant pensa que ça ne se serait sans doute pas produit s'il n'était pas intervenu pour empêcher Karal d'être atomisé.

Et si je ne l'avais pas fait… An'desha aurait peut-être fini par me le pardonner, mais je n'aurais jamais pu me regarder de nouveau en face.

Tous les effets de la contre-tempête n'avaient pas été aussi bénins. Les griffons rapportaient d'étranges effondrements dans les ruines qui entouraient les Plaines, certaines parties des structures, voire des structures entières, ayant disparu. Et toutes dataient de l'époque d'Urtho.

Le Portail par où ils étaient arrivés était du nombre.

Alors que Flammechant sombrait dans un sommeil provoqué par les analgésiques, il entendit Treyvan soupirer et Hydona murmurer :

— Eh bien, rentrer nous prendra du temps… Mais au moins, nous avons toujours une maison où revenir.

Ce qui résumait parfaitement l'opinion de l'Adepte Guérisseur.

Achevé d'imprimer sur les presses de

BUSSIÈRE

GROUPE CPI

à Saint-Amand-Montrond (Cher)
en juin 2003

POCKET - 12, avenue d'Italie - 75627 Paris Cedex 13
Tél. : 01-44-16-05-00

— N° d'imp. : 33737. —
Dépôt légal : juillet 2003.

Imprimé en France

[illegible] – 12, avenue d'Italie – 75627 Paris Cedex 13
Tél. : 01-44-16-05-00

— N° d'impr. : 23751 —
Dépôt légal : janvier 2003

Imprimé en France